20世纪西方非个人化思潮研究

Researching on the Western Impersonal Trend
in the 20th Century

马焕军 著

人民出版社

责任编辑:李之美

图书在版编目(CIP)数据

20世纪西方非个人化思潮研究/马焕军 著. —北京:人民出版社,2016.6
(国家社科基金后期资助项目)
ISBN 978-7-01-016211-9

Ⅰ.①2…　Ⅱ.①马…　Ⅲ.①文艺理论-研究-西方国家-20世纪
　Ⅳ.①I0

中国版本图书馆CIP数据核字(2016)第102162号

20世纪西方非个人化思潮研究
20 SHIJI XIFANG FEIGERENHUA SICHAO YANJIU

马焕军　著

人民出版社 出版发行
(100706　北京市东城区隆福寺街99号)

北京龙之冉印务有限公司印刷　新华书店经销

2016年6月第1版　2016年6月北京第1次印刷
开本:710毫米×1000毫米 1/16　印张:16.5
字数:280千字

ISBN 978-7-01-016211-9　定价:43.00元

邮购地址 100706　北京市东城区隆福寺街99号
人民东方图书销售中心　电话 (010)65250042　65289539

国家社科基金后期资助项目
出版说明

后期资助项目是国家社科基金项目主要类别之一，旨在鼓励广大人文社会科学工作者潜心治学，扎实研究，多出优秀成果，进一步发挥国家社科基金在繁荣发展哲学社会科学中的示范引导作用。后期资助项目主要资助已基本完成且尚未出版的人文社会科学基础研究的优秀学术成果，以资助学术专著为主，也资助少量学术价值较高的资料汇编和学术含量较高的工具书。为扩大后期资助项目的学术影响，促进成果转化，全国哲学社会科学规划办公室按照"统一设计、统一标识、统一版式、形成系列"的总体要求，组织出版国家社科基金后期资助项目成果。

全国哲学社会科学规划办公室

2014 年 7 月

序

赵宪章

　　焕军是 2004 年来南京大学攻读博士学位的,首次谋面我就认定他是一位性格憨厚的学生,毕业之前到我家的"告别仪式"更使我感受到他的这一特点。在为他第一本专著写序之际,当年的点点滴滴不免重新浮现,如在眼前。

　　他的为学就像他的为人,自从确定"非个人化"研究之后,焕军就心无旁骛,从不东张西望、胆怯退却,持之以恒达十年之久。十年后重读这篇论文,似曾相识而又全然为之一新。如果说当年我还能对这篇论文提出一些意见和建议,那么,时至今日,本研究所涉及的范围已经大大超出我的知识域。回忆当初他和我讨论这一选题,学界尚无关于这一问题的论析,更没有人注意到"非个人化"这一命题背后的微言大义,似乎只是被艾略特偶然提及而已。焕军博士居然为这一"被偶然提及"的问题奉献了十年之功,其"憨厚"性格由此可见一斑。

　　20 世纪的西方文学理论是以"形式"为主导的理论,也可以说是凸显文学研究之客观性的理论。如果说这一判断无甚异议的话,那么,我们就应该继续问一问"为什么",可惜学界鲜有如此刨根问底者,20 世纪的形式理论似乎成了"天外来客",最多将其归结为现代语言学的崛起。焕军为学的"憨厚"品性就表现在这里,他居然耗费了十年时间刨根问底,可谓"穷追不舍"。这就是展现在我们面前的这部《20 世纪西方非个人化思潮研究》,被艾略特"偶然提及"、被学界长期忽略的问题,在焕军的笔下被演绎成了 20余万言的长篇大论。

　　包括文学研究在内的人文学术不同于自然科学,"历史"永远是其难以割舍的情结,因为"人文精神"本身就是历史的,我们今天所坚守的生存理念、道德操守、审美情趣等可能古已有之,古人所主张的许多东西仍然存活在我们今天的现实中。"人文精神"不同于科学技术之处就在于她的这一"格式塔"特质——她的历史就是她的现在时,她的现在早已积淀在她的历史中。于此,"学术史"一直是人文学术的显学,文学史也一直是文学研究的显学;其中,理论批评史也应当是文学理论批评的显学。在这一意义上,焕军的研究走在了正路上。他对"非个人化"的追问就是对学术史的追问,弥补了长期以来被我们漠视的问题;并且,这是一个涉及整个 20 世纪文学理论形态的大问题,是一个涉及文学理论何以在世纪之交发生转型的重要问题。

　　总体看来,焕军的这一学术史论著有两大比较显著的特点:一是对"非个人化"思潮历史演变的梳理,力求细致而系统;二是对作者和语言这两个问题的专门研究,可谓切中论题之肯綮。前者考验一个学者的耐心和耐力,后者主要取决于作者的理论素养和功力。在这两个方面,但愿这部论著不会让读者失望,至少能够感受到作者执着而"憨厚"的努力。相信焕军博士仍会继续保持他的这一品格,无论为人还是为学都不可卖弄"聪明"。

　　当然,研究西方学术史不能为研究而研究,中国立场、中国意识和中国问题不可或缺,鲁迅的"拿来主义"就是这方面的至理名言。回顾新时期以来我们对西方文论的译介和研究,其中存在的主要问题恐怕也在这里。也就是说,我们对于西学的译介和研究,不应该以西方为中心,别人有什么就译介和研究什么;而应该以我之所需为圭臬,由此出发决定"拿来"或"不拿来"什么。事实上,这个道理大家都懂,不懂之处仅在于"中国所需"是什么。这就涉及西学研究者的知识结构问题。按理说,研究西学的前提是具备扎实的中学功底,因为中国立场、中国意识和中国问题就在中国的文献中;如果我们对此知之甚少,满脑子装载的全是西方,当然也就不可能知道"中国所需",谈何"拿来"什么及其为我所用?好在焕军博士已经明确意识到了这一点,相信他的将来会在这方面有所突破,因为他有着"憨厚"的治学品格。

　　是为序,以与焕军共勉。

2016 年 1 月 18 日
于南京草场门寓所

目　录

引　论

我们知道，19世纪浪漫主义的诗学是一种表现理论。根据艾布拉姆斯的概括，浪漫主义表现理论的本质是，一件艺术品是内心世界的外化，是激情支配下的创造，是诗人的感受、思想、情感的共同体现。这就是说，一首诗的本原和主题，是诗人心灵的属性和活动，诗的根本起因，不是亚里士多德所说的那种主要由所摹仿的人类活动和特性决定的形式上的原因，也不是新古典主义批评所认为的那种意在打动欣赏者的终极原因，诗歌的根本动因是诗人的情感和愿望寻求表现的冲动，或者说是像造物主那样具有内在动力的创造性想象的驱使。浪漫主义表现理论显著的特点是，艺术家本身变成了创造艺术品并制定其判断标准的主要因素。

在20世纪的文坛上，我们却听到了完全相反的另一种声音。美国小说家约翰·巴斯于1967年发表了著名文章《枯竭的文学》，宣称我们已进入了文学史的一个新阶段——"枯竭的文学"阶段，在这个阶段作家所有创造性动力已消耗殆尽，独创性已不存在，文学仅以游戏的形式残存下去。[1]

美国著名作家福克纳说："我的目标是，个人的东西应该从历史里被去除，被掏空。留下无标志、无痕迹的纯粹的书，……我个人生活史就是我的讣告和碑文，他成就了书，他死了。"[2]

詹姆斯·乔伊斯在其带有自传性质的小说《一个青年艺术家的画像》里借小说主人公斯蒂芬之口写道：

> 艺术家的个人性（personality）……更使自己升华而失去了存在，或者可以说，使自己非个人化了。……一个艺术家，和创造万物的上帝一样，永远停留在他的艺术作品之内或之后或之外或之上，人们看不见他，他已使自己升华而失去了存在，毫不在意，在一旁修剪自己的指甲。[3]

---

[1] 参见余虹等主编：《问题》（一），中央编译出版社2002年版，第96页。

[2] Andrew Bennett, *The Author*, London and New York: Routledge, 2006, p.68.

[3] 詹姆斯·乔伊斯：《一个青年艺术家的画像》，外国文艺出版社1983年版，第254—255页。译文略有改。

　　如果说作家只是说着玩而已,那也就不算一回事,但是,更多理论家也加入进来,他们站在理论高度对此进行阐释。

　　我们知道,作者凌驾于作品或文本之上是 18 世纪启蒙运动的一个创造。20 世纪以前,间或有某些人或者某些文学思潮怀疑这种观念,如福楼拜曾经宣称:"人算得了什么,作品才是正经。"① 唯美主义者认为,形式之美超越个人之创造。但是,作者凌驾于作品之上的这种观念一直盛行着,直到 20 世纪初,T. S. 艾略特的非个人化诗论的提出才开始动摇这种观念。布鲁克斯说:"然而,是欧立德(即艾略特,引者注)把'无我'的观念竭力带入现代文学的意识中。"② "无我"即非个人化。在艾略特看来,传统足以否定个人对作品的作用,因为传统是伟大的作品所构成的一个共时秩序,在传统面前,个人的一切,如个性、感情等都显得无足轻重,个人必须皈依伟大的传统才能有所作为。美国新批评主将之一兰色姆说:"匿名,在某种真实意义上,是诗歌的一个条件。一个好的诗人,即使他赢得了好名声,创作一部艺术作品也要失去作者的身份。"③ E. M. 福斯特也说:"所有的文学趋于匿名。"④

　　一个具有重要的里程碑事件是维姆萨特(Wimsatt)和比尔兹利(Beardsley)合写的一篇文章《意图谬误》。在此文中,他们提出,作品有一种超越于作者的自足性。作品作为一个独立的实体,包含了理解它所需要的一切。作者和他的意图并不重要,作品自己在与我们对话。这种观点否定了作者是作品意义的最终的解释者,读者不需要去领会和再现作者意图。巴特(Barthes,也译巴尔特)以他的《作者之死》强化了维姆萨特和比尔兹利对于作者意图的冲击。他认为,作者已经死了,作者的思想与解释完全无关。米歇尔·福柯进一步追问,什么是作者的原有意图,甚至质疑"什么是作者"(What is an Author)?

　　种种现象表明,非个人化思潮正在冲击着 20 世纪文坛和理论界。

一、非个人化的概念

Impersonality 在辞典里有两个意思:(1) 非个人品性;(2) 非个人存在

---

① 《文艺理论译丛》,人民文学出版社,1957 年 4 月号,第 181 页。

② 维姆萨特、布鲁克斯:《西洋文学批评史》,颜元叔译,中国人民大学出版社 1987 年版,第 612 页。

③ Andrew Bennett, *The Author*, London and New York:Routledge, 2006, p.68.

④ Andrew Bennett, *The Author*, London and New York:Routledge, 2006, p.68.

或创造。与之同源词有 impersonal①和 impersonation，前者的意思有：(1)在语法上，仅用于第三人称，表示没有明确的主体，或者表示无法确定的、不具体指涉的，如 any、some、anyone 和 someone 等；(2)没有个人的感情、意指和语调；(3)没有个人性，或者作为个人不存在。后者的意思有：(1)展示某个行动或事实；(2)人物在戏剧舞台上扮演。②

我们把 Impersonality 及其同源词的含义大致上分为四个层面，它们在西方文论里都曾被使用。(1)展示(showing，又译作显示)或者人物在戏剧舞台上扮演。展示是一种间接的讲述故事的方法，钱钟书先生称之为"间接描述法"。柏拉图、亚里士多德、福楼拜、亨利·詹姆斯、卢伯克和韦恩·布斯等都多是在这一层面使用。(2)非个人品性或者没有个人的感情。济慈、T. S. 艾略特等人的使用都属于这一层面。(3)非个人存在或创造，没有个人性，或者作为个人不存在。罗兰·巴特的"零度写作"和"作者之死"、福柯的作者—功能说等都可以从这一层面来讲。(4)仅用于第三人称，表示没有明确的主体，或者表示无法确定的、不具体指涉的东西。

接下来，我们在西方文论范围内具体地讨论这四种含义。

第一种含义是展示，展示是相对于讲述(telling)的一种小说修辞方法，在不同的理论家那里，它们有着不同的表述，摹仿与纯粹叙述(柏拉图)、叙述和扮演(亚里士多德)、"叙述与描写"(卢卡契)、"形式的现实主义和评价的现实主义"(伊恩·瓦特)、"全景与场景"(卢伯克)、"直接解说和间接表现"(里蒙·凯南)、"独白与复调"(巴赫金)、"概述"与"场景"(热奈特)等，它们都是展示与讲述的相似的说法。按照里蒙·凯南的解释，"展示"被认

---

① 此词出现在艾略特的《传统与个人才能》一文里，大致说来，它在中文中有四种译法：1. 非个人的(李赋宁和王恩衷)；2. 无我的(颜元叔)；3. 非个人化的(裘小龙)；4. 非个性的和非人格化的。艾略特此文最早发表在庞德主编的一个先锋杂志，题目是《自我主义：一个个人的评论》，后来收到自己的论文集改名为《传统与个人才能》。题目改变了，而论文内容并没有变化，论文主要内容包括：其一，文学是一个共时的秩序，也就是说，文学传统是一个共时的形式整体；其二，文学批评以作品为中心；其三，批评浪漫主义诗学。艾略特论述第一点较为详细，后两点则一笔带过。但是，这三点却有机地形成一个整体，不可分割。就批评浪漫主义诗学而言，非个人的、无我的、非个性的和非人格化的译法都是成立的。然而，艾略特不仅批评浪漫主义诗学，而且更为重要的是反对浪漫主义的个人主义或自我主义，因为艾略特批评浪漫主义是与一种本体批评结合在一起，如果这种本体批评与20世纪的反人文主义联系起来，我们就会发现，艾略特直接针对的是浪漫主义的个人主义。因此，我们认为，非个人化的译法更为合理。现在国内一些学者基本上认同这种译法，如王钦峰。

② 参见特朗博、史蒂文森编：《牛津英词大词典》(简编本)，上海外语教育出版社2004年版，第566—567页。

为是事件和对话的直接再现,叙述者仿佛消失了(如在戏剧中一样),留下读者自己从他所"见"所"闻"的东西中得出结论。反之,"讲述"是以叙述者为中介的再现,他不是直接地、戏剧性地展现事件和对话,而是谈论它们,概括它们,等等。

关于展示与讲述孰优孰劣有着不同的看法。

首先,肯定展示,贬低讲述。在《理想国》里柏拉图把述说方式分为摹仿与纯粹叙述,后者是诗人到处出现,并不隐藏自己。前者是诗人自己的声音笑貌要摹仿他所扮演的那一个人,从而达到以摹仿来叙述的目的。亚里士多德把摹仿分为叙述和扮演。叙述,即柏拉图所说的摹仿,"或进入角色,此乃荷马的做法,或以本人的口吻讲述,不改变身份。"① 史诗诗人"应尽量少以自己的身份讲话"②。而扮演,即柏拉图所说的纯粹叙述,"表现行动和活动中的每一个人物。"③ 亚里士多德还认为"叙述摹仿亦胜过其他摹仿"④。柏拉图谴责诗人进行摹仿,而亚里士多德肯定诗人进行摹仿,他们在大的方面却殊途同归,"把戏剧性与叙述性区分开来,认为前者比后者具有更充分的摹仿性。"⑤ 这就是肯定展示,贬低讲述。到了现代,福楼拜、亨利·詹姆斯和玻西·卢伯克都主张,展示是一种胜过讲述的小说修辞技巧。亨利·詹姆斯著名的训诫是:"戏剧化! 戏剧化!"玻西·卢伯克继承了这一训诫,他批评诸如菲尔丁、萨克雷、巴尔扎克、狄更斯和列夫·托尔斯泰等小说家,因为在他们的小说里,小说家代替叙述者进行直接讲述、概括和评论。卢伯克高度赞赏福楼拜,他认为,福楼拜树立了一个"不动的标杆":小说应该戏剧化的展示。展示是叙事虚构作品应该追求的最高理想:"要等到小说家认为他的故事是作为一件要展示出来的事物,要如此这般展示出来,那会不讲自明,这才开始显出小说创作的艺术技巧的作用。"⑥

其次,肯定讲述,贬低展示,以韦恩·布斯的《小说修辞学》为代表。在20 世纪60 年代,布斯替"讲述"方法进行辩护。在布斯看来,卢伯克等把展示看作小说的写作技巧,这使得小说创作机械化、教条化,实际上,在展示中,作者的声音和作者判断总是存在的,而且是明显的,"作者可以在一定

---

① 亚里士多德:《诗学》,陈中梅译注,商务印书馆 1996 年版,第 42 页。
② 亚里士多德:《诗学》,陈中梅译注,商务印书馆 1996 年版,第 169 页。
③ 亚里士多德:《诗学》,陈中梅译注,商务印书馆 1996 年版,第 42 页。
④ 亚里士多德:《诗学》,陈中梅译注,商务印书馆 1996 年版,第 169 页。
⑤ 张寅德编:《叙述学研究》,中国社会科学出版社 1989 年版,第 282 页。
⑥ 卢伯克、福斯特、缪尔:《小说美学经典三种》,方土人、罗婉华译,上海文艺出版社 1990 年版,第 45 页。

程度上选择他的伪装,但是他永远不能选择消失不见。"① 因此,荷马、福楼拜等作家"所显示的每一件事物都将为讲述服务,在'显示'和'讲述'之间划定界线,在某种程度上是武断的"②。

再次,展示与讲述都是小说创作的技巧,没有优劣之分,以里蒙·凯南为代表。如果说亨利·詹姆斯和玻西·卢伯克等代表着一个极端,即在小说里一切都是展示的话,那么布斯则代表另一个极端,即在小说里一切都是讲述。在展示和讲述之争中,里蒙·凯南采取一种折衷主义态度,她认为,展示与讲述作为小说创作的技巧存在着自身的优缺点,没有什么优劣之分,她写道:

> 不管这种涉及规范的争辩多么有趣,它对于叙事虚构作品的理论性和描述性研究终究是不相干的。从这一观点看来,无论是讲述还是显示都没有固有的优劣之分。就像任何其他技巧一样,它们也各有长处和短处,而它们相对的成功或失败则取决于它们在特定作品中的职能。③

最后,取消展示与讲述之分,以热奈特为代表。在热奈特看来,展示与讲述都是一种摹仿活动,而叙事是"承担一个或一系列事件的叙述陈述,口头或书面的话语"④,关于柏拉图和亚里士多德的叙事观念,热奈特曾写道:

> 人们自然可以(甚至应该)怀疑精神表现行为和语言表现行为之间——逻各斯和述说之间——的区别,但这就等于怀疑摹仿理论本身,这种理论把诗歌虚构设想为对现实的模拟,它存在于担负它的陈述之外,正如历史事件处于史家的陈述之外,或被描绘的景物处于描绘它的图画之外。这个理论对虚构和表现不作任何区分,视虚构的对象为等待表现的假现实。从这个角度看,述说上的摹仿概念本身显然纯粹是海市蜃楼,人一走近便消逝得无影无踪;语言只能完美地摹仿语言,确切地说,话语只能完美地摹仿完全一致的话语;简言之,话语只能自

---

① W. 布斯:《小说修辞学》,华明等译,北京大学出版社 1987 年版,第 23 页。

② W. 布斯:《小说修辞学》,华明等译,北京大学出版社 1987 年版,第 22—23 页。

③ 里蒙-凯南:《叙事虚构作品》,姚锦清等译,生活·读书·新知三联书店 1989 年版,第 193—194 页。

④ 热拉尔·热奈特:《叙事话语　新叙事话语》,王文融译,中国社会科学出版社 1999 年版,第 6 页。

我摹仿。①

在热奈特看来,叙事就是叙述话语,叙事本质上是一种话语活动,而非摹仿行为。

这四种不同的意见表现出来的对立和冲突,表面上是传统小说和现代小说不同的写作方式和修辞方法的对立和冲突。在传统小说里,作者在叙事作品里拥有讲述人的身份,以全知全能的叙述方式讲述故事,而在现代小说里,作者不再具有全知全能的地位,他更倾向于选择展示的写作方法,让人物和事件直接站在读者面前,展示人物的动作行为和内心活动。但是,在深层次上,我们发现,这种对立和冲突涉及三个理论问题:

首先,主观的叙述和客观的叙述。主观叙述即讲述,过多的感情表露,过多的作者判断,过多的作者声音的显现都是主观叙述,在菲尔丁和乔治·艾略特的小说里最能够明显地体现出来。而客观叙述,即展示,没有作者的判断和评价,没有作者的声音,有的只是故事本身,故事在显示自己,如康拉德所说:"尤要者,是令你觉得犹如目睹"。② 自 17、18 世纪西方认识论转向以来,主观和客观的问题一直是理论上的难题。在文学领域里,浪漫主义过分的主观表现,已经引起不满。许多作家要求客观的表现事物,让事物呈现自身。法国新小说认为,小说是一种不及物写作,需要客观地描写"物"本身,并且人也是一种物,"人在宇宙中不再有特殊的位置了,他在那儿,人们能说的仅此而已;一个众多的物中的物。"③ 因此,现代小说的整个趋势,正如布鲁克斯所指出的那样:"的确,现代小说,也可称为'无我'的艺术。即被认为全属小说特质的各方面,如叙事观点及时间顺序等课题,仍属戏剧性呈现的范围——要呈现而不可讲述。"④

其次,作者退场或退隐。作者介入就是他在讲述自己的故事时须介入其中,告诉读者故事里某些事情,即他要"动情的"参与故事当中。而作者退场则意味着作者应该是"客观的"、"中立的"、"超然的",这是自福楼拜以来小说美学对作者的一个基本要求,"在福楼拜之后,许多作家和批评家已经接受这种观点,即认为'客观的'、'非个人的'或'戏剧式的'叙述方式,

---

① 张寅德编:《叙述学研究》,中国社会科学出版社 1989 年版,第 283—284 页。

② 转引自维姆萨特、布鲁克斯:《西洋文学批评史》,颜元叔译,中国人民大学出版社 1987 年版,第 628 页。

③ 吕同六主编:《20 世纪世界小说理论经典》(下卷),华夏出版社 1995 年版,第 172 页。

④ 维姆萨特、布鲁克斯:《西洋文学批评史》,颜元叔译,中国人民大学出版社 1987 年版,第 630—631 页。

较之作家或其可靠叙述者直接出面的叙述方式,自然地要优越。"① 福楼拜、亨利·詹姆斯和康拉德等小说家希望"读者忘了作者的存在,让故事似由自己在讲述,依靠自己的生命,发展开来。"结果,"小说家的一般趋向,是走回戏剧路线,强调直接呈现,而不必由一个特殊的述事者为媒介。"② 因而,"假如一个小说家想做到生动,他最好找到一种方法,完全排除叙述者,将场景直接显示给读者。……公开的全知的故事讲述者几乎从当代小说中消失了。"③ 也就是说,作者退居到作品的幕后,像上帝一样客观地审视自己的作品。萨特对此不以为然,他认为,作者要让读者错以为他不存在,"如果我们怀疑他躲在幕后,控制着人物的命运,哪怕只有一会儿的怀疑,他看起来就不自由了。"④

最后,作品依附于作者或作品脱离作者。作品作为一种文献资料用于解释作者的生平事迹、人格和个性,⑤ 这种批评方法是 19 世纪浪漫主义占据主流的批评倾向。20 世纪却追求作品的独立性,展示和讲述的对立也表现出作者与作品两种截然相反的距离关系。讲述必然要求作品依附于作者,而展示则需要作品独立自主。詹姆斯曾说:"一部小说就是一部小说,有如一块布丁就是一块布丁,人们对此唯一的工作,就是把它吞食便了。"⑥ 在他看来,艺术作品要脱离了作者,按照自己内在生命原则生长而成。这种主张影响艾略特等人的诗歌理论。而热奈特提出的叙事即话语,直接瓦解了自柏拉图以来展示和讲述的区别,客观性和主观性是由语言特有的标准所确定的,叙事作为一种话语有其自身的结构,因而,叙事文学作品是独立存在的。结构主义叙述学理论家巴特、托多洛夫等都持有相同的看法。

---

① W. 布斯:《小说修辞学》,华明等译,北京大学出版社 1987 年版,第 10 页。译文略有改动。

② 维姆萨特、布鲁克斯:《西洋文学批评史》,颜元叔译,中国人民大学出版社 1987 年版,第 628 页。

③ 韦恩·布斯:《小说修辞学》,付礼军译,广西人民出版社 1987 年版,第 46 页。

④ 韦恩·布斯:《小说修辞学》,付礼军译,广西人民出版社 1987 年版,第 55 页。

⑤ 我认为,个体对应的是 individual,而 impersonal 对应的是个性。在《后形而上学思想》里,哈贝马斯区别了个体与个性,他写道:"从哲学语言的发展过程来看,'个体'一词是从希腊 'Atomon' 翻译过来的;在逻辑学上,它指的是可以陈述的对象,在本体论中,它指的是单个事物或具体的存在者。'个性'主要指的是个体的单一性或特殊性,而不是原子或不可分割的东西。因此,如果某个对象可以从众多对象当中被挑选出来,并且被承认是一个特定的对象,也就是说,它作为特定的对象是可以识别的,我们就说这个对象是'个别的'。"见于哈贝马斯:《后形而上学思想》,曹卫东等译,译林出版社 2001 年版,第 174—175 页。

⑥ 转引自维姆萨特、布鲁克斯:《西洋文学批评史》,颜元叔译,中国人民大学出版社 1987 年版,第 626 页。

　　第二种含义是非个人品性或者没有个人的感情,也就是说诗歌与诗人的个性、感情、性格等毫不相干。关于这一点,济慈提出了"消极能力"说(negative capacity),T. S. 艾略特主张"非个人化"诗歌理论等。

　　济慈认为,华兹华斯的"崇高的自我"是一种有意识的自我设计,对事物有选择的愿望是一种意识行为,因而,这种选择是不完全的,因为选择依靠诗人主观的个性。而像莎士比亚之类的诗人则没有自我和个性,从而具有穿透自我和事物之间障碍的能力,这种能力就是"消极能力"。正如约翰逊·贝特所说:"强迫自我本性的诗人在自己与他的对象之间设置了额外的障碍:他在其间没有位置……诗歌天赋的表现仅仅允许诗人拥有一种消极能力,诗人自身是无特性的、无本性的,他不仅容忍而且毫不犹豫地欢迎生活里自我的消失,这样,获得的真理才令人满意。"①

　　非个人化是艾略特诗学的中心思想。艾略特认为,在伟大的传统面前,诗人没有个性,没有自我,他个人的一切成就都是微不足道的,"他的作品中最好的部分,而且最个性的部分很可能正是已故诗人们,也就是他的先辈们,最有力地表现了他们作品之所以不朽的地方。"② 诗人皈依整个传统过程就是不断进步的过程,这种进步"意味着继续不断的自我牺牲,继续不断的个性消灭"③。艾略特有一句名言:小诗人偷,大诗人借。偷和借之间的区别就在于是否具有历史意识。从诗人合法性身份角度来讲,是否具有历史意识已经不是小诗人和大诗人的问题,而是真诗人和假诗人的问题。一个真正的诗人写了一首诗,不要沾沾自喜,以为自己创造了一首诗,他要意识到前辈诗人的存在,他的这首诗是从前辈的诗人借来的,因此诗人应该脱离或泯灭自己的个性和感情,他应该非个人化。

　　如果济慈要通过无我和无个性穿透主体和客体之间的障碍,从而获得美和真的话,那么艾略特要泯灭自我和个性,否定诗人在诗中出现,从而使得诗歌作品获得独立。艾略特反对浪漫主义的过分感情宣泄,要求诗人脱离滥情的旋涡。文学传统作为一个共时存在秩序制约着和限制着诗人个人感情和个性的表现,一个真正的诗人需要尊重诗歌作品流传下来的这种传统,而不是看重自己廉价的一己之情。因此,在对我们前面论述展示所涉及三个基本理论上,艾略特同样有自己的见解。

　　首先,在主观和客观问题上,艾略特提出诗歌须寻找客观对应物,即

①　Jackson Bate, *Negative Capability*, Cambridge:Harvard University Press, 1939, p.29.

②　托·斯·艾略特:《艾略特文学论文集》,李赋宁译,百花洲文艺出版社1994年版,第2页。

③　托·斯·艾略特:《艾略特文学论文集》,李赋宁译,百花洲文艺出版社1994年版,第5页。

"用艺术形式表现情感的唯一方法是寻找一个'客观对应物';换句话说,是用一系列实物、场景,一连串事件来表现某种特定的情感;要做到最终形式必然是感觉经验的外部事实一旦出现,便能立刻唤起那种情感"①。在艾略特看来,个人的与非个人的感受和情感的分离后,感受和情感才能在"一系列实物、场景,一连串事件"表现出来,这就是客观化。这是法国象征主义诗歌理论一种主张。象征主义者认为,诗歌不能直接表现情感,情感只能被暗示。波德莱尔坚信,每种颜色、声音、气味和观念化的情感在自然里都具有对应的形式,而这种关系是被引发出来的。马拉美说,直呼一个事物的名称,就会破坏用诗意暗示的全部乐趣的四分之三,诗歌只能暗示而不可直说。艾略特的"客观对应物"说是对象征主义诗歌理论一个总结,具有现代意义的是,它已经"将重心完全置诸一个作品的结构上"。②

其次,在作者问题上,艾略特认为,诗人并不是表现自己的"个性",他"是一种特殊的媒介,这个媒介只是一种媒介而已,它并不是一个个性,通过这个媒介,许多印象和经验,用奇特的和料想不到的方式结合起来"③。对此,艾略特用了两个形象的比喻说法,一个是容器或贮藏器,"诗人的头脑实际上就是一个捕捉和储存无数的感受、短语、意象的容器。"④另一个是白金,它是一种催化剂。在一个贮有氧气和二氧化硫的瓶里,由于白金丝的存在,它们就化合成硫酸。这个化合作用只有当白金存在时才会发生,然而新化合物中却并不含有丝毫白金,白金本身并未受到任何影响:它保持惰性、中性,毫无变化。杰姆逊写道:"艾略特主张的是诗歌非个人化,诗人不应该出现在诗中,而且也不可能有自己的个性,这和佛教的教义是相通的,追求的是个性人格的完全泯灭。"⑤尽管有人责难艾略特把诗人贬低为一部自动机器,无意识亦无头脑,分泌着诗句,但是,从整个20世纪西方文论史来看,作者或诗人的个人重要性已经消失了,"而诗人们感受到最深刻的一点就是个人重要性的消失,如果说浪漫主义发现了个人、自我的话,(对此我是从来不大相信的),现代主义,特别是 T. S. 艾略特则是反浪漫主义的,因为在这样一个时代自我已经不存在了。因此现代主义诗人追求的是普遍

---

① 托·斯·艾略特:《艾略特诗学论文选》,王恩衷译,国际文化出版公司1989年版,第13页。

② 维姆萨特、布鲁克斯:《西洋文学批评史》,颜元叔译,中国人民大学出版社1987年版,第614页。

③ 托·斯·艾略特:《艾略特文学论文集》,李赋宁译,百花洲文艺出版社1994年版,第9页。

④ 托·斯·艾略特:《艾略特文学论文集》,李赋宁译,百花洲文艺出版社1994年版,第7页。

⑤ 杰姆逊:《后现代主义与文化理论》,唐小兵译,陕西师范大学出版社1987年版,第192页。

性,力求描写抒发普遍的甚至是人们还没有意识到的感情,而不是那种个人的哀怨烦恼。"①

最后,在艺术作品问题上,艾略特主张作品的独立性。"欧立德(即艾略特,引者注)的文学理论中心,是视诗篇为一件客观的事物来处理。"② 艾略特认为,诗歌作品有其自己的生命,诗人应该将自己的个性、感情和人格置于诗外,他的主要工作是抚养培育诗歌的"生命",一首诗会向诗人提供一些准则,作为培育自己生命所需。"这样一种'无我'的艺术观,几乎是战斗的'反浪漫主义的'。它将注意的焦点'投射于诗,而非诗人的本身'。于是,它特别着重艺术作品的本身。这种观念,在精神上,可说是回头重温亚里士多德的理论。"③ 这种观念直接影响了新批评的文本中心主义。

第三种含义是非个人存在或创造、没有个人性,或者作为个人不存在。

马拉美诗学一个主要方面是,诗歌是语言或者文字写成的,而非思想构成的。对于这一重要的理论,布鲁克斯的评价是,马拉美探讨文字的潜能,"他把文字看成手势或提示情感的格式——把文字间的相互反应,视为似芭蕾舞或'音乐的'一种组织。"④ 这是按照形式主义的批评观念评价马拉美的诗学思想。罗兰·巴特却根据结构主义的批评观念写道:

> 在法国,马拉美毫无疑问是第一个充分看到、预见到有必要用语言自身取代个人,个人,直到那时还认为是语言的所有者。对马拉美,也对我们而言,是语言而不是作者在说话;写作是通过作为先决条件的非个人化(绝对不要与现实主义小说家的阉割的客观性相混淆),达到只有语言而不是"我"在起作用,在"表演"。他全部诗学就在抑作者而扬写作。⑤

在巴特看来,马拉美的诗学绝不仅仅是探讨文字的潜能,它更是一种

----

① 杰姆逊:《后现代主义与文化理论》,唐小兵译,陕西师范大学出版社 1987 年版,第 192—193 页。

② 维姆萨特、布鲁克斯:《西洋文学批评史》,颜元叔译,中国人民大学出版社 1987 年版,第 612 页。

③ 维姆萨特、布鲁克斯:《西洋文学批评史》,颜元叔译,中国人民大学出版社 1987 年版,第 612 页。

④ 维姆萨特、布鲁克斯:《西洋文学批评史》,颜元叔译,中国人民大学出版社 1987 年版,第 615 页。

⑤ 转引自赵毅衡编:《符号学文学论文集》,百花文艺出版社 2004 年版,第 507—508 页。译文略有改动。

非个人化的诗学，即"语言而不是作者在说话"。巴特还告诫说，这种非个人化诗学不是"现实主义小说家的阉割的客观性"，即在主观和客观二分法中突出事物客观性。韦勒克曾对客观性的非个人化进行了概括，他写道：

> "客观性"是现实主义的另一个基本的座右铭。客观性主张的背后也同样包含着某些否定的因素，包含着对主观主义的不信任，对浪漫主义式的自我推崇的不信任：在实践中，它常表现为对抒情性和个人情调的排斥。在诗歌中，帕那萨斯派诗人要求并取得了一种不动情感效果，在小说中，现实主义理论主要的技巧要求就是非个人化：作者应完全从他的作品中消失，隐藏起他的任何倾向。这种理论的主要发言人是福楼拜，但它也是 H. 詹姆斯感兴趣的问题。①

前面我们讨论两种非个人化的含义基本上都属于客观性非个人化范围。话语文本的非个人化已属于结构主义和后结构主义时期，巴特在结构主义时期提出了"零度写作"。"零度写作"本质上是一种创作主体不在的写作，作家毫不介入的写作。巴特后来提出一种不及物写作，更加深入论证了写作是纯粹语言学活动行为，写作是仅指向自身的活动。"显然，无论是零度写作也好，还是不及物写作也罢，巴特所强调的是在文学向语言学回归的过程中，作为观念意识代言的主体消解。作家不再承担社会和伦理的重担，作家不再是说教布道者和萨特式的以'介入'去追求'政治的自由'和'生存的自由'的人，而是在写作的空间中，提倡一种沉默无语的写作，一种白色的或零度的写作，一种无动于衷而又放弃责任的写作，作家退出了作品，成为了一种完全意义上的'缺席'写作。"② 巴特向后结构主义转变的宣言就是：作者之死。在巴特看来，写作是一种纯粹符号活动，"除了符号本身一再起作用以外，再也没有任何功能。"③ 因此，写作本身就是对任何声音和始创点的一种毁灭。作者、写作主体在写作过程中被中性化、混合化，趋向销声匿迹。作者只是从属于写作的符号功能，他不再是作品的源泉和中心。作者并非先于作品，不存在父与子关系，作品一经完成，是谁在叙说已无关紧要，也无从知晓："声音失去其源头，作者死亡，写作开始。"④ 巴特指

---

①　R. 韦勒克：《批评的诸种概念》，丁泓、余徽等译，四川文艺出版社 1988 年版，第 236 页。

②　项晓敏：《零度写作与人的自由》，复旦大学出版社 2003 年版，第 55 页。

③　赵毅衡编：《符号学文学论文集》，百花文艺出版社 2004 年版，第 506—507 页。

④　赵毅衡编：《符号学文学论文集》，百花文艺出版社 2004 年版，第 507 页。

出,建立在语言学模式之上的文学科学使作者归于毁灭。作者只是写作这一行为,"语言只知道'主体',不知'个人'为何物;这个主体,在确定它的说明之外是空洞的,但它却足以使语言'结而不散',也就是说,足以耗尽语言。"①作者作为一个空无,是一个有其名无其实的作者,在《从作品到文本》一文里,巴特写道:

> 如果作者是一位小说家,在他的文本中他把自己描述成诸多人物中的一员,以及某个形象而做得天衣无缝;他的标志不再是特许的和类似于父亲保护的方式,或绝对真理的存在,而是游戏。他成了一种"名义上的作者":他的生活不再是情节的来源,而是情节与其作品共同运转。这种转变,是作品影响生活,而不是生活影响作品……文本中的我,其本身从来就没有超出那个名义上的"我"的范围。②

福柯《什么是作者》一文可以说是巴特《作者之死》的续篇,他对作者的主体性地位同样提出了质疑。福柯认为,必须剥夺主体的创造作用,把它作为讲述的复杂而可变的功能体来分析,即"要抓住其功能,它在讲述中的干预作用,它的从属系统",③这样,作者或"作者—功能"只是主体可能的规格之一。在话语体系中,话语在文化中流传,作品在其中发行,但并不需要有作者。作者仅仅是话语多种功能中的一种功能,而且作者—功能远不是永久不变的,它随着社会文化秩序的改变而改变,随着时代历史的变化而变化。在福柯看来,现代写作不是自我的表达,它只指向写作本身,于是,"写作就像一种游戏,它不可避免地超过自己的规则并最终将之抛在后面。"④在这种纯粹的写作中,作者是作家作品的牺牲品,作品成为作者的谋杀者,因此,创作主体消解了,作者消失了,"写作的根本基础不是与写作行为相关的升发情感,也不是将某个主体嵌入语言,相反,它主要涉及创造一块空地,在此写作主体无穷尽地消失。"⑤正如布利安·马加尔所说:"作家已被宣布死亡,所以他们在文本里不再坚持作者作为权威出场,而是让他/她或隐或显,就像是通过文本与我们捉迷藏,表现出作者'死了,但仍与我们在

---

① 赵毅衡编:《符号学文学论文集》,百花文艺出版社2004年版,第509页。
② 罗兰·巴特:《从作品到文本》,杨扬译,《文艺理论研究》1988年第1期。
③ 赵毅衡编:《符号学文学论文集》,百花文艺出版社2004年版,第523页。
④ 转引自项晓敏:《零度写作与人的自由》,复旦大学出版社2003年版,第208页。
⑤ 项晓敏:《零度写作与人的自由》,复旦大学出版社2003年版,第208页。

一起,虽与我们一起,但已死了'。"①

　　第四种含义仅用于第三人称,表示没有明确的主体,或者表示无法确定的、不具体指涉的东西。

　　爱弥尔·本维尼斯特可能是最早从叙述角度区分第一人称和第三人称。他指出,叙述基于动词的时态区别为完成时和过去时。"与现在时一样,完成时态属于话语语言系统,因为它的时间所指是说话的当时,而过去时的所指则是事件发生的时刻。"②两者区别的关键在于语言形式中是否包含着说话时刻的情状。第一人称代词"我"或某些指示代词与完成时留给陈述专用,而严格的叙事形式只使用第三人称以及过去时形式。

　　巴特和热奈特对此都有自己解释。热奈特是从叙事的客观性和陈述的主观性的对立来理解,他认为,以第一人称"我"的存在为标志的陈述是"主观的",这个"我"就是做此陈述的人,陈述方式的最佳时态现在时就是此陈述的时刻,使用现在时标志着被描写的事件与描写它的陈述主体同时发生。反过来,以第三人称"他"的存在为标志的叙事是"客观的",使用是过去时,客观性意味着,叙事根本不提叙述者,事件按其发生的先后,一边在故事的地平线上出现,一边被写下来。在此没有人讲话,事件似乎在自我讲述。因此,在陈述中有人讲话,他在讲话行为中的处境是最重要的含义的焦点;在叙事中无人讲话,我们无须考虑何时何处谁在讲话等问题来理解作品的含义,这"完美地描述了纯叙事的本质及其与说话者一切个人表达方式的彻底对立"。③巴特则从纯陈述性和行为性来解释。他认为,属于指物对象的心理上的人称与语言上的人称没有任何关系,因为语言上的人称从来不用性情、意图或者性格,而仅仅用它在话语中的(编码的)地位来确定。这是一种语言形式的人称。这是旨在使叙述作品从纯陈述性范畴过渡到行为性范畴。所谓行为性范畴,即一句话的意义就是说这句话的行为本身。"如今写作不是'讲故事'。而是告诉说在讲故事,并且把全部所指事物('所言之物')都归到这个言语行为上面。"④区别第一人称和第三人称的方法就是重写,"只要将用他写的叙事作品(或者段落)用我来'重写'就行。"⑤巴特的结论是,"可以肯定,无人称(即第三人称,引者注)是叙事作品的传统方式,因为,语言已经制作成一整套叙事作品特有的(与不定过去时相连

---

① 转引自项晓敏:《零度写作与人的自由》,复旦大学出版社2003年版,第211页。
② 张寅德编:《叙述学研究》,中国社会科学出版社1989年版,第295—296页。
③ 张寅德编:《叙述学研究》,中国社会科学出版社1989年版,第289页。
④ 张寅德编:《叙述学研究》,中国社会科学出版社1989年版,第32页。
⑤ 张寅德编:《叙述学研究》,中国社会科学出版社1989年版,第30页。

的) 用于排除说话人的现在时的时间系统。"①

事实上,无论热奈特的纯叙事与说话者个人表达方式的彻底对立,抑或巴特的叙事作品特有的无人称系统排除说话人的现在时的时间系统,都表明实实在在的叙述者被瓦解了,本维尼斯特说:"在叙事作品中,没有人说话。"② 朱莉娅·克利斯蒂娃认为,文学语言包括一个不断从主体进入非主体的过程,而"在这个语言逻辑解体的另一个空间里,主体被瓦解了,在符号的位置上发生了能指互相取消的碰撞"。③ 叙述者是一种设想,一种诗学语言的功能,"叙述者和人物主要是'纸上的生命'。"④ 因此,它们可以被误置,转化为另一种非个人化的形态。然而它们恰恰肩负了具体的叙述主体的统一诗意的使命。

二、什么是非个人化思潮?

关于 20 世纪美学和文学的发展脉络,或者说逻辑发展线索是什么,国内学者有着种种不同的理解。

20 世纪哲学存在着两大思潮,即人本主义思潮和科学主义思潮,因此,国内著名学者朱立元先生认为,20 世纪的美学史同样存在人本主义思潮和科学主义思潮,"本世纪欧美美学的全部发展同哲学相似,可以概括为现代人本主义美学和科学主义美学两大思潮的流变更迭。"⑤ 所谓人本主义就是"以人为本的哲学理论与思潮。其根本特点是把人当作哲学研究的核心、出发点与归宿,通过对人本身的研究来探寻世界的本质及其他哲学问题。"⑥ 所谓科学主义则是从"具体特殊的审美经验或事实出发"⑦。研究美学的两大思潮"不仅是方法的变革,而且也是思想观念和思维方式的巨大变革"⑧。朱立元先生认为,20 世纪西方美学发生了两次历史性转移,"第一次是从重点研究艺术家和创作转移到重点研究作品文本,第二次则是从重点研究

① 张寅德编:《叙述学研究》,中国社会科学出版社 1989 年版,第 3 页。

② 张寅德编:《叙述学研究》,中国社会科学出版社 1989 年版,第 30 页。

③ 转引自乔纳森·卡勒:《结构主义诗学》,盛宁译,中国社会科学出版社 1991 年版,第253 页。

④ 张寅德编:《叙述学研究》,中国社会科学出版社 1989 年版,第 29 页。

⑤ 朱立元:《西方美学通史·二十世纪美学 (上)》(六),上海文艺出版社 1999 年版,第 3—4 页。

⑥ 朱立元:《西方美学通史·二十世纪美学 (上)》(六),上海文艺出版社 1999 年版,第 5 页。

⑦ 朱立元:《西方美学通史·二十世纪美学 (上)》(六),上海文艺出版社 1999 年版,第 4 页。

⑧ 朱立元:《西方美学通史·二十世纪美学 (上)》(六),上海文艺出版社 1999 年版,第 5 页。

文本转移到重点研究读者和接受。"① "这两次转移既体现了整个文艺活动
从'作家创作→作品文本→读者接受'三个主要环节的逻辑顺序,也显示了
二十世纪西方美学历史演进的基本轨迹。"②

　　无独有偶,国内另一位著名学者赵宪章先生从方法论角度描述了20
世纪西方文论两大批评方法,即主体批评方法和本体批评方法。所谓本体
批评方法,作为一种崭新的思维方式,就是"文学艺术在它那里完全成为
语言、符号与结构的存在,语言、符号与结构的分析成了文艺研究的全部内
容"③。"他们放弃了自我而转向了'实在',企图通过形式、语言、存在去发现
一个新的世界,企图通过主体的失落换取客体的再认识。……它感兴趣的
不是对象的内容、意义与价值,而是形式,结构与功能。"④ 总之一句话,"本
体批评不是将'人',而是将'形式'、'语言'、'文本'作为文学艺术的'本
体'。"⑤ 所谓主体批评方法则"通过美学和文学艺术的形式对于人的思考。
他们和哲学上的人本主义一样,只是从不同的角度透视人的命运、价值和前
途,给人以艺术的和美学的本质规定,从而形成了自己的、不同于本体批评
的文艺学方法和思维模式。"⑥ 如果说主体批评方法与人本主义思潮密切相
关的话,那么本体批评方法与科学主义思潮紧密相连。赵宪章先生认为,
20世纪西方文论存在着本体崇尚和主体失落的基本逻辑走向。"本体批评
正是由于对审美客体(语言本文)的过分偏爱,才导致了主体的失落、人的
失落。"⑦

　　从上述两位学者的论述中,我们可以得出两个结论:其一,艺术家、作
者或艺术主体、人在文学、美学研究地位在20世纪的美学和文论中已经失
落;其二,这种失落与科学主义思潮密切相关。

　　这两点与我们将要详细阐发的所谓非个人化思潮的意思相同。非个
人化思潮是指在现代科学主义思潮影响下艺术主体研究,包括艺术家、作者
以及人在20世纪西方文论的失落或衰落。

　　我们可以从上述的非个人化的四个辞典意义中归纳出非个人化思潮

---

① 朱立元:《西方美学通史·二十世纪美学(上)》(六),上海文艺出版社1999年版,第42页。
② 朱立元:《西方美学通史·二十世纪美学(上)》(六),上海文艺出版社1999年版,第43—44页。
③ 赵宪章:《文艺学方法通论》,江苏文艺出版社1990年版,第443页。
④ 赵宪章:《文艺学方法通论》,江苏文艺出版社1990年版,第443页。
⑤ 赵宪章:《文艺学方法通论》,江苏文艺出版社1990年版,第516页。
⑥ 赵宪章:《文艺学方法通论》,江苏文艺出版社1990年版,第519页。
⑦ 赵宪章:《文艺学方法通论》,江苏文艺出版社1990年版,第519页。

的三条线索。第一条线索是从济慈、福楼拜发展到艾略特,我们称之为客观性的非个人化;第二条线索是从马拉美发展到巴特、福柯和德里达,我们称之为话语文本的非个人化;第三条线索是从本维尼斯特发展到巴特、热奈特和托多洛夫等,我们称之为人称的非个人化。人称的非个人化与话语文本的非个人化都是现代语言学发展的产物,两者密切关联。关于人称的非个人化,存在着与客观性的非个人化和话语文本的非个人化交叉现象,由于资料有限,我们这里不做重点论述。

关于客观性非个人化,我们把非个人化的第一种意思(展示)和第二种意思(无我、无个性)合并在一起,因为两者有着内在联系。艾略特的非个人化观念直接源自于福楼拜等。"这些小说理论家(主要指康拉德、乔伊斯等,引者注)和诗人及诗的理论家休谟(应该是休姆,引者注),庞德,欧立德(即艾略特,引者注)等,皆有私人交谊,过从甚密;至佛楼拜尔(即福楼拜,引者注)与詹姆斯,则为上述三人之部分理论之源头。"① 至于济慈曾经听过哈兹利特的文学讲座,其"消极能力"说就源于哈兹利特,而哈兹利特受到斯宾诺莎的哲学思想的影响。同样,福楼拜的"作者退场"也与斯宾诺莎的哲学思想有关。② 斯宾诺莎对上帝的认识的一个表述是,上帝在,上帝又不在。这说明济慈的"消极能力"说也可在客观性非个人化的线索上理解。因此,我们把非个人化的第一种意思和第二种意思合并到客观性这一线索来理解。

关于客观性的非个人化和话语文本的非个人化的关系,国内学者项晓敏从现代主义、后现代主义的角度给予区别,她写道:

> 作者之死揭示了后现代写作的现状和规律,后现代文学创作的实践就充分证实了对"全知全能的上帝"作者的颠覆,事实上,现代主义、后现代主义中都表现出对全知全能的创作方式和独尊作者的摒弃。所不同的是,现代主义作家所注重的是如何在作品中隐藏作者,作者虽然不再直接在作品中露面,去对读者指手画脚地进行道德说教和干涉,以保持作品的客观性和真实性。但其实他们只是表面上抹去作者在作品中的明显痕迹,心灵深处所追求的则是如福楼拜所说的,作者

---

① 维姆萨特、布鲁克斯:《西洋文学批评史》,颜元叔译,中国人民大学出版社 1987 年版,第630 页。

② 对此,王钦峰从福楼拜的生存态度和世界观的角度论述了福楼拜与斯宾诺莎在思想上具有十分密切的联系,可参见于王钦峰:《福楼拜的"非个人化"原则的哲学基础》,《外国文学研究》2005 年第 5 期。

在作品中应该成为"不露面的上帝",如表现主义作品、意识流小说、超
现实主义等。而后现代创作,作者的角色被作品中的叙述者所代替。
文学中的作者与作品内容的叙述者是完全不同的两个概念,不再混为
一谈。叙事作品中说话的人不等于就是生活中正在写作的人,当写作
一开始,作者已不是生活中的人,而是融入艺术审美思维的写作者。
反之,写作者对于作品而言,只是生活在艺术世界的人,因而也就区别
于生活中存在的人。①

　　项晓敏认为,现代主义、后现代主义文学创作的共同之处是"表现出对
全知全能的创作方式和独尊作者的摒弃",两者的不同之处在于,现代文学
创作"表面上抹去作者在作品中的明显痕迹,心灵深处所追求的则是如福
楼拜所说的,作者在作品中应该成为'不露面的上帝'","以保持作品的客
观性和真实性",而后现代文学创作"对'全知全能的上帝'作者的颠覆",
"作者的角色被作品中的叙述者所代替"。这种看法值得商榷。首先,现代
主义范围包括了表现主义作品、意识流小说、超现实主义等,那么,卡夫卡、
伍尔芙夫人的作品是否能够按照福楼拜的"作者退场"说解释呢?其次,后
现代创作"作者的角色被作品中的叙述者所代替",即作者在文本外,而叙
述者在文本内,这是结构主义叙事学和当代的新叙事学的常识,不能成为后
现代创作的显著标志。最后,按照巴特的解释,马拉美最早提出了话语文本
的非个人化的问题,这是从现代主义、后现代主义的角度无法解释的。因此
应该从语言学角度理解两者的区别:其一,客观性的非个人化是根据语言工
具论来把握主观和客观问题,正如巴特所说,这是一种阉割的二元认识论,
陷入这种二元论的旋涡,就无法解释清楚如莎士比亚之类的作家到底是主
观还是客观。另外,作品是自主独立的,有其内在生命,正如布鲁克斯申辩
所说:"一首诗,像一株生长的植物,它自然倾向于阳光,若不加干扰,一定
长得挺直。"② 实际上,艾略特的文学传统就是指作品有其内在的规则和惯
例,它们构成一个共时秩序,皈依这种传统必然使诗人牺牲自己的个性和感
情,甚至一切。形式主义(俄国形式主义和新批评)就是按照这种文学观念
来理解作家和作品之间的关系的。事实上,作品内在规则和惯例超出了作
家,需要作家体会和学习。后来理论家们追寻互文性的源头时,艾略特是其

① 项晓敏:《零度写作与人的自由》,复旦大学出版社 2003 年版,第 210 页。

② 维姆萨特、布鲁克斯:《西洋文学批评史》,颜元叔译,中国人民大学出版社 1987 年版,第
624 页。

源头之一,原因正在于此。其二,话语文本的非个人化从语言本体论角度来解释,问题会显得很清楚。语言形式的差异系统(索绪尔),语言功能系统(雅各布森),能指是欲望的空无(拉康),话语是虚无(福柯),能指的天空(巴特),能指的棋盘、异延、替补、撒播等(德里达),无不揭示了语言言说的本相。因此,现代语言学,尤其是索绪尔之后的语言学是话语文本非个人化存在的学理依据。

当然,客观性的非个人化和话语文本的非个人化有着共同之处。乔纳森·卡勒认为,结构主义并不同意,一首诗一旦脱离了诗人的笔端,就成为一个自足的实体。因为,如果不参照其他的诗和阅读的程式,诗是不会"创造"出来的。正是由于这些关系,诗才成其为诗,它的地位并不因为发表与否而发生变化。如果诗义后来又发生了变化,那只是因为它又进入了新的作品秩序中:新的作品对文学系统本身又作了调整。同样,在解释文学传统时,艾略特表达相同的意思。艾略特认为,整个欧洲文学"构成一个共时存在的整体,组成一个共时存在的体系",① 新作品的加入使得这一体系有所修改,因为,文学传统的历史意识是无时间性的,即"过去决定现在,现在也会修改过去",② 因此,每一件艺术品和整个体系之间的关系、比例、价值便得到了重新的调整。诗人要遵循文学传统,就必须牺牲自己个性和感情。由此我们看到,客观性的非个人化和话语文本的非个人化都具有共时的观念、关系的观念,这是相对主义的一个基本思想,巴特写道:

> 现在的历史,我们的历史,只允许移置,变异,超越和拒绝,正如爱因斯坦理论在客观研究中要求对参照点的相对性的包容,因此,马克思主义,弗洛伊德主义,和结构主义的联合活动要求在文学领域里,撰稿人,读者和观察者(批评家)关系的相对性。③

从相对主义的观点看,非个人化问题主要涉及艺术家与作品、世界、欣赏者之间一种张力关系,我们从文学四要素理论出发或许更容易理解。美国学者艾布拉姆斯提出,文学理论由四要素构成,即艺术家、作品、世界、欣赏者。其一,就艺术家与世界之间关系而言,主张非个人化者认为,世界是直接呈现,而非艺术家去摹仿或表现,就是说,世界万事万物都会自自然然

---

① 托·艾略特:《艾略特文学论文集》,李赋宁译,百花洲文艺出版社 1994 年版,第 2 页。译文略有改动。

② 托·艾略特:《艾略特文学论文集》,李赋宁译,百花洲文艺出版社 1994 年版,第 3 页。

③ 罗兰·巴特:《从作品到文本》,杨扬译,《文艺理论研究》1988 年第 1 期。

地展现自己，无须艺术家劳神劳力。进而，世界是由语言符号构成的，艺术家也包括在内，因此，不存在艺术家先于世界而对其人为加工问题。其二，就艺术家与作品之间关系来讲，作品是独立自主的，并非艺术家创造所为，艺术家仅是作品内在构成因素之一。其三，从艺术家与欣赏者之间关系来看，萨特曾认为，读者能够促进作家的创作，因为，作为一个真正作家要尊重读者，根据读者的意见进行创作。其实这仅是一种猜测，读者与作家并不存在一种互动关系，因为作家创作一部作品，作品一俟完成，谁创作这部作品问题已经无从知晓，两者之间并不像浪漫主义所认为的那样有着母子或父子的关系，更可能是弗莱和什克洛夫斯基所说的叔侄关系，读者阅读作品也就无须实证主义式地追溯作品的父母，他只需阅读作品就可以了。这样说来，读者与作家不存在关联性，正如巴特所说："读者的诞生必须以作者的死亡为代价。"①

　　总之，客观性的非个人化和话语文本的非个人化共同点大致有：（1）消解作者和创作主体。作者是无自我、无个性、无意图，主体也被瓦解了，主体是虚化的、形式化和符号化的；（2）作品本体论或者文本中心主义。这两点正是我们所说的非个人化的基本内涵。

　　因此，我们发现，在20世纪西方文论中从客观性的非个人化向话语文本的非个人化过渡的桥梁是作品本体论或形式本体论。一个重要原因是，20世纪的形式主义（俄国形式主义和英美新批评）、结构主义（布拉格学派和巴黎学派）和后结构主义（晚期的巴特、德里达的解构和耶鲁"四人帮"）等都表现出作品或文本至上的倾向。这与20世纪语言论转向以来科学主义思潮密切相关，可以说是一种客观主义思潮，这正是非个人化思潮的内核。在客观化倾向上，客观性非个人化有着作品本体论思想的萌芽，我们从福楼拜和艾略特的文学思想中可以看到，正是这种形式本体论或作品本体论，20世纪西方文论才走向了话语文本的非个人化阶段。因此，我们认为，20世纪西方文论非个人化思潮历史的逻辑演变过程是客观性的非个人化→形式本体论→话语文本的非个人化。

三、非个人化思潮目前的研究现状及存在的问题

　　就目前所查阅的文献资料来看，国内外对非个人化思潮研究整体上讲是不全面的、不系统的，甚至没有一部关于非个人化思潮方面论著。涉及非

---

① 　赵毅衡编：《符号学文学论文集》，百花文艺出版社2004年版，第512页。

个人化问题的著作,国外的有乔纳森·卡勒(J. Culler)的《结构主义诗学》、布洛克曼的《结构主义》、韦恩·布斯(W. Booth)的《小说修辞学》、安德鲁·贝内特(A. Bennett)的《作者》及其主编的《文学、批评和理论引论》等,国内的有赵宪章先生的《文艺学方法通论》和《形式与文体》、赵毅衡《新批评》、汪正龙的《西方形式美学问题研究》等。论文国内期刊发表 2 篇,国外期刊 1 篇。①

这些论著和文章归纳起来主要涉及两个问题:(1) 形式本体论;(2) 作者问题。这两个问题密切相关,不可分割。

就形式本体论而言,福柯的一段话已经解释清楚问题的核心,他说:"'我'被消灭了(试想现代文学)。我们现在关心的是发现'有'。我们现在说'某人'。在某种意义上,我们就这样又重回到 17 世纪的观点,但有一个如下的区别:我们不是用人,而是用无作者思想,无主体知识,无同一性理论来代替神"。② 乔纳森·卡勒或者布洛克曼等对非个人化的论述基本上都是福柯这段话的注解。乔纳森·卡勒主要是从语言学角度论述非个人化思想,而布洛克曼则是从俄国形式主义到结构主义的演变过程中论述这一问题,他对结构主义的"主体移心"关注较多。

受现代西方形式主义的影响,国内学者也多是从形式本体论角度关注非个人化思潮问题。

赵宪章先生从主体批评和本体批评对比中较为详细地阐明了非个人化思潮在形式本体论阶段的关键点:(1) 主体批评从审美主体(人)出发,本体批评从审美客体(语言本文)出发;(2) 主体批评强调理论批评的主体性,将人的命运、价值和前途作为自己的基本主题,本体批评强调理论批评的客体性,将文学本文的音、义、结构和符号学意义作为研究的主要对象;(3) 主体批评侧重主观随意性,本体批评侧重客观科学性;(4) 主体批评重内容、重价值判断,本体批评重形式、重功能分析;(5) 文体批评将社会、历史、文化作为文艺研究的参照,本体批评将现代语言学的法则与模式作为文本分析的参照。③

赵宪章先生的方法论与形式美学思想融为一体,因此,他阐述的五个

---

① 王钦峰:《福楼拜的"非个人化"原则的哲学基础》,《外国文学研究》2005 年第 5 期;张鑫、孙军鸿:《荣格和艾略特非个人化理论之比较》,《西安文理学院学报》(社会科学版)2005 年第 5 期;Tim Dean:"The Other' Voice",*Contemporary Literature*,2000(3)。至于艾略特的非个人化诗学理论问题,论者甚多,这里不再具体列出来。

② M. 布洛克曼:《结构主义》,李幼蒸译,中国人民大学出版社 2003 年版,第 3 页。

③ 参见赵宪章:《文艺学方法通论》,江苏文艺出版社 1990 年版,第 519 页。

要点也就成为理解形式本体论阶段非个人化思潮的纲领。

　　赵毅衡是从兰色姆的本体论批评入手论述非个人化问题。兰色姆认为,诗歌是一种本体存在,"诗歌作为一种话语的根本特征是本体性。"① 赵毅衡指出,兰色姆的形式本体论是非个人化思潮的一个重要方面,它与艾略特的非个人化诗学理论有着联系,"兰色姆'本体论'的这个意义显然是从艾略特的'非个人化'论演变而来的。虽然'非个人化'论所反对的是创作论上的表现论,而'本体论'主要是针对瑞恰慈的读者感情反应论,但两者指向同一方向。"② 这里,"指向同一方向"是指反对浪漫主义的表现论,从唯美主义、象征主义到形式主义,它们都具有反浪漫主义的表现论倾向,如济慈的"消极能力"说、福楼拜的"作者退场"说、帕那萨斯诗派的"不动情"论、马拉美的"非个人化"说、克莱夫·贝尔的"有意味的形式"、艾略特的非个人化诗学理论等,结构主义同样反对表现论,巴特和福柯等就持这种看法。赵毅衡的观点对理解 20 世纪非个人化思潮有很大的帮助,其一,他明确了非个人化思潮的一个重要的理论背景是反对浪漫主义的表现论;其二,他无意中论述到了非个人化思潮种种学说的内在联系,尤其是艾略特的非个人化诗学理论与巴特和福柯等结构主义的非个人化思想的关系,这是值得注意的;其三,他基本上梳理出非个人化思想的理论渊源。

　　另一位青年学者汪正龙在其新著《西方形式美学问题研究》里对非个人化问题有许多新见:其一,他把非个人化作为西方形式美学的"问题系"之一,这在国内外可能是第一人;其二,他认为,非个人化就是作者基本理论问题,这可能受到安德鲁·贝内特的影响。关于非个人化问题,汪正龙主要是从形式美学的角度进行论述,他涉及了俄国形式主义、新批评、布拉格学派和巴黎学派,这是 20 世纪西方文论形式本体论四个主要流派,至于本体消解之后的非个人化问题,他基本没有涉及。

　　就非个人化与作者问题而言,韦恩·布斯提出"隐含作者"这一重要概念,安德鲁·贝内特提出作者是幽灵的观点。关于他们的理论观点,后面我们将会一一进行讨论,这里不再详细论述。

　　这里对目前非个人化思潮的研究现状的描述不太详尽,但是,我们仍然能够发现研究中存在的问题:其一,非个人化思潮历史演变并没有得到详细讨论。赵毅衡试图描述出非个人化思潮的理论渊源关系,但是,他对每一重要学说的论述都是只言片语,并没有充分展开论述。其二,非个人化与作

---

① 克罗·兰色姆:《新批评》,王腊宝、张哲译,江苏教育出版社 2006 年版,第 192 页。

② 赵毅衡:《新批评》,中国社会科学出版社 1986 年版,第 15 页。引文略有改动。

者问题没有进行深度阐发。其三,非个人化思潮与语言问题研究不全面。乔纳森·卡勒和赵宪章都曾详尽地讨论了形式本体论阶段的语言学问题,但是,他们主要分析的是索绪尔的结构语言学,索绪尔之后语言学问题对非个人化思潮有何影响,他们并没有涉及,而这一方面应该需要进行研究。至于非个人化思潮对20世纪西方文论产生了什么影响,换句话说,20世纪文学基本理论发生了哪些变化? 如何研究非个人化思潮之中的文学理论问题呢? 这样的问题本应是非个人化思潮本身的问题,但是,它们也并没有得到研究。

四、如何研究 20 世纪西方非个人化思潮

本书试图限定在20世纪西方文论范围内研究非个人化思潮问题。原因在于,第一,非个人化思潮起源最早可追溯到英国著名诗人济慈的"消极能力"说;第二,在20世纪,"非个人化"一词最早使用者是英国著名诗人艾略特;第三,20世纪西方文论本质上是一种形式主义文论,最为显著地体现了非个人化思潮的性质和特征。如上所言,20世纪西方文论非个人化思潮经历了客观性的非个人化→形式本体论→话语文本的非个人化的发展过程,因此,研究非个人化思潮应该围绕这三个阶段展开讨论。但是,这三个阶段的个别研究实际上已经较为充分,论文论著也很多,如对艾略特的非个人化诗学思想的研究专题、专著和论文不计其数。① 关于形式本体论的研究,论著和论文也是汗牛充栋。② 至于话语文本的非个人化,像对解构主义、新历史主义等的研究业已比较充分。

鉴于此,在研究20世纪西方文论非个人化思潮时,我们没有围绕客观性非个人化、形式本体论、话语文本非个人化三个阶段展开论述。我们力图结合现代语言学、哲学和心理学等人文科学的非个人化思想的资源,考察20世纪西方文论非个人化思潮的总体趋势,揭示其历史发展过程中所产生的主要理论学说和基本问题。我们采取逻辑与历史结合的方法,不以人物或流派的考察为立足点进行历史梳理,而是力图在一个比较大的学术视野中呈现和分析20世纪西方文论非个人化思潮所涉及的基本问题。因为这样做,一方面可避免重复前人研究,另一方面能够在一些关键问题上有所深

---

① 可查阅张剑著的《艾略特与英国浪漫主义传统》(外语教学与研究出版社1996年版) 一书的参考书目。

② 可查阅汪正龙著的《西方形式美学问题研究》(黑龙江人民出版社2007年版) 一书的参考书目。

入讨论,我们的研究可称作问题式研究方法。本书试图在以下几个方面取得一定的价值和意义:

第一,本书着重考察非个人化思潮在 20 世纪西方文论中历史的发展和逻辑演变,它不以人物或流派的考察为重点,而是力图抓住非个人化思潮问题的核心,整体上把握它、认识它。第二,本书力图辩证地呈现和分析非个人化思潮所涉及的作者问题和语言问题。第三,本书力图讨论和分析非个人化思潮对 20 世纪文学基本理论所造成的变化。

基于此,本书的基本思路可表述为一个中心,两个基本点,在此基础上研究和分析非个人化思潮对 20 世纪文学基本理论所造成的变化。

一个中心,即 20 世纪西方文论非个人化思潮历史的发展逻辑脉络。本书指出,20 世纪西方文论非个人化思潮历史的逻辑演变过程是,客观性的非个人化→形式本体论→话语文本的非个人化。两个基本点,即 20 世纪西方文论非个人化思潮所涉及的作者问题和语言问题。作者问题是非个人化思潮所否定的。非个人化思潮破除了浪漫主义以来以作者为中心的研究范型,追求和倡导一种本体批评模式。语言是非个人化思潮所肯定的。非个人化思潮追求的本体批评立足点是语言,也就是说,语言形式和结构是文学作品或文本的文学批评的对象,文学意义来源于语言形式和结构。非个人化思潮对 20 世纪文学基本理论所造成的变化主要表现在文学性和文本性两个理论问题上。文学性是一种封闭的、内在的形式主义理论,而文本性是开放的、内外结合的理论研究模式。这两个理论问题基本上呈现了 20 世纪文学基本理论的发展变化。

因此,在引论部分廓清非个人化、非个人化思潮概念的基础上,本书具体的研究内容是这样的:

第一章背景研究,主要有两个方面,其一,20 世纪非个人化思潮和 19 世纪浪漫主义的关系。讨论两者的关系,我们的研究才可能在更大的层面上更好地理解非个人化思潮出现的原因。其二,20 世纪非个人化思潮与现代语言学、心理学和意识哲学的关系。现代语言学对人文社会科学的认识思维模式产生了巨大变化,一般称之为“语言论转向”,文学受“语言论转向”的影响尤其显著,讨论“语言论转向”的问题应该属于非个人化思潮题中之意。至于心理学,我们主要讨论两个具有形式主义倾向的流派,即格式塔心理学和荣格的分析心理学,它们对非个人化思潮提供了丰富的学术资源。意识哲学的中心话题是主体性,而“主体死亡”的争论是我们研究非个人化思潮时感兴趣的问题。

第二章历史演变研究,主要围绕非个人化思潮的发展逻辑展开。第一节研究非个人化思潮的客观性问题,这里,客观性是指作者的客观性,而非作品的客观性。第二节研究反意图论,反意图论否定作者意图与作品之间有什么关系,这是作品客观性,即形式本体论得以确立的前提条件。第三节研究语言的"主语",根据巴特和福柯的看法,我们的结论是语言的"主语"是语言本身,即语言言说。第四节研究文本的生产性,生产性是话语文本非个人化阶段的文本所具有的本质属性,而生产性得以确立的前提条件是我们研究的重点。

第三章主要研究非个人化思潮的历史节点问题。所谓历史节点是指非个人化思潮处在关键点、在这些节点所呈现的问题。第一节是非个人化思潮的起点,主要研究福楼拜的不动情叙事原则,或者也称为作者退场说。第二节主要研究艾略特的非个人化诗学理论。第三节主要研究俄国形式主义的文学性理论。第四节主要研究主体移心问题。

第四章主要研究为什么在非个人化思潮下作者成了问题。第一节对西方文论的种种作者观念进行一番历史描述。第二节讨论"作者之死"的问题。第三节研究非个人化思潮给作者赋予了几个主要因素,而这些因素使得作者的概念遭到摒弃。

第五章主要研究语言为什么成为非个人化思潮的理论基础。第一节讨论本体语言问题,这是形式本体论得以确立的理论前提。第二节和第三节研究话语文本的非个人化的两种相互关联的存在方式,即语言言说和语言游戏。

第六章主要研究非个人化思潮给20世纪文学基本理论带来什么样的变化。第一节讨论文学性问题,第二节讨论文学性和文本性问题,第三节讨论互文性问题,第四节讨论文学重复问题。

第一章 非个人化思潮背景研究

一切都在变化之中。相对于 19 世纪，20 世纪发生的一切都是巨变，用"沧海桑田"形容并不为过。19 世纪到处洋溢着人文主义的乐观精神，个人主义盛行，个人至上，个人被认为具有无限的能力，创造世间一切，这种盲目乐观精神充斥在社会生活的方方面面，因此，个人主义成为衡量一切价值和意义的尺度。浪漫主义者相信，诗人的能力是无限的，诗歌是他孕育、创造出来的，衡量诗歌的价值和意义也就非诗人莫属。用柯尔律治的话来说，判断什么诗歌，就是问什么诗人的问题。这种因果式的、绝对化的观念在 20 世纪遭到否弃。相对于 19 世纪，20 世纪科学主义盛行，科学至上，科学才能创造一切，"人"在科学面前失落了，他显得那么渺小、那么卑微。因此，20 世纪重集体轻个人，重社会性轻个体性，它是一个"关系"时代、相对主义时代。在 20 世纪西方文论的发展过程中，判断文学价值和意义要根据它在系统里所处位置，相对于系统里其他要素其占据的是主要的或是次要的，中心的或边缘的，主流或支流的，以此进行裁定。俄国形式主义的陌生化或文学性，新批评的本体批评或文学内部研究，结构主义的文学科学化，解构主义的延异，现代阐释学的期待视野，读者反应批评的阐释策略等等，无不如是观。诗人也不再是文学意义的根源，个人不再成为判断标准。不仅如此，20 世纪 60 年代后结构主义兴起，人俨然在文学中消失了，文学成为空无的形式，文学是批评化、写作化的游戏，仅此而已。现代语言哲学、心理学和意识哲学等学科和非个人化思潮有着密切联系，它们直接或间接地支持非个人化思潮在人文科学里的蔓延，因此，我们把这些学科视为非个人化思潮的背景进行研究。在描述这些背景之前，我们有必要简略地勾勒非个人化思潮与浪漫主义的关系，这种关系应该说是一个"世纪之变"。

第一节　浪漫主义与 20 世纪西方文论中的非个人化思潮

浪漫主义是指 19 世纪发生在欧洲的文学思潮，唯美主义、象征主义等思潮是其延续。浪漫主义和 20 世纪西方文论之间存在什么关系呢？我们先看看一些学者究竟如何看待 20 世纪文学思潮与 19 世纪浪漫主义的关系。

托多洛夫在论述俄国形式主义时明确指出,俄国形式主义的自主性观念来自于浪漫主义,它对语言感知的理解也与浪漫主义有关联。托马舍夫斯基指出,俄国形式主义与康德的形式美学思想有着密切关系。我们知道,有机整体说是新批评一个重要理论成就。而这一观念是浪漫主义在批评和反思18世纪的机械整体观的基础上发展出来。有机整体说主要阐释者之一布鲁克斯也曾引证柯尔律治的言论来为自己辩护。罗伯特·休斯在论述结构主义和浪漫主义的之间的关系时曾经言道:"假如我们过去没有浪漫主义的话,我们今天就绝不会有结构主义。"①韦勒克在《近代文学批评史》第4卷跋语中说:"20世纪将产生于19世纪。"②这一断言是在他对19世纪文学批评史研究之后所说的断言,特别一个"将"字预见性地把20世纪后期即将到来的文学思潮与19世纪浪漫主义的关系清晰地揭示出来了。应该说,他的洞见是深刻的,是我们理解19世纪浪漫主义与20世纪西方文论的一个理论出发点。

辩证地说,浪漫主义和20世纪西方文论既有着紧密的联系,又存在着对立和否定。根本上讲,这主要表现在个人主义和非个人化的对立和否定。

西方自文艺复兴以来,以人性代替神性,以个人取代上帝,从而唤醒了人,沉睡了几百年的人的意识得到觉醒。19世纪的浪漫主义文学承继文艺复兴的思想,进一步张扬个性,扩张主体,把个人主义思潮推向顶峰。从哲学层面上说,它是以康德、费希特、谢林等代表的德国古典哲学和美学在文学上的延伸和发展。康德突出了人的主体地位,在康德看来,纯粹理性是先验的知性范畴统摄感性经验,理性知识才得以成为可能;实践理性是一种道德理性,它是纯粹理性无法企及的地方,是人的意志的实现;架构知性和意志的桥梁就是情感,主体审美判断力解决的是情感和审美趣味问题。这是人的认识的三大领域,而三者是统一的,统一于人的主体感受、认知、理解。费希特提出自我创造的"非我"学说,使自我处于造物主的地位。谢林把人的精神视为绝对同一的精神实体。这样,人以及人的心灵就占据了自然世界的核心地位。德国古典哲学和美学不仅影响德国浪漫主义,同样也影响着英、法等国浪漫主义。

20世纪却是非个人化思潮盛行的时代。在我们看来,相对于浪漫主义,非个人化思潮就是否定个人主义。如果说19世纪文学舞台上的主角是

---

① 罗伯特·休斯:《文学结构主义》,刘豫译,生活·读书·新知三联书店1988年版,第268页。

② 雷纳·韦勒克:《近代批评史》(四),杨自伍译,上海译文出版社1997年版,第549页。

作家和诗人，正如雪莱所说的是"未经公认的立法者"，那么 20 世纪文学舞台上已经不是作家和诗人，而是文本或者作品、语言、读者和历史等。当然，20 世纪从 60 年代开始，可以说经历了从本体崇拜到本体消解的过程，但作家和诗人不再是"立法者"亦已成为事实。相对于浪漫主义文论，20 世纪西方文论的非个人化思潮主要体现在三个方面：作者不再是作品意义的来源，本体的形式成为其源泉；滥情主义转变为形式主义；以作者为中心的批评方法转变为形式本体论的批评方法。

一、本体的形式成为源泉

作者中心论转变为文本（或作品）本体论、读者反应论（接受论）和历史叙述形式等，一句话，作者不再是作品意义的来源。

在浪漫主义者眼里，作家或者诗人与造物主等同，是先知和预言者，他们具有丰富的想象力，是一个天才，因此，他们自然也就成为作品意义的唯一来源。福柯和德勒兹认为，在 17、18 世纪古典时期存在一个基本观念，即一切都归因于神—形式。按照德勒兹的解释，神—形式是复合体，是由所有可直接上升至无限的力量所确定的复合，不管是由因果关系还是一定时间内上升到无限的力量都取决于神—形式，都需要从中获取神存在的证据。"在古典时期的历史建构中，存在于人的力量与域外之力结成关系，形成本质是神—形式而绝非人—形式的复合物。这便是无限再现的世界。"①18 世纪建立的古典科学，如生物学、经济学和语言学，以秩序、图表的连续性来实现无限，这些学科所追求的普遍性，实际上就是"一种关于无限性的等级"②。19 世纪建立的生物学、政治经济学和语言学，以有限代替无限，福柯把人意识到自己的有限性作为人—形式的基本前提，"19 世纪的建构中，存在于人的力量被迫接受或褶皱于有限性在深度的这个崭新面向中，因此它亦成为人自身的有限性。福柯一谈再谈的褶皱，就是组成一种'厚度'与'凹陷'之物。"③ 这就是说，19 世纪历史建构都以有限为出发点，以此想要获得无限性。可以说，神—形式或人—形式都是事物或意义的唯一来源。

休姆在 20 世纪初首举反对浪漫主义旗帜，他的理由就是浪漫主义追求无限。他说："一切浪漫主义的根子就在这里：人，个人是可能性的无限

---

① 吉尔·德勒兹：《德勒兹论福柯》，杨凯麟译，江苏教育出版社 2006 年版，第 135 页。

② 吉尔·德勒兹：《德勒兹论福柯》，杨凯麟译，江苏教育出版社 2006 年版，第 135 页。

③ 吉尔·德勒兹：《德勒兹论福柯》，杨凯麟译，江苏教育出版社 2006 年版，第 139 页。

的贮藏所"。① 休姆以无限和有限来区别浪漫派和古典派,他声称:"把人看作一口井,一个充满可能性的贮藏所的,我称之为浪漫派;把人视为一个非常有限的固定的生物的,我称之为古典派。"② 浪漫主义表现的人是无限的,例如,休姆说,雨果总是在飞翔着,飞过了深渊,高高飞入永恒的大气之中,在他诗歌里有时每隔一行就出现"无限"这个词。而古典主义表现的人是有限的,在古典主义的作品中,人似乎从来不会转向无限的、不存在的东西。因此,他宣称,浪漫主义衰落了,一种古典主义到来了。

　　T. S. 艾略特和 A. 维谢洛夫斯基的诗论也都标示着一种古典主义的复苏。T. S. 艾略特提出,全部文学(诗歌)都具有共时性。在他看来,一位诗人感到从荷马以来的全部欧洲文学,其中包括他自己国家的全部文学,都是共时的,组成了一个共时序列。这是一种过去与现在共在、共存的无时间性的观念,艾略特称之为传统或"历史的意识",实际上,它不过是古典主义别名。艾略特由此提出非个人化的诗学理论,这一观点几乎影响了新近所有英美新批评家。A. 维谢洛夫斯基提出,诗歌语言是从远古以来即被赋予了人类的东西,它只是在社会和观念形态变化的冲击下才会发生改变。因此,所有诗歌的创造力都被视为出现在人们创造了语言的史前期时代。从此以后,个人的作用就被限制在修正从先辈因袭下来的诗的语言范围内,以表现他自己时代的改变了的内容。因此,我们可以看到,他们所说的古典主义的复苏是一个幌子,否定浪漫主义的个人至上,否定个人创造才是他们要说真正意思。正如布鲁克斯所说,休姆和艾略特的古典主义是一种反浪漫主义的客观主义。

　　从"神—形式"到"人—形式",再到"神—人形式"的融合,作为事物和意义的唯一根源,这已经变得不可能了。福柯指出,从神—形式到人—形式的古典知识型向现代知识型的非连续性转变是一种断裂,断裂意味着神—形式、人—形式、神—人形式都并非事物和意义的源泉。20 世纪西方文论史表明,单一的神—形式或人—形式的起源说已不复存在,多元化的认识成为基本趋势。艾略特非个人化观念的提出,意味着人—形式开始遭遇抵制,甚至破灭,同时它也标志着个人主义在 20 世纪业已衰微。对此,美国学者伊丽莎白·福克斯—杰诺韦塞写道:

----

① 戴维·洛奇编:《20 世纪文学评论》(上册),葛林等译,上海译文出版社 1987 年版,第 172 页。

② 戴维·洛奇编:《20 世纪文学评论》(上册),葛林等译,上海译文出版社 1987 年版,第 72 页。

在他们身处的时代,资产阶级个人主义早已凄婉地衰颓了,于是他们就干脆自己来宣告符号和本文的首要地位,而与此同时,作者、主体以及所有本文之外的自我则已经死亡。①

以俄国形式主义、英美新批评和法国结构主义为代表的形式主义文论把文本或作品视为意义的来源,以形式为基点,追求一种文学文本的内部研究。以德国的接受美学和美国的读者反应批评为主,把读者对文本的反应作为意义的来源,以读者阅读文本为出发点,研究读者对文本的反应过程来追寻文本的意义。新历史主义把文本的历史性和历史的文本性作为研究基本内容,以寻求文本的意义。接受美学或读者反应批评、新历史主义摒弃了俄国形式主义、英美新批评和结构主义文论的狭隘的形式论,把文学内部研究和外部研究结合起来,更加灵活地探讨文学文本意义。

二、滥情主义转变为形式主义

朗吉努斯早就把情感视为崇高的风格主要来源之一。浪漫主义者认为,诗歌作品写的就是内在情感,它是从"一颗流血的心"里吟唱出来,约翰·斯图尔特·米尔提出,诗歌是"情感的表现或倾吐"。② 华兹华斯也曾多次说:"诗是强烈情感的自然流露。"③ 进而,这种感情是一己之情,自我的感情,歌德称之为"伟大自白的片断"。雪莱说得更好:"诗人是一只夜莺栖息在黑暗中,用美妙的歌喉唱歌来慰藉自己的寂寞。"④ 米尔用带有总结的口吻说道,诗是情感,在孤独的时刻自己对自己表白,诗歌是为诗人自己写的,"一切诗歌都具有独白的性质。"⑤ 在浪漫主义那里,感情至上或唯情主义的理由可用华兹华斯的话来解释:"作者自己的情感是他的靠山和支柱。"⑥ 这样,诗的根本起因就不是亚里士多德所说的在形式上对人类活动和特性进行摹仿,而是诗人的情感表现,或者说是像造物主那样具有内在动力的"创造性"想象的驱使。这是一种表现理论,诗歌是诗人情感的表现,内心世界的外化,在感情支配下的创造。如果休姆从有限和无限的对立角度否定浪漫主义,那么艾略特是从传统对文学价值高度来否定作者的感情、

---

① 转引自张京媛主编:《新历史主义与文学批评》,北京大学出版社 1993 年版,第 52 页。
② 转引自艾布拉姆斯:《镜与灯》,郦雉牛等译,北京大学出版社 2004 年版,第 21 页。
③ 刘若端编:《19 世纪英国诗人论诗》,人民文学出版社 1984 年版,第 22 页。
④ 刘若端编:《19 世纪英国诗人论诗》,人民文学出版社 1984 年版,第 127 页。
⑤ 艾布拉姆斯:《镜与灯》,郦雉牛等译,北京大学出版社 2004 年版,第 24 页。
⑥ 刘若端编:《19 世纪英国诗人论诗》,人民文学出版社 1984 年版,第 23 页。

个性、意图，他援引《圣经》里格言："灵魂乃天赐，圣洁不动情"，① 相对于浪漫主义的滥情主义，明确把"不动情"作为诗歌的一个原则提出来。福楼拜也曾反对这种滥情主义，把不动情作为自己创作的信条，而艾略特的"不动情"的诗歌原则更加系统化，他指出，(1) 诗歌不是情感的表现，更不是诗人什么独特的感情，"诗不是放纵感情，而是逃避感情"，② 诗的感情可以是日常生活的感情，可以是一种或几种感情的结合，"伟大的诗可以无须直接用任何感情作成的：尽可以纯用感觉。"③ 这种感觉是诗人特别的词汇、语句，或意象而产生的各种感觉，感情和感觉是诗人的普通经验，它们搁在诗人的心灵中，诗人的心灵实在是一种贮藏器，收藏着无数种感觉、词句、意象，搁在那儿，这些经验经过相当一段时间的酝酿和化合，直至变成新意象。因而，艾略特是不能接受的华兹华斯所谓"在宁静中回忆起来的情绪"这个说法。(2)"艺术的感情是非个人的。"④ 诗人生活在传统中，他必须屈从传统。这种传统是一种共时性存在，而非历时的，"不但要理解过去的过去性，而且还要理解过去的现存性"；"不但使人写作时有他自己那一代的背景，而且还要感到从荷马以来欧洲整个的文学及其本国整个的文学有一个同时的存在，组成一个同时的局面。"⑤ 这样，诗歌的情感就是非个人的了。(3)艺术方法是感情和感觉的客观化，而不是主观化，艾略特写道：

> "用艺术形式表现情感的唯一方法是寻找一个'客观对应物'；换句话说，是用一系列实物、场景，一连串事件来表现某种特定的情感；要做到最终形式必然是感觉经验的外部事实一旦出现，便能立刻唤起那种情感。"⑥

在艾略特看来，诗人是中性的，感情是形式化的、客观化的，因而，批评

① 戴维·洛奇编：《20世纪文学评论》(上册)，葛林等译，上海译文出版社1987年版，第138页。

② 戴维·洛奇编：《20世纪文学评论》(上册)，葛林等译，上海译文出版社1987年版，第138页。

③ 戴维·洛奇编：《20世纪文学评论》(上册)，葛林等译，上海译文出版社1987年版，第135页。

④ 戴维·洛奇编：《20世纪文学评论》(上册)，葛林等译，上海译文出版社1987年版，第139页。

⑤ 戴维·洛奇编：《20世纪文学评论》(上册)，葛林等译，上海译文出版社1987年版，第130页。

⑥ 艾略特：《艾略特诗学文集》，王恩衷译，国际文化出版公司1989年版，第13页。

真正的诗,要想得到一个较为公正的评价,就要"将兴趣由诗人身上转移到诗上……"①。这一"转移"是历史性的大转移,也是哥白尼式的革命,它直接影响后来的新批评细读"纸页上的词语"的观念。这是一种形式主义理论,尽管艾略特对此并不那么自觉。当然,俄国形式主义是 20 世纪形式主义文论的滥觞,但艾略特已朦胧地走向了形式主义,他摒弃了 19 世纪滥情主义。

三、以作者为中心的批评方法转变为形式本体论的批评方法

诗歌是诗人心灵的产物,是情感或想象的表现,这样的诗学理论必然导致批评以诗人为中心。相对于新古典主义,这种批评观念也是一个重大变革,"英国浪漫主义的主要批评家几乎都是沿着从作品到诗人这条直线来下定义、谈见解的。"② 他们的批评主要根据作者及其个性来进行。韦勒克对此进行了细致地分析。就作者的个性和生平来解释作品,韦勒克把它区别三种观点:(1) 从作品创作过程来揭示作品;(2) 研究作者自身内在属性的发展过程;(3) 研究作者心理学的材料。韦勒克认为,第一种观点与文学研究直接相关,"解释和阐明了诗歌的创作过程",③ 其他两种观点都与文学没有关系。

在孔德和斯宾塞实证主义哲学的影响下,这种批评方法必然是把对作家的生平考证作为主要对象,这尤其表现在泰纳的文学批评中,泰纳把时代、种族和环境看作文学发展的内在原因,它们也成为文学批评的三个主要标准。实际上,正如韦勒克所说,泰纳的文学观念部分地是黑格尔式的,在黑格尔的体系里,辩证发展代替了连续渐进的进化发展观,文学受社会历史的影响,反过来,文学又对社会历史产生某种影响。在 19 世纪的文学批评中,这种以作家为中心的批评模式就成为主流。当时欧洲各国都盛行此种批评模式。在法国以 F. 布吕纳蒂耶尔和 G. 朗松为代表;在英国以过 W. W. 格雷格、D. 威尔逊、H. W. 加罗德和 F. L. 卢卡斯和等为代表;在德国以贡道尔夫和其门徒 E. 伯特拉姆为代表;在俄国以 A. 维谢洛夫斯基和 H. 贝加耶夫为代表。

20 世纪存在着一股强大的反实证主义思潮。所谓实证主义是指从作家或者诗人的角度考证作品的来源和意义。对此,韦勒克写道:

---

① 戴维·洛奇编:《20 世纪文学评论》(上册),葛林等译,上海译文出版社 1987 年版,第139 页。

② 艾布拉姆斯:《镜与灯》,郦雉牛等译,北京大学出版社 2004 年版,第 20 页。

③ 勒内·韦勒克、奥斯汀·沃伦:《文学理论》,刘象愚等译,江苏教育出版社 2005 年版,第75 页。

在欧洲,尤其是在第一次世界大战之后,出现了一种对 19 世纪下半叶习用的文学研究方法的反抗。批评家们反对一味堆砌毫不相关的事实的做法,反对构成这种方法的整个理论依据,即文学应当通过自然科学的方法,通过因果关系,通过诸如泰纳种族、时代、环境这一著名口号中所规定的那些外在的决定性因素来加以解释。……首当其冲的,便是 19 世纪学者醉心的那种琐细的历史考证。这种"研究"注意的是作者的生平和争论的最微末的细节,它循踪循迹,百般搜求,累积起许多孤立的事实,它通常由一个模糊的信念所支撑,这些零砖碎瓦终究将用来筑成学问的金字塔。正是这种传统的研究方式造成了许多幼稚可笑的文学批评,但它自身是无害的,甚至是一种有益的人类活动。①

俄国形式主义的兴起,首先反对的就是把文学沦为社会学、政治学、经济学等学科的附庸,把非文学的材料纳入文学研究中来,俄国形式主义者,如什克洛夫斯基和雅各布逊都强调文学研究的独立性。什克洛斯基称之为文学的"内部规律",雅各布逊称之为"文学性"。美国新批评派与俄国形式主义持相同的态度,他们把从作者那里寻找文学的意义斥之为"起因谬误"或者"意图谬误"。韦勒克把不属于文学作品本身的研究,如对作者传记式研究、文学心理学、文学社会学、文学思想以及文学与其他艺术的关系研究都归属于"外部研究"。在韦勒克看来,从外在因素研究文学都以不同程度的僵硬态度运用了决定论式的起因解释法,它根源于 19 世纪的实证主义和科学,"与黑格尔体系或其他形式的浪漫主义思想有亲缘关系。"②这种起因解释法"不注意这些关系究竟与文学是否有确切相关","永远不能解决分析和评价等文学批评问题"。③

在这场反实证主义的思潮中,根除作者是文学作品的意义来源,清理作者和作品之间的关系,割断作者与作品的联系,甚至作品背后是否有作者的存在也成为问题。韦勒克曾经分析了 20 世纪反对实证主义的一些原因,其实,在我们看来,根本原因在于 19 世纪以作者(诗人)为中心的批评观念并没有把文学置于牢固的根基上,文学意义与作者的关系始终隔了一

---

① R. 韦勒克:《批评的诸种概念》,丁泓、余徽译,四川文艺出版社 1988 年版,第 244 页。

② 勒内·韦勒克、奥斯汀·沃伦:《文学理论》,刘象愚等译,江苏教育出版社 2005 年版,第 74 页。

③ 勒内·韦勒克、奥斯汀·沃伦:《文学理论》,刘象愚等译,江苏教育出版社 2005 年版,第 74 页。

层,难道文学作品出自作者之手,签署上他(她)的名字,这部作品就与它的作者有着渊源关系吗? 两者是父与子的血缘关系吗? 19世纪浪漫主义给出的答案是肯定的,而20世纪西方文论给出的答案都是否定的。这种截然相反的态度表明,20世纪西方文论已经摆脱作者中心论,走向了形式本体论。这主要表现在俄国形式主义、英美新批评、布拉格学派、法国结构主义、读者反应批评(接受美学也在内)等。从解构主义起,20世纪西方文论从本体崇拜走向了本体消解,这也包括新历史主义、后殖民主义和女性主义批评等。无论本体论如何变化,它始终是一种形式本体论。20世纪西方文论在本体崇拜阶段,不同派别的理论家们认为,从文学形式、语言形式入手可以建立文学的科学,这种科学的梦想在俄国形式主义、英美新批评、布拉格学派、法国结构主义那里表现最为明显,一些具有崭新意义的理论术语出现在文学理论和批评中,如"文学性"、深层和表层、内部研究、本体批评和文学作品存在方式等。到了本体消解阶段,文学科学成了语言乌托邦,是形而上学的幻觉。读者反应批评和新历史主义重新确定文学内部和外部之间关系,分别从读者和历史角度研究文学,从而试图把内部研究和外部研究融合起来。而后殖民主义、少数人理论和女性主义批评进一步拓展文学研究的界限,使文学走向了更为宽阔的研究大道。

第二节　非个人化思潮与"语言论转向"

　　西方文论的基本趋势大致经历了作者—作品—读者发展过程,特里·伊格尔顿对这一过程曾做过概括:"全神贯注于作者阶段(浪漫主义和19世纪);绝对关心作品阶段(新批评);以及近年来注意力显著转向读者的阶段。"①19世纪浪漫主义兴盛时期,诗人的情感、天才、想象和灵感等成为浪漫主义理论家关注的主要问题。"诗歌是情感的表现或吐露"(华兹华斯)、"诗歌就是激情"(拜伦)、"激情必定是诗的灵魂"(柯尔律治)、"诗是想象的表现"(雪莱)、"天才的创造是灵魂的扩展和流溢"(无名氏),诗歌创作成了一种单方面活动,只与诗人固有的各种才性和品质有关。"诗是什么? 这无异于问:诗人是什么? 回答了其中一个问题,另一个也就有答案了。因为诗的特点正是天才诗人的特点"。②诗人成为诗学审美参照焦点和批评中

---

①　特雷·伊格尔顿:《二十世纪西方文学理论》,伍晓明译,陕西师范大学出版社1987年版,第83页。

②　艾布拉姆斯:《镜与灯》,郦雉牛等译,北京大学出版社2004年版,第138页。

心,他是诗歌作品的"母亲",孕育了自己"孩子",又是诗歌作品的"父亲",控制、垄断着诗歌作品的一切,起着权威性的决定作用。泰纳提出"种族、时代、环境"三重文学批评标准,以作家为中心,把作家的内部生理机能和外部的自然和社会环境、时代氛围结合起来,形成一个完整的作家中心论批评模式,这一模式对马克思主义的文学批评理论有着重要影响。20世纪西方文论却瓦解了作者对文学作品的地位和作用,当然,在这一过程中,间或有人站出来为作者辩护。赫施从阐释学的角度喊出"保卫作者"的口号,坚持作者在文本中决定作用,坚持作者是文本意义的来源,坚持作者在文本的地位不可忽视。尽管赫施兼顾文本的作用,但是作者的地位高于文本和读者却是他的施莱尔马赫式的古典阐释学的必然倾向。可以说,对文学作品和读者地位和作用认识不足是作者中心论的共同问题。俄国形式主义和新批评深感以作者为中心的批评使得文学理论的根基不牢,他们努力要建立独立的文学科学,提出文学研究应该是一种内在的,而不是外在的,文学应该致力于探寻文学作品自身特点。雅各布森指出,文学研究对象是文学性。兰色姆认为,文学批评是一种本体批评。20世纪五六十年代崛起的德国接受美学和接受批评以伊瑟尔和尧斯为代表,美国的读者反应批评以费什、卡勒和霍兰德为代表,他们都致力于读者本体论的建立,读者在文学中地位得到少有的重视。

　　文学理论对作品本身或读者阅读的关注有许多原因。就文学自身发展来说,文学要成为一门真正的科学,一方面要厘定自己独立的研究对象,另一方面要认识和把握自身学科的客观规律和生成法则。正如艾亨鲍姆所说:"我们和象征派之间发生了冲突,目的是要从他们手中夺回诗学,使诗学摆脱他们的美学和哲学主观主义理论,使诗学重新回到科学地研究事实的道路上来。"① 俄国形式主义者认为,不能根据作家生平,也不能根据对当时社会生活的分析来解释一部作品。他们采取的一个基本原则是:把作品作为考虑的中心,拒绝接受当时支配俄国文学批评的心理学、哲学或社会学的方法。新批评接受艾略特的非个人化诗学的基本信条:诗歌鉴赏的对象就是诗歌作品本身。因而,兰色姆征召一种本体批评家,他的学生布鲁克斯、退特等认为,诗歌作品是一个有机整体结构,应该分析这一结构的悖论、反讽和张力等语言特性。结构主义者把语言学模式运用于文学,认为文学是一种语言结构,分析这一语言结构是文学自身的目标。

----

① 茨维坦·托多洛夫编:《俄苏形式主义文论选》,蔡鸿宾译,中国社会科学出版社1989年版,第23页。

　　这里最重要的原因是语言学研究方法对文学自身建设的影响。

　　我们知道,西方哲学大体上发展变化是:本体论哲学→认识论哲学→语言论哲学。在休谟、笛卡尔以前,本体论哲学基本上认为,人和事物的本质是一种本体存在方式,这也是人和事物的本源。这种哲学以古希腊和罗马哲学为代表,柏拉图的理式说和亚里士多德的质料和形式统一说都是这样一种本体论哲学。在 19 世纪以前,哲学不再研究人和事物的本体问题,主体性成为哲学的中心,它包括:主体的认识条件是什么? 主体的知识是如何构成的? 等等之类的问题,以德国古典哲学为代表。康德的三大批判建构了人类知识的知、情、意三大领域,确立人类认识的根本条件。黑格尔把德国古典哲学综合化、系统化,从而使认识论哲学走向顶峰。19 世纪末以来,语言哲学兴盛一时,哲学的主体和客体的关系问题转变为主体与主体之间的交流和人类的生活世界意义的问题研究。"人的生活世界是个意义的世界,意义需要理解,正是语言才使得意义的理解成为可能。因此语言研究成为现代哲学的共同点。"① 这就是所谓的"语言论转向"。认识论转向把主体认识作为"第一哲学","语言论转向"则取代认识论,语言跃居哲学的首要位置。

　　"语言论转向"这一说法源自于柏格曼,他对发生于 19 世纪末 20 世纪初的哲学转变有着敏锐的把握,他写道:"所存的语言论哲学家,都通过叙述确切的语言来叙述世界。这是语言论转向,是日常语言哲学家与理想语言哲学家共同一致的关于方法的基本出(发)点。"② 理查德·罗蒂继而把自己所编文集命名《语言论转向》,他把这一"转向"称为"语言论哲学革命",相信通过语言可以解决目前哲学的种种困境。

　　"语言论转向"现在已成为西方 20 世纪人文社会科学对普遍运用语言方法的解决人文学科问题的基本概括,是这一潮流的通用的说法。非个人化思潮正是在"语言论转向"的背景下得以形成和蔓延开来。在人文社会科学领域,诸如哲学、语言学和文学等都表现出无中心、无主体、无作者的观念,甚至人在人文科学领域的地位也在消失。"人文科学的最终目的不是去构成人,而是去分解人。"③

　　首先,语言本体取代主体和作者占据中心地位。语言成为人文科学领域的中心的最大胜利就是:语言本体论代替语言工具论,成为语言观念的主

　　① 李朝东:《语言论转向与哲学解释学》,《西北师大学报》(社科版)1996 年第 2 期。

　　② 转引自王一川:《修辞论美学》,东北师范大学出版社 1997 年版,第 12 页。

　　③ 列维－斯特劳斯:《野性的思维》,李幼蒸译,商务印书馆 1987 年版,第 281 页。

流,因此,语言是一切意义、价值和真理的来源,而不再是任何作者和任何主体。进而,语言支配着主体,控制着主体,而不是相反,主体控制着和支配着语言。在哲学领域,认识论哲学认为,本质先于现象,现象只是本质的显现;语言哲学则否定本质,关注现象,关注现象的语言形式。因此,语言取代主体知识而成为哲学的中心问题,"毫无疑问,语言问题已经在本世纪(即20世纪,引者注)的哲学中获得了一种中心地位"。① 这已经是不争的事实。在语言学领域,"语言论转向"主要是由维特根斯坦、弗雷格、胡塞尔和索绪尔等完成的。认识论哲学认为,语言是主体的辅助性工具,语言学只是哲学的从属学科。语言哲学则认为,语言不再只是主体的工具,主体的人不再是语言的中心,相反,语言具有本体论地位,语言支配着主体,控制着主体。"说话的主体并非控制着语言,语言是一个独立的体系,'我'只是语言体系的一部分,是语言说我,而不是我说语言。"②

在诗学或者文学领域,"语言论转向"经历相对要早一些。"西方现代美学和艺术领域的'语言(论)转向',最早的踪迹应追溯到对'绝对音乐'的思考"。③ "绝对音乐"不指涉任何外在的事物,它只关涉到自身。叔本华和尼采都把音乐置于纯粹形而上语言的地位。一切艺术都应该像绝对音乐那样,只表达自身,以自身为目的,而不以表达外在事物为目的。这种思想在19世纪末至20世纪初的象征主义、唯美主义和超现实主义中得到发展。象征主义著名诗人波德莱尔、马拉美、兰波等都将诗学重心移向语言。他们的语言意识可以用马拉美一句名言道出:"写诗用的根本不是思想。而是词语。"④ 对诗来讲重要的不是"思想",而是"词语"(语言)。这表明:语言不再是主体的工具,而是语言控制着诗人独特的创造活动。与象征主义诗学相比,唯美主义诗学离语言论诗学更近。王尔德主张,语言是区别人与动物、划分人与人之间高低的唯一标准。"语言是思想的父母,而不是思想的产儿。"⑤ 这与马拉美的语言观相近:不是主体主宰语言,而是语言控制主体。由此王尔德把语言当作"艺术的最高形式","最伟大的作品永远是客观的,永远是客观的和非个人化的;"⑥ "艺术家永远掌握着非个人化的、客

① 伽达默尔:《科学时代的理性》,薛华等译,国际文化出版公司1988年版,第3页。

② 杰姆逊:《后现代主义与文化理论》,唐小兵译,陕西师范大学出版社1987年版,第26页。

③ 牛宏宝:《西方现代美学》,上海人民出版社2002年版,第14页。

④ 瓦莱里:《文艺杂谈》,段映虹译,百花文艺出版社2002年版,第287页。

⑤ 赵澧、徐京安主编:《唯美主义》,中国人民大学出版社1988年版,第158页。

⑥ 赵澧、徐京安主编:《唯美主义》,中国人民大学出版社1988年版,第170—171页。译文略有改动。

观的形式。"①超现实主义理论家布勒东宣称："超现实主义语言形式最能适应的还是对话。"②洛特雷亚蒙的诗句最能表达这种"对话"的语言形式："伞和缝纫机的尸体在解剖桌上偶然相遇是多么美妙。"③ 这就是所谓的"自动写作"。语言在潜意识的王国里,脱离了主体的约束,自由自在地言说自己。主体在这里没有任何作用,它无法控制语言的所作所为。

其次,语言是非指涉性的,它并非摹仿或者再现外在一切事物,语言的本性是自我指涉的。这一观念,就文学而言,对文学学科的独立自足有着重要的意义,文学的本体观念的确立在理论上有了明确的依据。俄国形式主义是这一观念的始作俑者。俄国形式主义文论感到未来主义无意义的语言结构仍然是语言之外的东西,雅各布森说:"实质上我们处理的不是思想,而是词语事实。"④ 在雅各布森看来,艺术与现实之间不存在摹仿、再现或表现等关系,现实都是由语言所建构的,艺术要通过一定的形式技巧对语言所描述的现实的材料进行组合、安排,因此,语言表现手法就得到特别重视,语言材料依靠手法得以凸显出来。手法具体地使用语言材料,它不考虑来源和历史遗传问题,它关注语言形式凸显问题,关注语言材料的扭曲和变形问题,因而,手法就成为理解文学根本问题。手法不属于作家的天分表现,它存在于任何一个文学作品里,只是有待于作家去发现,而不是创造。什克洛夫斯基提出的陌生化理论就成为俄国形式主义文论早期指导诗歌语言研究的最重要的理论。"对形式的感觉是作为某些艺术手法的结果出现的,这些艺术手法的目的就是为了使我们感觉到形式。维·什克洛夫斯基的文章《艺术作为手法》,可以说是形式方法的宣言,它为具体分析形式开辟了道路。"⑤ 雅各布森也特别重视手法,但不同于什克洛夫斯基追求语言意义的物质化、感知化,他看重手法的语言形式差异性特征。手法作为第一"主人公"主要区分诗歌语言不同于其他语言之处,由此,文学性命题得以提出,"文学性(literariness)是由一种话语与另一种话语之间的区别性关系(differential relations)所产生的一种功能;文学性并不是一种永远给定的

① 赵澧、徐京安主编:《唯美主义》,中国人民大学出版社1988年版,第171页。

② 张秉真、黄晋凯主编:《未来主义和超现实主义》,中国人民大学出版社1994年版,第279页。

③ 张秉真、黄晋凯主编:《未来主义和超现实主义》,中国人民大学出版社1994年版,第666页。

④ 转引自杰弗逊、罗比:《现代西方文学理论流派》,李广成译,北京大学出版社1992年版,第34页。

⑤ 茨维坦·托多洛夫编:《俄苏形式主义文论选》,蔡鸿宾译,中国社会科学出版社1989年版,第30页。

特性。他们一心想要定义的不是'文学',而是'文学性'——即语言的某些特殊用法,这种用法可以在文学作品中发现,但也可以在文学作品之外的很多地方找到。"① 因此,文学性是语言的功能,作者在这里就没有什么地位可言,"使文学与其他事物区分开的鉴别法从一开始就排除了说话人,文学科学的对象就成了脱离作者的文学性。作家成为文学作品的产物而不是源泉。"② 新批评也同样把作者和读者在作品的作用摒弃了,"意图谬误"成为新批评切断作者与作品的联系最响亮的口号。从瑞恰兹对指称语言和情感语言区别到布鲁克斯的"悖论语言"说,语言的结构组织的张力、反讽、含混等一直得到精细分析。

最后,索绪尔的语言学理论一个基本的区分就是语言和言语。言语是个人言说的行为,索绪尔认为,言语包括个人部分和社会部分。个人部分包括个人的发音等,这对语言学来说是次要的,主要的是社会部分,它不依赖于个人的言语。语言是建构代码的一套规则系统,语言是"言语活动的社会部分,个人以外的东西;个人独自不能创造语言,也不能改变语言;它只凭社会的成员间通过的一种契约而存在"③。它是语言的社会共同体,保证了个人言语组合自由选择得以形成。卡勒写道:"索绪尔把语言从言语中分出,是现代语言学的基本特征……前者是一个系统,一种体制,一套人际关系上的准则和规范,而后者则是这个系统在口语和笔语中实际的体现"。④

采用索绪尔的语言学的平行观念有助于我们更深层次上理解这样的问题:文学本体论为什么要排除了作者?为什么文学是一个与作者个性或作者个人行为无关的?晚期的雅各布森正是根据索绪尔的语言学理论研究了个人创作和个人风格与集体的、没有具体作者的民间文学的关系,他认为,尽管民间文学是靠口头语言流传下来的,但对民间文学来说,言语或者口头语在这里并不是关键,关键是语言。无论民间文学多么具有个人特色,它在本质上永远是非个人化的,属于集体的。民间文学作品是一个语言结构系统,这是它存在的基本事实。据此,雅各布森说,民间文学的个性是一个多余的特征,非个人化才是它的严格差异性特征。正如前面所论述的那样,文学性作为真正的文学科学的研究对象,是没有作者的、没有个人情感

---

① 特雷·伊格尔顿:《二十世纪西方文学理论》,伍晓明译,陕西师范大学出版社 1987 年版,第 7 页。
② 杰弗逊、罗比:《现代西方文学理论流派》,李广成译,北京大学出版社 1992 年版,第 31—32 页。
③ 索绪尔:《普通语言学教程》,高名凯译,商务印书馆 2003 年版,第 36 页。
④ 乔纳森·卡勒:《结构主义诗学》,盛宁译,中国社会科学出版社 1991 年版,第 29 页。

和思想,而只有作品的手法、结构等。新批评也有着俄国形式主义一样的观念。韦勒克主张,一部文学作品与一个语言系统是完全相同的,"文学作品既非一个经验的事实,即非任何特定的个人的或任何一组个人的心理状态,也非一个像三角形那样的理想的、毫无变化的客体。"① 作品是一个"有'生命'的东西",即作品有自己存在方式,有自己的本体论的地位。其中的原因,韦勒克这样说道:"索绪尔和布拉格学派的语言学家们对语言和说话(langue and parole)做了区别,也就是对语言系统与个人说话的行为做了区别;这种区别正相当于诗本身与对诗的单独体验之间的区别。"② 布拉格学派在俄国形式主义和现代语言学的洗礼中成长起来的,该学派的文学基本信条是:文学是一个类似于语言的自主符号系统。作者在这种文学观念下必然是不重要的。作者及其个性、感情和思想对文学来说是外在的因素,而不是内在因素。"诗歌的我并不与任何经验的个性相等同,甚至不与作者的个性相等同。这是诗歌创作的关键点。"③ 结构主义自觉地把语言学模式运用到一般人文科学。语言作为一套符号系统呈现自身,与个人的言语隔离开来,言说的主体也就被排斥在符号系统之外。语言是一个差异系统,任何一个语言单位都是由其在系统中的位置确定的。结构主义者认为,结构是由相互制约的诸成分组成,其中任何一个成分的变化都要引起其他成分的变化,理解结构的一个成分就要把握它在所属的系统中的位置,这就是该成分的"意义"。结构之中没有个体的独立的个别属性,个体是依附于结构,由结构关系所决定,它是结构的诸"节点"之一。J. V. 哈勒瑞写道:"然而,(语言)结构分析既忽略了与作者形象有联系的问题,又忽略了文本之外的其他标准,而是专注于文本自身,这个文本被理解为一种构成物,其发挥作用的模式必须加以描述。结果,不是谈论真理,重要的是按照语言有效性和一致性论说作品。"④ 这明确地表明了结构主义的基本立场:主体和客体都必须排除出结构之外,只有结构关系系统在整体上起着作用,这就是所谓的"主体移心"。阿尔都塞认为,决定着社会发展过程中某一特殊方向的根本因素,是社会结构诸层次内各种矛盾之间的相互关系网。不存在个人性的主体概念,社会、历史不是由个人所决定,而是由社会的诸组成层次来决定。

---

① 勒内·韦勒克、奥斯汀·沃伦:《文学理论》,刘象愚等译,江苏教育出版社 2005 年版,第172 页。

② 勒内·韦勒克、奥斯汀·沃伦:《文学理论》,刘象愚等译,江苏教育出版社 2005 年版,第169 页。

③ Victor Erlich, *Russian Formalism*, The Hague:Mouton Publishers, 1980, p.203.

④ J. V. Harari, ed. *Textual Strategies*, Ithaca and New York:Cornell University Press, 1979, p.23.

拉康的结构精神分析学表明:无意识是一种语言结构,它不是与个人意识对立的另一个个人的心理世界,而是某种超经验的共同具有的语言结构。

总之,从形式主义到结构主义,"置语言于中心地位、贬低传记因素、文学科学的观念以及强调背离标准等等构成了从雅各布逊到巴特以来的文学理论中反复出现的主要特点。"① 语言学没有摹仿、再现、意指、心—物关系等概念,只有文本、结构、能指和所指等概念,语言是非指涉性的,自身是独立自足的形式、结构和系统。"美学、艺术便被整个地建立在了语言符号系统的基础上,成为在语言的囚笼中的活动:写作变成了'不及物的',仅仅是符号性写作;想象也不是针对物象的,而是符号性想象;观赏也是符号性观赏,是在能指之间不断转换。"② 人和物的表象在语言结构系统中消失了。

20世纪60年代末解构主义兴起,颠覆了结构主义的结构观念,从理论上论证了具有中心化、整体化的结构是不可能的。德里达"异延"观证明:语言差异是一个无穷的、无限的过程,永远处在无止境的、延宕的网络中,语言系统不是一个封闭结构,而是一个开放的、自由的游戏过程,是一个"痕迹",语言在变化,"痕迹"也在变化,意义同样也在变化之中。保罗·德曼则认为,语法修辞化和修辞语法化是语言的根本特性,语言的本义和转义不存在明确的界限,语言具有不确定性、不透明性和修辞性。希利斯·米勒更是论证了语言的"寄主"本性,词语的意义像病毒传染一样,无边无际的蔓延开来。解构主义不仅使主体和人在文学中被抹去,而且语言意义自身也处于岌岌可危之中。一切都在虚无之中,留下的只是沙滩上海水过后影影绰绰的痕迹和影子罢了。

综上所述,语言论转向表明:语言方法在哲学、语言学和文学等人文科学领域已经畅通无阻地流行开来,语言业已抹去了主体、作者和人在它那里位置,"人们就能恰当地打赌:人将被抹去,如同大海边沙地上的一张脸。"③ 因此,语言论转向对非个人化思潮起着推波助澜的作用,非个人化思潮在20世纪的人文社会科学领域发展、壮大起来。

第三节　非个人化思潮与心理学

现代心理学与语言论一样在20世纪发生了"转向",它从经验主义的

---

① 杰弗逊、罗比:《现代西方文学理论流派》,李广成译,北京大学出版社1992年版,第43页。

② 牛宏宝:《西方现代美学》,上海人民出版社2002年版,第15页。

③ 米歇尔·福柯:《词与物》,莫伟民译,上海三联书店2001年版,第506页。

心理元素论中摆脱出来，在解释人的心理形成、人的内在心理结构以及如何治愈人的心理疾病方面都作出了巨大贡献。这里，现代心理学主要是指格式塔心理学和弗洛伊德以来种种心理学。在清理非个人化思潮与心理学的关系时，我们注意到，非个人化思潮作为一种客观主义思潮，在追求文学客观化和科学化的过程中，竭力切断文学与心理学的关系。俄国形式主义和新批评都反对科学的、客观化的文学奠基于心理学之上。蒂尼亚诺夫认为，文学演变是各种文学语言形式之间关系的变化，是"功能和形式要素的变化"，① 因此，个人心理在文学中并没有留下任何痕迹，即使个人心理对文学而言存在某些影响，它也没有文学演变的意义。兰色姆批评心理学诗论，他认为，心理学诗论把诗歌看成一种表现形式，而不是一种认识形式，"批评家们如果能在诗里享受'主观'，那他们就很愿意把'客观'的荣誉让给科学。"② 瑞恰慈的心理平衡说是最为典型的一种心理学诗论，这种理论用无法确指的感性反应、神经反应的说法使诗歌沦为心理学的解释。"看来，排除心理学方法的干扰，成为兰色姆所致力于确立本体批评的重要任务。"③ 维姆萨特和比尔兹利认为，意图谬误把诗歌和诗歌的产生过程相混淆，从写诗的心理原因中推衍批评标准，而感受谬误则将诗歌和诗歌的结果相混淆，从诗的心理效果推衍出批评标准，这都是"起源谬误"的一些特例。"前者以作家心理学代替诗的本体学，后者则是以读者心理学代替诗的本体学。"④ 无论是意图说还是感受说都是一些似是而非的理论，诗本身作为批评判断的具体对象被抹杀了。奥斯汀·沃伦认为，在一个诗人的心理结构和一首诗的构思之间，即在印象和表现之间是有所差别的，心理学只是文学创作的一种准备，"就心理活动及其机制的有意识和系统化的理论而言，心理学对艺术不是必要的，心理学本身也没有艺术上的价值。"⑤ 但是，这并不意味着非个人化思潮与现代心理学没有什么关系，文学的客观化和科学化绝不是像新批评那样绝对地割断了与心理学的关系。毫无疑问，文学心理学主要探讨的是文学主观方面的东西，例如，作者的无意识和意识的形成问题、作者的创作心理动因问题、作者人格的心理成因问题等，这对文学创作

---

① 茨维坦·托多洛夫编：《俄苏形式主义文论选》，蔡鸿宾译，中国社会科学出版社1989年版，第114页。

② 赵毅衡编：《新批评文集》，百花文艺出版社2001年版，第96页。

③ 赵宪章：《文艺学方法通论》，江苏文艺出版社1990年版，第456页。

④ 赵宪章：《文艺学方法通论》，江苏文艺出版社1990年版，第458页。

⑤ 勒内·韦勒克、奥斯汀·沃伦：《文学理论》，刘象愚等译，江苏教育出版社2005年版，第99页。

的研究有着重要作用。不过,文学主观方面的研究本身就包含着丰富的客观性内容,格式塔心理学对力的式样,包括形状、形式和色彩等的形式分析,荣格的分析心理学对原型形式的研究都有一种客观主义倾向。因此,我们可以说,现代心理学某些流派,像格式塔心理学和荣格的分析心理学,对非个人化思潮具有某种推动作用。这里,我们主要讨论格式塔心理学和荣格的分析心理学对非个人化思潮产生的影响。

一、格式塔心理学

格式塔心理学融汇了现象学、结构主义和分析美学以及现代物理学等最新知识,创造了现代人观察与把握艺术世界的新方法、新模式,在某种程度上暗合了非个人化思想。这主要表现在几个方面:

首先,格式塔心理学在"整体"意义上理解"形"。格式塔心理学研究的出发点和主要对象是"形","格式塔"是德文"Gestalt"一词的汉文译音。在德文中,它有"形式"或"形状"的意思,因此,英文往往将它译成"form"(形式)或"shape"(形状)。但是,格式塔心理学的"形"并不完全等同于一般意义上的客观物体的"形状"或者一般艺术理论的相对于内容的"形式",因为"人们可以将任何一种物理(心理)现象看做一个整体;而只有将研究对象看做一个整体,才能得出科学的结论。"① "格式塔"这个词的创始者冯·艾伦费尔斯解释说,格式塔有两大基本特征:(1)格式塔不等于各成分之和,而是一个完全独立于这些成分的全新的整体,例如一个三角形是从三条线的特定关系中"突现"出来的,它绝不是三条交叉线条之和。任何一个"形"都是一个格式塔,具有独立于其构成成分的"格式塔特质"。(2)一个格式塔在它各构成成分的大小、方向、位置等改变的情况下仍然存在或不变,这就是所谓格式塔的"变调性"。韦特墨的"似动现象"的实验研究也说明格式塔所具有的性质不在于各部分之和,而在于整体。总之,一个格式塔都是一个"被分离的整体",整体并不是由若干元素相加而成的,而是先于部分而存在并且制约着部分的性质和意义。"Gestalt"在强调"整体"的意义上又被译为"完形",这应该是比较接近其原意的,"完形"即整体的"形"。正如冯·艾伦费尔斯指出的那样,如果让12名听众同时倾听一首由12个乐音组成的曲子,每一个人规定只听取其中的一个乐音,这12个人的经验相加的和就决不会等同于仅有一个人听了整首曲子之后所得到的经验,这是因为,"某一整体式样中各个不同要素的表象看上去究竟是个什么样子,

---

① 赵宪章:《文艺学方法通论》,江苏文艺出版社1990年版,第380页。

主要取决于这一要素在整体中所处的位置和所起的作用。"① 鲁道夫·阿恩海姆试图把现代心理学这种新发现和新成就运用到艺术研究之中,用格式塔心理学的整体性原则重新解释艺术。"对于大多数艺术家来说,'整体不能通过各部分相加的和来达到'的思想,并不算什么新奇的东西了。……无论在什么情况下,假如不能把握事物的整体或统一结构,就永远也不能创造和欣赏艺术品。"② 阿恩海姆认为,人的诸心理能力在任何时候都是作为一个整体活动着,一切知觉中都包含着思维,一切推理中都包含着直觉,一切观测中都包含着创造。

在阿恩海姆看来,艺术品给人带来的感受完全是由作品本身所决定的,艺术品本身就是一个整体,面对艺术品,"任何'观看'都是在一套关系中观看,而知觉对象所处的关系网络又决非简单。……出现于视域中的任何一个事物,它的样相或外观都是由它在总体结构中的位置和作用决定的,而且其本身会在这一总体结构的影响下发生根本的变化。"③ 把同一件艺术品放在不同的组合结构中,按照格式塔心理学的相似性法则,这件艺术品的某种因素就会与处于同一结构中的其他艺术品中的某种因素重新组合成不同的视觉整体,因而便产生不同的美感效应。进而,对于艺术的整体性把握不仅意味着将某一作品看作一个整体,而且意味着将"作品及其'观看'、客体结构及主体建构、作品本身及其环境,等等,都看作一个整体,一个过程,一个在各种关系网络中交互作用着的整体"。④

我们知道,对于文学艺术之"形"的重视,从本世纪初俄国形式主义就已经开始了。自此之后,无论是"新批评"还是结构主义、符号学,艺术形式一直被看作文学艺术的"本体"。因为在他们看来,文学艺术品首先是作为形式而存在的,没有形式就没有文艺现象本身,美与艺术只不过是一种"有意味的形式",它所包容的思想、情感和意味渗透在形式之中,而不是游离其外。格式塔心理学的"形"是一种整体的"形",一种完形,这种整体的"形"或者完形与俄国形式主义以来追求的形式本体存在着一致之处,"文艺心理学的格式塔方法在文艺观念上显然与上述'本体理论'是一致的。"⑤ 早期

---

① 鲁道夫·阿恩海姆:《艺术与视知觉》,滕守尧、朱疆源译,中国社会科学出版社1984年版,第5页。

② 鲁道夫·阿恩海姆:《艺术与视知觉》,滕守尧、朱疆源译,中国社会科学出版社1984年版,第5页。

③ 鲁道夫·阿恩海姆:《视觉思维》,滕守尧译,四川人民出版社1998年版,第70—71页。

④ 赵宪章:《文体与形式》,人民出版社2004年版,第133页。

⑤ 赵宪章:《文体与形式》,人民出版社2004年版,第135页。

俄国形式主义者认为,艺术作品是一切手法之和,手法是作品的主人公等,实际上都是要从整体把握形式的本体,晚期他们又提出主导的概念,这一概念本身就包含着一种整体性的思想。因此,著名的俄国形式主义研究专家厄利奇指出,俄国形式主义的"文学性"实质上是一种"格式塔特质"。新批评同样具有本体崇拜倾向,兰色姆大声呼吁一种本体批评,而这种本体批评的本质是文学艺术作品的"具体的普遍性",他的学生布鲁克斯认为,诗歌作品的语言的整体特点是悖论,是反讽。结构主义文学批评更是强调作品结构的整体性,皮亚杰认为,结构主义的结构重要特征是整体性,"所谓整体性,是指内在的连贯性。实体的排列组合本身是完整的,并不只是某种由别的独立因素构成的混合物。结构的组成部分受一整套内在规律的支配,这套规律决定着结构的性质和结构的各部分的性质。这些规律在结构之内赋予各组成部分的属性要比这些组成部分在结构之外单独获得的属性大得多。因此,结构不同于一个集合体,结构的各组成部分不会以它们在结构中存在的同样形式真正独立地存在于结构之外。"① 这里,我们可以看到,格式塔心理学和结构主义所理解的整体性是相同的。

如前所述,文学形式本体论是非个人化思潮的重要阶段,是客观性非个人化向话语文本非个人化过渡的桥梁。格式塔心理学提出人的整体性思维原则,并且把这一原则运用到艺术作品的形式分析之中,这不仅从文艺心理学角度证明了本体论在心理学上存在的根源,而且还意味着格式塔心理学本身就具有本体论倾向,是非个人化思潮不可缺少的一个重要组成部分。

其次,格式塔心理学在视知觉意义上理解"形"。

在《艺术与视知觉》、《视觉思维》里,阿恩海姆中心问题是探讨艺术形式与视知觉的关系,通过视觉的简化倾向和组织本能的研究等来揭示艺术的"形"。阿恩海姆认为,视觉作为最高级的知觉,是"思维的一种最基本的工具(或媒介)",是"思维工作时不可或缺的东西"。② 他不同意传统理论所说的,视觉属于认识的低级阶段,他认为一种抽象和概括的能力参与了视知觉活动,"没有哪一种思维活动,我们不能从知觉活动中找到,因此,所谓视知觉,也就是视觉思维。"③ 这种抽象和概括的能力或视觉思维是在"图—底"关系中把"形"的隐蔽的性质或关系识别、突现出来的能力,所谓"图—底"关系,就是判定哪些形从背景中突出出来构成"图",哪些仍留在背景中

---

① 特伦斯·霍克斯:《结构主义和符号学》,瞿铁鹏译,上海译文出版社 1987 年版,第 7 页。

② 鲁道夫·阿恩海姆:《视觉思维》,滕守尧译,四川人民出版社 1998 年版,第 24 页。

③ 鲁道夫·阿恩海姆:《视觉思维》,滕守尧译,四川人民出版社 1998 年版,第 18 页。

作为"底"，即图形与背景的关系。究竟哪些形处于"图"中，哪些处于"底"中，主要由三个方面所决定：(1) 艺术家根据自己的意图对形的安排设置；(2)观看者的知觉判断能力；(3)形本身包含的象征的意义。阿恩海姆发现，在"图—底"关系中，形从背景中分离、突现出来诸种条件，即"图"固然应该受到重视，而"底"本身在形中有着重要作用，但是，我们常常忽视的恰恰就是背景或"底"。由于不重视背景的作用，一些不应该突现的形却突现出来，结果成为艺术的败笔。不注重背景的作用主要表现在没有把图与图之间的间隔区域看作整个式样的不可分割的一部分。背景固然是突现"图"，但是，如果没有背景的扶持，"图"的特征也就突现不出来。总之，图与底之间构成了一个格式塔，任何一个"图"的突现，都需要背景的支持，而背景之所以是背景是指它与"图"的关系而言。

由此，阿恩海姆认为，一个物体的形状，从来就不是单独由单个物体落在眼睛上的形象所能决定了的，"形状不仅是由那些当时刺激眼睛的东西决定的，眼睛所得到的经验，从来都不是凭空出现的，它是从一个人毕生所获取的无数经验当中发展出来的最新经验。因此，新的经验图式，总是与过去所曾知觉到的各种形状的记忆痕迹相联系"。[1] 一个球体的背面是眼睛看不见的，然而这个隐藏在背部的球半面，即理应与看得见的前半部圆形形状同属于一个整体的那一部分，在实际知觉中，往往也能变成眼前知觉对象的一个组成部分，如我们所看到的往往不是半个球，而是一个完整的球。"在观看的时候，人所具备的有关眼前对象的知识是如此紧密地与观看契合在一起，以至于当我们看见一个人的面部时，连他的背后的头发也成了我们所接受到的整个图像的一部分。"[2]

因此，任何一个"形"都是在"图—底"关系中呈现出来的，阿恩海姆的研究证明了"底"或背景对视知觉意义上"形"的重要作用。这对于我们理解非个人化思潮有所帮助。

俄国形式主义非个人化思想一个重要论点是，手法是发现的，而不是个人所创造的。如果手法是一种"形"的话，那么，手法总是隐蔽在文学艺术作品里，处于"底"或背景之中，艺术家把这种手法运用到自己的作品里，并非他的个人创造行为，他只是发现了一种手法而已。新批评的先驱之一艾略特认为，在传统面前，艺术家要牺牲自己的一切，泯灭自我，成为非个人

① 鲁道夫·阿恩海姆：《艺术与视知觉》，滕守尧、朱疆源译，中国社会科学出版社1984年版，第58页。

② 鲁道夫·阿恩海姆：《艺术与视知觉》，滕守尧、朱疆源译，中国社会科学出版社1984年版，第56页。

化的,他才能够有所成就。对于艾略特这个观点,我们多是从荣格分析心理学来解释,而忽略了格式塔心理学对于这一方面的理解。实际上,格式塔心理学所理解的"底"或背景与荣格所说的集体无意识或原型有着某种相同之处,两者差别在于,人们所具有的"形"的背景是意识的和无意识的。阿恩海姆理解的"形"的背景完全是一种意识活动,它一方面与"图"构成了一个格式塔,另一方面,它成为"图"的一个重要组成部分,离开了它,"图"也就不成为"图"了。我们如果把"传统"与个人的关系看作一种"图—底"关系,那么,传统就是"底",而个人就是"图",任何一部文学作品无疑是个人所为,但是,个人离开了一种文学传统,他即使有再大的才能,也不会有所成就,个人只有皈依于自己所属的那个传统才能有所作为。互文性是话语文本的非个人化阶段一个重要的理论。互文性有着种种解释,而文本之间存在着"图—底"关系,这已经成为学界的共识。①

最后,格式塔心理学在主客体关系中探讨"形"的结构。

如上所述,任何一个格式塔或"形"受艺术家、观看者和"形"本身的条件限制,这表明任何一个格式塔或"形"都处在主客体关系之中,它们既不是对客观事物的再现,也不是主体的表现,而是视知觉对客观刺激物进行大幅度改造的产物。"形"的构成是视知觉按照一系列组织原则进行的建构活动,"'形'本质上是从构成成分中'突现'出来的一种抽象关系。即使各种成分本身发生改变,关系也可以保持不变,形也就仍然保持不变。"② 任何一个格式塔或"形"的组织原则既不是纯粹的客体属性,也不是纯粹的主体属性,而是在主客体交互作用中产生的,"格式塔学派的研究却向人们宣称……观看世界的活动被证明是外部客观事物本身的性质与观看主体的本性之间的相互作用。"③

我们知道,每一个观看者本人每一时刻的精神状态不同,他的视知觉对眼前客观现象的反应也不尽相同,"观看完全是一种强行给现实赋予形状和意义的主观性行为。"④ 此外,视知觉所得到的经验还与观看者个人的

---

① 关于互文性是一种"图—底"关系的论述可参考赵宪章著的《超文性戏仿文体解读》(《湖南师范大学社会科学学报》2004 年第 5 期)一文。

② 鲁道夫·阿恩海姆:《视觉思维·译者前言》,滕守尧译,四川人民出版社 1998 年版,第 8 页。

③ 鲁道夫·阿恩海姆:《视觉思维·译者前言》,滕守尧译,四川人民出版社 1998 年版,第 6 页。

④ 鲁道夫·阿恩海姆:《艺术与视知觉》,滕守尧、朱疆源译,中国社会科学出版社 1984 年版,第 6 页。

强烈需要有关。"一个焦急等待他的女朋友的小伙子，一眼便能从对面来的成百的女性中认出自己所要等待的女朋友……一个精神分析学派的批评家从每件艺术品中所看到的，差不多都是子宫和生殖器。"① 这就是说，"每个观看者都可以自动地选取一种最适合于自己心理状态的解释。"② 这些虽然证实了视觉主体能动性，但是，阿恩海姆通过大量的艺术研究发现，作用于视知觉的决定性因素是"力"，是一种力的式样，只有力的式样才能作用于人的感官——视知觉。因而，不同的力的式样便产生不同的刺激。因此，每一个"形"都具有某种倾向性张力，并且存在于某种特定的"力"场之中，任何一种能够导致视知觉重新组织的"形"原因在于它本身存在着一种"力"，本身就是一种力的式样，一种"力的结构"。例如，简化就是力的式样的结构规律，它必须在主客体关系之中得以确认，"要正确地解释简化，不仅要顾及到主体的经验图式，而且还必须顾及到那唤起这一经验图式的刺激物。事实上，只有把简化看作是物理式样本身的客观性质而不顾及个别人的主观经验时，才能真正理解简化的本质。"③ 主体的简化倾向是受刺激物本身的结构所制约的，视觉经验是在客体式样本身所允许的条件下产生的。

在主客体关系中，格式塔心理学站在客观主义立场反对主观主义。近代心理学主观主义代表观点是"移情说"，布洛的"心理距离"说和沃林格的"抽象冲动"说不过是其翻版。按照"移情说"说法，审美根源于人们根据一种联想、相似的原则把一种感情投射到对象中去。对于这种主体移情说，阿恩海姆极力反对，"按照联想主义的解释，这种运动并不是在作品中直接看到的，而是观赏者在观看过程中把自己以往的经验加入到作品中去。由于我们都学会了在经验中把运动同奔跑的人或倾泻而下的瀑布联系起来，一旦我们看到这样一个与运动有着必然联系的形象时，即使从中并没有直接知觉到真正的运动，也会将位移的因素强加给它。……然而，那些每天出现在我们眼前的用快镜头拍摄下来的照片，都向我们证明，虽然从某些专门拍摄动态姿势的照片中能看到足球运动员或舞蹈演员那栩栩如生的运动，但在相当一部分这样的照片中，运动员和舞蹈演员却是僵硬地凝冻在半空中，看上去像是得了半身不遂症似的。在一幅优秀的绘画或一件雕塑作品

① 鲁道夫·阿恩海姆：《艺术与视知觉》，滕守尧、朱疆源译，中国社会科学出版社1984年版，第60页。

② 鲁道夫·阿恩海姆：《艺术与视知觉》，滕守尧、朱疆源译，中国社会科学出版社1984年版，第61页。

③ 鲁道夫·阿恩海姆：《艺术与视知觉》，滕守尧、朱疆源译，中国社会科学出版社1984年版，第66页。

中,人的身体看上去总是在以一种自由的节律运动着;而在一幅低劣的作品中,身体就显得呆板和僵硬。"① 在阿恩海姆看来,艺术作品要具有"倾向性的张力","知觉式样的这种'运动'性,并不是过去的运动经验向知觉对象中的投射,而是一种独立的知觉现象,它直接地或客观地存在于我们所观看到的物体中。"② 因为,知觉活动是能动的活动,"知觉活动所涉及的是一种外部作用力对有机体的入侵,从而打乱了神经系统的平衡的总过程。我们万万不能把刺激想象成是把一个静止的式样极其温和地打印在一种被动的媒质上面,刺激实质上就是用某种冲力在一块顽强抗拒的媒质上面猛刺一针的活动。这实质上是一场战斗,由入侵力量造成的冲击遭受到生理力的反抗,它们挺身出来极力去消灭入侵者,或者至少要把这些入侵的力转变成为最简单的式样。这两种互相对抗的力相互较量之后所产生的结果,就是最后生成的知觉对象。"③

因此,艺术作品都具有一种内在的力的式样基本结构模式,它决定着艺术品的一切,而这种"力的式样"看不见,摸不着,只是一种比喻的说法,"'形式'地存在于心与物之间、审美对象与审美主体之间。这样,与其说完形心理学美学研究了审美心理和审美对象的形式构成,倒不如更准确地说,作为对大脑力的存在的一种假设,它揭示了艺术创造和艺术鉴赏的形式动因——虚拟的一种整体性的力量,成为一切艺术尤其是视觉艺术的终极原由。从这个角度来看,有人认为'完形心理学即形式心理学',不是没有道理的。"④

尽管格式塔心理学对艺术形式有着自己的独到之处,但是,正像阿恩海姆所说的那样,形式的分析是不够的,"要想弄懂一件作品的能动性的主题,只靠分析它的形式是无济于事的,形式主义者往往只谈作品的平衡和统一,而忘记去弄清怎样才能达到平衡和统一,如果连这一点都弄不懂,那就根本无法理解作品。"⑤ 因此,要想彻底弄懂力的式样,就"必须把它与作品

---

① 鲁道夫·阿恩海姆:《艺术与视知觉》,滕守尧等译,中国社会科学出版社1984年版,第569—570页。

② 鲁道夫·阿恩海姆:《艺术与视知觉》,滕守尧等译,中国社会科学出版社1984年版,第573页。

③ 鲁道夫·阿恩海姆:《艺术与视知觉》,滕守尧等译,中国社会科学出版社1984年版,第573页。

④ 赵宪章主编:《西方形式美学》,上海人民出版社1996年版,第378页。

⑤ 鲁道夫·阿恩海姆:《艺术与视知觉》,滕守尧、朱疆源译,中国社会科学出版社1984年版,第608页。

的内容——作者力图表现的见解——联系起来"①。这样一种妥协的看法削弱了格式塔心理学对非个人化思潮的影响。

二、荣格的分析心理学

荣格同弗洛伊德一样把无意识看作人类心灵结构的中心。但荣格不满意弗洛伊德把无意识限定于被压抑的性本能和童年性经验的范围内。荣格并不否认性本能的存在,他把它降低到只是心理能量的一个组成部分,"事实上无意识中的确容纳着所有阈下的知觉,其范围之广足以令人吃惊。"②因此荣格把人的心理结构分为三个层次:意识、个人无意识和集体无意识。意识的中心是自我,是使个体的自我适应现实社会生活的通道。意识相对于无意识是次要的,意识犹如一个岛的可见部分,大部分未知部分是在水面上可见部分的底层,荣格关心的就是那个隐藏的底层即无意识。无意识分为两个层次:个人无意识和集体无意识。个人无意识在意识下面一层,属于个体的,由一切冲动和无数其他经验组成。个人无意识下面是集体无意识。这个最深层次个体是不知道的,它包含着远古祖先的过去在内所有各个世代所累积起来的那些经验。"集体无意识是从人的祖先的往事遗传下来的潜在记忆痕迹的仓库,所谓往事,它不仅包括作为单独物种的人的种族的历史,而且也包括前人类或动物的祖先在内。集体无意识是人的演化发展的精神剩余物,它是经过许多世代的反复经验的结果所累积起来的剩余物。"③

因此,无意识不仅包括阈下知觉,而且还容纳着人类祖先在生活经验中积累起来的丰富财富。荣格认为,集体无意识是先天—遗传获得的心理模式,"所以每一个婴儿一生下来就潜在地具有一整套能够适应环境的心理机制。这种本能的、无意识的心理机制始终存在和活跃于成人的意识生活中。一切自觉意识到的心理功能都事先存在于无意识的心理活动中。"④如果个人无意识具有个人特性,那么,个人无意识所依赖的更深的一层的集体无意识并非来源于个人经验,并非从后天中获得,而是先天地存在的。正因为如此,荣格的分析心理学才具有深刻的非个人化思想。这主要表现在以下几个方面:

①　鲁道夫·阿恩海姆:《艺术与视知觉》,滕守尧、朱疆源译,中国社会科学出版社1984年版,第608页。

②　荣格:《心理学与文学》,冯川、苏克译,生活·读书·新知三联书店1987年版,第41页。

③　杜·舒尔茨:《现代心理学史》,沈德灿等译,人民教育出版社1981年版,第359—360页。

④　荣格:《心理学与文学》,冯川、苏克译,生活·读书·新知三联书店1987年版,第42页。

首先,无意识是集体化的、客观化的。在荣格看来,集体无意识是指由各种遗传力量形成的一定的心理倾向,它是超越个人之上,具有客观特征的心理实在,它支配着人,在人的心理中自主地活动着。他写道:

> 不,集体无意识绝不是裸露的个人系统,把它说成其他任何一样东西都要比这更合适些。它是彻头彻尾的客观性,它与世界一样宽广,它向整个世界开放。在那里,我是每一个主体的客体,与我平常的意识站在完全相反的位置上,因为在意识之中我总是作为一个具有客体的主体而存在的。在那完全的客观性中,我与世界完全同一,我在如此之深的程度上变成了这世界的一部分,因而我轻而易举就忘记了我真正是谁。①

集体无意识的客观化使得它具有自主性,包含着吞噬主体的一切能量。荣格把集体无意识的这种先天倾向称之为"原型",它是人的本能中一些具有各种动力的遗传因素,主要原型有四种:人格面具、阿尼玛、阿尼姆斯和阴影。它们遍布各处,有着非个人的特点和具体形式的动力。它们是自主的,不断地从隐匿中复活,不断重复自己,在无穷无尽的重复中,它融入了人的精神结构之中,支配我们的生活。

其次,创作具有"自主情结"。荣格认为,自主情结是创作过程中"扎根在人心中的有生命的东西"②,或者"维持在意识阈下,直到其能量负荷足够运载它越过并进入意识门槛的心理形式"③。自主情结是心理中分裂了的一部分,在意识领域之外过着自己的生活,依靠自身能量负荷,它可以对意识活动的进行干扰,同时它是一种至高无上的权威,驯服意识去完成自己的目的。它是一种潜能,"这种潜能以特殊形式的记忆表象,从原始时代一直传递给我们,或者以大脑的解剖学上的结构遗传给我们。"④事实上,荣格认为,创作过程中起着主宰作用的是集体无意识或者原型,它们才具有自主性。它们支配着创作,只是人们在创作时对它们一无所知,创作是按照它们的命令进行,但不知道是在执行它们的命令。"在诗人表面的意志自由后面,隐藏着一种更高的命令,一旦诗人自愿放弃其创造性活动,它就会再一

---

① 荣格:《心理学与文学》,冯川、苏克译,生活·读书·新知三联书店1987年版,第72页。

② 荣格:《心理学与文学》,冯川、苏克译,生活·读书·新知三联书店1987年版,第114页。

③ 荣格:《心理学与文学》,冯川、苏克译,生活·读书·新知三联书店1987年版,第117—118页。

④ 荣格:《心理学与文学》,冯川、苏克译,生活·读书·新知三联书店1987年版,第119页。

次提出它那专横的要求；或者，每当诗人的作品不得不违背其意愿，它就会制造出心理的纠纷。创造性冲动常常是如此专横，它吞噬艺术家的人性、无情地奴役他去完成他的作品，甚至不怕牺牲其健康和普通人所谓的幸福。孕育在艺术家心中的作品是一种自然力，它以自然本身固有的狂暴力量和机敏狡猾去实现它的目的，而完全不考虑那作为它的载体的艺术家的个人命运。"①这里有两种情况：一是与自主情结保持一致的人，默认了无意识命令，认同并甘愿充当它的工具；二是与自主情结并不保持一致的人，这种人感到创造性力量是某种异己的东西，无法对此加以默认，但这种人最终成为"一个出其不意地被俘获的人"②。"创作过程，在我们所能追踪的范围内，就在于从无意识中激活原型意象，并对它加工造型精心制作，使之成为一部完整的作品。通过这种造型，艺术家把它翻译成了我们今天的语言，并因而使我们有可能找到一条道路以返回生命的最深的泉源。艺术的社会意义正在于此：它不停地致力于陶冶时代的灵魂，凭借魔力召唤出这个时代最缺乏的形式"。③歌德这个天才人物，自以为自己自由、自主地创造了浮士德这个形象，但实际上，他不过是被浮士德这个原型抓来服役并使这个原型得以表达的仆从而已。

再次，艺术作品是客观的、非个人的。在荣格看来，正是因为集体无意识和原型的自主表达，渗透到艺术作品中的个人癖性，并不能解释艺术的本质，相反，作品中个人的东西越多，它就越不成其为艺术。"艺术作品本质在于它超越了个人生活领域而以艺术家的心灵向全人类说话。"④艺术作品是某种超越个人的东西。它是某种东西而不是某种人格，因此不能用人格的标准来衡量，它也就不属于它的作者。艺术作品具有自己独立存在的权利。"一部真正的艺术作品的特殊意义正在于：它避免了个人的局限并且超越于作者个人的考虑之外。"⑤

在艺术作品里，原型是同一类型的无数经验的心理遗迹，每一个原始意象中都有着人类精神和人类命运的一块碎片，都有着在我们祖先的历史中重复了无数次的欢乐和悲哀的一点残余，并且始终遵循同样的路线，它就像心理中的一道深深开凿过的河床，生命之流在这条河床中突然奔涌成一条大江。伟大的艺术作品总是从人类生活汲取力量，而不是从个人那里汲

① 荣格：《心理学与文学》，冯川、苏克译，生活·读书·新知三联书店 1987 年版，第 113 页。
② 荣格：《心理学与文学》，冯川、苏克译，生活·读书·新知三联书店 1987 年版，第 114 页。
③ 荣格：《心理学与文学》，冯川、苏克译，生活·读书·新知三联书店 1987 年版，第 122 页。
④ 荣格：《心理学与文学》，冯川、苏克译，生活·读书·新知三联书店 1987 年版，第 140 页。
⑤ 荣格：《心理学与文学》，冯川、苏克译，生活·读书·新知三联书店 1987 年版，第 110 页。

取力量,每当集体无意识变成一种活生生的经验,并且影响到一个时代的自觉意识观念,这一事件就是一种创造性行动,它对于每个生活在那一时代的人就具有重大意义。一部艺术作品被生产出来后,也就包含着那种可以说是世代相传的信息。在集体无意识和原型中,诗人、先知和领袖听凭自己受他们时代未得到表达的欲望的指引,通过言论或行动给每一个盲目渴求和期待的人指出一条获得满足的道路,而不管这一满足所带来的究竟是祸是福,是拯救一个时代还是毁灭一个时代。

最后,艺术家是非个人化的。荣格区分了个人的艺术家和艺术家的个人。前者是弗洛伊德意义上一些发育不全的、具有童年自恋品质的人,后者表现在作为艺术家的才能中,他既不自恋,也不恋他人,不具备任何意义上的爱欲,他是客观的、非个人化的,因为作为艺术家,他就是他的作品,而不是他这个个人。这就是说,每一个富于创造性的艺术家,一方面,他是一个过着个人生活的人类成员;另一方面,他又处于一个无个性的创作过程之中。即使艺术家个人生活中充满冲突和缺陷,这也不是一种令人遗憾的事情,他作为一个艺术家,从出生那一天起就被召唤着去完成一种较之普通人更伟大的使命。这是集体无意识和原型所赋予他的使命。为了行使这一艰难的使命。他必须随时牺牲个人幸福,牺牲普通人认为使生活值得一过的一切事物。

集体无意识和原型就是具有支配地位的创造本源,艺术家只不过是它所利用的工具。艺术家一旦被集体无意识和原型抓住,就不再拥有自由意志,不再是实现其个人目的的人,而是允许集体无意识通过他来实现艺术目的的人。他作为个人可能有喜怒哀乐、个人意志和个人目的,然而作为艺术家却是更高意义上的人,即"集体的人",是一个负荷并造就人类无意识精神生活的人,因此,不是艺术家创造了艺术作品,而是艺术作品创造了艺术家,他的作品超越了他,就像孩子超越了母亲一样。"创作过程具有女性的特征,富于创造性的作品来源于无意识深处,或者不如说来源于母性的王国。每当创造力占据优势,人的生命就受无意识的统治和影响而违背主观愿望,意识到的自我就被一股内心的潜流所席卷,成为正在发生的心理事件的束手无策的旁观者。创作过程中的活动于是成为诗人的命运并决定其精神的发展。"①就拿歌德而言,荣格明确断言:"不是歌德创造了《浮士德》,而是《浮士德》创造了歌德。"② 浮士德这个原型就像智者、救星和救世主的原

---

① 荣格:《心理学与文学》,冯川、苏克译,生活・读书・新知三联书店 1987 年版,第 142 页。
② 荣格:《心理学与文学》,冯川、苏克译,生活・读书・新知三联书店 1987 年版,第 142—143 页。

型意象一样自人类文化开创以来就埋藏和蛰伏在人们的集体无意识中,活在每一个德国人的灵魂中。在启蒙时期,时代发生动乱,人类社会陷入严重的谬误,浮士德就被重新唤醒,"本能地"被激活,恢复了这一时代的心理平衡。艺术作品以这种方式迎合了他生活在其中的社会的精神需要。

在荣格看来,艺术是起源于内在的集体无意识,但并不是纯粹主观的所作所为,而是具有客观必然性的表现,因为集体无意识和原型隐藏着千百年来人类聚积起来的普遍经验,艺术家本质上是他的作品的工具,他要最大限度地发挥个人的才能,传达这种集体无意识和原型,这样,他从集体精神中召唤出治疗和拯救的力量,深入到那个所有人都置身其中的生命模式里,这种生命模式赋予人类生存的共同的节律。在这一高度上,艺术家不是作为个体而是作为整体生活着,他个人的祸福无关紧要,只有整个人类的存在才是有意义的。因此,伟大的艺术作品都具有客观的和非个人的性质,在回归到"神秘共享"的状态中才能发现:我们有可能找到一条返回最深的生命本源之路。这就是艺术的奥秘之所在。

综上所述,我们可以看到,格式塔心理学和分析心理学都具有形式主义倾向,"毫无疑问,格式塔本身仍是一个形式整体。"[1]分析心理学也认为,原型是一种形式。不过两者对形式的理解存在着异同。就相同之处来说,其一,形式具有记忆的倾向。格式塔心理学认为,形式与人们的"记忆痕迹"密切相关,而分析心理学则认为,"种族记忆"是原型形式存在的根源。其二,形式拥有一种能量。格式塔心理学认为,形式是一种"力",一种"力的式样",一种各种"力"汇集的"场",它们按照物理学中熵理论的规律进行转变,而分析心理学认为,形式具有一种潜能,它积淀着,可通过梦或者文学艺术的方式释放出来。其三,形式须待分析。就差异的地方而言,格式塔心理学认为,形式的理解是一种有意识的活动,而分析心理学则认为,它是无意识活动。再者,虽然两者对形式的认识都有共时性的特点,但是分析心理学认为,原型作为一种形式,一直存在于历史文化中,积淀着,隐蔽着,在人类社会生活变迁和时代发生巨变时,它就应运而生,成为时代精神的平衡器。歌德的浮士德原型就是一个典型的例子。而格式塔心理学则把形式看作一种知识积累的过程,是公开的、开放的,而非隐蔽的、封闭的。

无论两者异同有多大,它们都对非个人化思潮产生了某些影响,甚至直接提供了学术资源,因此,现代某些心理学流派,像格式塔心理学和分析心理学,对非个人化思潮有着重要作用。

---

[1]　赵宪章主编:《西方形式美学》,上海人民出版社 1996 年版,第 379 页。

第四节　非个人化思潮与"主体死亡"

在客观性非个人化阶段,非个人化思潮的主体是一种限制性主体,这从福楼拜的"作者退场"说和艾略特的"非个人化"诗学思想可以看出来。到了形式本体论阶段,俄国形式主义和新批评的主体观还是限制性的,文学结构主义的"主体移心"说实际上已经暗示了"主体死亡",这表现在列维－斯特劳斯在《野性的思维》里所说的人的"溶解",在《词与物》里,福柯从思想史角度更加清楚了阐释并宣告了"人之死"。在话语文本非个人化阶段,巴特的"作者之死"和德里达的"人之终结"成为文学中"主体死亡"表述的不可分割的一部分。而文学的"主体死亡"与哲学的"主体死亡"有着大致相近的社会历史文化背景。因此,我们有必要讨论哲学的"主体死亡"问题,因为它是非个人化思潮背景研究主要组成部分。

"主体"(subject)拉丁文词源是"基质"(subjectum),"主体"概念的原本含义即位于下面或作为基础的东西。在亚里士多德那里"主体"的含义是"基素"的意思。只是在以后的发展中,这两个"基底"概念才构成了"主体"(subject)的共同词源。近代哲学主体问题应该始于笛卡尔,他把"主体"(或人格,或自我)理解为或等同于"基底",这与主体主义和主—客体思维模式的产生有关。在笛卡尔看来,人类主体是可靠知识的开始,主体意识才能够把自己作为一个研究对象,因此,笛卡尔的"我思"主体成为主宰世界的根基。"自笛卡尔以降,自我才作为绝对的本原、以理论理性的姿态踏上了自身认识之途。"[1]"他提出的'我思故我在'之命题,显然已经不是一个通过经验方法得出的事实命题,而是具有在新的方法之基础上获得的第一性真理、亦即理论理性真理的含义。"[2]"随着笛卡尔主义自 17 世纪以来的滥觞,'基质'(subjectum)逐渐被理解为'主体'(subject)本身,即思维的实体。"[3]笛卡尔为漂泊不定的哲学在主体自身中找到了一块基地,黑格尔称赞,他为哲学找到了自己的家,海德格尔对此也说:"黑格尔说,有了笛卡尔的我思故我在,哲学才首次找到了坚固的基地,在那里哲学才能有家园之感。如果说随着作为突出基底的我思自我,绝对基础就被达到了,那么这就是说:主体乃是被转移到意识中的根据,即真实在场者,就是在传统语言中

①　倪梁康:《自识与反思》,商务印书馆 2002 年版,第 11 页。

②　倪梁康:《自识与反思》,商务印书馆 2002 年版,第 14 页。

③　倪梁康:《自识与反思》,商务印书馆 2002 年版,第 67 页。

十分含糊地被叫作'实体'的那个东西。"① 因此,整个西方哲学任务用海德格尔的话说,研究存在者的存在,即主体的在场状态,"哲学之事情就是主体性。"②

在哲学中,"主体死亡"是 20 世纪的事情。"主体死亡"好像宣告一个旧时代的终结和另一个新时代刚刚开始一样,成为后现代主义的时尚话题,"言说主体死亡,仿佛是理解我们所处这个时代的关键所在,这种观点还是不久前才兴起的。……谈论主体的死亡,表达出的很可能是我们所处的这个时代交替时期的意识。"③ 奥特加·加塞特也曾经说:"假如这个作为现代性根基的主体性观念应该予以取代的话;假如有一种更深刻更确实的观念会使它成为无效的话;那么这将意味着一种新的气候、一个新的时代的开始。"④ "主体死亡"使我们想起尼采的"上帝死了"的箴言:"上帝死了:但是就人类的本性而言,洞穴大概还要存续好几千年,人在其中指着上帝的影子——而我们——我们还得战胜它的影子!"⑤ 德国学者毕尔格认为,上帝死了,我们没有什么不可能的,但是,"上帝曾经占据的位置却留有印迹。我们不再与上帝抗争,而是与它的影子,同死掉的上帝留下的那个空白抗争。"⑥ 主体像上帝死了一样也要留下指证它的痕迹,"主体即使在死亡之后,对于我们来说也是在场到底,只是不再作为我们与世界和自己关系秩序上的一个没有矛盾的、而是在自身内部就已散了架的成规。"⑦ 尼采的上帝死了,意味着一种解放;而主体死亡也是一种解放,"主体的死亡,对于言说的我仿佛是一个解放,将之从没有赋予他可以生存之处的构架中解放出来。"⑧

在一片"主体死亡"的欢呼声中,美国学者多尔迈却认为,"主体死亡"也不过是一种假设罢了,"事实上,依我之见,再也没有什么比全盘否定主体性的设想更为糟糕了。"⑨

---

① 海德格尔:《面向思的事情》,陈小文、孙周兴译,商务印书馆 1999 年版,第 75 页。

② 海德格尔:《面向思的事情》,陈小文、孙周兴译,商务印书馆 1999 年版,第 78 页。

③ 彼得·毕尔格:《主体的退隐》,陈良梅、夏清译,南京大学出版社 2004 年版,第 4 页。

④ 转引自弗莱德·R.多尔迈:《主体性的黄昏》,万俊人等译,上海人民出版社 1992 年版,第 1 页。

⑤ 转引自彼得·毕尔格:《主体的退隐》,陈良梅、夏清译,南京大学出版社 2004 年版,第 4 页。

⑥ 彼得·毕尔格:《主体的退隐》,陈良梅、夏清译,南京大学出版社 2004 年版,第 4—5 页。

⑦ 彼得·毕尔格:《主体的退隐》,陈良梅、夏清译,南京大学出版社 2004 年版,第 5 页。

⑧ 彼得·毕尔格:《主体的退隐》,陈良梅、夏清译,南京大学出版社 2004 年版,第 6 页。

⑨ 弗莱德·R.多尔迈:《主体性的黄昏》,万俊人等译,上海人民出版社 1992 年版,第 1 页。

　　这里并不存在德美之争,毕尔格和多尔迈两人分别从自己学术研究得出了不同的结论。我们认为,"主体死亡"是内外两种因素所致,"主体性观念已在丧失着它的力量,这既是由于我们时代的具体经验所致,也是因为一些先进哲学家们的探究所致。"① 就内因而言,哲学本身对笛卡尔以来的主体问题存在着怀疑态度。

　　我们知道,主体哲学是批判笛卡尔"我思"的过程中建立起来的。康德认为,笛卡尔的"我思故我在"命题并不成立,因为它完全是一个推理。后来,黑格尔却把它视为一个公理,作为自己哲学的基石。但是,自现象学以来,一切又回到康德的问题。胡塞尔批判笛卡尔的"我思",他并不认为可以从"我思"(cogito)中得出"我在"(ego sum)的结论,不过,他认为,回返哲思活动自身是存在事实。这里,胡塞尔采取"加括号"或"中止判断"和"还原"来回返哲思。对经验的主体"自然态度"和"历史态度""加括号",所谓"自然态度"就是全部自然世界的知识悬搁起来,使之不起作用,所谓"历史态度"就是全部的日常生活和科学中的历史知识置之一边,使之不起作用。同时,现象学还原还要排除掉世界存在的确然性。即便如此,哲思并不意味着进入纯粹的思维,在进行"本质还原"后,它被给予的东西才变成了"纯粹意识"。在一系列"悬搁"、"还原"之后,胡塞尔认为,哲思才达到纯粹意识的地步,即意向性。"一个感知是否明见无疑,这在本质上并不取决于目光的朝向:内向还是外向,而是取决于对象被感知的方式:内在还是超越,相应还是不相应。——在这里,笛卡尔的'我思故我在'已经被还原到'纯粹思维'之上,它们在进行的过程中被原本地意识到,而后通过哲学反思而成为内在的认识对象。由此出发,胡塞尔建构起现象学意义上的'第一哲学'。"② 胡塞尔所谓纯粹意向性意识只是一种纯粹的被给予性,"意向是任何一种活动的这样一种特征,它不仅使活动指向对象,而且还(a)用将一个丰满的对象呈现给我们意识的方式解释预先给予的材料,(b)确立数个意向活动相关物的同一性,(c)把意向的直观充实的各个不同阶段连接起来,(d)构成被意指的对象。"③ 它具有对象化功能、统一功能和构造功能,却不具有支配或改变对象世界的功能。这是对"我思"主体的最有效限制。"胡塞尔对感知的现象学意向分析便为此提供了一个范例,它通过实事

---

① 弗莱德·R. 多尔迈:《主体性的黄昏》,万俊人等译,上海人民出版社 1992 年版,第 1 页。

② 倪梁康:《自识与反思》,商务印书馆 2002 年版,第 386 页。

③ 赫伯特·施皮格伯格:《现象学运动》,王炳文、张金言译,商务印书馆 1995 年版,第158 页。

性的操作而建立起一个超越笛卡尔的支点。"①现象学的还原限制了经验主体的优先性,也破坏了建立在主体性原则基础之上的主—客二元模式,对此,克劳斯·黑尔德写道:

> 被给予方式炸毁了这个二元论;因为被给予方式是中间,它原初地展现了意向显现的维度,在这个维度中,意识和世界在所有的主体—客体的分裂之前就已经相通了。胡塞尔借助于他对在真理的理解中的主体—客体分裂的非单方面化解而发展了这个中间,并因此而第一个为20世纪的哲学打开了通向整个新的思维可能性的大门。②

晚期的胡塞尔在"生活世界"现象学里提出了"交互主体性"(inter-subjectivity,又译作"主体间性")的命题。所谓"交互主体性",就是"我"与"他者"之间,并不是唯有"我"才是主体,当"他者"看"我"时,"他者"也是主体,因此,"我"与"他者"是互为主体的。这就意味着存在着一种共享的生活世界,即"我"的自我—主体的世界与"他者"的自我—主体的世界是一个世界,这个共享的世界无论对于"我"的自我—主体,还是对"他者"的自我—主体,都具有首要性和优先性。而只有这种具有坚实根基的交互主体性才能为任何命题的普遍有效性提供一种可靠的基础。

倪梁康先生对胡塞尔的现象学做了这样适当的评价:"通过各种类型的感知分析和原意识分析,胡塞尔最终完成了纯粹自我的超越性以及思维的明见性这两方面的确定,并以此而开辟了现象学对以'我思故我在'为标识的近代哲学之解构的先河。"③但是,胡塞尔的现象学哲学是在"主体死亡"之时提出了有限制的主体,这种主体仍然可能是一切知识的源泉,"纯粹现象学的发展重又导致主体的优先地位,主体被看作一切客体的源泉,不过,现在主体被认为是处于经验心理学之上的更高的'超验的'层次。"④特里·伊格尔顿曾写道:

> 19世纪后期以降的欧洲历史进程似乎已将沉重的疑团投向下述这一传统的假定:"人"控制自己的命运,人永远是自己世界的创造性

---

① 倪梁康:《自识与反思》,商务印书馆2002年版,第369页。
② 胡塞尔:《现象学的方法》,倪梁康译,上海译文出版社2005年版,第37页。
③ 倪梁康:《自识与反思》,商务印书馆2002年版,第447页。
④ 赫伯特·施皮格伯格:《现象学运动》,王炳文、张金言译,商务印书馆1995年版,第122页。

中心。现象学则逆天行道,恢复了先验主体的合法王位。主体应被视为一切意义的来源和开端;主体本身并不是世界的组成部分,因为首先是主体使世界存在。在这一意义上,现象学重温了正统的资产阶级意识形态的旧梦。①

胡塞尔的现象学对主体的态度既是严格的又是有所保留的,严格的是说他以现象学的一系列还原找到了主体的纯粹意识,使笛卡尔的"我思"建立在纯粹的意向性上,成为"无人的思维","通过现象学还原所能明见地把握到的东西无非只是'cogito',亦即他所说的'杂多的体验自身',这些体验并不具有具体的所属性,不是属于某个自我的体验。"②有所保留的是指胡塞尔从一开始就突出现象学的自我反思和主体性的哲学特征,"通过一种不同于笛卡尔构造性哲学反思的、但在同一个方向上进行的描述性哲学反思,我们可以以积极的方式把握到主—客体结构的更深层次,从而为更好地理解这个结构提供可能。"③

然而,胡塞尔的现象学对主体意识严格限定,却缺乏在语言哲学中对主体进行的反思和描述,"对于胡塞尔来说,意义先于语言:语言不过是为我不知怎么就已经占有的经验命名的次要活动。我如何能不先拥有语言就能先占有意义?——这是一个胡塞尔的体系所无力回答的问题。"④

胡塞尔之后,存在主义哲学家海德格尔和萨特就开始大谈特谈"主体死亡","胡塞尔现象学对'主体中心'观念的削弱,以及通过确立某种对主体具有首要性和优先性的基础结构而形成的对主体的限制,成了此后西方现代哲学和美学发生深远变化的奠基石。它就像印象派艺术打开了现代主义艺术的大门一样,现象学也打开了主体性原则衰落之后的哲学文化的大门,20世纪中叶和此后的哲学文化和美学理论,就是在这个基础上建立起来的。"⑤

就拿海德格尔来说,海德格尔用存在者与存在的关系的思维模式来取代自近代以来便主宰着思维,并"把思维引入绝境"的主—客体关系思维模

---

① 特雷·伊格尔顿:《二十世纪西方文学理论》,伍晓明译,陕西师范大学出版社1987年版,第65页。
② 倪梁康:《自识与反思》,商务印书馆2002年版,第421页。
③ 倪梁康:《自识与反思》,商务印书馆2002年版,第369页。
④ 特雷·伊格尔顿:《二十世纪西方文学理论》,伍晓明译,陕西师范大学出版社1987年版,第76页。
⑤ 倪梁康:《自识与反思》,商务印书馆2002年版,第387页。

式。在"存在"和"存在者"的本体论差异之中,"存在本质上比一切存在者更远。"① 在海德格尔看来,"存在者"并不是笛卡尔所确定的那个作为确然无疑的出发点并引出整个世界的孤独自我,而是一个在世界之中的自己,或者说,自身存在。"存在者"也不是胡塞尔所谓的"纯粹意识"的意向性,"用此在的自身理解来取代主体的自身把握,海德格尔的这个做法在此已经导致了一个具体的分析结果:主体与其世界的意向构造关系被转换成此在与其周围的烦的关系。人类生存的烦的基本结构取代了人类精神的意向性基本结构。"② 正因为如此,在海德格尔那里,存在者,即人,无非是一种在生活中与其他在场者一起的一个生物,一个会死的生物。如海德格尔所说,"石块、植物、动物与人一样是'subjekt'——从自身出发现存的东西。因此,'subjectum',就其本质概念而言是在突出意义上已经现存并因此而成为其他东西之基础的东西。在'subjectum'的本质概念中首先必须排除'人'的一般概念,因此也必须排除'自我'和'自我性'的概念。"③ 人的高贵并不在于人是存在者的主体,而在于人是被存在本身"抛入"存在的真理之中,守护着存在的真理。因此,人只是存在的"牧羊人"。人的存在是与世界的对话,人在存在面前不是言说而是聆听。人的存在是由历史或时间构成的。"时间就是人的生命本身的结构,时间是我计量的某种东西以前就是某种做成我的东西。"④ 而海德格尔的语言观表明:语言言说,而不是人在言说,因此,人只能聆听语言的言说。语言对人具有在先性。在这里,海德格尔和结构主义共同之处是:在"语言的牢笼"里,主体死亡了。这已经颠覆和破坏了近代以来的主体中心主义,人在结构和语言结构之中存在着。

由此可见,在海德格尔那里,人作为人,是在存在结构、时间结构和语言结构中的一个会死的生物。海德格尔的主体观完全颠覆了笛卡尔以来的主体优先的位置,主体沦为存在、时间、语言之下的已死之物。

我们说,"主体死亡"是哲学家们自身探究所致,但是,哲学家们的研究也离不开时代氛围,也就是说,"主体死亡"必然有某些外在条件导致此话题的出现。弗兰克将"主体死亡"原因归为三个:(1)自然科学的进展和唯物主义观点的普及;(2)主体意识受到马克思、达尔文、弗洛伊德及现代神经生物学追问和去魔化研究;(3)"语言论转向"的发生。这是从自然、社会

---

① 海德格尔:《路标》,孙周兴译,商务印书馆 2000 年版,第 389 页。
② 倪梁康:《自识与反思》,商务印书馆 2002 年版,第 485—486 页。
③ 转引自倪梁康:《自识与反思》,商务印书馆 2002 年版,第 454 页。
④ 特雷·伊格尔顿:《二十世纪西方文学理论》,伍晓明译,陕西师范大学出版社 1987 年版,第 79 页。

科学和语言文化的背景下概括"主体死亡"的主要原因。关于主体意识受到马克思、达尔文、弗洛伊德及现代神经生物学的影响,由于与我们理解非个人化思潮关系不大,我们暂且不论。至于弗兰克说的其他两个外因,我们把它们概括为科学主义思潮和语言论转向。

一、科学主义思潮

20世纪的自然科学取得了前所未有的发展。爱因斯坦相对论的提出,量子力学的诞生,三论(系统论、控制论和信息论)的创立,电子计算机的发明和普及,DNA生命密码的破译,宇宙科学的一系列突破……现代科学技术所产生的巨大的生产力,把人类的生活图景带到了一个无法想象的新阶段。这些正是科学主义思潮得以存在和发展的客观基础。科学主义思潮主张,人类的精神活动应该按照科学的模式进行类似于自然科学的精确分析和解释,分析哲学(主要是逻辑实证主义)、科学哲学以及结构主义哲学等都属于这一思潮。科学主义本应该张扬主体,然而,事实并非如此,它恰恰正在压抑主体,一切就好像《黑客帝国》里"方程式之父"一样,他始终想发明一个最好的"方程式",从而制造出一个最完美的"机器人",但是,他失败了。科学主义在追求精确性、客观性的过程中,它把有关人的问题的研究排除在外,主体失落了。关于这一点,我们从对"技术主义"的批判或许会更容易理解。批判"技术主义"者认为,现代科学技术使我们的生活日益丰富多彩的同时,它也在摧毁着我们的生活。对此,法兰克福学派有着清醒的认识。阿多诺认为,科技进步带来的是人与自然的日益分离和对大自然的支配,这并不意味着科技推动了人类的解放,因为这种进步是以牺牲人类自身自由和心灵受到压迫为代价的。"技术的发展给人们带来了生活的安逸,统治也以更为沉稳的压榨手段巩固了自己的地位,同时也确定了人类的本能。想象力萎缩了。这一灾难不能只归于个人已经退避到社会及其物质生产的背后的缘故。在机器发展已经转变为机器控制的地方,技术和社会的发展趋向总是相互交织在一起,最后导致的是对人的总体把握,这种落后的状态也并非是不真实的。与此相反,对进步权力的适应既引起了权力的进步,又每每带来退化的结果,这种退化所展现的并不是进步的失败,而恰恰正是进步的成功。势不可当的进步的厄运就是势不可挡的退步。"[①] 马尔库塞进一步抨击了逻辑理性和科学,他认为,理性

---

① 马·霍克海默、西·阿道尔诺:《启蒙辩证法》,渠敬东等译,上海人民出版社2003年版,第32—33页。

根据形式逻辑和数学公式对丰富的现实进行抽象归类,事实上,这已经是对现实的歪曲;科学只关心事物的量的方面,不关心其实质,只关心实际的应用,不关心目的何在,结果,真与美善、科学与伦理分离开来,剥夺了美善、正义的科学也就成为奴役人的工具。从法兰克福学派的论述中,我们可以看到,在现代科学技术的片面发展中,人的本质的方面无形中被压抑了、扭曲了、异化了。

结构主义是科学主义影响下的一个思潮。结构主义者认为,在一个结构系统中,主体(自我)既不是自己的中心,又不是外在世界的中心,或者说,这样的中心实际上就根本不存在,"每一个中心都是系统的一个功能成分;系统并非有一个中心,而是任意地和按照变化着的需要,为自己创造中心。"① 巴特、福柯、拉康等结构主义大师们都认为,主体作为意义之源或中心不复存在了,主体就不是一种先天的存在,而是后天的存在,主体也不过是各种规范的社会体系的构造物。福柯说,一种无主体的知识范式的存在已经成为可能的了。在宣告"作者之死"时,巴特就暗示了"主体死亡",这与拉康的"自我去中心化"、福柯的"人之死"、德里达的"人之终结"都有着内在联系,这是结构主义分解人的必然结果。

总之,科学主义思潮只重手段,不重目的;它只重客观性,不重主观性,这样做的后果是,"主体死亡"在所难免。

二、语言论转向

前面我们讨论过语言论转向问题,这里,我们讨论的是,在语言论转向背景下主体命运问题。

关于主体与语言的关系,海德格尔写道:

在现代的主体性形而上学的统治之下,语言几乎不可遏止地脱落于它的要素了。语言还对我们拒不给出它的本质,即它是存在之真理的家。语言倒是委身于我们的单纯意愿和推动而成为对存在者的统治的工具了。②

从语言沦为工具角度看,海德格尔是对的,但从语言对主体的瓦解方面来讲,他可能是错误的。弗兰克认为,"语言论转向"给了主体—客体以

---

① 布洛克曼:《结构主义》,李幼蒸译,中国人民大学出版社 2003 年版,第 14 页。

② 海德格尔:《路标》,孙周兴译,商务印书馆 2001 年版,第 373 页。

致命的一击"①。德国学者彼得·毕尔格对此也写道:"主体已经声名狼藉。从哲学的语言论转向开始,主体哲学的范式被视为陈腐过时了。"②

我们知道,语言论转向始于维特根斯坦。在《逻辑哲学论》里,维特根斯坦研究的是世界、思想和语言之间的基本关系问题。他认为,事实的逻辑图像是思想;思想是有意义的语句。在早期维特根斯坦思想里主体还带有唯我论的痕迹,但是,维特根斯坦认为,我(主体)可以讲述的是我的世界,因此,语言的界限就是我的世界的界限。因此,他说:"主体不属于世界,而是世界的一种界限";"没有思维着和表象着的主体。"③实际上,在维特根斯坦看来,哲学上的自我不是人,也不是人体或心理学上所说的人的灵魂,而是形而上学的主体,是界限,而不是世界的一部分。后期的维特根斯坦主张,人并不能单靠自身意识来确定自己的人格同一性,他还必须依据自身的外部显现而从他人或社会那里获得同一性的保证,也就是说,单独的个人无法确证他就是他自己,他为此还必须从社会中获得确认,将社会性置于个体性之先,或者说,将交互主体的客观性置于个体主体的主观性之先。由此,他指出,私人规则是不可能的,规则都是社会性的。他对私人语言不可能性的讨论集中在这一方面。所谓私人语言是指:"这种语言的语词指涉只有讲话的人能够知道的东西;指涉他的直接的、私有的感觉。因此另一个人无法理解这种语言的。"④维特根斯坦认为,这种私人语言是不可能存在的,因为,一方面私人感觉是不存在的,比如"我痛",痛表面上是私人的疼痛,而事实上,这种疼痛是在与他人能够理解的基础的表达,否则,"我痛"是不存在的;另一方面,私人语言的规则也是不可能的,规则须是社会性、集体性的,就如索绪尔所说的是习俗的,个人化的规则是不存在的。因此,"唯我论既然不可能是在自己的语言中进行,而是必须在共同的语言中进行,即必须以交互的主体或他人为前设,那么唯我论本身也就不攻自破。"⑤后来分析哲学家米德和赖尔都认为,语言的使用规则具有方法论上的优先地位。总之,私人语言的讨论使得个人化的意识、感觉和语言等不可能存在。我们知道,自笛卡尔以来,私人语言的合法地位得到持有身—心二元论哲学家的认可,他们认为,内心体验完全是私人的,其他任何人不具有我的体验。维特根斯坦对私人语言的否定正是对这种关于心智的看法的批驳,因此,"维

① 转引自倪梁康:《自识与反思》,商务印书馆 2002 年版,第 598 页。
② 彼得·毕尔格:《主体的退隐》,陈良梅、夏清译,南京大学出版社 2004 年版,第 1 页。
③ 转引自倪梁康:《自识与反思》,商务印书馆 2002 年版,第 609 页。
④ 维特根斯坦:《哲学研究》,陈嘉映译,上海人民出版社 2005 年版,第 103 页。
⑤ 倪梁康:《自识与反思》,商务印书馆 2002 年版,第 617 页。

特根斯坦和赖尔都可以被看作是愿意在主体的死亡判决书上签名的人,这也就意味着,他们都可以被看作是主体哲学的掘墓人。这是因为他们都否定私人语言的可能性和心智活动的私人性,都拒绝自我的特许心智通道。这就为交互主体哲学或社会哲学的展开提供了原本的基础。"①

与维特根斯坦和赖尔等直接否定主体作用略微不同,结构语言学完全分解了主体。"现代语言学之父"索绪尔认为,语言是一个由差别构成的系统,其中所有的成分完全是根据它们之间的相互关系确定的。研究语言就是确定语言单位,确定单位之间的关系以及单位之间的组合规则。而担负这一任务的是主体,确定语言单位的同一性总是由主体来判断的。例如,b 和 p 是不同的音位,因为主体能够判定"bet"(打赌)和"pet"(爱物、爱畜)是不同的符号。"讲话的主体用 /b/ 和 /p/ 之间的对立区别符号。"② 这样,主体就被置于语言结构分析的中心,但是,主体用来分析结构并解释其意义的却是它没有意识到的某种规范的结构系统。"使用某种语言的人意识不到语言的音位和语法系统,可是他使用这些系统表达思想和感情。同样,主体也不必意识到他自己的心理活动和支配行为的社会规范系统。"③

在语言的结构分析中,结构成分就是人与人之间形成的规范系统,主体在各个组成成分中,其功能实际上通过它而起作用的各个系统,所以,主体也就被分解了。索绪尔所创立的结构语言学削弱了那些以前属于主体的东西,主体失去了自己中心的地位,它不再是意义的源泉了。"随着主体被分解成各种贯穿主体的、由系统构成的组成成分,自我或主体就显得越来越像一个建筑、一个由规范系统构成的建构物。"④ 卡西尔曾经说,人是符号的动物,因为人类在这个文化符号圈里活动,人类文化符号包括历史、哲学、艺术等。实际上,这是指人类的精神文化活动是一种符号化的行为。在语言哲学里,符号化的主体意味着,语言符号控制着人,而不是人在控制语言符号。因此,人也并不是笛卡尔意义上的思维主体,它只是语言符号建构物而已。"实际上,对主体形而上学或自我形而上学的排斥已成为当代哲学的一个基本共识。"⑤ 走向后结构主义时代的主体性观念更为极端,"主体死亡"成为这个时代的口号。

福柯的考古学在严格意义上是人的终结之后主体无言。在福柯看来,

---

① 倪梁康:《自识与反思》,商务印书馆 2002 年版,第 649 页。

② J. 卡勒:《索绪尔》,张景深译,中国社会科学出版社 1989 年版,第 105 页。

③ J. 卡勒:《索绪尔》,张景深译,中国社会科学出版社 1989 年版,第 106 页。

④ J. 卡勒:《索绪尔》,张景深译,中国社会科学出版社 1989 年版,第 106 页。

⑤ 倪梁康:《自识与反思》,商务印书馆 2002 年版,第 678 页。

在此困境中，人已无路可走，任何话语都落入超验假设的陷阱之中。拉康更加确信主体的终结就是无人言说。他同福柯一样也在追思无力穿透意识反映的话语秩序。福柯意在阐明四百年科学和语言学的沉思遭受破坏的推论式的"无思"，拉康努力论证语言的无意识决定着所有的言说、陈述和文本。按照拉康对弗洛伊德的精神分析的语言中心论修正，主体不会思考，相反，语言在思考和言说主体。这完全与笛卡尔的"我思"概念相对立，因为在笛卡尔那儿，"我"是作为建构思想的物质实体。拉康的主体的本质恰恰在于它不可思想，完全不同于笛卡尔思想内涵，结构精神分析学的主体发现"我在"穿越"我思"走到"我"无法思考的边缘。故此，拉康认为，主体在无意识中不可思想，这也意味着所谓任何主体的思想都是一个幻象，源自于无意识的语言绝对是先于和预设了任何意识主体。这样，无意识的语言，作为大他者的话语存在于"象征界"里，被能指所统辖，建构主体，使之进入社会的和文化的系统，在意指链里，能指否定了主体的任何真实的自我，导致主体只是能指的效应。主体作为主体通过失去想象界自身前语言状态而加入差异和任意性指涉的象征系统，在拉康看来，由此主体建基在人类社会之上。因此，拉康论及的主体自身的前中心状态，语言中主体绝对的空缺和消失，主体的能指的优先性和超越主体的能指的先定的主导地位。在象征界，主体不是语言的主人，而是无言者，能指决定着主体，按照能指的轨迹运行，能指的法则是普遍存在的。主体绝不可能逃离能指的派遣，这就是拉康所谓的无意识语言的扩散。既然主体不可能僭越能指，既然所有话语都由象征界所决定，那么拉康如何言及无意识呢？谁能够不在结构中谈论话语的结构性呢？谁能在没有意指过程里讨论能指呢？这里，在结构精神分析的文本中存在着一个矛盾：拉康认为，话语的主体不可能存在，而同时话语遵循能指的法则不受无意识元语言约束，但无意识里，生成法则不可能是双重的。这就是说，要么拉康的文本是无意识的超验理论，要么是无意识自身所为。然而，这两条途径对反主体性的精神分析学来说都是危险的。

在拉康那里，他似乎支持前者的看法，也就是说，他同意无意识的诊断，而不是诊断的无意识。如果同意主体不可能获得语言的控制，那么我们就赞同拉康对语言机制和非连续性的惊人理解。然而，在我们看来，拉康的结构精神分析使主体处于空缺的状态。这种空缺状态不同于禅宗的"空"，因为禅宗的"空"要使主体摒弃尘世的杂念，让心灵处于完全纯粹的无功、无名、无我的境界，从而领悟禅意。

拉康在对弗洛伊德为什么抵制能指的法则保持沉默，可能因为他的文本就是以精神分析的名义或者自身的权威进行言说。这样，他发现自己与福柯在《词与物》中面临同样的困境，即超验的诱惑。主体要在陈述句和行为句上通过无言主体去阐明自我的话语，这种困境如何走得出呢？拉康只好宣称，主体的消失是话语自身的真实状态，整个话语史就存在反主体性。

关于主体的命运，卡勒曾概括地说："精神分析学、语言学和人类学的研究，在主体与它的欲望规律，语言形式，行为准则，或它的神话和想象话语的关系层次上把主体'掏空'了。"①

总而言之，哲学中"主体死亡"的争论既是对笛卡尔以来主体观念的反思，又是一定的历史文化决定论对主体的批判。而这一争论与 20 世纪文学的非个人化思潮不谋而合，成为它的重要的文化思想背景。

在整个的非个人化思潮背景研究中，我们可以看到，19 世纪西方浪漫主义是 20 世纪非个人化思潮的背景中的"前景"，也就是说，如果没有 19 世纪浪漫主义对个人、自我、诗人的高度张扬，如果没有它对创造、想象、天才等主体条件的过分信奉和追求，那么，20 世纪非个人化思潮也就不可能会压制个人、自我和诗人在文学中的作用，否定天才、想象和创造等主观性因素。这种极端对立的状况说明，20 世纪西方文论非个人化思潮是对 19 世纪浪漫主义的"世纪之反动"。现代语言学和某些哲学和心理学流派同样具有一种客观主义倾向。语言形式和结构等成为文学作品意义的来源，这是 20 世纪"语言论转向"对非个人化思潮的重要成果，它支持着和蕴含了非个人化思潮的基本问题。以阿恩海姆为代表的格式塔心理学认为，心理感知觉是一种"力的式样"，具有格式塔特质。荣格的分析心理学则认为，原型形式千百年来潜藏在人的集体无意识中，具有客观的、非个人化的性质。哲学宣告"主体死亡"，这意味着笛卡尔等人发明的、具有自主性的理性主体濒临危机。因此，这些哲学和心理学流派对非个人化思潮起着推波助澜的作用。要理解非个人化思潮的意义，我们必然要了解非个人化思潮自身历史的逻辑演变过程。

---

① 乔纳森·卡勒:《结构主义诗学》,盛宁译,中国社会科学出版社 1991 年版,第 58 页。

第二章 非个人化思潮的历史演变

　　如引论所述,20世纪西方文论非个人化思潮经历了客观性非个人化→形式本体论→话语文本非个人化三个阶段,这三个阶段也是非个人化思潮基本的历史演变过程。大致说来,20世纪20年代以前,客观性非个人化占据着显要地位;从20年代以后到60年代末期,形式本体论成为西方文论研究的重心,包括俄国形式主义、新批评、布拉格学派和巴黎结构主义以及符号学等。60年代以后是话语文本的非个人化阶段,这包括以伽达默尔为代表的阐释学、德国的接受理论和美国的读者反应批评、女性主义文学批评和新殖民主义文学批评等。① 在客观性非个人化阶段,理论中心问题是作者的客观性。而在形式本体论阶段,从作者客观性延伸到作品的客观性,割断了文学作品以外一切关系,包括属于作者的情感、心理等主观方面的因素以及现实世界。作品至上、文学内部研究成为文学研究的重心。到了话语文本非个人化阶段,在场作者破灭了,作者并非文本生产的主体,其作用等于零,是一种空无。文本自身就具有生产性,它本身就能够产生意义。

第一节 客观性非个人化

一、浪漫主义对客观与主观的认识

　　艾布拉姆斯指出:"文学作为个性的标志——而且是最可信赖的标志——这是十九世纪初特有的审美倾向的产物。"② 这一理论认为,"在艺术家的性质与其作品的性质之间,存在着某种有限的对应。"③ 作者是作品的母体,这是浪漫主义关于作者的基本观念。个性是作者自我的印章,创造性

---

① 这里,时间的划分是以两篇论文为标志:艾略特的《传统与个人才能》,最早发表于1919年;巴特的《作者之死》,英文最早发表于1967年,法文最早发表于1968年。这中间维姆萨特和比尔兹利于1946发表的《意图的谬误》也是一篇标志性文章。另外,有人把巴特于1971年发表的《从作品到文本》作为结构主义向后结构主义转变的标志,这与我们划分时间段大致接近,可备一说。
② 艾布拉姆斯:《镜与灯》,郦雉牛等译,北京大学出版社1989年版,第361页。
③ 艾布拉姆斯:《镜与灯》,郦雉牛等译,北京大学出版社1989年版,第364页。

的标志。个性属于作者,但是作者能否在把自己的个性,或者自我呈现在作品里,自浪漫主义以来就存在着不同的看法。

济慈的诗论重要观点是"消极能力"说。韦勒克说:"济慈书简里最著名最瞩目的内容是论述非个性,即诗人的'消极能力'说。"[①] 所谓"消极能力"是指某种十分特殊的东西,它是诗人处于游移、疑惑状态时凭借自省力在静观中追寻事物的真相的能力。济慈屡次谴责露骨的说教,"我们不愿被人强行灌输某种哲学",[②] 他既不满意柯尔律治把一知半解的哲学观念塞进诗歌,又认为华兹华斯是个离群独居的古怪诗人,是一个自我主义者。在济慈看来,诗歌既不表现思想或道德戒律,也不表现自我或个性。诗人要通过与观察对象保持一定的审美距离才能获取一种非个人化的、客观的能力,这种能力需要诗人一定的知识积累,只有具备了广博的知识,视野才能开阔,人生神秘之门也才能为之打开,诗之灵翅就会振翅飞翔了。诗人总爱率性而为,他玩赏事物光明面,也探析事物黑暗面,这一切对诗人而言都是无害而有益的,正如济慈致理查德·伍德豪斯的信所言,诗人"没有自家面目——它既是万物又是乌有……诗人乃是存在物中最无诗意的;因为他没有身份——他在不断地 [塑造] 和充实某个个别的物体"。[③] 为什么最无诗意的诗人能够塑造和充实事物呢? 济慈说,世上万物都是有诗意的,太阳、月亮或芸芸众生,它们丰富多彩而又富于诗意地存在,而无诗意的诗人如变色龙(chameleon) 一样适应复杂多变的生活,在万事万物和芸芸众生中诗人自我消失,他在忘却自我的状态下观察事物,探求万事万物的真相,玩味其中,融入其里,最终领悟宇宙万物奥秘之所在。由此可见,诗歌不是诗人自我的流露,也不是个性的表现。在看似消极被动实则积极主动的"消极能力"的支配下,诗人打开感觉之门,为想象提供大量素材,从而诗歌表现无关理智或说教的纯美。济慈领悟到诗歌不同于理智或说教活动,它是一种审美活动。进一步说,它不是自我个性的审美表现,济慈汲取了柏拉图的概念,他认为,艺术是对真理的知觉,一切实在的东西既是真的又是美的。正如他自己所说,想象所视为美而抓住的东西必然是真,诗歌表现的纯美是既真又美,或者说真美同一。实际上,这是诗歌创作的一种客观化倾向。

我们知道,济慈的"消极能力"受到哈兹利特的影响,不过早在听哈兹利特的文学讲座之前,济慈就产生了对天才和心灵的某些想法。济慈认为,

---

① 雷纳·韦勒克:《近代批评史》(二),杨自伍译,上海译文出版社 1989 年版,第 257 页。

② 雷纳·韦勒克:《近代批评史》(二),杨自伍译,上海译文出版社 1989 年版,第 257 页。

③ 雷纳·韦勒克:《近代批评史》(二),杨自伍译,上海译文出版社 1989 年版,第 258 页。

中等智力的人"没有任何个性,没有任何确定的性格"①,他们能够在达到崇高的境界时创造出本质的美,乃是因为天才的影响,天才就好像"某种用醚制成的化学制剂,它可以作用于中等智力的人"②。而"消极能力"说则把天才,如莎士比亚一类的人看成没有个性、没有自家面目。

黑格尔的美学理论是对浪漫主义的总结,主要突出的是诗人主体的作用。但是,面对史诗的客观性,他却认为,诗人是展示客观事实,而不是描述"诗人自己的内心世界",诗人应该"完全退到后台","为着显出整部史诗的客观性,诗人作为主体必须从所写对象退到后台,在对象里见不到他","伟大史诗风格特征就在于作品仿佛是在自歌唱,自出现,不需要有一个作家在那里牵线。"③黑格尔的眼里史诗是荷马式的史诗,在他艺术辩证发展过程中,史诗已经融入象征型的艺术里。

这里,从济慈和黑格尔的论述里,我们可以看到,他们遇到了一个根本的理论问题,即主观和客观的问题。事实上,诗歌和诗人的主观和客观成为当时理论的难题,在这一问题上,席勒做了较为全面和系统的论述。在《论素朴的与感伤的诗》一文中,席勒对素朴的诗和感伤的诗作了一个对比:"素朴的"诗是"自然的",是对客体"自然的摹仿",是一种客观性的艺术,是不带个人色彩的、没有自我意识的;而"感伤的"诗则是主观性的艺术,具有自我意识的、带个人色彩的。"素朴的"诗人是客观的,"就像藏在宇宙结构后面的造化一样,他站在自己作品的后面。他就是作品,作品就是他。"④这里,素朴的诗和感伤的诗处于分裂状态,理性与感性分割了,人类统觉的统一性遭到破坏,即艾略特所谓的"感受力的分裂"已成事实。席勒面临的难题,即主观和客观的问题,与一种神学的观念混淆在一起,即上帝是既可见又不可见的。在对荷马和莎士比亚这样的伟大不朽的诗人,他们既可以是主观的诗人又可以是客观的诗人,艾布拉姆斯称之为"莎士比亚的悖论",这类诗人与上帝一样既隐藏着又时刻在显现。浪漫主义因此可分为两派:像华兹华斯、柯尔律治一类站在主观型一方,主张"诗是强烈情感的自然流露"⑤。诗人则是"以高高在上的人的资格,是以天才和权威的人的资格向读者讲话"⑥。而如哈兹里特、济慈一类则站在客观型一方,主张诗人应是与宇

①　约翰·济慈:《济慈书信选》,王昕若译,百花文艺出版社 2003 年版,第 28 页。

②　约翰·济慈:《济慈书信选》,王昕若译,百花文艺出版社 2003 年版,第 28 页。

③　黑格尔:《美学》(三)下册,朱光潜译,商务印书馆 1981 年版,第 113 页。

④　雷纳·韦勒克:《近代批评史》(二),杨自伍译,上海译文出版社 1989 年版,第 317 页。

⑤　刘若端编:《19 世纪英国诗人论诗》,人民文学出版社 1984 年版,第 22 页。

⑥　刘若端编:《19 世纪英国诗人论诗》,人民文学出版社 1984 年版,第 28 页。

宙共鸣的人,不应该带有丝毫个性同时沉浸于他的对象之中。正如韦勒克所说:"我们确实应当分辨开两类诗人,即主观的诗人和客观的诗人。像济慈和艾略特这样的诗人,强调诗人的'消极能力',对世界采取开放的态度,宁肯使自己具体的个性消泯,是客观型的;而相反类型的诗人则旨在表现自己的个性,绘出自画像,进行自我表白,做自我表现。"① 席勒的伟大在于他理论上试图解释清楚这一问题。在《审美教育书简》里,他把人类感性和理性的分割称之为感性冲动和形式冲动的不统一,要解决这种分裂局面,就必须使人类具有一种游戏冲动,就如同康德的审美批判力能架构纯粹理性和实践理性的桥梁一样,游戏冲动也是一种审美能力,它使感性冲动和形式冲动统一在一起。席勒要解决的正是浪漫主义主观的和客观的分裂状况。但是,席勒的游戏说并没有真正解决主观和客观的矛盾。游戏,在伽达默尔看来,独立于那些从事游戏活动的人的意识,游戏根本不能理解为一种人的活动,游戏的主体不是游戏者,"对于语言来说,游戏的真正主体显然不是那个除其他活动外也进行游戏的东西的主体性,而是游戏本身。"② 游戏者(或者诗人)都不再存在,所存在的仅仅是被他们所游戏的东西。伽达默尔批评了席勒把注意力集中于游戏者的主观状态去追问游戏的本质,他认为,这是一种特别不适当的方法。艾略特反对浪漫主义,他看到了英国诗歌自古典主义到浪漫主义一直存在着"感受力的分裂"局面,希望以英国的玄学诗派为榜样,用强大的理智能力来实现感受力的统一。艾略特的"感受力的统一"与席勒的"游戏冲动"说一样不过是为主观和客观问题开的一剂药方,它们根本上并没有解决问题。问题是,是否像伽达默尔所说的那样要抛弃主观主义和客观主义的看法,一切就都得到解决了呢?

二、福楼拜等论客观性的非个人化

19世纪中叶,随着现实主义和自然主义文学的兴起,主观和客观分裂变成了一边倒,客观性占据着主导方面。在论述现实主义时,韦勒克写道:

> "客观性"是现实主义的另一个基本的座右铭。客观性主张的背后也同样包含着某些否定的因素,包含着对主观主义的不信任,对浪漫主义式的自我推崇的不信任;在实践中,它常表现为对抒情性和个

---

① 勒内·韦勒克、奥斯汀·沃伦:《文学理论》,刘象愚等译,江苏教育出版社2005年版,第78页。

② 汉斯-格奥尔格·伽达默尔:《真理与方法》,洪汉鼎译,上海译文出版社2004年版,第134页。

人情调的排斥。在诗歌中,帕那萨斯派诗人要求并取得了一种不动情感效果,在小说中,现实主义理论主要的技巧要求就是非个人化:作者应完全从他的作品中消失,隐藏起他的任何倾向。这种理论的主要发言人是福楼拜,但它也是 H. 詹姆斯感兴趣的问题。①

　　这是对现实主义的客观性基本总结。在韦勒克看来,现实主义的内涵是对浪漫主义的否定,"对主观主义的不信任","浪漫主义式的自我推崇的不信任",即"对抒情性和个人情调的排斥"。这是一种客观性的非个人化,即"作者应完全从他的作品中消失,隐藏起他的任何倾向"。②

　　正如韦勒克所说,福楼拜是客观性理论代言人,他的客观性的另一个说法是"作者退场"。所谓"作者退场"就是作者不露面目,态度超然,感情冷漠。福楼拜反感拉马丁、缪塞、贝朗瑞等作品,真诚地追求艺术上的客观性,即无我、冷漠、超然、中立。"无我"是指作者不可在小说里露面,不可对笔下人物说长道短,不可从中引出寓意或唱高调。福楼拜认为,真正的艺术不是宣泄自我感情的,那是滥情艺术。艺术应是精密的艺术,它应该准确地、客观地呈现生活,艺术的理想就是不动感情,即不须暴露自己。福楼拜进而把不动感情上升到原则的高度来认识,他说:"这是我的一个原则,不应当写自己。"③福楼拜在写给友人和读者的信中反复强调不动感情的重要性。在给女作家路易丝·科莱的信中,他写到:"我一向禁止在作品里写自己……我向来竭力避免为满足某个孤立的个人而贬低艺术。"④在给她的另一封信中,他说:"激情成不了诗。——你越突出个人,你越没有说服力。"⑤在给热心的读者尚特比女士信中,他谈到,自己的《包法利夫人》没有一点是真的,这完全是一个虚构的故事,小说没有一点关于自我感情的东西,也没有一点关于自我生活的东西,并且说:"艺术家在他的作品中,应当像上帝在造物中一样,销声匿迹,而又万能;到处感觉得到,就是看不见他。"⑥福楼拜的不动感情意味着作者退场,就像舞台演戏一样,作者不必台前表演,台上人物自我表演,退到幕后的作者操纵并观赏台前表演。

①　R. 韦勒克:《批评的诸种概念》,丁泓、余徵等译,四川文艺出版社1988年版,第236页。

②　R. 韦勒克:《批评的诸种概念》,丁泓、余徵等译,四川文艺出版社1988年版,第236页。

③　《译文》,人民文学出版社,1957年4月号,第135页。

④　福楼拜:《福楼拜小说全集》(下册),刘益庚、刘方译,人民文学出版社2002年版,第441页。

⑤　福楼拜:《福楼拜小说全集》(下册),刘益庚、刘方译,人民文学出版社2002年版,第486页。

⑥　《译文》,人民文学出版社,1957年4月号,第135页。

因此,福楼拜与乔治·桑发生了文学论争。乔治·桑是一个浪漫主义女作家,她认为,人是无限的,她给福楼拜的信中说:"人无所不能。"①因此,她说,自己"写安慰人心的东西"②。福楼拜反对浪漫主义的个人表现说,她认为,这是不对的,并且说这并不是什么美学原则,而是"信心缺乏"。福楼拜反驳说,这并非自己"信心缺乏",他对浪漫主义的个人表现说"郁结了满腔的忿怒,就欠爆炸"③。他重申自己艺术理想,"我以为就不该暴露自己,艺术家不该在他的作品里面露面,就像上帝不该在自然里面露面一样。人算得了什么,作品才是正经。"④他把自己与乔治·桑作了对比,他说,乔治·桑从一种先见、原理和理想出发进行创作,她自己一下子就升到天空,再从上空降到地面。而自己创作是一种客观化,一直胶着在地面上,客观的事物刺激、撕裂、蹂躏自己,需要自己花费老大的力气描写它们。他给乔治·桑的信中坚持"不写自己"的美学原则:"至于泄露我本人对我所创造的人物的意见:不,不,一千个不! 我不承认我有这种权利。"⑤雪莱曾经说过:"诗人是一只夜莺,栖息在黑暗中,用美妙的歌喉唱歌来慰藉自己的寂寞。"⑥福楼拜反驳说:"我不是夜莺,而是鸣声尖厉的莺,这种莺藏在树林深处,只愿唱给自己听。有朝一日我若出头露面,那一定是全副武装……"⑦雪莱认为,诗人像夜莺一样表达自己内心的感情,福楼拜却认为,最伟大、出众的诗人,不为自己操心,也不把自己的激情挂在心上,他们把自己的品格束之高阁,将自我淹没在别人的品格里,从而再现整个宇宙,这宇宙便反映在他们的作品里。他批评拜伦说,他完全靠自我的喊叫、自我的哭泣来写诗,操心自己是拜伦诗学的全部,是他诗歌才华的全部,拜伦的自我歌颂的俗套与莎士比亚的超人的非个人化相比是大为逊色。福楼拜认为,诗歌并不是个人的感情或个性的表现,"神经、吸引力,这就是诗。不,诗的基础更客观。"⑧"更客观"就是说,诗是不动感情,是诗人的退场或退隐,是诗人的消失。在谈到自己时,福楼拜说:"我在废弃自己,我在消失,而且并

---

①　《文艺理论译丛》,人民文学出版社,1957 年 4 月号,第 183 页。

②　《文艺理论译丛》,人民文学出版社,1957 年 4 月号,第 179 页。

③　《文艺理论译丛》,人民文学出版社,1957 年 4 月号,第 180 页。

④　《文艺理论译丛》,人民文学出版社,1957 年 4 月号,第 180—181 页。

⑤　《文艺理论译丛》,人民文学出版社,1957 年 4 月号,第 189 页。

⑥　刘若端编:《19 世纪英国诗人论诗》,人民文学出版社 1984 年版,第 127 页。

⑦　福楼拜:《福楼拜小说全集》(下册),刘益庚、刘方译,人民文学出版社 2002 年版,第 440—441 页。

⑧　福楼拜:《福楼拜小说全集》(下册),刘益庚、刘方译,人民文学出版社 2002 年版,第 485 页。

不费力,唉! 我竭尽所能,想拥有自己的某种意见,但却要多无主见就多无主见。"①

福楼拜认为,不动感情目的是制造幻觉,在给路易丝·科莱的信中,他说:"艺术的首要品质,它的目的,是幻觉。"② 在福楼拜看来,作家在观察分析事物的基础上不要有任何主观成分的介入,客观地叙述,这样被描写的事物如此逼真,如此相似,以至于达到以假乱真的程度。"要创造一种幻觉,使复制物看上去不再是复制物,而是原物。"③ 因此,福楼拜说:"虚象(假如有的话)来自作品的客观性。"④ 这种客观性才能保证幻觉的文学性。由此看来,福楼拜的不动感情说意在否定主观叙述,倡导客观叙述。

亨利·詹姆斯和玻西·卢伯克从理论的高度来阐释客观性理论。亨利·詹姆斯与福楼拜一样肯定小说不表现自己的原则,他认为,小说要戏剧化、图画化,即一切生活和人物要像舞台表演那样、像图画那样直接呈现出来,"一部小说之所以存在,其唯一的理由就是它确实试图表现生活。"⑤ 作家表现生活要有印象和经验,印象是直接从生活中获取一个具体的形象,经验是对生活的一瞥,"那一瞥构成了一幅图画:它只持续了一刹那,但是那一刹那就是经验。"⑥ 如果说经验是由许多印象构成的,那么,作家还要制造生活的幻觉,制造生活的幻觉靠的是作家的想象力,它能使作家全面地感受生活,了解生活的任何一个特殊的角落。总之,幻觉就是作者的想象力大事润色过的一种真实。"小说里表现的那幅画能否站得住脚,那就要看它是否似乎拥有或者缺乏真实而定了。"⑦ 更重要的是,詹姆斯把人类的意识作为小说描写、表现的对象,在他看来,"一个心理上的原因就是一件生动如画、令人为之神往的东西,把它的情状表现于丹青——我觉得这个想法或许会鼓励一个人去从事提香式的努力。总之,很少有什么事物比一个心理上的

---

① 福楼拜:《福楼拜小说全集》(下册),刘益庚、刘方译,人民文学出版社 2002 年版,第 458 页。

② 福楼拜:《福楼拜小说全集》(下册),刘益庚、刘方译,人民文学出版社 2002 年版,第 520 页。

③ 亨利·詹姆斯:《小说的艺术:亨利·詹姆斯文论选》,朱雯等译,上海译文出版社 2001 年版,第 44 页。

④ 《译文》,人民文学出版社,1957 年 4 月号,第 135 页。

⑤ 亨利·詹姆斯:《小说的艺术:亨利·詹姆斯文论选》,朱雯等译,上海译文出版社 2001 年版,第 5 页。

⑥ 亨利·詹姆斯:《小说的艺术:亨利·詹姆斯文论选》,朱雯等译,上海译文出版社 2001 年版,第 14 页。

⑦ 亨利·詹姆斯:《小说的艺术:亨利·詹姆斯文论选》,朱雯等译,上海译文出版社 2001 年版,第 25 页。

原因更能使我感到激动不已的了。"① 在詹姆斯看来,《包法利夫人》成功在于,福楼拜客观地描写爱玛的意识,在论述自己的《一位女士的画像》时,詹姆斯说:"只存在于她的意识中,或者不妨说,只活动于她的意识中,离开了她的意识,它们便一无所有。"②

卢伯克盛赞福楼拜并且说,福楼拜是一位真正"不流露个人感情"的作家。卢伯克认为,作者要隐藏在故事背后,让读者始终不知道他在场,他把故事展示在我们面前,隐瞒他自己的任何评价。在表达作品中人物的感情时,作者要把他们的感情戏剧化,以生动的方式体现出来,而不是直截了当地把它叙说出来。因此,一部小说是一幅画面,或者一幅画像,读者置身于小说展现的图画中,能把他们周围人的零星迹象拼凑起来,从而想象出小说的人物形象。因此,故事要作为一件展示出来的事物如此这般展示出来,故事就不讲自明,这才显出小说创作技巧的作用。

如上所述,我们曾指出,客观性的讨论难以摆脱神学观念,福楼拜、詹姆斯和卢伯克所理解的客观性同样与某种神学观念有着联系。福楼拜反复重申道:

> 艺术家不应在其作品中显形,恰如自然中的上帝一样。人不存在,作品就是一切。③

> 作品中的作者应像宇宙中的上帝一样无所不在而又无处可见。艺术是第二自然,因此这个自然的创造者就应像上帝创造自然那样去行动,使人能在其所有原子中,在各个方面,都感受到一种潜在的、无限的不可及性。④

> 作者完全使其作品达到了无我境界,因此终卷之后读者无从知道他的依违所在。⑤

根据韦勒克的分析,福楼拜作者退场说源自于斯宾诺莎和雨果。斯宾诺莎提出艺术家—创造者的神性说,认为艺术家与造物主上帝一样有着神

---

① 亨利·詹姆斯:《小说的艺术:亨利·詹姆斯文论选》,朱雯等译,上海译文出版社 2001 年版,第 26 页。

② 亨利·詹姆斯:《小说的艺术:亨利·詹姆斯文论选》,朱雯等译,上海译文出版社 2001 年版,第 29 页。

③ 雷纳·韦勒克:《近代批评史》(四),杨自伍译,上海译文出版社 1997 年版,第 9 页。

④ 艾布拉姆斯:《镜与灯》,郦稚牛等译,北京大学出版社 2004 年版,第 317 页。

⑤ 雷纳·韦勒克:《近代批评史》(四),杨自伍译,上海译文出版社 1997 年版,第 8 页。

圣的创造力量。而雨果在《克伦威尔·序言》中要求作家犹如"宇宙之中的上帝,无为不在却又永不显形……应该意识到,事无巨细,无形之中永远保持中立"。①

其实,从西方文论史看,这种观念在古希腊那里早就存在,柏拉图的迷狂说和代言人的看法都包含着一种神性观念,"在浪漫主义时代,在古希腊(中国一定也会有),都有这样一种信念,即诗人须得有神灵附体,有所谓'诗的狂乱',才能写下不朽的诗篇,是另一伟大的灵性在通过诗人说话,而不是诗人自己在说。"②艾布拉姆斯认为,直至 15 世纪这种观念仍然存在着,而斯宾诺莎学说使这种观念更加理论化。18 世纪和 19 世纪文论表明,这种神性观念一直盛行着,浪漫主义者,如雪莱的《为诗辩护》、华兹华斯的《序言》、柯尔律治的《文学生涯》等,使用神性理论阐述他们对诗人(作家)的可见的形象和不可见的创造才能的认识。上帝与作者,上帝同其世界的关系与作者同其诗作的关系之间的相似性,作者在诗中"似可见又不可见",同时既表现了自我也隐藏了自我。正如韦勒克所说:"福楼拜的核心概念游移于当时的两个趋向:科学作风及客观论与唯美主义及艺术至上论。无我即反对具有用意的小说;冷漠即反对重感情的自传小说。"③

在福楼拜看来,"作者退场"能够产生艺术幻觉,一种没有唤起直接感情的虚构世界给人的幻觉,"幻觉产生于作者的无我境界。"④但是,福楼拜与浪漫主义者一样无法摆脱主观,他强调艺术客观性的同时也表达了一种主观认同意识,他曾写道:

> 我写包法利夫人服毒,我一嘴的砒霜气味,就像在家中了毒一样,一连两回闹不消化,因为我把晚饭全呕出来了。⑤
> 包法利夫人,就是我!——照我写的!⑥

这种认同意识与客观性的矛盾在理论上表明,福楼拜也处于主观和客观两难困境:无我和有我,超然、中立和介入。福楼拜的艺术幻觉并没有解决浪漫主义的"莎士比亚的悖论",也没有解决"感受力统一"的问题。客观

---

① 雷纳·韦勒克:《近代批评史》(四),杨自伍译,上海译文出版社 1997 年版,第 8—9 页。
② 杰姆逊:《后现代主义与文化理论》,唐小兵译,陕西师范大学出版社 1987 年版,第 25 页。
③ 雷纳·韦勒克:《近代批评史》(四),杨自伍译,上海译文出版社 1997 年版,第 9 页。
④ 雷纳·韦勒克:《近代批评史》(四),杨自伍译,上海译文出版社 1997 年版,第 10 页。
⑤ 《译文》,人民文学出版社,1957 年 4 月号,第 137 页。
⑥ 《译文》,人民文学出版社,1957 年 4 月号,第 135 页。

性处于主观和客观,个人与非个人化无法调和、完全矛盾的困境中,这样就只好用斯宾诺莎的神学观来解释这一悖论,把作者(诗人)与造物主上帝相等同,既可见又不可见。

与福楼拜的"作者退场"说一样,艾略特的"非个人化"诗学思想和叶芝的"面具"说都追求客观性。如前面所论述的那样,艾略特的非个人化诗学主要表现在四个方面:第一,与福楼拜和马拉美一样反对浪漫主义的自我表现说。艾略特认为,诗表现的既不是诗人自我的感情,也不是其个性。他的《传统与个人才能》于1919年第一次发表在庞德主编的一个先锋派的杂志上,题目是《自我主义:一个个人的评论》,从这个题目可以看出,艾略特攻击的目标就是作者的自我的个人性。在艾略特看来,自我的感情和个性需要经过一个客观化过程,寻找到一个"客观对应物"呈现出来。第二,作者的自我牺牲、消失、消解。艾略特认为,诗人要把自己不断地交给某件更有价值的东西,即他所说的传统,诗人才能取得一定的成就,"一个艺术家的进步意味着继续不断的自我牺牲,继续不断的个性消灭。"[1]因为,从来没有任何诗人,或从事任何一门艺术的艺术家,他本人就已具备完整的意义,他的重要性,人们对他的评价,也就是对他和已故诗人和艺术家之间关系的评价。诗人和诗并没有什么感情和个性有待表现,相反,诗歌"不是感情的放纵,而是感情的脱离;诗歌不是个性的表现,而是个性的脱离"。[2]艾略特提醒我们,"只有具有个性和感情的人们才懂得想要脱离这些东西是什么意思。"[3]第三,作品是自主的。艾略特认为,诗歌批评的对象不是诗人,而是诗歌本身。"把对诗人的兴趣转移到诗歌上面来,这是一个值得赞扬的目标。"[4]因为感情"只活在诗里,而不存在于诗人的经历中"[5]。第四,客观地、准确地描绘对象。艾略特反对诗人退入自己的内心世界,拼命地向内心开掘,感情直接地表达、直接地表露,因此,艾略特提出了"客观对应物"说,他认为,情感要客观地通过一系列实物、场景,一连串事件来唤起,"诗人意识到个人感受(情感)的主观性和局限性,试图借事物的客观性与诗的主观性取得平衡。"[6]因此,诗歌是客观的非个人化的表达过程,因为"诗人认识到,在当代资本主义社会中个人的无能为力,一味主观的向个人内心世界开掘

---

①　托·斯·艾略特:《艾略特文学论文集》,李赋宁译,百花洲文艺出版社1994年版,第5页。

②　托·斯·艾略特:《艾略特文学论文集》,李赋宁译,百花洲文艺出版社1994年版,第11页。

③　托·斯·艾略特:《艾略特文学论文集》,李赋宁译,百花洲文艺出版社1994年版,第11页。

④　托·斯·艾略特:《艾略特文学论文集》,李赋宁译,百花洲文艺出版社1994年版,第11页。

⑤　托·斯·艾略特:《艾略特文学论文集》,李赋宁译,百花洲文艺出版社1994年版,第11页。

⑥　裴小龙:《论艾略特的"非个人化"理论和实践》,《外国文学报道》1983年第3期。

的写法也必然无能为力,于是'非个人化'成了诗人的目光所在"。①

叶芝认为,艺术必然是无个性的表现,是个人的感情和神话、象征交织在一起,因此,诗人须使用面具,表现个性上的反自我,即伪装了个性面目,面具是自我意识的反面或者叫"反自我"。因而,作者(诗人)是戴着面具或者伪装了自我站在作品背后。

综上所述,从福楼拜到艾略特、叶芝,从现实主义到象征主义,"戏剧化"、"图画化"、"客观对应物"和"面具"说,这些客观性的非个人化学说都认为,事物应直接的客观呈现,与作者的个性和感情无关。但是,它们表明,事物的呈现也是主观活动,并非事物自动呈现出来,一切都是作者所作所为,作者在自己作品背后始终存在着,这就是韦恩·布斯为讲述辩护的理由所在。

韦恩·布斯在《小说修辞学》里批评了福楼拜、詹姆斯和卢伯克的客观性的非个人化理论,他把它归纳为四个普遍规则,在普遍规则之二"所有作家都应该是客观的"里,他把客观性概括为三点:中立性、公正和冷静。尽管"20世纪中压倒一切的呼唤,是对某种客观性的呼唤"②,但客观性是不存在的,中立性、公正和冷静也不是存在的。布斯认为,作品存在着"作家的'第二自我'"③,即隐含作者,他是隐含在作品中的形象,决定着读者对作品的反应。作家在自己不同类型的作品里有着种种化身,即隐含了"他个人",而这些化身的总和是"总体的人",是理想的非个人化。因此,布斯把非个人化视为一种技巧,它不是否定主观性,而是加强了主观主义。事实上,在布斯看来,非个人化是同情的控制、叙述控制,却由此产生距离的混乱和不可靠的叙述者的出现,甚至在叙事伦理上也造成伦理道德的缺失,好像非个人化作为一种技巧,与道德存在着无法克服的矛盾。正如许多批评者指出的那样,布斯的小说修辞理论只能用古代文学作品来解释,一遇到现代主义和后现代主义的先锋派的作品,理论上阐释与创作实践之间就有着许多困难。原因在于,其一,非个人化并非仅仅是一种技巧,客观性的非个人化有重技巧的倾向,这是客观化的必然要求。但是,非个人化更需要作品的独立性,这从福楼拜到艾略特对作品本身的重视就显示出来。其二,20世纪西方文论,从形式主义、结构主义到后结构主义,表明非个人化与客观主义和科学主义密切相关。艾布拉姆斯说:"我们从1740年的这些批评家(尽管也混杂在更为传统并且有时是相互冲突的观点中)身上发现了诗人与创

① 裘小龙:《论艾略特的"非个人化"理论和实践》,《外国文学报道》1983年第3期。

② 韦恩·布斯:《小说修辞学》,付礼军译,广西人民出版社1987年版,第74页。

③ 韦恩·布斯:《小说修辞学》,付礼军译,广西人民出版社1987年版,第78页。

造者这一根源类比中引出的这些重要审美观念：神奇诗乃是第二创造，因而不是这个世界的复本，甚至连合理的摹写也不是，而是它自己的世界，自己的种类，它只受其自身规律的制约，它的存在（据称）本身就是目的。"①作品（文本）至上，作者与作品和文本没有任何关系，作者已经死亡，创作主体消失了，这已经不是福楼拜的作者是否退场的问题。其三，20世纪语言学证明，语言言说，而不是人在说话，人是语言的构成物，而非语言的主体或占有者。基于这些原因，我们是否可以说，客观性的非个人化向话语文本的非个人化转变是西方文论的发展趋势呢？在思考这个问题之前，我们需要关注一下反意图论。

第二节　反意图论

一、俄国形式主义的反意图论

如上所述，客观性的非个人化在创作中否定作者过分情感化，过分个人化，甚至思想化和道德化，要求作者客观、中立。从济慈的"消极能力"说到福楼拜的"作者退场"都要求作者保持情感和个性的适中，创造出一种美真统一的幻象。在20世纪初期，俄国形式主义和英美新批评同样否定作者的情感和个性，"在文学作品中，任何一个句子本身都不可能是作者个人感情的直接'表现'，而始终是结构的手法……通常那种把作品中个别判断和假设的作者的感情等同起来的方法，把技巧引进了死胡同。"②兰色姆认为，诗人应该没有感情的创作和完成作品。韦勒克指出："那种认为艺术是自我表现，是个人感情和经验的再现的观点，显然是错误的。"③同时，作者意图成为他们批评的目标，因为，传统观点认为，作者的意图是作品的意义的根源。俄国形式主义者认为，作者与作品之间没有任何联系，作品是独立的。蒂尼亚诺夫说："直接研究作者的心理，在他所处的环境、他的生活、社会阶级和他的作品之间建立因果关系，这是一种极不可靠的做法。"④

---

① 艾布拉姆斯：《镜与灯》，郦雉牛等译，北京大学出版社2004年版，第344页。

② 茨维坦·托多洛夫编：《俄苏形式主义文论选》，蔡鸿宾译，中国社会科学出版社1989年版，第202页。

③ 勒内·韦勒克、奥斯汀·沃伦：《文学理论》，刘象愚等译，江苏教育出版社2005年版，第79页。

④ 茨维坦·托多洛夫编：《俄苏形式主义文论选》，蔡鸿宾译，中国社会科学出版社1989年版，第113页。

如前面所述,这是 20 世纪反实证主义思潮的表现,反实证主义就是反对作者中心论的观念,取而代之的是作品中心论。蒂尼亚诺夫认为,文学演变不受作者个人的和心理的条件,而是文学的客观条件所决定,"显然,问题在于客观条件,而不在于个人的和心理的条件,因为文学系列的功能与邻近的社会系列相比是有了演变。"① 文学的"客观条件"就是作品本体论,对此,托多洛夫曾写道:

> 形式主义者从一开始便采取的另一个原则,就是把作品作为考虑的中心,他们拒绝接受当时支配俄国文学批评的心理学、哲学或社会学的方法。形式主义者特别在这一点上与前人有所区别:形式主义者认为,不能根据作家生平、也不能根据对当时社会生活的分析来解释一部作品。②

作品自身不受作者及其生平和读者的影响,社会现实生活也不是文学作品的来源,文学作品是独立存在的。俄国形式主义认为,没有什么诗人和作者,有的只是诗歌和文学,文学的研究对象是文学性,而不是某个作者的个别作品,文学研究对象的转变伴随而来的是作者的地位也发生变化,文学的独立自主使作者沦为文学的工具地位,作者没有个性,没有个人的想象力,他只是一个写作的人,如同一个匠人一样,他仅仅在"制作",而不是创造。作者不是浪漫主义所说的是充满灵感和富有天才的人,他是熟练的写手。"形式主义者倒置了传记与文学的传统关系,使作家成为文学作品的产物而不是源泉"。③ 布里克曾宣称,如果普希金根本没有存在过,《叶夫根尼·奥尼金》仍会写得出来,正如没有哥伦布美洲仍会被发现一样。这种说法能使我们想到荣格的名言:"不是歌德创造了《浮士德》,而是《浮士德》创造了歌德。"④

总之,俄国形式主义成为 20 世纪反意图论的先声,它对后来的反意图论间接地产生了一定的影响。

---

① 茨维坦·托多洛夫编:《俄苏形式主义文论选》,蔡鸿宾译,中国社会科学出版社 1989 年版,第 113 页。

② 茨维坦·托多洛夫编:《俄苏形式主义文论选》,蔡鸿宾译,中国社会科学出版社 1989 年版,第 6—7 页。

③ 杰弗逊、罗比:《现代西方文学理论流派》,李广成译,北京大学出版社 1992 年版,第 32 页。

④ 荣格:《心理学与文学》,冯川、苏克译,生活·读书·新知三联书店 1987 年版,第 142—143 页。

二、新批评的反意图论及其争论

意图论曾经是华兹华斯、济慈、霍斯曼等诗人的一种信念。自浪漫主义以来,在有志于诗歌的年轻人当中,它也是他们狂热地写作诗歌的一个借口。意图论认为,作品的意义与作者意图之间存在着一种逻辑的联系。"意图说通过搜寻历史(包括作品本身)的材料推断作家的心理,再由很不可靠的'作家心理'(意图)判断作品的价值,这种线型思维公式显然不能穷尽复杂的艺术现象。"① 因此,反意图论者反对以作家的意图判断作品价值的观点不能说毫无道理。早在 19 世纪,意大利批评家桑克梯斯曾经说:"作者意图中的世界和作品实现出来的世界,或者说作者的愿望和作者的实践,是有区分的。……一位真正的艺术家写起诗来,矛盾就会爆发,所出现的不是他的意图的世界而是艺术的世界。"② 对此,马克思主义经典作家也有过论述。马克思说:"对于一个著作家来说,把某个作者实际上提供的东西,与只是他自认为提供的东西区分开来,是十分必要的。"③ 恩格斯也曾指出,巴尔扎克的作品表现出"现实主义的最伟大的胜利",因为巴尔扎克的现实主义"甚至可以违背作者的见解而表露出来"④,"倾向性应当从场面和情节中自然而然地流露出来,而不应当特别把它指点出来。"⑤ 因此,"如同新批评派指责'意图谬误'一样,恩格斯等人的理论将批评家的注意力导向文学作品本身来。"⑥

20 世纪 20 年代,瑞恰兹就已经批评意图说,他认为,传统的文学研究方法只讲作者,只讲作品产生的过程,而忽略了对作品本身的感受,结果,这种做法使得教出来的学生不能独立判断文学作品的价值。到了 20 世纪 50 年代,在《意图谬误》和《感受谬误》两文里,库·维姆萨特和门·比尔兹利大张旗鼓地反对意图论,他们的目的在于切断作品与作者和读者的联系。在他们看来,意图和感情都是浪漫主义以来赋予作者的特权,但是,作者的构思或意图不能作为判断一部艺术作品的成功与否的标准。意图论的口头

---

① 赵宪章:《文艺学方法通论》,江苏文艺出版社 1990 年版,第 457 页。

② 伍蠡甫等编:《西方文论选》(下卷),上海译文出版社 1979 年版,第 464 页。

③ 转引自赵宪章:《文体与形式》,人民文学出版社 2004 年版,第 175 页。

④ 转引自佛克马:《二十世纪文学理论》,林书武等译,生活·读书·新知三联书店 1988 年版,第 96 页。

⑤ 佛克马:《二十世纪文学理论》,林书武等译,生活·读书·新知三联书店 1988 年版,第 97 页。

⑥ 佛克马:《二十世纪文学理论》,林书武等译,生活·读书·新知三联书店 1988 年版,第 99 页。

禅有:灵感、真实性、真挚、自发性、独创性等等。"意图说的谬误在于混淆诗和诗的来源,这是哲学家们称为'起源的谬误'的一种特例。它试图从诗的心理原因推衍出批评标准着手,而以文学传记和相对主义告终。"① 因此,意图不是文学作品意义的一个来源,也不是判断其价值的真正标准。文学作品的意义不是作者赋予的,"诗一诞生,它就和作者分离了,它走向世界,作者对它再也不能赋予意图或施加控制了"。② 文学作品是语言文字内部对立面之间张力的结合,同时也在它们全部历史以及具体使用它们的语境之中。在《感受谬误》里,他们对柏拉图的迷狂说,亚里士多德的净化说,朗吉努斯的崇高说和理查兹的感情理论都予以反对和摒弃,认为在这些理论中,"诗本身,作为批评判断的具体对象,趋于消失"。③ 排除了作者和读者,焦点就必须放在作品本身。一部文学作品是由它的语言组织和产生意义的独立自足的结构组成的,它既不通过指称外部对象而具有意义,也不根据作者的创作意图而具有意义,更不根据读者的反应而具有意义,它与外部世界没有任何关系,作品意义只是在语言组织的系统内自足独立地形成。文学作品不是别的,只是语言组织起来的文本本身。

在《文字语象》里,维姆萨特进一步阐述了自己反意图论的主张。在他看来,作品的意义与"内部证据"有联系,与"外部证据"和"中间证据"无关。所谓"内部证据"是"从一首诗的语义、句法中找到,可以从语法、词汇以及作为各种词汇来源的所有文献中找到,总之,它存在于一切语言、文化的构成物之中"④。"外部证据"要"说明诗人如何写诗,为什么写诗"⑤。"中间证据"则"包括作者性格、作者或他的小圈子中的人赋予词语或论题的不公开或半公开的意义等方面的证据"⑥。意图存在于"外部证据"和"中间证据",与作品意义没有关系。维姆萨特认为,一部作品的意义是作品所使用的语言规则决定的,是语言规则,而不是作者意图决定了作品意义。语言规则即使允许某一部作品具有多种解释,作品具有许多的意义,但这都与作者意图无关,作者的意图丝毫不能决定一部作品的意义。

---

① 戴维·洛奇编:《20世纪文学评论》(下册),葛林等译,上海译文出版社1987年版,第591页。

② 戴维·洛奇编:《20世纪文学评论》(下册),葛林等译,上海译文出版社1987年版,第571页。

③ 戴维·洛奇编:《20世纪文学评论》(下册),葛林等译,上海译文出版社1987年版,第591页。

④ K. Wimsatt, *The Verbal Icon*, Lexington:University of Kentucky Press, 1967, p.10.

⑤ K. Wimsatt, *The Verbal Icon*, Lexington:University of Kentucky Press, 1967, p.10.

⑥ K. Wimsatt, *The Verbal Icon*, Lexington:University of Kentucky Press, 1967, p.10.

在《美学》中,比尔兹利把讲话者所表达的特定句子的意义与句子本身的意义进行了区分,他认为,两者之间并不一致。"句子的意义并不依赖个人的怪念头和他心理的幻想,而是依赖于与整个交谈共同体中的习惯模式密切相关的用法的共同惯例。"①"用法的共同惯例"就是语言规则,因此,讲话者的意图与其表达的意义无关。

比尔兹利晚年仍然坚持自己的观点,在《意图与解释:一个复活了的谬见》里,他借用了言语行为理论,认为文学语言是一种记述式言说,而非施行式言说,因为记述式言说是没有真假的区分,因此,文学语言没有必要推究作者意图。

值得一提的是,在《写作:不及物动词》里,罗兰·巴特也涉及反意图问题。巴特认为,写作是一个符号系统,其本质是一种纯粹的活动、一种不及物的活动,也就是说,写作是纯粹的语言学范围的活动,其本身并不指向社会、他人,它不再是思想、意图、功利的工具;这样,文学既不是指向客观实在,也不是指向心理的主观表现,写作活动本身成为了文学的核心。不及物写作是对零度的中性写作、作家的不"在场"的一种语言学意义上的深入论证。实际上,零度写作就是一种不及物写作。巴特认为,不及物写作是作家的写作,与之相对的及物写作则是作者的写作:作家所致力于的是"怎样写",强调的是"写"本身的行为动作。写作是指一种不涉及写作内容即不及物的、纯粹的写作活动,是"为了写作自身的写作"。而及物写作,则注重的是"写什么",强调的是写作的内容,是"为写某种东西的写作"。巴特说:"知道在什么时候用明显的不及物方式进行写作是十分有意思的:作家不再是写某种东西的人,而是绝对的写作的人。"②巴特反对萨特式的"为了写某种东西而写作的作家",提倡"为自己"而进行的"不及物意义"上的写作。这种写作不受"及物"的制约而给予创作主体极大的自由度,不仅成为作家快乐幸福的源泉,也是自由本身的状态。显然,当作家不再是为目的企图而"及物"地去写某种东西的人,而成为一个可以自由地"不及物""写作着"的人时,写作者的身上便会出现一种巨大的精神的和心理的自由感受,而且只有在写作变成不及物时候,它的目标和结果,亦即写出的文本或内容才会呈现出其审美的价值而非功利的价值。不及物写作的实质,也就是作家的写作,不再犹如全能的上帝那样在作品中到处干预,指涉并注入某种目的、意

---

①　Monroe C. Beardsley, *Aesthetics*, Indianapolis and Cambridge:Hackett Publishing Company INC, 1981, p.25.

②　R. Macksey and E. Donato, ed. *The Structuralist Controversy*, Baltimore and London:The Johns Hopkins University Press, 1982, p.141.

图,作家不再成为社会意识或阶级利益的形象代言,写作是一种纯粹的符号活动,一种没有意图、没有自我的写作行为。

总之,在反意图论中,我们看到,文学取消了作者及其权威,切断了作者与作品的联系,而这正是"文本中心主义"或形式本体论的基本立场。

这里我们不能不提及意图论的看法,因为两者曾经发生过激烈的争论。

针对反意图论,赫施和却尔旗帜鲜明地支持意图论。在其力作《解释的有效性》里,赫施理论目标是保卫作者。他反对把文学作品视为一个文字的人工制品,一个语言结构。作者在作品中,这种预设,赫施将它称为意欲类型。意欲类型有两个特征:第一,作为整体,它具有明确的界限。第二,它可以被分有,即由一个以上的事物去再现。第一个特征表明它有确定性,可以被复制。第二个特征为读者从不同侧面接近作品开了方便之门。赫施一再强调含义必须是一种类型,是由作者限定性的意志决定的。作者意志决定含义,所以,离开作者,就不可能有任何一个评判解释是否正确的合适原则。因为,一方面,意欲类型及相关的范型使每一种理解都可能成为作品含义整体中的一部分,都是对作品含义的某种复制;另一方面,每一理解由于理解者当下视域的介入,使作品会创生出一种新的意义,这种新的意义中又不能没有已有作品的含义,但新的意义与已有含义之间又是有差别的。因此,赫施开始区别含义与意义,他承继了弗雷格的观点,弗雷格早已对sinn(意义)与 bedeutung(意味)作了区别。在赫施看来,维姆萨特和比尔兹利认真地区分了证明意图的三种方式并把其中的两种视为正确的和合理的。但是,"这个严格的区分和限定却演变成了这样一种流行的说法:作者的意图对其本文的含义来说是无关紧要的,这个流行说法是错误的,而且是一种过于简单的教义。"① 赫施论述到,首先要把潜在的意图和意图的实现区分开来,这也是把意欲表达的意向和结果区分开,"如果一个批评家不明白这一点,那么,他就无法作出正确的判断,也就是说他不适合,甚至一点不配去表达含义。"② 实现的意图就是含义,它与意义也有区别,含义是"存在于作者用一系列符号系统所要表达的事物中",意义是"含义与某个人、某个系统、某个情境或与某个完全任意的事物之间的关系"③。含义是确定的、可复制的,始终并未发生变化,而意义是不确定的,无法进行复制,经常处于

---

① 赫施:《解释的有效性》,王才勇译,生活·读书·新知三联书店 1991 年版,第 20 页。
② 赫施:《解释的有效性》,王才勇译,生活·读书·新知三联书店 1991 年版,第 21 页。
③ 赫施:《解释的有效性》,王才勇译,生活·读书·新知三联书店 1991 年版,第 17 页。

变化之中。因此,重新把握一部艺术作品的原有意义是可能的、有价值的,作者意图是评价作品标准之一。

却尔也是意图论的捍卫者,他认为,作品意义与作者意图之间存在逻辑联系。如果要真正保卫作者的话,就必须强调这种逻辑联系,即作者的意图决定作品的意义而不是其他。尽管赫施也坚持认为作者的意图决定一部作品的意义,但是,在却尔看来,这不过是一种规范性的预设,是一种没有实质内容的建议。这种预设或建议描述的仅是一种尚未实现的理想,却尔的目的是要将它作为一种事实加以肯定和接受,通过描述性的实证以确立作者意图与作品意义之间的逻辑联系,进而得出一部作品只有一个唯一正确的解释的结论。

却尔把暗示和反讽看作作品意义与作者意图之间存在逻辑联系两种典型的类型,他认为,它们虽然不是作品意义与作者意图之间存在逻辑联系的确凿证据,但"作者意图与作品的意义之间存在着逻辑联系的思想成为可能"①。那么,作者的意图是什么?却尔认为,它既不是指作者打算写出或打算传达的思想,也不指宽泛的"动机"甚至也不指作者所要求的"持续的集中作用"或一部作品的一致性,而是指"当作者写下某一序列词的时候所抱持的打算……作者通过所使用的词表示的意思"②。这样来理解作者的意图可以避免反意图论者对作者意图与作品意义之间逻辑联系的取消,即"从一部作品的意义是,比如说 m 的事实中,并不能得出(逻辑上)作者所表达的一定是 m 这个结论;反之,从作者打算表达的是 m 这个事实中,也不一定就能得出这部作品的意义就是 m 这个结论"③。作者可以"客观性"来叙述作品;还可以像陀思妥耶夫斯基那样将菲尔丁、荷马等传统作家所完成的事交给主人公去完成,作者与主人公一同游戏、对话于作品世界。它们共同之处就是作者的意图已存在于作品,作品成了作者意图有力的证据。由此可以看出,文学作品的意义逻辑上取决于作者的意图。

总之,保卫作者要捍卫作者与作品的血亲关系,坚持作者是作品意义的逻辑原点。

艾柯区别了"作者意图"和"作品意图"。前者"确认一种语义策略",后者是"本文的连贯性整体"④,由此,他看到了问题症结,即"作者移心"问

---

① 却尔:《解释》,吴启之、顾洁洪译,文化艺术出版社 1991 年版,第 54 页。
② 却尔:《解释》,吴启之、顾洁洪译,文化艺术出版社 1991 年版,第 10 页。
③ 却尔:《解释》,吴启之、顾洁洪译,文化艺术出版社 1991 年版,第 37 页。
④ 安贝托·艾柯:《诠释与过度诠释》,王宇根译,生活·读书·新知三联书店 2005 年版,第 67 页。

题,他说:"这个古典的争论面临着一个二难困境:要么旨在在本文中发现作者意欲说出的东西,要么旨在发现本文独立表达出来的,与作者意图无关的东西。只有接受了后一种观点之后,我们才可以进一步去追问:根据本文的连贯性及其原初意义生成系统来判断,我们在本文中所发现的东西是否就是本文所要表达的东西;或者说,我们所发现的东西是否就是本文所接受又根据其自身的期待系统而发现的东西。"①

赫施、却尔要保卫的作者实际上是日常生活中的作者,即现实的作者。确实,谁也无法否认现实的作者,但是,作者并不支配着作品,占据着作品的中心位置。

三、20 世纪西方文论论形式的本体性

在引论里我们曾指出,针对浪漫主义的表现论,福楼拜的"作者退场"说和艾略特的非个人化诗论要求拉开作者和作品的距离,使得批评由诗人转移到诗本身。这是形式本体论的萌芽时期。反意图论使得文学研究真正地走向了形式本体论。按照赵宪章先生的理解,形式"本体"是指"文学的形式、技巧和语言,即文学的存在方式——语言'文本'",形式本体论则是"关于文学的语言文本的理论"②。如上所述,形式本体论的基本立场就是反意图论,"我们所拥有的一切就是文本自身,文学批评没有义务勘察作者意图这个非常离题的问题"。③ 俄国形式主义、新批评和结构主义都追求文学研究的形式本体化。

俄国形式主义批评传统的思辨方法、社会历史学方法和心理学方法忽略了对文学自身材料及其规律的研究,它要创立一种只"研究文学材料的、独立的文学科学"④,这就是"文学性"。所谓"文学性",也就是指文学区别于其他人文科学的独特性。俄国形式主义的"文学性"理论要排除文学作品中的"非文学"因素,也就是说,要把作品里哲学、社会学、心理学、伦理学、文化学和人类学等"内容"方面的东西排除在文学研究之外,因为任何非文学的"内容"方面的研究都会干扰文学研究的基础。俄国形式主义者认为,文学与非文学的区别不在"内容",而在"形式","形式决定了文学作

①　安贝托·艾柯:《诠释与过度诠释》,王宇根译,生活·读书·新知三联书店 2005 年版,第67 页。

②　赵宪章:《文体与形式》,人民文学出版社 2004 年版,第 166 页。

③　Andrew Bennett And Nicholas Royle, *An Introduction to Literature、Criticism and Theory*, Harlow:Pearson Education Limited, 1995, p.21.

④　Victor Erlich. *Russian Formalism*. The Hague:Mouton Publisher. 1955, p.131.

品的文学性。"① 形式本身之所以具有独立的意义在于它是"一种特殊的材料秩序"②,而构成文学的"特殊材料"是语言。在俄国形式主义者看来,诗歌语言不同于一般的实用语言。实用语言以其交际功能为其主要目的,而诗歌语言具有"自含的价值",③ 只是自指性的,它本身的声、形、排列和组合便具有美学功能。"语言及其规律便成了俄国形式主义文学研究的本体。"④ 我们知道,在《作为表现的科学和一般语言学的美学》中,克罗齐提出"美=直觉=表现=语言"的公式以后,美学和文学大致沿着这一思路展开了各自的研究。俄国形式主义当然也不例外,它认定文学作品的"文学性"是它的语言形式,是文学的存在方式,因此,文学便应该从语言本体出发进行研究。

　　语言作为一种本体存在,是完全独立自主的、自成系统的,与作者、读者、社会、历史、政治等外在条件是没有关系的。在这一点上,俄国形式主义的语言观与现代语言学是相同的,这与它把形式视为本体内在一致。俄国形式主义者认为,文学并非形式与内容的区分,而是形式与材料的区分,并且形式决定着材料,而不是材料决定着形式。应该说,俄国形式主义的形式和材料二分法继承了亚里士多德的形式和质料二分法。在亚里士多德看来,质料是消极的、被动的,它由潜在转变为现实完全是形式所赋予的,形式是主动的、积极的成因,它能够给质料以规定。此其一,其二,形式是观念的存在,具有先验的独立性,即"形式在先"。而俄国形式主义与亚里士多德形式观的最大不同在于,形式不存在主体性,也不具有创造性。在亚里士多德看来,"形式因"包括"创造因"(又译"动力因"),而创造是主体的能动性活动,因此,形式就具有主体性的特征,质料也正是因为主体赋予它一定的形式才得以存在。康德不仅强调形式的主体性,而且把这一点抬高到了天才创造的地步,因此,康德的形式观直接成为浪漫主义诗学的理论基础。后来,19 世纪的现实主义、自然主义、唯美主义和象征主义等都认为,形式是主体创造出来的。直到俄国形式主义,这种观念才得以遏制。俄国形式主义者认为,形式没有主体的存在,更遑论什么创造活动,形式就存在于材料之中,它需要一个发现过程。这一过程也就是文学内部研究的过程,即"将艺术的观察点由作家、社会引向文学自身,引向文学的本体,引向作品的

---

① 赵宪章:《文体与形式》,人民文学出版社 2004 年版,第 152 页。

② Victor Erlich, *Russian Formalism*, The Hague:Mouton Publisher, 1955, p.113.

③ Victor Erlich, *Russian Formalism*, The Hague:Mouton Publisher, 1955, p.126.

④ 赵宪章:《文体与形式》,人民文学出版社 2004 年版,第 153 页。

'内在规律'"①。可以说,俄国形式主义无主体、无创造的形式观成为20世纪非个人化思潮理论依据,它的文学性理论也成为整个 20 世纪形式主义批评的理论基石,成为文艺学本体方法的出发点。"英美'新批评'和结构主义,都是在俄国形式主义的直接或间接影响下,走向了形式批评的道路。这是一个不可低估、需要认真研究的文艺现象。"②

20 世纪形式本体论在文艺研究领域中的地位的确立主要是由英美"新批评"来完成的。事实上,新批评两位先驱瑞恰兹和艾略特都在寻找一种本体论批评。瑞恰兹认为,文学作品是一个独立自主的世界,不必用"科学"和"历史"要求它的真实,因为"重要的不是诗所云,而是诗本身"。③ 艾略特也认为,批评不应该关心诗人,而应该关注诗本身。在《新批评》一书里,兰色姆大声呼唤一种真正的"本体论"批评家的出现。本体的批评家关心的不是诗歌的道德说教,也不是它的情感的表现,而是关心"一首诗所特有的结构"④。所谓结构就是诗歌的逻辑观点或散文释义,"诗歌的结构本身就是诗歌的散文释义"⑤。这种结构可以存在任何性质的逻辑话语中,例如科学话语,不过,诗歌的话语具有本体特性,是"对常规逻辑话语的革命性背离"⑥,这种"背离"体现在诗歌话语具有一种特殊的"肌质",即"诗歌中附着于结构,却又不囿于结构的、意趣旁生的细节"⑦。结构大致相当于内容,它只在作品中负载"肌质"材料;而"肌质"则大致相当于形式,它才是作品的本质和精华,它与结构是分立的。因此,"诗歌是一种松散的逻辑结构,伴有局部不甚相干的肌质。"⑧ "肌质"相对于结构,是具有局部的、异质的、本体性的存在,它提供了关于世界的丰富的、真实的知识,"诗歌试图恢复我们通过感知和记忆粗略认识到的那个丰富多彩、也更难驾驭的本原世界。根据这一假定,诗歌提供了一种知识,这种知识有着迥然有别于其他知识的本体个性。"⑨ 真正确立本体论批评方法是韦勒克和沃伦。他们合著的《文学理论》在逐一批评了文学"外部研究"的批评方法后,提出了文学"内

---

① 赵宪章:《文体与形式》,人民文学出版社 2004 年版,第 156 页。

② 赵宪章:《文体与形式》,人民文学出版社 2004 年版,第 157 页。

③ 转引自赵宪章:《文体与形式》,人民文学出版社 2004 年版,第 171 页。

④ 克罗·兰色姆:《新批评》,王腊宝、张哲译,江苏教育出版社 2006 年版,第 191 页。

⑤ 克罗·兰色姆:《新批评》,王腊宝、张哲译,江苏教育出版社 2006 年版,第 192 页。

⑥ 克罗·兰色姆:《新批评》,王腊宝、张哲译,江苏教育出版社 2006 年版,第 192 页。

⑦ 克罗·兰色姆:《新批评》,王腊宝、张哲译,江苏教育出版社 2006 年版,第 13 页。

⑧ 克罗·兰色姆:《新批评》,王腊宝、张哲译,江苏教育出版社 2006 年版,第 192 页。译文略有改动。

⑨ 克罗·兰色姆:《新批评》,王腊宝、张哲译,江苏教育出版社 2006 年版,第 192 页。

部研究"，即对文学语言内在结构研究，在他们看来，所谓文学作品的"存在方式"或者"本体论的地位"，既不等同于白纸黑字的"人工制品"，也不等同于讲述者或诗歌读者发出的声音序列；既不是读者的心理体验，也不是作者创作时的经验，因而，"真正的诗必然是由一些标准组成的一种结构。"① 这是一种由几个层面构成动态结构体系，"这些层面是：(1) 声音层面，谐音、节奏和格律；(2) 意义单元，它决定文学作品形式上的语言结构、风格与文体的规则；(3) 意象和隐喻，即所有文体风格中可表现诗的最核心的部分；(4) 存在于象征和象征系统中的诗的特殊'世界'……；(5) 有关形式与技巧的特殊问题；……(6) 文学类型的性质问题；……(7) 文学作品评价问题；……(8) 文学史的性质……"。②

　　无论兰色姆的"肌质"或者韦勒克和沃伦的"动态的结构"，都和俄国形式主义一样，主张形式本体与任何个人、自我、作者或主体都没有关系，兰色姆曾说，作者是一个匿名的存在，韦勒克也写道："文学作品既非一个经验的事实，即非任何特定的个人的或任何一组个人的心理状态，也非一个像三角形那样理想的、毫无变化的客体。"③

　　结构主义与新批评一样持极端文本中心主义，但是，两者存在一个不同之处，即新批评是通过个别文学作品的阅读来研究文学，而结构主义则把整个文学作品作为自己研究对象，这种雄心壮志源自于它在方法论上的突破，即直接借用现代语言学方法来研究文学，"文学被视为语言的基本问题，没有语言就不存在文学。"④ 在结构主义者看来，文学作品的意义是由意义单元所建构起来的结构模型，这种结构像语言结构一样完全是由各组成成分的关系所构成，关系决定一切，"任何系统的个别单位之具有意义仅仅是由于它们的相互关系。"⑤ "只要单元之间的关系结构被保持，你选择哪一种材料都无关紧要。"⑥ 我们试举一例。巴特曾说过，叙事作品是一个大句子，也就是说，叙事作品的结构当然也就是一个"大句子"的结构，有其特定

① 勒内·韦勒克、奥斯汀·沃伦：《文学理论》，刘象愚等译，江苏教育出版社 2005 年版，第 167 页。

② 勒内·韦勒克、奥斯汀·沃伦：《文学理论》，刘象愚等译，江苏教育出版社 2005 年版，第173—174 页。

③ 勒内·韦勒克、奥斯汀·沃伦：《文学理论》，刘象愚等译，江苏教育出版社 2005 年版，第 172 页。

④ R. Macksey and E. Donato, ed. *The Structuralist Controversy*, Baltimore and London：The Johns Hopkins University Press, 1982, p.145.

⑤ 特雷·伊格尔顿：《二十世纪西方文学理论》，伍晓明译，陕西师范大学出版社 1987 年版，第 104 页。

⑥ 特雷·伊格尔顿：《二十世纪西方文学理论》，伍晓明译，陕西师范大学出版社 1987 年版，第 105 页。

的主语、谓语和宾语，名词、动词和形容词。这个"大句子"的意义完全是由句子自身各成分间的关系所决定的，无须参照句子以外的作者或现实来分析句子本身。这样，分析句子就可以完全忽略语言的所指而集中研究它的能指，"大句子"也就成了一个彻底封闭的系统。由此看来，结构主义的"结构"的概念被完全赋予独立自主的意义。结构的存在就是文学的存在，结构本身便是文学意义和本体，"语言与结构，而非作者的自我与意识，成了阐释的主要渊源。"①

正如安纳·杰斐逊所说，结构系统高于它所代表的东西，是诗学把索绪尔模式推及到文学基本原理后得出的一个结论。②这里，结构高于它所代表的东西，其一，人在结构中消失了。在结构主义者看来，世界是由各种关系而不是由事物构成的，这是结构主义的第一条原则，"这条原则认为，在任何既定情境里，一种因素的本质就其本身而言是没有意义的，它的意义事实上由它和既定情境中的其他因素之间的关系所决定。总之，任何实体或经验的完整意义除非它被结合到结构（它是其中组成部分）中去，否则便不能被人们感觉到。"③结构主义的这一基本观念导致了人在结构中消失，因为人只是复杂关系网络中的"关系项"，本身没有独立性和主动性，而是由结构决定的。"个人的行为、感觉和姿态都纳入其中，并由此得到它们最终的本质。"④列维－斯特劳斯说，人文科学的目的不是"创造人"，而是"溶解人"；福柯宣称"人之死"。这些惊世之言应该是结构主义本身就存在的结论。其二，文学结构主义者曾提出"作者之死"的口号，他们认为，文学要"离开个人、作家而转向过程和系统的批评"⑤。关于"作者之死"下文将详细地论述，这里不再赘言。

关于形式本体论与非个人化思潮的关系，赵宪章先生曾有过一个概括，他写道：

> 从"俄国形式主义"、英美"新批评"到结构主义和符号学，经历了一个从语言形式的崇拜、语音语义的文本分析到作品抽象的"深层结

---

① 卡勒：《论解构》，陆扬译，中国社会科学出版社1998年版，第12页。

② 参见安纳·杰斐逊：《西方现代文学理论概述与比较》，湖南文艺出版社1986年版，第114页。

③ 特伦斯·霍克斯：《结构主义和符号学》，瞿铁鹏译，上海译文出版社1987年版，第8—9页。

④ 特伦斯·霍克斯：《结构主义和符号学》，瞿铁鹏译，上海译文出版社1987年版，第9页。

⑤ 赵宪章：《文体与形式》，人民文学出版社2004年版，第195页。

构"的研究,再到艺术符号的人类学发现这样一个逻辑行程。这一行程好像一个"抛物线",两端连着大地,中间高高隆起;换言之,如果说"俄国形式主义"关于"陌生化"的理论和符号美学关于艺术符号的人类学规定同语言本文之外的现实界尚有几分联系的话,那么,新批评和结构主义则割断了文学与外部世界——读者、作者、社会和历史的联系而成为"空中楼阁"。本体批评对文学的这种"架空"分析,说到底是对人的否定,对人的本体地位和价值的否定。韦勒克关于文学的思想性、社会性和文化心理属性的贬损、列维-斯特劳斯对于存在主义的批评等,尤为明显地表现出这一倾向。特别是在结构主义那里,我们几乎看不到他们对于人的价值的崇尚与肯定。①

第三节 谁在说话及其意义

如上文所说,结构主义认为,在结构中,没有自我、个人、意识、心理和作者等,有的只是结构项及其关系,人在结构中被分解了,主体失落了,作者也已经死了。结构中没有所指,只有能指在运作着。如果结构主义代表作者本体批评的极端倾向,那么,我们要问的是,写下一句话的"主语"能找到吗?进而,一部作品或者一张病历、一篇科学论文的"主语"又能是谁呢?这样一些问题,巴特和福柯已经尝试回答了。

一、谁在说话

在中篇小说《萨拉辛》里,巴尔扎克描写了一位装扮成女人的被阉割男人,他写有这样的句子:那是一位女人,她经常突然露出惊怕,经常毫无理智地表现出任性,经常本能地精神恍惚,经常毫无原因地大发脾气,她爱虚张声势,但感情上却细腻而迷人。

巴尔扎克的这句话的主语是谁呢? 不同理论可以给出不同的答案。在古典主义那里,可能是一个具有理性的"巴尔扎克";在浪漫主义那里,可能是"巴尔扎克"自己;在现实主义那里,可能是现实生活中的那个巴尔扎克本人;在韦恩·布斯那里,可能是"隐含作者"在说话,因为隐含作者是作品所暗示的作者形象或观念;在叙事学理论家那里,可能是叙述者在说话,他以一种自由间接引语的方式在描写人物,但无法确定叙述者、作者和人物的准确位置。种种答案说明这句话存在着一个起源,这个起源就是"主

---

① 赵宪章:《文艺学方法通论》,江苏文艺出版社1990年版,第516页。

语",也就是说,这句话的声音依赖巴尔扎克的控制,最终依赖巴尔扎克本人的观念,因此,作品是被一个叫巴尔扎克的心灵或意识、某种统一的和独一无二的主体性所组织和指导。

在《作者之死》开头,巴特问道,是谁在这样说呢? 是小说主人公萨拉辛吗? 是巴尔扎克本人在说话? 是宣扬女性"文学"观念的作者巴尔扎克吗? 是普遍都有的智慧吗? 是具有浪漫色彩的心理吗? 巴特的答案是:人们将永远不会知道谁在说话。因为,巴特认为,写作是对任何声音和起因的破坏。巴特赞同马拉美的一个看法,即文学作品是纯粹的作品,诗人的声音在其中完全消失了。声音是写作中某种统一性原则,在巴特看来,写作要摧毁作者的声音,因为声音代表着起源、来源、身份和统一,写作就是要颠覆这种稳固的声音和起源,任何声音和起源都是不稳固和不确定的,作者在写作中销声匿迹了。巴特用巴尔扎克的这句话阐明的是,写作根本上没有起源,作者并非权威,并非作品的来源,并非所有知识和意义的源泉,在语言系统里,作品代码产生了意义,因此,巴特说,是语言说话,而不是作者。

巴特从写作角度对传统意义的写作主体,即作者发出了革命性的挑战。巴特要破坏的是一个控制的、压制的作者权威形象,一个传统批评的神性的形象,对巴特来说,作者是一个专制的"暴君",因为他仅给予作品一个单一的、稳定的意义,作者成了一个神,可称之为"作者—上帝"。巴特的"作者之死"与尼采在19世纪末宣称的"上帝之死"遥相呼应,把权威主义与神学观念联系在一起,巴特说:"给文本一个作者,是对文本横加限制,是给文本以最后的所指,是封闭了写作。"[①]传统的观点认为,作者是作品所指和意义的起源,作者就是一个神,而批评家就好像牧师一样解码神的写作所赋予作品的意义,因为作品源自于一个主体、心灵、意识、意图、心理和作者个人的生活。作者拥有作品,拥有作品意义和阐释的决定权。批评家被限制在作者的意图、心理和意识的范围内去解释作品的意义,因为作者被赋予了像上帝一样的权力,他无所不在、无所不能地控制着作品的意义。作品的意义是单方面的,它被局限在作者给定的范围内,"批评家总是从产生一部作品的男人或女人身上寻找作品的解释,好像事情从来都是通过小说的或多或少透明的譬喻,作者个人的声音,最终把秘密吐露给'我们'。"[②]

巴特从近代作者的社会地位和文学史地位考察了作者的历史发展过程,他指出,作者产生于中世纪,作为一个现代形象,是现代社会的产物,与

---

① 赵毅衡编:《符号学文学论文集》,百花文艺出版社2004年版,第511页。

② 赵毅衡编:《符号学文学论文集》,百花文艺出版社2004年版,第507页。

英国的经验主义、法国的理性主义和基督教改革运动的个人的信仰相联系，这些变革发现了个人的尊严，作者的个人性获得了最大的重要性，是资本主义意识形态的集中体现，因为资本主义个人概念是自立、自主和自信。作品意义归属于作者可视为个人主体性优越地位的一个历史部分。在《文学生产理论》里，皮耶尔·马歇雷说："作者或艺术家是创造者的认识属于人文主义意识形态的范围。"①

巴特说，发展于19世纪末20世纪初的现代美学理论抵制资本主义的个人性和作者的"暴政"，象征主义大师马拉美是最先试图动摇作者地位的尝试者。他主张用言语取代作者，因为言语在活动、在说话，而非作者，"他的全部诗学就在抑作者扬写作。"②在文学写作中，只有言语"出色"地表现，而没有作者"自我"的存在。后期象征主义大师瓦雷里从未停止嘲笑和质疑作者，他强调语言重要性，并且认为作者的活动都有偶然性。意识流小说家普鲁斯特无情地把作者与其人物关系弄得模糊不清。在他的《追忆似水年华》中，叙述者不是生活里的作者，不是在写作的人，"他不是那个看见了、感受到了的人，甚至也不是那个在写作的人，而是将要写作的人。"③这表明，"不是作家的生命倾注于小说中，而是作品是他的生命，他自己的书是生命的模型。"④超现实主义让手尽可能地把头脑自身没有意识到的东西写出来，即自动写作，同时赞同几个人合写作品，这些做法都使作者形象非神圣化。

巴特宣称作者死了，作者形象现在是过时了，他已被文本所替代。但同时，巴特说，作者仍具有影响力，对读者的想象暴君般压制，他写道：

> 作者在文学史、作家传记、访问记和杂志中仍处于支配地位，因为文人渴望通过日记和回忆录把个人跟作品连在一起。一般文化中可见到的文学形象，都集中于暴君般的作者，作者的人性、生平、情趣和感情；批评的大部分内容依然是在说波德莱尔的作品是由于做人的失败，凡·高的作品是由于疯狂，柴可夫斯基的作品是由于罪孽感。批评家总是从产生一部作品的男人或女人身上寻找作品的解释，好像事情从来都是通过小说的或多或少透明的譬喻，作者个人的声音，最终

---

① Form Andrew Bennett, *The Author*, London and New York：Routledge, 2006, p.16.
② 赵毅衡编：《符号学文学论文集》，百花文艺出版社2004年版，第508页。
③ 赵毅衡编：《符号学文学论文集》，百花文艺出版社2004年版，第508页。
④ 赵毅衡编：《符号学文学论文集》，百花文艺出版社2004年版，第508页。

把秘密吐露给"我们"。①

作者死了,而且应该死去,在某些现代主义和先锋派作品里作者早已消失不见了。这是对资本主义以作者为中心的人文主义意识形态反抗的必然结果。

巴特否定作者,把作者去中心化,因为作者的缺席、消解和死亡本身依赖某种中心,"文本的统一性不在于起源而在于其终点。"② 在否定作者同时,巴特给写下的一句话安排了两个象征性的"主语",即读者和撰稿人(scriptor,又译为抄写者、誊写者)。在巴特看来,读者是匿名的,"读者没有历史、传记、心理,只不过是把一个单一领域中书面的文本赖以构成的所有痕迹执在一起的那个人……读者的诞生必须以作者的死亡为代价。"③ 权威被颠覆,文本也就自由了,以作者为中心的统一性模式的主体性被以读者为中心的模式所代替。

如果读者从作者意识和意图的压制的控制中获得自由,那么代替作者给文本布满意义的是撰稿人,他埋葬了作者。在巴特看来,传统的作者先于书存在,他构思书,养育书,为书心力交瘁,为书而活着,"作者先于其作品,其关系犹如父与子。"④ 撰稿人不同于作者,他与文本同时诞生,他不是书的创造者,"不是书这个谓语的主语",⑤ 撰稿人没有感情、幽默和印象,他是语言的代理人,"生命只不过是对书的摹仿,书本身只是符号的交织物,只是对丢失的、无限延期的事物的摹仿。"⑥ 作品意义不是作者的意图、思想和意识所赋予的,批评家要关注的是没有起源的文本性。文本是"一个多维的空间,多种多样写作(没有一种是起源性的)在其中交织着、冲突着"⑦。它没有单一的意义,不能作单一的解释,"文本是来自文化的无数中心的引语构成的交织物"。⑧ 这是一种互文的文本,它包含了一个崭新的概念互文性,"任何文本都是过去的引文的重新组织。"⑨ 互文性没有来源,"互文是一个无名格式的总场。那些无名格式的来源很少能够被人发现,它们是无意识

---

① 赵毅衡编:《符号学文学论文集》,百花文艺出版社2004年版,第507页。
② 赵毅衡编:《符号学文学论文集》,百花文艺出版社2004年版,第512页。
③ 赵毅衡编:《符号学文学论文集》,百花文艺出版社2004年版,第512页。
④ 赵毅衡编:《符号学文学论文集》,百花文艺出版社2004年版,第509页。
⑤ 赵毅衡编:《符号学文学论文集》,百花文艺出版社2004年版,第509页。
⑥ 赵毅衡编:《符号学文学论文集》,百花文艺出版社2004年版,第510页。
⑦ 赵毅衡编:《符号学文学论文集》,百花文艺出版社2004年版,第510页。
⑧ 赵毅衡编:《符号学文学论文集》,百花文艺出版社2004年版,第510页。
⑨ 罗兰·巴特:《文本理论》,张寅德译,《上海文论》1987年第5期。

的、自动的、引用时不加引号的引文。"①引语是匿名的、不能被发现的,在这种文本性模式中,文本性作为互文性不存在作者有意识的、具有中心地位的控制权力,作者被去中心化的语言系统所代替,语言是一台机器,语言只是对话、戏仿、复制。总之一句话,语言在说话,在游戏。

但这并不意味着巴特不再关心作者,在《巴特自述》《恋人絮语》和《明室》等一系列作品里,作者仍然是巴特思考的中心,在《萨德、傅立叶、罗耀拉》里,巴特说:"文本的愉悦也就包括了迷人的作者复归。"②但是,作者没有统一性,他处在由作品的几个细节编织的一个空间和位置之中。

二、谁在说话有什么关系

福柯曾给出作者两个含义:第一,作者是文本、书或作品的生产都可以合法地归之于他的个人;第二,作者是"话语实践的拓荒者",③即话语实践的创始人,如弗洛伊德和马克思等。巴特所说的作者仅是福柯意义上的第一种含义,而第二种含义,巴特基本上没有提及。所谓"话语实践"就是按照一定话语规则进行的推理活动,"话语实践"的作者的独特贡献在于,"他们不仅生产自己的作品,而且生产构成其他文本的可能性和规则。"④他们的作用完全不同于作品生产意义上作者的作用,例如,小说家基本上只是他自己文本的作者,而弗洛伊德不只是《梦的解释》或《才智及其与无意识的关系》的作者,马克思也不只是《共产党宣言》或《资本论》的作者:他们二人都确立了话语方式的无穷的可能。再者,小说家使某些以他或她的作品为模式的相象和类似的因素进行循环——各种独特的符号、人物、关系和结构可以纳入其他的作品。而马克思和弗洛伊德不仅仅可以为更多文本采纳的"相似"成为可能,而且他们还使某些"差异"成为可能。他们为引入非自己的因素清出了空间,然而这些因素仍然处于他们创造的话语范围之内。

这并不意味着话语实践的作者就是话语的起源或"主语",因为话语实践同样"无视影响和传统;彻底放弃起源问题,让作者专横的立场自行消失;这样,所有自身构成思想史的东西会消失"。⑤福柯说,作为创造者,浪漫主

---

① 罗兰·巴特:《文本理论》,张寅德译,《上海文论》1987 年第 5 期。

② Form Andrew Bennett, *The Author*, London and New York:Routledge, 2006, p.19.

③ 王逢振编译:《最新西方文论选》,漓江出版社 1991 年版,第 455 页。

④ 王逢振编译:《最新西方文论选》,漓江出版社 1991 年版,第 455 页。

⑤ 米歇尔·福柯:《知识考古学》,谢强、马月译,生活·读书·新知三联书店 2003 年版,第
42 页。

义的作者—天才不同于其他人,当他们说话时,意义就开始生产,作品被赋予无限的和无尽的意义,但这种作者只是人类发明的永久的浪花之一。而作者—功能能够减弱一种危险,即作者虚构某种根本不存在的文化功能来危害我们的世界。作者只是我们文化的某种功能之一。福柯进而说,如果在将来的一天作者—功能消失了,它会被另外一个系统所替代,但应该警惕消失或死亡之类的概念,因为权力无处不在,在消失的作者或作者死亡的话语之中同样不可避免。

福柯认为,文本并非被统治性的主体、个人的意识或无意识和传记或心理的作者所决定,绝对性和创造作用的主体被颠覆了。当然,主体并没有被完全放弃,它应该被重新考虑,也就是说,不是恢复一种创始主体的主题,而是抓住它的作用、它对话语的介入以及它的从属系统,主体性应该是话语功能的一部分,"必须取消主体(及其替代)的创造作用,把它作为一种复杂多变的话语作用来分析。"①

正是基于这种作者观念,在《什么是作者》里,福柯借用贝克特的话问道:"谁在说话有什么关系?"在福柯看来,我们要思考的是谁在说话这一问题本身。这并不意味着福柯在向巴特挑战,因为两人所问的问题是不同的。问题不同导致两人在某些观点有所差异,就拿写作和写作主体而言,巴特说,写作是"中性的、混合的和扭曲的空间,我们的主体在其中销声匿迹,也是否定性的,在其中任何身份都会在中消失"②。福柯说,写作创造一个空间,在这个空间"写作的主体便不断消失"③。两者对写作的看法有着细微的差别,却也是决定性的差别。在巴特看来,写作是一个否定性的空间,"主体在其中销声匿迹","任何身份都会在中消失。"④ 在福柯看来,写作的主体的消失是一个持续的过程,这一过程需要分析。巴特关注的是写作的否定性空间,主体缺席的问题,福柯关注的是写作主体社会和历史的建构问题。福柯写道:

> 显然,重复一些空洞的口号是不够的,如作者已经消失,上帝和人共同死去。相反,我们应该重新审视作者消失所留下的空的空间;我们应该沿着它的空白和错的界线,仔细观察它的新的分界线,仔细观察这个空的空间重新分配的情况;我们应该等待由这种消失所释发的

---

① 王逢振编译:《最新西方文论选》,漓江出版社 1991 年版,第 458 页。
② 罗兰·巴特:《罗兰·巴特随笔选》,怀宇译,百花文艺出版社 2005 年版,第 294 页。
③ 王逢振编译:《最新西方文论选》,漓江出版社 1991 年版,第 447 页。
④ 罗兰·巴特:《罗兰·巴特随笔选》,怀宇译,百花文艺出版社 2005 年版,第 294 页。

流动易变的作用。①

　　与巴特一样，福柯认为，现代写作概念摆脱了表现说，这种表现说认为写作总是某个主体性的感情表现，一个个人的表现，现在这种概念被超越了。福柯说，写作标志着作者个人特点的完全消失，"作者在他自己和文本之间产生的矛盾和对抗，取消了他独特的个人性的标志。"② 但是，福柯对巴特的"作者之死"投去了不信任的目光，因为，其一，我们没有对作者的消失作出充分的评价。否定作者的权威地位，"只是把作者在经验上的特点转变成一种超验的匿名。"③ 其二，没有作者就不可能有作品，因为作品完全依赖个人性的作者才统一性的存在。巴特的写作概念部分地保留了作者，像上帝一样，作者仍然是所有意义的起源。巴特的"作者之死"表明，作者的不在却显示了他更为普遍的存在，艺术家或作者在艺术作品之内、之后、之外、之上，不可见但又无所不在，他隐退在作品之后，却仍然是作品的源泉。

　　福柯的贡献在于分析了"作者—功能"（autor-function，又译作作者作用、作者—功能体）。巴特是从作者历史角度描述了作者演变，而福柯却关注作者的历史性，因此，他不去对作为个人的作者做社会历史的分析：作者如何被个人化；开始研究真实性和属性时，作者被赋予了什么地位，作者在内的辅助体系是什么？形成系统表达"人及其作品"的基本批评范畴的条件是什么等。他分析"作者—功能"从作者的名字开始。在福柯看来，作者的名字具有一种独特的自相矛盾，它"并不完全是其他名称中的专用名称"④，因为专用名称指涉一个个人，不管这个人有没有个人特征，如彼埃尔·杜邦，无论他是否有一双蓝眼睛，是否住在巴黎，是否是个医生，彼埃尔·杜邦就是彼埃尔·杜邦，而作者名字却要由主体的属性来证实，如莎士比亚，一个作者名字，是十四行诗的作者，如果证明他不曾写那些归于他的十四行诗，这就会形成一种重大的变化，并且影响到作者名字发生作用的方式，即作者名字功能发生变化。把一部作品归属一个作者名字表明，作者名字是功能性存在，它可以把许多文本聚集在一起，从而把它们与其他文本区分开来，"在我们的文化里，作者的名字是一个可变物，它只是伴随某些文

---

① 王逢振编译：《最新西方文论选》，漓江出版社 1991 年版，第 449 页。
② 王逢振编译：《最新西方文论选》，漓江出版社 1991 年版，第 449 页。
③ 王逢振编译：《最新西方文论选》，漓江出版社 1991 年版，第 449 页。
④ 王逢振编译：《最新西方文论选》，漓江出版社 1991 年版，第 450 页。

本以排除其他文本。"① 它指向某些话语群组的存在,并涉及这种话语在社会和文化中的地位,而它的地位和它的接受方式,由它在其中传播的文化控制。因此,"作者的作用是表示一个社会中某些话语的存在、传播和运作的特征。"② 作者名字是"作者—功能"的一个关键因素,福柯进一步分析了作者—功能四个普遍特征:

第一,"作者—功能"联系着司法和制度体系,这一体系占有、决定话语的普遍性。

"作者—功能"与占有权相适应,这种占有权出现在 18 世纪末和 19 世纪初一种所有制和严格的版权规定确立之时,这是个人主义的意识普遍发展的一个部分。但是,作者被建构却伴随着其违规的本性,"写作行为固有的违法特征变成了强有力的文字规则。"③

> 一旦占有权体系形成,一旦关于作者权利严厉的法则、作者—出版商关系、生产权利和其他事情得以确立……违规的可能性伴随着写作行为就发生了,越来越与文学有着特殊的关系。④

作者为自己的新地位补偿,他以一种系统的违规做法恢复写作的危险,从而保证自己占有权的利益。

第二,"作者—功能"并不影响所有的话语和文明类型。

"作者—功能"在整个话语里不是普遍的或永恒的,它从属于一定的历史、文化、经济和社会制度。福柯说,在中世纪,"文学的"文本(小说、民间故事、史诗和悲剧)得到承认、传播和维持,但根本不询问谁是它们的作者,它们的作者匿名不被注意,因为它们真正的或假定的年代足以保证它们的真实性。而"科学的"文本(论述宇宙和太空、医药或疾病、自然科学或地理学)在中世纪只有指出作者的名字才会被认为是真实的。但是"科学的"作者并非按照个人性和整体形象来建构,"类似'希波克拉茨说……'或'普莱尼告诉我们……'这样的陈述,不仅仅是以权威为根据的论证公式;它们还标志着一种被证实的话语。"⑤ 中世纪的作者仅意味着权威的意思,并没有个人性。在 17、18 世纪,一种全新的观念得到发展,

---

① 王逢振编译:《最新西方文论选》,漓江出版社 1991 年版,第 451 页。
② 王逢振编译:《最新西方文论选》,漓江出版社 1991 年版,第 451 页。
③ 王逢振编译:《最新西方文论选》,漓江出版社 1991 年版,第 451 页。
④ Andrew Bennett, *The Author*, London and New York:Routledge, 2006, p.23.
⑤ 王逢振编译:《最新西方文论选》,漓江出版社 1991 年版,第 452 页。

"作者—功能"汇入科学话语,因为科学文本根据它们自己的价值得到承认,并被置入关于既定真理和证实方法的一种匿名而清楚的概念系统。正是不再需要参照生产文本的个人,作者作为一种真实性的标志作用已经消失,在它仍然作为一个发明者的名字的地方,它只是表示一种特殊的定理或命题这样一种奇怪的效果、一种特征、一个主体、一组因素或者病理学上的综合症。但与此同时,"文学的"话语只有载有作者的名字时才被接受,每一个诗或小说的文本,必须说明它的作者以及它写作的时间、地点和有关事项。归于文本的意义和价值依赖于这种资料。如果一个文本偶然地或故意地以匿名的方式出现,人们会作出各种努力来确定它的作者。文学匿名只有作为一种待解之谜才有意义,因为文学作品完全受作者的统治权支配。

第三,"作者—功能"并不是通过把话语简单地归于个人而自发地形成,它是一种以构成我们称为作者的理性实体为目的的综合作用的结果。

作者不是文本的来源,而是话语诸多功能之一,他并不是个人自发地形成,而是文本在特定的文化内被建构出来的,这一建构与变化的历史和文化相适应,"一个'哲学家'和一个'诗人'不会以同样的方式构成;一部18世纪小说作者的构成方式也与现代小说家不同。"[①] 例如,现代文学批评都以作者为中心原则解释作品,"作者还在写作中构成一种统一的原则,写作中任何产品的不平衡性都归因于发展、成熟或外部影响所引起的变化。"[②] 作者解释一个文本内部某些事件的存在,并解释它们的转变、歪曲和它们的各种修改,就是说,马克思主义者通过作者的传记或参考作者阶级地位,分析他的社会倾向及其在一个阶级中的地位,而弗洛伊德主义者相信在作者思想中的某个层次上,在他有意识或无意识的欲望的某个层次上,必定有一个矛盾得到解决的地方,在那里,互不相容的因素可以表现出互相关联,一种基本的、原生性的矛盾能够连贯起来。

第四,"作者—功能"并不纯粹指谓一个真实的个人,因为它自发地产生几个自我,几个主体,他们被不同的个人的阶层所据有。

福柯说,"作者—功能"不是单个人,也不是一个人,关键的区分是作者与真实的写作者,前者与一定的话语相联系,由话语分配了不同的功能,而后者是现实生活的个人。"众所周知,在以第一人称叙述的小说里,不论是第一人称代词的现在陈述时态,还是它因那种情况而确定位置的符号,都没

---

① 王逢振编译:《最新西方文论选》,漓江出版社1991年版,第452—453页。
② 王逢振编译:《最新西方文论选》,漓江出版社1991年版,第453页。

有直接涉及作者,既没有涉及他写作的时间,也没有涉及写作的具体行为。相反,它仍代表一个'第二自我',这个'自我'与作者的相似性从不固定,在单独一本书的进程中经历相当多的变动。根据与实际作者的关系寻求作者,同根据虚构的叙述者寻求作者一样是错误的,'作者—作用'产生于它们的分裂——在两者的分开和隔离中产生。"①

所有话语都与"作者—功能"相关,包含了"自我的多重性",如写作过程的自我,完成写作的自我,说明自己写作目的和方法的自我等,因此,文学文本是被具有多个立场和功能的作者建构的。

总之,"作者—功能"依靠法律和惯例体系,这种体系限制、决定并明确表达话语的范围;在各种话语、各个时刻以及任何既定的文化里,"作者—功能"并不以完全相同的形式运作,也不是根据把文本自发地归于其创作者来限定,而是通过一系列精确而复杂的程序来限定。就它同时引起多种自我和任何阶级的个人都会占有的一系列主观看法而言,"作者—功能"并非单纯地指实际的个人。

在面对"谁在说话"这样的问题,巴特以疑问加否定的方式得出了一个肯定的回答:语言说话。面对"谁在说话有什么关系"这样的问题,福柯以疑问加反讽的方式同样给出一个肯定的答案:大的方面说是话语在进行推理实践活动,小的方面说是语言在说话。两人都否定语言或话语活动存在着写作主体,更没有作者的存在的可能性。他们二人作为结构主义的"巨头",把结构主义的"主体移心"推到了更为极端的地步,即语言说话。这样,我们可以看到,20世纪非个人化思潮已经开始从形式本体论过渡到话语文本的非个人化阶段。

第四节　文本的生产性

一、对结构语言学的批判

福楼拜的"作者退隐"或退场真的意味着作者不在场吗?难道不是作者通过有意的退隐恢复自己在场吗?卢梭说,死亡创造生活,"只有当我把自己当作死人时我才开始活着。"② 反作者意图论反对文学作品意义由作者意图所决定,但是,正如赫施所说,作者意图确实与作品意义有关系,

---

① 王逢振编译:《最新西方文论选》,漓江出版社1991年版,第454页。

② 转引自雅克·德里达:《论文字学》,汪家堂译,上海译文出版社1999年版,第207页。

这是否意味着作者并非不在场，而是始终在场的？鉴于对作者在场的不同看法，我们有必要重新审视这个问题的理论基石，即结构语言学。巴特的"作者之死"表明，在场的作者不过是一个幻象，他已经死了。这说明在场作者的理论基础根本不牢固，而批判结构语言学就是在摧毁在场的作者。

20 世纪 60—70 年代，走向后结构主义的巴特对结构语言学进行了反思。在巴特看来，结构语言学把意义内涵视为第二级意思，其能指本身是由一个符号或第一级的意指系统即外延构成的，即假设 E 是表达，C 是内容，R 是组成符号的前两者的关系，那么，内涵的公式便是 (ERC) RC。这只是一个适度的分析工具，它只能掌握多元性文本某一中间部分，而对于单义文本其显得过分薄弱和模糊，对于多价的、复合文本却有些过分贫乏，"也许由于没有限定内涵去服从于哪种文本类型，所以，它的名声并不好。"① 对结构语言学的不满导致对叙事结构分析的质疑，巴特认为，叙事结构分析就像一粒蚕豆中看到整幅景致一样，在叙事作品里抽取一种共同的结构模式，用之验证一切叙事作品，"这一任务耗时费力，最后成为不受欢迎的东西，因为文本在这里失去了其区别性。"②

略早于巴特的对结构语言学的批判，在《结构，符号，与人文科学话语中的嬉戏》中，德里达首先拿结构主义的结构或结构性开刀。德里达认为，结构、结构的结构性赋予了自己一个中心，让自我指向此在的某一点、某个固定的起源。中心的作用不仅是要引导、平衡和组织结构，而且要保证结构的组织原则对或许可称之为结构的自由嬉戏的现象加以限制。但是，作为中心，它就成为一个点，一切内容、构成成分或者条件项的替换在这里都不再可能。在中心点上，构成成分的变更或转化是被禁止的。这样，人们向来认为，独一无二的中心在一个结构中构成了那种既主宰结构同时又逃避了结构性的东西。中心在结构之内，又在结构之外。中心是在总体的中心，然而，由于中心不属于总体（不是总体的一部分），因此，总体把它的中心置于别处，中心也就不是中心。"围绕中心的结构的概念，它本身虽然代表着内在一致，是作为哲学或科学的认识的条件，但这只是一种自相矛盾的一致。而且，矛盾中的一致向来只表示一种欲望的力量。所以，围绕中心的结构这一概念，其实只是建立在某个根本基础之上的自由嬉戏的概念，一种建立在某种根本的静止性和确实性之上的自由嬉戏，其本身已经超越了自由嬉戏

---

① 罗兰·巴特：《罗兰·巴特随笔选》，怀宇译，百花文艺出版社 2005 年版，第 155 页。
② 罗兰·巴特：《罗兰·巴特随笔选》，怀宇译，百花文艺出版社 2005 年版，第 151 页。

的范畴。"① 结构的中心引导和组织该结构的内在一致性,却允许其构成成分在总体形式的内部自由嬉戏,因此,结构主义的结构只是一个幻想,结构的破灭在其内部就已经发生了。德里达分析了列维－斯特劳斯神话结构的一个"陷阱"的现象,即对乱伦的禁止,它既是一种自然又是一种文化,"对于乱伦的禁止毫不含糊地将我们认为截然对立的两种不同秩序的两种特点密不可分地结合在一起。"② 显然,陷阱就存在于承认自然与文化差异的概念系统内部。

　　结构在一系列中心中置换着中心,仿佛是一条由逐次确定的中心串联而成的铁链,中心依次有规律地取得不同的形式和称谓,德里达说,这种观念从属于西方的形而上学历史。形而上学把存在(being)确定为全部意义上的此在(presence),"所有与本质、原则、或与中心有关的命名总是标明了一种此在的恒量——理念,元始,终结,势能,实在,本质,存在,实质,主体,真实,超验性,知觉,或良知,上帝,人,等等。"③

　　因此,对西方整个形而上学的批判就是揭示语言自身包含着自我批判的必然性。这一洞见的深刻性体现在,其一,结构语言学的结构是一种隐而不见的内部活动,"主体移心"、"作者之死"总是指向一种断裂,而"一种朝向内在世界的道路,所以无法将之直接表明,而只能通过一种隐喻来暗示,这隐喻的谱系自身就应受到思考的全部重视。"④ 其二,"异延"(différance 又译为延异、分延)视为缺席和在场的业已隐没的起源,视为在者的消失和显现的主要形式。"异延"并不抵制占有,并不对占有进行外在的限制。死亡是"异延"的运动,因为这种运动必然是有限的。这就意味着,"异延"使在场和缺席的对立成为可能。没有"异延"的可能性,在场的愿望就会窒息。"分延(即异延,引者注)产生它禁止的东西,使它导致其不可能的东西成为可能。"⑤ 其三,要接触到作品黑暗中的盲目本源,作者或自我就必须完全抽离、脱离,"从世界中脱离以趋向一个既非乌有乡(non-lieu),又非另一世界,既非乌托邦(utopie)又非不在场(alibi)的地方。"⑥ 世界言说的只是所

---

①　王逢振编译:《最新西方文论选》,漓江出版社1991年版,第134页。

②　王逢振编译:《最新西方文论选》,漓江出版社1991年版,第138页。

③　王逢振编译:《最新西方文论选》,漓江出版社1991年版,第135页。

④　雅克·德里达:《书写与差异》(上册),张宁译,生活·读书·新知三联书店2001年版,第10页。

⑤　雅克·德里达:《论文字学》,汪家堂译,上海译文出版社1999年版,第207页。

⑥　雅克·德里达:《书写与差异》(上册),张宁译,生活·读书·新知三联书店2001年版,第10页。

有东西的多余部分，"无"正是语言中所出现的和生产的一切的基础。"'无'不能作为对象，……乃是'无'本身隐身时所确定的方式。此乃作品确定自身作为本源之替身的通道。如果没有这种替身的话，本源是无法设想的。"[1] 其四，在场以不在场为前提，"惟有纯粹不在场……可以予人以启发，换句话说，可以激发情绪，并促使人去工作。"[2] 在场的语言符号无法表达意义，当它成为已故者、变成不在场时，它所说的才是其本身，在那里它只以自己为参照，只作为一个无意指作用的符号，一种游戏或纯粹的运作，而它被当作生物的或技术的自然信息，当作一个在者向另一个在者，或者被当作能指向所指的过渡来使用的情形（此时）中止了。德里达式的术语"异延"、"替补"、"播撒"、"间隔"等都既非在场，又非不在场，它们只是"符号的游戏"。

德里达和巴特对结构语言学的批判直接地导致了结构主义的客观主义立场的破灭，结构主义要在文学中找到一个普遍的抽象模式的理想也成为了"乌托邦"。实际上，随着结构主义理想的不可能实现，俄国形式主义和新批评追求文本的客观性也就成了海市蜃楼。至于某些具有客观主义色彩的理论，如燕卜逊的"含混"说，正如卡勒所说，燕卜逊走的是解构主义的学术理路，因为他的理论是开放的，非封闭的，追求文本的多义性，而非单义性。

二、文本的生产性

正如埃利斯（Ellis）所说，文本的生产性需要两个条件，即文本从作者那里获得自由和文本从语言规则约束中获得自由。[3] 第一个条件破除了文本的起源，第二个条件摧毁了文本的构成基础。

就第一个条件而言，在话语文本的非个人化阶段，文本已完全获得了自由。巴特说，作者死了，这不仅是指现实生活具有公民身份的作者业已消失了，而且还指与文学活动，甚至与人类文化相关的令人敬畏的作者身份都被抹去了，不再笼罩其作品了。而在《文本的快乐》里，巴特认为，作者仅是语言的产物，而构织他的语言并非一个稳定的结构系统，它的能指总是处于漂移不定的状态，因此，作者变成了语言活动的一个摆设，一个玩具而已。

---

①　雅克·德里达：《书写与差异》（上册），张宁译，生活·读书·新知三联书店 2001 年版，第11 页。

②　雅克·德里达：《书写与差异》（上册），张宁译，生活·读书·新知三联书店 2001 年版，第11 页。

③　参见 John M. Ellis, *Against Deconstruction*, Princeton：Princeton Uniersity Press, 1989, p.119。

作者没有什么个人语言,他或她在语言结构系统之内漂泊着,自身丧失了固定的意义,成为一个零度,他无利可图,无所欲望。对此,巴特写道:

> 作者,这一语言的创造物,时时卷入于虚构的战争中,然而他仅是其中的一个玩具而已,因为用以构织他的语言(写作)总是处于局外(漂移不定);在多义性(写作的初期阶段)的单纯效力之下,文学个体语言的好战介入自始便是游移不定的。作者总处于体系的盲点上,漂泊着;他是一副牌中的百搭,一种魔力,一个零度,是桥牌中的明家:对意义(争斗)来说是必需的,但其自身却丧失了固定的意义;他的境地,他的交换价值,随历史之演进、交战之策略性一击而变换着:人们对他要求着一切和/或乌有。他本人立于交换之外,沉湎于无利可图之事,禅宗的(无所得),无所欲望,除了希冀言词的反常的醉之外。①

同样,福柯认为,作者的名字不是某人公民地位的一种作用,也不是虚构的,在我们的文化里,作者的名字是一个可变物,它只是伴随某些文本以排除其他文本:一封保密信件可以有一个签署者,但它没有作者;一个合同可以有一个签名,但也没有作者,贴在场上的告示可以有一个写它的人,但这个人可以不是作者。"作者的作用是表示一个社会中某些话语的存在、传播和运作的特征。"②在福柯看来,作者处于不连续性的断裂缺口,产生新的话语群组及其独特的存在方式,即一个名字可以把许多文本聚集在一起,从而把它们与其他文本区分开来。一个名字还在文本中间确立不同形式的关系。不论荷尔姆斯还是希波克拉特,在我们说巴尔扎克存在的意义上他们都不曾存在,但是许多文本隶属于一个独特名字的事实,却意味着在文本中间确立了某些关系,如同质关系、渊源关系、互相解释的关系、证实关系或者共同利用的关系等。同时,作者的名字表现出话语存在的一种特殊方式的特征,包含一个作者名字的话语不会马上消失和忘掉;它也不会只得到那种赋予普通词语短暂的注意。相反,它的地位和它的接受方式,由它在其中传播的文化控制,这就是"作者—功能"。因此,我们不必重复作者已经消失和上帝和人共同死去,应该重新审视作者消失所留下的空的空间,仔细观察它的新的分界线以及这个空的空间重新分配的情况。"关键在于追踪说话

---

① 罗兰·巴特:《文之悦》,屠友祥译,上海人民出版社2002年版,第45—46页。

② 王逢振等编译:《最新西方文论选》,漓江出版社1991年版,第451页。

者的身份、地位和立场,使其话语指向空间中的某一点。"① 关于空的空间、重新分配的情况以及作者在这种空间的性质,我们的答案是作者完全符号化了,作者成为一个无,一个空无、虚无。

后结构主义者福柯、德里达、拉康和巴特对于作者的符号化的理解,采取不同的视角,不同的方法,而答案却是惊人的相似。福柯在话语实践中、德里达在解构的策略中、拉康在能指虚无里、巴特在文本的极乐中都得出了一个结论,作者是文化的构成物,作者并没有实体性的东西,也不是一个实在、自我、主体、意识等,他是社会制度、经济和文化发展的产物,在文学作品里,他是作品的众多功能之一,我们需要他,"然而在文本之内,我于某一点上对作者有欲:我需要他的形象……一如他需要我的形象。"② 这种需要是有限度的,作者不是一个权威或大写的父亲形象,因为他那种令人信任的、可亲的形象已被捣毁,人们再也不会自觉地承认和接受他的统治和控制,他和我们一样寄生在语言中、文化中。作者不再是作品意义的根源,作品的意义是由语言构成的,而非作者的创造。作者真正的形象,或许如贝内特所说,一个幽灵或阴影,他是死了的,而他又活着;他是不在场的,而他又是在场的;他有意图,而他又没有意图。在解释自己的概念,诸如"异延"、"替补"、"踪迹"、"撒播"和"处女膜"、"间隔"等时,德里达说,这些概念的一个共同点是,它们都表示了不在场,但正是它们的不在场恰恰又表示了在场,它们不是纯粹的在场或不在场,它们处在在场和不在场所造成的空间中,这就是它们的场域,德里达称之为"非场所"。在这个空间里,作者留下自己的幽灵或阴影。

就第二个条件而言,破除语言规则对文本的约束的工作从两个方面进行:一是如上所述的批判结构语言学;二是以话语替代语言。

20 世纪中期的西方文论存在着由语言研究向话语研究的转向。语言研究,即我们前面所说的"语言论转向"给文学研究提供了借鉴对象,即语言学的体系和方法。结构主义文论是最典范的代表。话语也就是把生活世界中各种文化现象看成话语的形式并且分析其形成的机制。在话语研究里,"主体"、作者、意识以及人文科学自身,如文学、历史、哲学等都是话语的建构物。关于什么是话语,巴特、福柯和托多洛夫等都论述。在《什么是文学》里,托多洛夫提出,区别文学与非文学的前提条件是,我们必须引入一个文学概念的类属概念,即话语概念。关于话语概念,托多洛夫写道:

---

① 王逢振等编译:《最新西方文论选》,漓江出版社 1991 年版,第 325 页。

② 罗兰·巴特:《文之悦》,屠友祥译,上海人民出版社 2002 年版,第 37 页。

是(语言)"应用"之功能概念的结构对应物。为什么此概念是必要的呢？因为语言根据词汇和语法规则产生句子。但句子只是话语活动的起点：这些句子彼此配合，并在一定的社会——文化语境里被陈述；它们因此变成言语事实，而语言则变成话语。①

在托多洛夫看来，话语是在一定社会文化背景中语言的运用。文学是社会文化在所有可能的话语代码中选择的结果。

在福柯看来，"话语"是语言学发展中的一个新单元，它比"句子"的意思和范围更为广阔，更具有独立性的意义单位。因此，福柯以"话语"为基点加以展开知识的"考古"。"我说话"不仅仅是表达我的思想，而且是一种实践活动，因而不是主体的自由的表现，而是处于其他别的实践活动的关系网中，"话语"是关系中的网结。福柯把这种特殊的实践活动叫作"推理式的实践"(discursive practice)。因此，福柯并不将"话语"局限于语言分析的范围，而是作为一种推理性实践来看，即这种"话语"作为一种活动，既有语言的一面，也有非语言的一面，因而"话语"不仅有其语词内容方面的意义，而且是一个"语言事件"，本身也有一种"物质性"，即有自身的时间、空间来支撑它。"话语"作为一种特殊的实践活动与其他的实践活动有一种关系，这种关系既不是表象、符号式的，也不是自身独立的语言式的，而是像一切实际的实践关系一样，是相互制约、相互作用的。在这个前提下，我们可以说，推理式的实践必定要通过"非推理式"的实践活动来实现，因为做推理式的实践活动的人不是超越的主体，也不是心理学的主体，而是具有社会身份的具体的活动中的人，即在变化中、消失中的人。例如，病理诊断是一个推理式的实践产物。作出这个诊断的是医生。但医生只是写那个诊断书的人的一个碎片。写完那个诊断书，他去做别的事，或许他去接他的女儿，这时他的身份是父亲。因此，诊断书的作者只是一个身份，而不是像现象学、人(文科)学所理解的大写的"人"。从这个意义来说，"推理式实践"的主体，即作者原是一个空集，不是作者决定这种实践的性质，而是话语实践本身指明作者的身份。在福柯看来，那个似乎独立不羁的大写的人，却正消失于各种各样的实践活动之中。医生作为人固然是会死的，不是永恒的；而诊断书也不能使它的作者、那个叫医生的人永生，因为诊断书的作者原是一个空集，是要后人、后来的医生去补充的。每一代人都在前人实践基础上继续

---

① 托多洛夫：《巴赫金对话理论及其他》，蒋子华、张萍译，百花文艺出版社2002年版，第17页。

实践,每代人都在前人留下的空白处写文章,在前人沉默的地方说话,所以,尽管非推理性的实践可以是连续的,但推理性的实践却是非连续的。

与《词与物》一样,在《知识考古学》里,"人"正在消失中,但是,考古学下的人只是现实生活里活生生的人,他或她可以是医生、法官、物理学家、工人、农民等等,而不再是一个抽象的、概念的人,这样的人不是完整的单元,而是残缺的碎片。人也不是永久绵延的,人在中间上是被分割的,在时间上也是断续的。人的有限性说明了人的非连续性。

总之,在福柯看来,"话语"的基本单位不是作品,不是作者,而是推理式形式、原级性和档案。它不把书、著作当作观念、思想的载体,因为书、著作自身只有比喻的意义,代表着另一些东西。知识考古学不承认作品及其作者有最高的权威性,也不研究作者的希望和意愿,而把一切前人的作品都看作在某种规则指导下提供的例证,通过这些例证,人们可以了解这些规则,从而书写自己的作品。考古学分割并冻结历史,但并不以共性来代替历时性,不以逻辑代替历史,而是探究时间中的空间关系,探究时间中的各种层次和层面的规则性关系。

福柯说,语言、文字、著作都不能使人(作者、自我)永生。"我"说话,不能让"我"不死,相反,它在建立"我"之死。"我"写书,"我"却成为"我"的谋杀者。知识档案的保存,并不是让死人支配活人,更不是让死人复活,而是提供例证供活人参考。档案是为了防止遗忘,但不是为了回忆、怀念死人,体会传统的意义。档案处于传统与遗忘之间。规则是为了防止规则被遗忘。我们必定会遗忘掉许许多多的人,但我们却记住了伟大的科学家、医生、艺术家、政治家,因为他们是提供了规则的典范。正如康德说过的,伟大的艺术家为艺术建立了典范,为世人立法则,但这些法则又是摹仿不得的,它们本身不能成为一门科学;而他们的作者只是一个空集。后人必须从他们存留下来的伟大的范例中去探知这种范例如何成为可能的先决条件,从而根据自己的时空来树立自己的范例。

由此可见,有了这两个条件的保证,文本才能够进行生产。不过,文本的生产并不重视结果,而重视其过程,文本生产应该按照文本自身的规律进行生产活动,而不是根据某个生产主体的意愿、意图、意识所规定的规则去生产。

海德格尔认为,一切都"在途中",他有句名言:不是著作,是道路。海德格尔认为,哲学要摆脱千年来柏拉图主义,不再使用柏拉图的语言,就要"面向事情本身",这就是存在之敞开状态,即澄明、无蔽,澄明是一切在场者和不在场者的敞开之境,而无蔽是敞开之境的澄明。存在者作为存在的

"守护神"，始终处在存在的途中，通向语言的途中。终有一死的人言说不过是对语言言说的应合，他写下来的言说也是对语言言说的应合。因此，著述并不意味着能够带给他不朽，留下令名，相反，他的著述是存在在存在的途中设置的路标，终有一死的人通过著述守护着存在的真理，应和着语言言说。海德格尔的这些看法印证了文本生产的这个基本特征。

而德里达的解构策略成为文本生产的这一基本特征的理论基础。就像海德格尔把西方哲学称之为"此在"哲学而存在却被遗忘了一样，德里达把西方哲学称为"在场形而上学"，它表现为客体于视觉的在场，作为物质、本质、存在的在场，作为现时或瞬息一点上的时间的在场，我思、意识和主体性的自我呈现，与他者的并列呈现以及作为自我之某种意向现象的交互主体性等等，"逻各斯中心主义因此注定将作为呈现来作出确断。"① 但是，德里达并不认为自己与传统断裂，"一块旧布总是不可避免地有破裂的，需要不断地、没完没了地缝补。"② 他的工作是寄生在形而上学内部，重新铭写它的概念。德里达说，如果我们从"异延"出发来思考在场，那么，我们就发现，"异延"才是更本源的东西，在场作为给定的、基础的成分，却是一种依赖性的、派生性的产物，并非本源，因而，在场的权威形象也就荡然无存。德里达说："我们因此渐而不再以呈现（presence）……为存在之绝对的母体形式，而把它视为一种'特殊化'和'效果'，某个不再属于呈现，而是属于异延的体系内部的一种确断和效果。"③ 因此，在场欲发挥它所谓的功效，就必须具备它的反项，即不在场所有的内质。因此，不在场参照在场来界定，作为它的否定，在场是不在场的效果。法语中的动词 différer 既指差异又指延宕。Différance（异延）听起来与 différence（差异）完全相同，但用以构成动名词的词尾 ance 使它成为一个意指"差异（difference）—撒播（differing）—延宕（defering）"的新词。"异延"因此既指作为意指条件的某种先已存在的"被动"的差异，又指某种产生各种差异的撒播行为。德里达说："作为延异的文字就是不再从在场与不在场的对立出发来思考的一种结构和运动了。延异是差异和差异之踪迹的系统游戏，也是间隔的系统游戏，正是通过间隔，各种要素才有了关系。这一间隔是间隔的既主动又被动的产物，如果没有间隔，那么'完满的'术语既不能表征，也不能发挥作用。"④ 这就是说，"异延"是差异的差异，是差异之链，它不占有什么，不主宰

① 雅克·德里达：《论文字学》，汪家堂译，上海译文出版社 1999 年版，第 79 页。
② 雅克·德里达：《多重立场》，佘碧平译，上海译文出版社 1999 年版，第 28 页。
③ 雅克·德里达：《论文字学》，汪家堂译，上海译文出版社 1999 年版，第 81 页。
④ 雅克·德里达：《多重立场》，佘碧平译，上海译文出版社 1999 年版，第 31 页。

什么，不控制什么，没有目的和目标，但它始终在颠覆着一切。这样，"异延"的文字是差异的游戏，处在无尽的运动之中。因此，文本的生产就是一个"异延"的、间隔的、撒播的过程，它就像机器一样无休止地进行生产着。

在客观性非个人化初期，非个人化思潮表现出难以摆脱主观和客观对立的矛盾，这在福楼拜身上表现最为明显，他一方面要求作者客观、中立，不要过多地表现自己；另一方面，他认为，自己的创作存在着一种认同意识，创作也就是写自己。直到艾略特提出非个人化诗论，这种矛盾基本上才得以克服。艾略特一方面要求作者中性化、媒介化，作者要具有非个人化意识；另一方面，他提出"客观对应物"说，批评创作的写自我的倾向。再者，他反对文学批评的主观主义，初步提出一种本体批评。到了形式本体论阶段，维姆萨特和比尔兹利提出了"意图谬误"说，他们完全切断了作者与作品之间的关系，作品只是"纸页上的词语"，它是独立的、自主的，与外在的现实世界、作者和读者毫无关系，这是一种封闭的文本中心主义。俄国形式主义的文学性、新批评的文学内部研究、结构主义的文学科学化都是这样一种内在的本体批评模式。在这种本体批评中，作者失落、消失了。在话语文本非个人化阶段，巴特和福柯认为，一部作品的言说主体不是作者，也不是读者，而是语言本身，也就是说，语言自身在言说，而不是作者或读者言说，因此，写作自我在活动，用巴特的话来说，写作是一种不及物的活动。就文本自身而言，文本具有一种生产性，它能够生产出自身的意义。

第三章　非个人化思潮的历史节点

如上章所述,非个人化思潮需要进一步理解和把握其中一些历史关键时段,这些关键节点应该包括哪些时间节点提出?哪些时间节点进一步发展?这一章我们把非个人化思潮的历史节点放在福楼拜的不动情原则或者作者退场说上。前面已经涉及艾略特的非个人化诗学理论,这一章我们需要详细论述这一问题。俄国形式主义文学性问题是关系文学根本问题,它直接切断了与作者的联系。最后从结构主义延伸出来的"主体移心"是历史节点归宿,与后来的"主体死亡"密切相关。

第一节　福楼拜的不动情原则

罗兰·巴特曾经说,古典主义写作的一致性在几世纪间没有变化,而近现代的写作的多样性百年来繁衍不止,甚至达到了文学现象本身的极限,巴尔扎克和福楼拜写作的对立,代表这种"基本断裂",因此,从福楼拜起古典写作分崩离析,全部文学成了语言学问题。这意味着福楼拜的写作是法国文学进入现代文学的节点,而且与语言学密切关联。问题在于福楼拜什么样的创作结束了"古典写作"?冯汉津先生在《福楼拜是现代小说的接生婆》一文中从"无动于衷"原则及其创作实践和福楼拜的创作语言两个方面给予论证,结论是,"福楼拜不愧为现代小说的接生婆,从文学思想、人物形象到创作手法和语言风格,都有着现代小说的明显特征。"[①]他对"无动于衷"原则论述稍显不足。"无动于衷"原则是福楼拜文学创作的中心问题,因此,我们予以重点论证。

"无动于衷"原则也就是"不动情"原则或者"作者退场"说,最早见于1857年3月18日福楼拜给尚特比女士的一封关于《包法利夫人》的信,福楼拜写道:

> "包法利夫人"中没有一点是真的。它完全是一个虚构的故事;这里没有一点我感情的东西,也没有一点关于我的生活的东西。正

---

① 冯汉津:《福楼拜是现代小说的接生婆》,《社会科学战线》1985 年第 2 期。

相反,虚象(假如有的话)来自作品的非个人化(原译为客观性,引者)。这是我的一个原则:不应当写自己。艺术家在他的作品中,应当像上帝在造物中一样,销声匿迹,而又万能;到处感觉的到,就是看不见他。①

1866 年 12 月 5 日,福楼拜给乔治·桑信再次写道:"我不认为有了'理想艺术家'的个性就能干什么好事……我甚至认为,小说家'没有权利(在任何书刊上)表达自己的意见'。上帝难道说过自己的意见?"②1875 年 12 月,在与乔治·桑发生文学论争时,福楼拜重申这一艺术原则说:"对于艺术的理想,我认为就不该暴露自己,艺术家不该在他的作品里面露面,就像上帝不该在自然里面露面一样。人算不了什么,作品才是正经!"③

在其名著《小说修辞学》中,W. C. 布斯认为,小说的客观性体现就是"无动于衷"原则或者"不动情"原则,它包括三个特性,即中立性、公正性和冷漠性。我们认为,无论是小说的客观性,还是"无动于衷"原则或者"不动情"原则,其实主要是在作家对创作的理性把握能力,作家是否有理性控制自己的创作行为,而非胡言乱语或者无病呻吟,"不知有愁,而今登楼强说愁",这种为情造文才是文学存在真正的危机。福楼拜的"作者退场"论,或者"不动情"原则,与 20 世纪艾略特的非个人化理论极其一致。

首先,福楼拜的文学观念集中体现在对现实的客观性上。福楼拜给路易丝·高莱的信中说,文学需要采取科学的态度。1866 年,他写给乔治·桑的信中说,我觉得伟大的艺术是科学的、客观的,文学批评家圣伯夫读了《包法利夫人》后,给他写信说,您是文学界科学家。福楼拜读了《悲惨世界》后批评雨果说,小说中不应当如此虚假地描写现实,一味幻想的东西经不起推敲,不可能具有生活的厚重性。他要求科学地观察生活,不偏不倚地再现生活。他给乔治·桑的信中写道:"把自己心中的事情写到纸上去,我对此非常反感。我甚至觉得小说家没有权利发表对任何事情的看法。难道上帝发表过自己的看法吗?"④自己隐匿起来,就像上帝一样使读者感到作家无处不在,作家越不介入,就越能摒除自己的主观见解。客观性是力量的

①　居斯塔夫·福楼拜:《书信八封》,《译文》,人民文学出版社 1957 年版,第 135 页。

②　居·福楼拜:《福楼拜小说全集》(下册),刘益庚、刘方译,人民文学出版社 2002 年版,第 559 页。

③　李健吾译:《乔治·桑和福楼拜的文学论争书信》,《文艺理论译丛》1958 年第 3 期。

④　居·福楼拜:《福楼拜小说全集》(下册),刘益庚、刘方译,人民文学出版社 2002 年版,第 559 页。

标记,在福楼拜看来,如果作家遵循这种客观精神,他就能够排除了自我,进入人物的言论和行为中去,让读者不觉得人为安排和造假,这样,走进人物的思想感情里面,人物形象因而就更具有感染力,故事情节也就自然而然开始、发展和结束。对此,福楼拜有着清醒的认识,他说:"至于泄露我本人对我所创造的人物的意见:不,不,一千个不! 我不承认我有这种权力。"① 罗道耳弗和赖昂是两个无赖,而且是无情无义的无赖。爱玛为他两个自杀了,他两个如何呢?"罗道耳弗一整天都在树林打猎消遣,安安逸逸,睡在他的庄园;赖昂在那边,也睡着了。"② 福楼拜无疑对这两个家伙是深恶痛绝的,但他对他们一字评语也没有下,可以看到,福楼拜从来不直接臧否自己的人物。福楼拜不仅强调观察事物的科学、冷静和缜密,还要求在描绘事物时做到科学、客观、冷峻。他反对浪漫主义式的情感宣泄。福楼拜说:"我们不应该利用艺术发泄我们的情感,因为艺术是一个自身完备的天地,仿佛是一颗星星,用不着支柱。我们必须脱离一切刹那的因素,然后越少感受对象,我们反而容易如实表现它永久的普遍的性质,天才或许不是别的,是叫对象来感觉的官能。物役于人,不是人役于物。艺术家表现激情,然而是描写的,属于一种再现的作用,具有形体的美丽,否则容易流于艺术娼妓化,甚至情绪娼妓化。"③ 事物都是客观地呈现出来的,他认为作家在描写庞杂的事物时,如同画家用画笔画出来一样。福楼拜在给露易丝·科莱的信中写道:"展览,然而不是教诲,必须绘成图画,指明自然之为自然;同时图画又要完备,是好是歹全画出来。"④ 很明显,福楼拜把客观性放到了文学创作的最高地位,但是,文学创作中纯粹的客观性境界只不过是作家一厢情愿的幻想。无论一个作家如何客观地把事物写得自然,他所描写的社会与人生都是来自他的内心,经过了黑格尔所说的"心灵化",因此,文学创作都是主观化了的。福楼拜主张客观地呈示自然,其实也只不过是要求作家自己不直接地在作品中出现,不要抒发个人的情感和指手画脚地发表议论,而不是指取消作家在作品中的存在。作家的存在是无形的,作家自己的思想情感是隐藏于作品的人与事之中的,他是在幕后而不是在前台。

　　其次,福楼拜要求作家体验生活要深入到现实的骨髓里面,他写道:

---

① 李健吾译:《乔治·桑和福楼拜的文学论争书信》,《文艺理论译丛》1958 年第 3 期。
② 福楼拜:《包法利夫人》,宋杰译,内蒙古人民出版社 2002 年版,第 337 页。
③ 居·福楼拜:《福楼拜小说全集》(下册),刘益庚、刘方译,人民文学出版社 2002 年版,第 519 页。
④ 居·福楼拜:《福楼拜小说全集》(下册),刘益庚、刘方译,人民文学出版社 2002 年版,第 518 页。

"艺术家的要求是,脓向里流,叫人闻不出腥臭气味……吸收对象(甚至于自己的存在)进来,周流在我们全身,然后重新呈到外面,叫人一点看不破这种神奇的化学作用。"① 可见,福楼拜的作家"退出小说",其实是作家"隐身于小说"。这种把作家的"自我"在作品中淡化的过程,使小说所呈现的社会与人显得更为自然,更合乎生活的原本形态,小说也就成了如福楼拜所主张和追求的"生活的科学形式"。在《什么是文学》中萨特这样写到,福楼拜的句子"围住客体,抓住它,使它动弹不得,然后砸断它的脊背,然后句子封闭合拢,在变成石头的同时把被关在里面的客体也化成石头。福楼拜的句子既聋又瞎,没有血脉,没有一丝生气;一片深沉的寂静把它与下一句隔开;它掉进虚空,永劫不返,带着它的猎物一起下坠。任何现实一经描写,便从清单上勾销:人们转向下一项。"② 福楼拜在强调细致地观察事物的外部特征的同时,更强调深入把握事物的内在本质特征;在注重描绘事物外部形态之真的同时,又注重呈示事物外部真实之内的真实,用福楼拜自己的话说就是"真实的真实",福楼拜说:"艺术家应该从地面吸取一切,好像一架吸水机,管子一直通到事物的脏腑,凡是人眼看不到的,藏在地下的,他全抽上地面,喷向太阳,呈出光怪陆离的颜色,太阳照下来的时候,粪堆上的红宝石和清晨露珠一样多。到了真实的时候,便是卑污也成为尘世的华严。他必须走进事物的灵魂,站在最广泛的普泛前面,然后他发现,唯其习惯于观看奇形怪状的东西,所谓怪物反而不是怪物,所谓英雄圣贤倒是怪物,一切只是例外、偶然、戏剧,不属于我们正常的人性"。③

最后,福楼拜所谓"真实的真实"实际上是鲍德里亚说的"超真实","超真实一词所指的是:真实与非真实之间的区分已变得日益模糊不清了。这个词的前缀'超'表明它比真实还要真实,是一种按照模型产生出来的真实。此时,真实不再单纯是一些现成之物(如风景或海洋),而是人为地生产(或再生产)出来的'真实'(例如模拟环境),它不是变得不真实或荒诞了,而是变得比真实更真实了,成了一种在'幻境式的(自我)相似'中被精心雕琢过的真实。"④ 这种真实比真实更为真实,"因此,随着超真实的降临,类

---

① 居·福楼拜:《福楼拜小说全集》(下册),刘益庚、刘方译,人民文学出版社2002年版,第535页。
② 让-保罗·萨特:《萨特文学论文集》,施康强等译,安徽文艺出版社1998年版,第245页。
③ 居·福楼拜:《福楼拜小说全集》(下册),刘益庚等译,人民文学出版社2002年版,第502页。
④ 道·凯尔纳、斯·贝斯特:《后现代理论》,张志斌译,中央编译出版社2004年版,第154页。

象开始构造现实本身。……在这个世界里，类象模型变得比实际的制度还要真实，不仅类象与真实之间的区别越来越困难了，而且，模拟出来的东西成了真实本身的判定准则。"① 其实，这就是幻觉，幻觉是艺术的首要品质，1866 年 1 月，福楼拜给泰纳的信中写道："艺术直觉，的确类似将睡将醒时际的幻觉——由于它的刹那性的特征，——它经过你的眼前，——你这时候就该贪婪的扑过去。"② 福楼拜说自己的《包法利夫人》中没有一点是真的，它完全是一个虚构的故事，这里没有一点作家感情的东西，假的人物形象和故事全集完全来自于作品自身的客观性。1875 年，福楼拜在谈及自己的小说《布瓦尔和佩居谢》时说到，我简直变成了作品人物。他们的愚蠢也是我的愚蠢，我都要气炸了。法国学者勒内·杜梅尼尔先生说，福楼拜通过细节的安排和情节的提炼，他的作品完全失去了寻找自己的小说印记的可能性。其实，作家如此提供给读者的也不过是一种"真实的幻觉"而已，作家（叙述者）过于宽广的视野和过于频繁地在作品中抛头露面，破坏了小说文本世界的客观自然性和整体感。1853 年 8 月 26 日，福楼拜给露易丝·科莱的信中这样写道：

> 　　以我之见，艺术的最高境界（也是最困难之处）既非令人发笑或发哭，也非让人动情或发怒，而是像大自然那样行事，即引起思索。因此，一切杰作都具有这个品质。它们看上去很客观，但却颇费琢磨。在写作手法上，它们像峭壁一般巍然屹立，像海洋一般波涛汹涌；它们像树木一样叶满枝头、苍翠欲滴、喃喃细语，像沙漠一样苍凉，像天空一样湛蓝。我感到荷马、拉伯雷、米开朗琪罗、莎士比亚、歌德似乎显得冷酷无情。那是无底的、无边的、多重的。从小孔可以窥见悬崖，崖底漆黑，令人晕眩。与此同时，却有某种异常清淡柔和的东西超然笼罩着总体！那是辉煌的光彩，是太阳的额、微笑，那是宁静！是宁静！却非常刺激，那里有颈下垂皮，好似勒孔特的《牛》。③

　　龚古尔兄弟说过，《包法利夫人》的作者的个人隐藏得很深。但是，在《包法利夫人》的创作过程中，福楼拜全身心地投入了自己的感情。在一封

---

① 道·凯尔纳、斯·贝斯特：《后现代理论》，张志斌译，中央编译出版社 2004 年版，第 155 页。

② 居斯塔夫·福楼拜：《书信八封》，《译文》，人民文学出版社 1957 年版，第 138 页。

③ 居·福楼拜：《福楼拜小说全集》（下册），刘益庚等译，人民文学出版社 2002 年版，第 512—513 页。

给露易丝·科莱的信中,福楼拜倾诉了自己怎样沉浸在作品中,与对象完全失去了距离:

> 今晚我必须爱你,给你写信,因为我已精疲力竭。我感到脑袋像是被铁盔箍住。从昨天下午两点钟开始(除去二十五分钟用晚餐时间),我一直在写《包法利夫人》。我处在整个的通奸行为中,此时已到达这个过程的中间环节:我的情人主人公们正在大汗淋漓、气喘吁吁。这是我生活中自始至终在幻觉中度过的非常稀有的几天中的一天。今晚六点钟,正当我写下"歇斯底里"这个词的时候,我的情绪异常激动,不禁大声吼叫,深深感到我的小包法利夫人所遭受的创痛,以至于我担心自己得了歇斯底里症。我从桌边站起,打开窗口,让自己平静下来。我感到头晕目眩。直到现在我的膝盖、后背和脑袋还很疼。我感到就像一个因过度在性事中放纵自己(请原谅我这么说)而疲乏不堪的男人。我担心在誊抄这几页时会清醒过来。不过没关系:无论如何,写作是一桩美事,这时你不再是你自己,而是进入你所创造的所有宇宙万物之中。比如今天吧,我既是男人又是女人,既是情人又是情妇,在一个秋天的下午,我纵马进入黄叶飘零的树林,这时,我又是马,是树叶,是微风,是我的人物吐出的绵绵情话,甚至是使他们爱意蒙眬的眼睛几乎闭合的金色阳光。①

这里,福楼拜更加显示了自己完全控制小说的力量,这正是布斯所说的"再一次'作者隐退'",布斯说:"小说中的对话,是小说全部经验的中心,在对话中,作者的声音仍然起主导作用。随着议论的取消,保留下显示判断和引起反应的许多手法。意象和象征的模式,在现代小说中,与它们过去总是存在于诗歌中一样,有效地控制我们对细节的评价。"②

作家在创作过程中,不直接把自己的看法和评价告诉读者,而是通过事件和行为的进程来刻画人物的性格。可以说,作家已经渗透到小说的骨骼和肌肤中去了。恩格斯在 1888 年致哈格奈斯的信中写到,他并不赞成"倾向小说",即直截了当地鼓吹作者的社会观点和政治观点。反过来,作者的见解越隐蔽,作品的艺术效果越好。"新小说"作家娜塔莉·萨罗特说:

---

① 居·福楼拜:《福楼拜小说全集》(下册),刘益庚等译,人民文学出版社 2002 年版,第 425 页。

② W. C. 布斯:《小说修辞学》,华明等译,北京大学出版社 1987 年版,第 302 页。

"对于读者们,我们倒是应当说句公道话,他们其实并不需要耳提面命,多方诱导,才会跟着作者走上一条新的道路。"①

福楼拜这样强调"不动情"或者"作者退场",其中原因,我们可以从书信明白内在原委。1846 年 10 月 23 日,他给露易丝·科莱的信中写道:

> 有两类诗人。最伟大、最出众的诗人,真正的大师概括人类,却不为自己操心,也不把自己的激情挂在心上;他们把个人的品格束之高阁,却自我淹没在别人的品格里,从而再现整个宇宙,这宇宙便反映在他们的作品里。这宇宙熠熠生辉,五光十色,千变万化,犹如整个苍穹投影在大海里。带着全部的星星和完整的湛蓝。也有另一类诗人,他们只需喊叫便能显出和谐,只需哭泣便可使人感动,只需操心自己便可流芳百世。②

1876 年 2 月 16 日,他给乔治·桑的信中也写道:

> 你,事无巨细,一下子就升到天空,再从上空降到地面。……我呀,可怜的东西,胶着在地面上;好像穿的鞋是铅底;一切刺激我、撕裂我、蹂躏我;我上去要费老大的气力。假如我用你的方式看整个人世,我会变成可笑了的,如此而已。③

第二节　艾略特的非个人化诗学理论

关于非个人化理论的渊源,张松建先生曾经这样描述到:"在西方近代文论史上,隐伏着一条虽然薄弱但却从未间断的'非个性化'理论的线索。简单地说,它滥觞于浪漫主义诗人济慈的'消极能力'说,中经巴那斯派的唯美主义诗论、福楼拜和左拉的自然主义文论,波德莱尔和马拉美的象征主义诗学,踵事增华,渐次走向发展和完善,并在 20 世纪初期直接受益于庞德的意象派诗艺和新人文主义大师白璧德的文艺思想,最后,由艾略特对其进行了历史性的批判和创造性的综合,建构起'非个性化'理论体系。"④ 不过,

---

① 伍蠡甫:《现代西方文论选》,上海译文出版社 1983 年版,第 362 页。
② 居·福楼拜:《福楼拜小说全集》(下册),刘益庚等译,人民文学出版社 2002 年版,第 448—449 页。
③ 李健吾译:《乔治·桑和福楼拜的文学论争书信》,《文艺理论译丛》1958 年第 3 期。
④ 张松建:《艾略特"非个性化"理论溯源》,《外国文学评论》1999 年第 3 期。

我们认为,艾略特的非个人化诗学应该受到三个方面影响。首先,艾略特系统地学习和研究了布莱德利(F. H. Bradley)的哲学思想,他的博士论文写的有关布莱德利的哲学思想。而布莱德利哲学思想的一个主要概念便是"整体论",即任何事物的意义都是由它在一个更大的整体中所起的作用,以及它同这个整体中其他事物之间的相互联系决定的。很明显,艾略特对传统的理解在很大程度上受到了布莱德利的影响。更值得我们注意的是,布莱德利的哲学思想与后来的结构主义整体观念有着某种相似之处,即个别受整体制约。其次,英国文艺批评家约翰·罗斯金(John Ruskin)的"情感误置"(Pathetic Fallacy)也值得我们重视。所谓"情感误置"是指在艺术作品中,艺术家在感情的作用下,把那些无生命的物体看作具有了人的感情、思想和感觉,这种描写手法被罗斯金称为作者情感的"误置"。树叶会舞,河流会笑,约翰·罗斯金认为,这种浪漫主义式表达情感方式是"故意的幻想",它是读者对情感没有质感的理解。我们知道,立普斯从心理学的角度出发提出了"移情说"。他认为,人的美感是一种心理错觉,一种在客观事物中看到自我的错觉。美感产生的根本原因在于"移情说"。所谓"移情说",就是我们的情感"投射"到事物身上去,使感情感染事物,从而达到物我同一的境界,也就是把我们人的感觉、情感等"投射"到外在于我们的事物里去,使原本没有生命的东西仿佛有了感觉、思想、情感,产生物我不分的境界,只有在这种境界中,人才会感到这种事物是美的。那么,为什么立普斯能够体验到一种美,而罗斯金却视为"谬误"呢?其实,罗斯金并非完全否认"情感误置"。关键在于诗人能否对情感有一种敏锐性和控制自己情感的能力,比如但丁,他在最大程度上接受了各种感情,但他能使自己保持平静,并冷静地处理这种感情。但丁在《神曲》中描写那些天使从冥河河岸上"像树上的枯叶一般掉落"时,他借助这一比喻把天使们无力、软弱、被动的身体和绝望痛苦的形象完美地表现出来,天使们和树叶之间既有相似性的感情,但又没有把人与物混为一谈。其实,罗斯金担忧和关注的是浪漫主义诗歌中情感泛滥、凸显个性等倾向。他强调艺术家在作品中要适度地控制自己的情感,隐藏个性。因此,"作家的力量在于他们的自我湮灭(self-annihilation)。他们的伟大与他们不在作品中呈现成正比。"[①] 最后,美国诗人庞德的诗学对其影响。庞德"意象派"的诗学纲要有三点:(1)直接处理事物;(2)绝对不使用任何无益于呈现的词;(3)节奏用音乐性短句的反复演

① John Ruskin, *Modern Painters*, Vol.I, eds. E. T. Cookand Alexander Wedderburn, London: George Allen, 1903, p.23.

奏。其中"直接处理事物"的原则更是居于所有原则之首,它最集中体现了作者关于诗人、诗歌与世界、语言的关系。艾略特的"客观对应物"说就来自于庞德的诗学理论。

如上所述,艾略特的"非个人化"诗学理论主要针对的是浪漫主义的滥情主义的那种无病呻吟、感情造作,他对为情造文的创作态度极为不满意。艾略特提出一个前提条件是个人与传统之间有没有关系。为了实现"非个人化",艾略特先求助于传统。传统是"一个更具广阔意义的东西",由"现存的不朽作品"组成的"一个完美的秩序",提供评判诗人的规则和标准,"他的重要性,人们对他的评价,也就是对他和已故诗人和艺术家之间关系的评价。你不可能只就他本身来对他作评价;你必须把他放在已故的人们当中来进行对照和比较。"①

但艾略特并未将传统当作一成不变的标准,由此,他并非单纯依靠传统取得"非个人化"。在艾略特看来,历史不仅仅是过去的过去性,而且还要理解过去的现在性,过去性是永久性的,而现在性是短暂性,历史就包含着永久性的过去和短暂性的现在,这就是所谓的历史意识,这也是一种自觉的历史意识:

> 这种历史意识包括一种感觉,即不仅感觉到过去的过去性,而且也感觉到它的现在性。这种历史意识迫使一个人写作时不仅对他自己一代了若指掌,而且感觉到从荷马开始的全部欧洲文学,以及在这个大范围中他自己国家的全部文学,构成一个同时存在的整体,组成一个同时存在的体系,这种历史意识既意识到什么是超时间的,也意识到什么是有时间性的,而且还意识到超时间的和有时间性的东西是结合在一起的。有了这种历史意识,一个作家便成为传统的了。这种历史意识同时也使一个作家最强烈地意识到他自己的历史地位和他自己的当代价值。②

因此,传统并非是过去的所有的汇集,而是一股活水,从过去流到现在,流向未来。传统能够继承,但只能通过"努力劳作"取得,需要个人长期

---

① 托·斯·艾略特:《艾略特文学论文集》,李赋宁译注,百花洲文艺出版社 1994 年版,第 3 页。

② 托·斯·艾略特:《艾略特文学论文集》,李赋宁译注,百花洲文艺出版社 1994 年版,第 2—3 页。

的吸收和消化。同时传统是一个开放的系统，可以发展也可以补充。艾略特强调个人在传统中所起的积极主动的作用。新作品的介入甚至可以对"现存的不朽作品"进行重新排位：

> 由于新的（真正新的）艺术品加入到它们的行列中，这个完美的体系就会发生一些修改。新作品来临之前，现有的体系是完整的。但当新鲜事物介入之后，体系若还要存在下去，那么整个的现有体系必须有所修改，尽管修改是微乎其微的。于是每件艺术品和整个体系之间的关系、比例、价值便得到了重新的调整；这就意味着旧事物和新事物之间取得了一致。①

秩序由于真正新的作品加入而发生变化，整个文学秩序随之发生细微变化，这意味着过去决定现在，同样现在也会修改过去。艾略特把秩序与创新综合起来，提出过去的现在性和现在也会修改过去的看法，它改变了对传统理解：文学不是一个线性序列，完全是由一系列具有独创性的文本组成，传统也不是僵死的一堆故纸，而是共时存在的秩序，过去的文本共存于现在的文本之中。

面对如此伟大的"传统"，作家一方面需要付出艰辛和努力，浸润在伟大的"传统"之中；另一方面，在艾略特看来，"传统"也迫使作家随时不断地放弃自身，自觉归附于这一文学"传统"世界，与"传统"相比，诗人"不是感情的放纵，而是感情的脱离；诗歌不是个性的表现，而是个性的脱离"②。诗人和艺术家在创作时面对伟大的"传统"："诗人把此刻的他自己不断地交给某件更有价值的东西。一个艺术家的进步意味着继续不断的自我牺牲，继续不断的个性消灭。"③ 因此，创作与批评将注意力集中于作品本身。它使得批评从作者中心转向作品中心：浪漫主义往往将独创性归结为作家的个性，视作品为作者个人心灵的直接抒发。艾略特的非个人化理论正是对浪漫主义的直接反动，艾略特坚持认为，"诗人有的并不是有待表现的'个性'，而是一种特殊的媒介，这个媒介只是一种媒介而已，它并不是一

---

① 托·斯·艾略特：《艾略特文学论文集》，李赋宁译注，百花洲文艺出版社1994年版，第3页。

② 托·斯·艾略特：《艾略特文学论文集》，李赋宁译注，百花洲文艺出版社1994年版，第11页。

③ 托·斯·艾略特：《艾略特文学论文集》，李赋宁译注，百花洲文艺出版社1994年版，第5页。

个个性。"① 在传统与个人之间,艾略特否定了作家的个人对文学核心地位,"一种文学的特性而不是个人的特性;或者说得更确切一些,那是一个文化的特性,一种传统的生活习惯的特点。"② 这种反浪漫主义立场无疑把文学批评从作者转向作品,这就是所谓的文学研究转向。但是,艾略特并没有引领这种文学研究转向,这恰恰说明他的"传统"观念没有适应这种转向。艾略特在 1924 年发表的《伊丽莎白时代四位剧作家》写道:"没有任何一位艺术家,想要通过有意识的努力来表现他的个性,能够创造出伟大的艺术作品。他通过集中精力完成他的任务来间接地表现他的个性,正像机器师制作一件高效率的机器,或像一位陶瓷技师制作一个大壶,或像一位木匠师傅制作一条桌腿那样专心致志地完成任务。"③ "间接地表现他的个性"是"逃避个性"的补充与发展。要做到"间接地表现"诗人的个性,必须一方面提炼个人的情感,一方面借助"客观对应物"手法表达情感与个性。"用艺术形式表现情感的唯一方法是寻找一个'客观对应物';换句话说,是用一系列实物、场景,一连串事件来表现某种特定的情感;要做到最终形式必然是感觉经验的外部事实一旦出现,便能立即唤起那种情感。"④ 杰出的诗人应该有能力超出强烈的个人感情,以表达普遍的真实;在保留个人经验的特殊性的同时,能使它成为普遍的象征。诗人的经验包括感情和感受,这种经验可能由一种感情形成,也可能是好几种经验的组合,或者存在于特殊的单词、短语或意象中的各种感受和感情加到一起来合成。"诗产生一个意象,一种附着于某个意象的感受,这个意象和感受'来到了',……很可能悬浮在诗人的头脑里,一直等到适当的时刻来临它才加入到那个组合里去。诗人的头脑实际上就是一个捕捉和贮存无数的感受、短语、意象的容器,它们停留在诗人头脑里直到所有能够结合起来形成一个新的化合物的成分都具备在一起。"⑤ 诗人的任务并不是去寻找新的感情,而是去运用普通的感情,去把它们综合加工成为诗歌,并且去表达那些并不存在于实际感情中的感

---

① 托·斯·艾略特:《艾略特文学论文集》,李赋宁译注,百花洲文艺出版社 1994 年版,第 9 页。

② 托·斯·艾略特:《艾略特文学论文集》,李赋宁译注,百花洲文艺出版社 1994 年版,第 29 页。

③ 托·斯·艾略特:《艾略特文学论文集》,李赋宁译注,百花洲文艺出版社 1994 年版,第 85 页。

④ 托·斯·艾略特:《艾略特诗学论文选》,王恩衷译,国际文化出版公司 1989 年版,第 13 页。

⑤ 托·斯·艾略特:《艾略特文学论文集》,李赋宁译注,百花洲文艺出版社 1994 年版,第 7 页。

受。因此,诗歌既不是感情,又不是回忆,诗歌是一种集中和这种集中产生的新东西。在诗歌写作中,有许多东西必须是有意识的和深思熟虑的。诗人的头脑就在不断地组合完全不同的感受。"爱情,阅读斯宾诺莎,这两种感受是相互无关联的,也和打字机的闹音或烹调的香味毫无关系;但在诗人的头脑中这些感受都总在那里被组合成为新的整体。"① 诗人对哲学或对任何其他学科发生兴趣。诗人的理解力愈高,他愈有可能对事物感兴趣。我们的唯一条件是诗人把他所感兴趣的东西变为诗歌,诗人"承担着努力寻求足以表达心情和感觉在文字上的对应词的任务"②。因此,这种多样性和复杂性在诗人精细的情感上起了作用。"诗人必须变得愈来愈无所不包,愈来愈隐晦,愈来愈间接,以便迫使语言就范,必要时甚至打乱语言的正常秩序来表达意义。"③ 从诗学角度来看,艾略特要通过情感与物象之间的直接对应关系,人的情感总是指向客观外在事物的,诗人应找到恰当的手段将情感物化。客观对应物不纯粹是意象,也不是简单的象征,它是一系列物象重叠和重复,结合一些典故和神话,运用独白、意识流等各种手段表现人类思想感情的深度和广度。例如,艾略特的早期作品《普鲁弗洛克的情歌》,包含了"黄昏好似病人麻醉在手术桌上"、"黄色的雾在窗上擦着背"等诸多物象。

　　艾略特的"非个人化"诗学理论与他的"传统"观念有着密切关联,对此,我们视之为"非个人化"诗学理论的前提。问题在于对"传统"的理解,这里,"传统"可以是文化传统,也更可能是文学传统,语言传统可能性几乎为零,因为艾略特曾经把新批评称之为"榨汁"批评。"非个人化"如其前缀(im-)所示,即"不是个人的"。它否定"主观"而肯定"客观"。从这个意义上来说,"非个人化"是文学客观性的一种变体,它与前面论述的福楼拜的"不动情"原则实质是一致的。而瑞恰慈·舒斯特曼在其《托·斯·艾略特和批评哲学》一书中从前缀入手,从两个不同角度解释"非个人化",即"非个人化"既可理解为"超越个人的",也可理解为"无个人的"。舒斯特曼将"超越个人"理解为被一个社会及其传统所认可和接受的存在。他把它称之为"共识性非个人化"(consensual impersonality),不过,"共识性非个人

---

① 托·斯·艾略特:《艾略特文学论文集》,李赋宁译注,百花洲文艺出版社1994年版,第22页。

② 托·斯·艾略特:《艾略特文学论文集》,李赋宁译注,百花洲文艺出版社1994年版,第24页。

③ 托·斯·艾略特:《艾略特文学论文集》,李赋宁译注,百花洲文艺出版社1994年版,第25页。

化"存在一个问题,即一个社群或者社会组织和集团很难达成共识,何况一个能够被社群或者社会全体人员接受的观点也未必是客观的、公正的。因此,一个真实公正的观点必须是摒弃所有个人、团体的因素,牺牲自我从而获得中立、不带偏见的共识,这就是"无个人"的意思。舒特曼称之为"真实的关系性非个人化"(realizy correspondence impersonality)。无论是"超越个人的"还是"无个人的"都是否定个人,扩充个人。这样的讨论离开艾略特对"传统"的阐释,它能否加深艾略特"非个人化"诗学理论研究呢?

艾略特"非个人化"本来要说明作家与情感关系的复杂性。一方面,作品是对作家个人情感的逃避,也就是说,艾略特反对滥情的浪漫主义,这是他的主要倾向;同时他用"间接地表现"个性,补充"逃避个性"的说法。"非个人"就是"逃避个性"或者"消灭个性",但不是简单地回避、彻底泯灭个性,而是通过寻找"客观对应物"来"间接地表现"诗人的个性,即强调的是无个人之个性——把染有个性的想象转变成无个性的艺术真实。

第三节　俄国形式主义文学性理论

文学性是罗曼·雅各布森在1918年的《现代俄国诗歌》中提出来的。在罗曼·雅各布森看来,文学性的根本问题在于,什么是使一部既定的作品成其为文学的东西。或者说是什么使一篇文字信息成为一件文学艺术作品?雅各布森认为,我们要搁置和排除那些与文学不相干的东西,如政治学、社会学和经济学之类"二流材料"对文学研究越界,文学应该有其确定的边界,这里实际上有两个问题:其一,文学要使用属于自身的话语来表达自我;其二,文学性始终是文学本身问题,需要在其内部进行研究。

首先,就自身话语权而言,文学与现实没有无关。梯尼亚诺夫区别了文学事实和生活事实。生活事实就是人类一切现实生活,具有实用特点。而文学事实是生活进入文学的事实,具有审美性特点,对于这种事实,我们要像文学那样进行阐释、理解和评价。文学事实就是文学材料。材料是用言语或者语言对生活世界描述而得到的东西。生活世界是胡塞尔现象学的一个术语,这里用它来指生活中一种直接或者间接给定性,这种给定性决定了我们与生活世界处于交往状态或者一种对话情景中。我们获取材料需要两个前提条件,一个是我们与生活世界保持一种交往状态,另一个是我们生活在语言世界当中。加达默尔认为,我们始终生活在语言之中,无时无刻也离不开语言,"如果我们仅仅在填满语言的领域,在人的共同存在的领域,在总是新生出一致理解的领域——一个对于人类生活就如同我们呼吸的空气一样不可须臾离开的领域中看语言,那末语言就是人的存在的真正媒介。"① 因此,一方面我们与生活世界进行着交往和对话;另一方面我们依赖围绕在我们周围的语言来交往和对话,我们在生活世界获取的材料就只能是语言材料。俄国形式主义者认为,这里文学还要区别文学语言与日常语言,日常语言如同生活事实一样具有实用性。文学语言没有实用性,文学语言需要把日常语言进行扭曲、变形,文学语言正是借助日常语言,使最自然而然的东西变得陌生化。在日常语言中,言语是自然地、习惯地说出来的,日常语言却要使语言显得拐弯抹角、艰难、曲折,这样就显得陌生化、奇特化了,成为文学语言。文学语言不同于日常语言,并非文学中有日常语言中所不用的词汇或句法结构,而是文学形式结构(如节奏和韵律)作用于日常语言,从而使我们获得新的感受。

因此,文学话语问题就是指文学使用自己的语言言说自身世界的文学材料。

其次,就文学本身问题而言。在早期,俄国形式主义提出手法说。他们认为,手法决定了一部既定的作品成为文学艺术作品。那么什么是手法呢?手法是相对材料而言的,手法是对描述生活世界的语言材料的安排、加工。材料来自作者的生活世界,手法对材料进行简化和约分,形成一种材料比。就一部小说而言,构成小说的事件是现成的、实际有过的东西,这是小说的本事,也是材料,它经过作家艺术手法处理之后就是情节。什克洛夫斯基写道:"本事只是情节组成的材料。因此,《叶甫盖尼·奥涅金》的情节不是男主人公同达吉雅娜的恋爱,而是由引入插叙而产生的对这一本事的情节加工。"②

对俄国形式主义者来讲,最显著的艺术手法应该是陌生化手法。陌生化是什克洛夫斯基在《作为手法的艺术》中提出的概念。什克洛夫斯基曾经写道:"正是为了恢复对生活的体验,感觉到事物的存在,为了使石头成其为石头,才存在着所谓的艺术。艺术的目的是为了把事物提供为一种可观可见之物,而不是可认可知之物。艺术的手法是将事物'奇异化'(即陌生化)的手法,是把形式艰深化,从而增加感受的难度和时间的手法,因为在艺术中感受过程本身就是目的,应该使之延长"。③ 在什克洛夫斯基看来,我们对生活的感觉和事物的感受存在着自动化、机械化倾向,呈现一种非

---

① 加达默尔:《哲学解释学》,夏镇平、宋建平译,上海文艺出版社 2004 年版,第 70 页。
② 什克洛夫斯基:《散文理论》,刘宗次译,百花洲文艺出版社 1997 年版,第 10 页。
③ 什克洛夫斯基:《散文理论》,刘宗次译,百花洲文艺出版社 1997 年版,第 92 页。

艺术的状态,为了恢复我们对生活和事物感觉的艺术化,"使石头成其为石头",我们需要陌生化手法。特伦斯·霍克斯把陌生化解释为,其主要目的"把我们从语言对我们的感觉所产生的麻醉效力中解脱出来"①。杰弗逊认为,陌生化就是"艺术使我们对生活和经历的感受为之清新"②。无论感觉的麻醉解脱还是艺术感受清新都表明,陌生化是"把形式艰深化,从而增加感受的难度和时间的手法",以此获取对事物的可感知性。例如,在列夫·托尔斯泰的作品中,他不直呼事物的名称,而是描绘事物,仿佛他第一次见到这种事物一样,因而他对待每一事件都仿佛是第一次发生的事件,这样,列夫·托尔斯泰就保证对生活和事物感受的新奇性。可以说,陌生化手法就要使生活扭曲、变形,甚至毁坏生活表面的常用意义,从而使生活可感知的意义重新得以恢复。在什克洛夫斯基看来,艺术使我们感到习以为常、自然而然的事情不再是熟悉的了。什克洛夫斯基说:"哪里有形式哪里便有生疏化(即陌生化)。"③例如,走路是日常活动,我们已经不再留心,但是,当我们看舞蹈中表现走路的自然姿态时,我们便有崭新的感知。

在俄国形式主义者看来,艺术手法,尤其陌生化手法保证了一部既定的作品成为文学艺术作品,使它们具有文学性的内涵。因此,艺术手法对文学艺术作品起着很重要的作用。罗曼·雅各布森认为,文学研究的唯一主人公是手法。什克洛夫斯基曾说:"艺术由手法的总和构成。"④杰弗逊认为,陌生化手法使作品结构的某一语言形式上受到毁坏,这样,这一形式便突出了,突出的形式容易引起人们特别注意它与其他形式的关系,进而从整体上将该作品置于文学的位置。

维塞曾经说过:"对结构手法的确认和分类,并不足以表明:一旦主要手法已经解决,留给批评家的全部任务就是寻检出更无足轻重的实例。形式主义者必须在这条死胡同附近另找出路。"⑤事实上,在俄国形式主义晚期,对艺术手法的强调逐渐转移到结构功能上来,因为手法对材料的作用实际上是一种功能,功能大小不同决定了其主次单位的差异。"理解在每一特定情况下手法的具体功能。功能意义的概念逐渐发展成为第一位的,并且包括了手法的最初概念。"⑥重大的突破来自雅各布森,他提出了"主

①　霍克斯:《结构主义和符号学》,瞿铁鹏译,上海译文出版社 1987 年版,第 69 页。
②　A. 杰弗逊:《现代西方文学理论流派》,李广成译,北京大学出版社 1992 年版,第 24 页。
③　A. 杰弗逊:《现代西方文学理论流派》,李广成译,北京大学出版社 1992 年版,第 24 页。
④　霍克斯:《结构主义和符号学》,瞿铁鹏译,上海译文出版社 1987 年版,第 62 页。
⑤　赖安:《当代西方文学理论导引》,李敏儒等译,四川文艺出版社 1986 年版,第 9 页。
⑥　托多罗夫:《俄苏形式主义文论选》,蔡鸿宾译,中国社会科学出版社 1989 年版,第 49 页。

导"（dominant）概念。按照雅各布森的解释，主导"确定为文学作品的核心成分；它们支配、规定其他成分，并使之发生变化。主导保证结构的整体化"①。在雅各布森看来，主导的概念更能清楚地解释系统中各种成分之间的相互联系、相互作用的问题。一个成分过去属于次要因素，现在变成主要和首要的因素，反之同样成立。文学作品中主次结构功能随着文学演变调整着其等级关系。后来雅各布森系统化自己这一理论，提出六要素和六功能说。作品都是由六要素（发信人、收信人、信文、语境、信码、接触）和六功能（表现功能、意动功能或呼应功能、交流功能或指示功能、呼叫功能、诗歌功能、元语言功能）组成。在诗歌中，诗歌功能占据主导地位，却不排斥其他语言功能的存在，只不过语言功能有着不同程度差别。"诗歌功能不是语言艺术的唯一功能，只是语言艺术的核心的、起决定作用的功能，在其他言语活动中，它是第二位的、辅助性的成分。"② 在最高层次，"诗歌功能"在文学作品中占据主导地位。诗歌功能就是关注"信文"本身，"纯以话语为目的，为话语本身而集中注意力于话语"。③ 诗歌功能的语言规律是：在陈述一个主题时，发信人从一些语义相近的词语中选择出来的两个词组合为一个语言链。选择是在对应、即类似和相异、同义和反义的基础上进行的；组合则以连接为基础。"诗歌功能就是把对应原则从选择轴心反射到组合轴心。对应成为顺序关系的规定因素。"④

由此看来，文学性就是对文学作品语言特有本性的辨认，文学是自主的，"它确保的只是在自身范围内、根据自身标准检验自身。"⑤

无论手法或者结构功能都是属于文学内部规律，是文学的内部研究，如奥·勃里克对诗歌的节奏和句法的研究和鲍·托马舍夫斯基对诗歌的诗句研究都重在手法对材料的艺术处理问题，弗·普罗普对民间 100 个童话故事进行了开拓性的结构功能研究等，这些研究显示出俄国形式主义对文学内部规律研究重要成就。这些研究重在文学形式的内部研究，故而，这只是一种狭义的文学性理论。

---

① 扎娜·明茨：《俄国形式主义文论选》，王薇生编译，郑州大学出版社 2005 年版，第 305 页。

② 罗曼·雅各布森：《语言学与诗学》，载波利亚科夫编：《结构—符号文艺学》，佟景韩译，文化艺术出版社 1994 年版，第 182 页。

③ 罗曼·雅各布森：《语言学与诗学》，载波利亚科夫编：《结构—符号文艺学》，佟景韩译，文化艺术出版社 1994 年版，第 182 页。

④ 罗曼·雅各布森：《语言学与诗学》，载波利亚科夫编：《结构—符号文艺学》，佟景韩译，文化艺术出版社 1994 年版，第 182 页。

⑤ 罗曼·雅各布森：《语言学与诗学》，载波利亚科夫编：《结构—符号文艺学》，佟景韩译，文化艺术出版社 1994 年版，第 183 页。

对于狭义上的文学性理论,美国新批评代表人物雷·韦勒克在其名著《文学理论》给予了总结性的论说。而巴赫金对此颇有微词,认为语言只有在诗学结构之中才能是文学语言,手法和材料也只有在诗学结构层面上才具有文学意义。

事实上,俄国形式主义文学性理论始终在与多方面争论、辩驳中不断变化着。具有官方意识形态色彩的托洛茨基的批评虽然比较中肯,却也否定文学的形式主义之路。马克思主义者以内容决定形式真理者自居,不同意俄国形式主义文学研究。其他的如象征主义等也都对文学内部研究持批评态度。迪尼亚诺夫在《结构的概念》和《文学演变》等论文中重新思考了狭义文学性理论存在的问题:一是它对文学研究是静态而非动态,二是它忽略了文学与非文学性之间辩证关系。巴赫金在《文艺学中形式主义方法》一书中严厉地批评俄国形式主义理论弊端:第一,它没有注意到材料与手法是一个无法区别开来的概念;第二,它在学理上根本没有理解清楚日常语言与文学语言的内在辩证关系;第三,它放弃文学社会方面研究,文学与社会评价之间关系研究也就被束之高阁。因此,狭义文学性理论在对文学性确定边界的时候有许多值得重新思索的余地。

什克洛夫斯基早期坚持文学内部研究,他用纱厂纺纱作比喻,纱厂关心的是织造方法问题,至于它的市场、销售等问题,纱厂不必考虑。所以,他认为,文学需要关心的是文学手法对材料艺术化处理问题,尤其手法如何使材料达到一种陌生化效果,陌生化成为文学艺术保证其文学性的根本原则。埃亨保姆认为,文学需要研究与其他作品的差异特征。无论陌生化或者差异性实际上都是文学形式问题,因此,文学性问题自然也就是文学形式问题。陌生化手法强调形式的阻碍、扭曲和变形问题,差异性强调形式之间相互比较显示的不同特性。问题关键在于如何理解这一形式?

首先,俄国形式主义采取一种绝对主义的形式主义观。在俄国形式主义者看来,形式就是文学一切,即使内容也是形式,如托马舍夫斯基所说,文学的主人公其实是一个符号,本身就是一个艺术形式化问题。这种形式观必然束缚对文学性问题理解,因为绝对主义之下的文学性不是开放的,而是封闭的,不是开明的,而是保守的。

其次,俄国形式主义采用材料与手法的说法来反对形式与内容的观念。内容与形式是一种二元论的观念,相对于内容,形式能够明确地确定,而相对于形式,内容也是确定的。材料与手法就没有明确的界限,在俄国形式主义者看来,材料也是形式问题。既然如此,裸露手法或者陌生化手法怎么能够使得语言材料具有文学意义呢? 更为重要的是,材料是有形的,它具有可感知性,手法是无形的,它也具有可感知性,手法是否在材料感知的基础上才能够被感知的呢？这样的话,材料与手法孰轻孰重呢？是否真的是手法决定一切呢？

最后,形式自身具有文学价值和意义。在俄国形式主义看来,形式本身须通过形式来理解,但是,一是材料与手法没有明确的界限,材料需要通过手法来理解,而手法又需要材料来找到其"动因",两者之间不可能存在自身无法自证,却证实另一方存在价值的问题。二是材料即使如托马舍夫斯基或者埃亨鲍姆所理解的是语言材料,那样也很难把握其形式本身目的所在。俄国形式主义则把语言视为自主性的客体,它自身就是媒介,这一媒介含有大量的信息,因此,语言要关注自身,分析、研究它自身蕴含意义和效果,如罗曼·雅各布森所说:"诗歌的显著特征在于,语词是作为语词被感知的;而不只是作为所指对象的代表或感情的发泄,词和词的排列、词的意义、词的外部和内部形式具有自身的分量和价值。"① 一方面,这种语言观念仅仅关注语言的结构形式,而没有注意到语言都是在一定语境之中才具有意义,并且语言并非仅有自身结构,而且有自身的历史和社会环境,单纯关注语言结构形式,并不能够保证完全理解语言的文学意义。另一方面,语言结构形式是外在结构和内在结构是统一的,如巴赫金所说的文学的"诗学结构"是内外相互结合的。因此,仅仅把握了语言结构自身新颖性、差异性并不能完整地理解了它的价值和目的。

对于文学内部研究,巴赫金曾经写道:"这一或那一现象的内部规律,如果不拿它们去同一般社会规律作对比,就无法说明,这一点未必需要证明。须知,棉纱的制作方法既受工业技术水平的制约,也受市场规律的制约。"② 巴赫金的批评点到俄国形式主义狭义文学性理论的要害,即只关注文学内部规律,而忘掉内部规律受到外部规律的影响,甚至外部规律制约内部规律。

问题是,难道俄国形式主义真的没有关心文学的外部规律吗？事实上,俄国形式主义者在研究文学内部规律的时候并没有忘掉外部规律对文学作用,仅仅是他们过多地强调文学内部规律对文学决定作用而已。换句话说,俄国形式主义研究狭义的文学性时其实也研究了广义的文学性。

什克洛夫斯基提倡文学内部研究,但是,他也认为,文学艺术有一个普

---

① 罗曼·雅各布森:《语言学与诗学》,载波利亚科夫编:《结构—符号文艺学》,佟景韩译,文化艺术出版社 1994 年版,第 193 页。

② 巴赫金:《周边集》,李辉凡等译,河北教育出版社 1998 年版,第 202 页。

遍的规则,即文学艺术作品以其他文学艺术作品为背景,其艺术形式要由其他文学艺术作品形式所决定,因此,"艺术作品是在其他艺术作品的背景上和通过与这些作品的联想而被接受的。艺术作品的形式由它与存在于它之前的其他形式的关系来决定。"①如斯特恩的《项狄传》对欧洲文学的讽刺性模拟的戏仿就是一个典型事例。什克洛夫斯基的"背景说"实质上是指文学的传统问题或者文学惯例问题。学习和借鉴本国或者他国优秀文学作品就是作家创作的基础,作家内化了优秀文学传统,成就了自己作品,这实际上是文学研究的外部问题。

然而,什克洛夫斯基的"背景说"没有根本上解决文学内部和外部相互结合问题。在 20 世纪语言论转向的影响下,文学研究的内外结合问题才从根本上得到解决。因为文学性不仅仅是文学内在性问题,它也是文学与非文学之间区别与结合问题。这样,文学语言艺术问题和文学作品内外的内容与形式结合在学理需要得到清晰的阐释。

首先,文学语言问题。文学是语言艺术已经是老生常谈的话题。在语言论转向的视野里,文学语言为什么能够吸纳其他人文学科的语言为己所用呢?俄国形式主义者曾经研究这个问题。在当时条件下,受俄国未来主义的影响,他们认为,文学语言是一种"玄奥语言",所谓"玄奥语言"就是通过"裸露手法"达到为其表达自身目的服务,"裸露"的意思是扭曲、阻碍或者变形语言实用作用,而实现自我本身意义的表露。"裸露"与陌生化的意思一样,都是要使熟悉的实用语言变得不熟悉,才能够成为文学语言。如前面所述,"玄奥语言"并没有解释清楚实用语言为什么"裸露"或者"陌生化"了就成为文学语言。

真正清楚阐释这一问题的是穆卡洛夫斯基。穆卡洛夫斯基认为,诗歌语言与规范语言之间存在差异。对诗歌语言来说,规范语言是一个背景,是诗歌对语言构成的有意扭曲,亦即对规范语言的有意触犯的背景。如一部诗歌作品,大量应用地方色彩的方言,方言在诗歌中数量上占有优势,这是诗歌语言使用方言对规范语言的有意触犯和扭曲。"正是对标准语的规范的有意触犯,使对语言的诗意运用成为可能,没有这种可能,也就没有诗。一种特定语言中标准语的规范越稳定,对它的触犯的途径就越是多种多样,而该语言中诗的天地也就越广阔。"②

---

① 什克洛夫斯基:《散文理论》,刘宗次译,百花洲文艺出版社 1997 年版,第 231 页。
② 穆卡洛夫斯基:《标准语言与诗的语言》,载伍蠡甫主编:《西方文艺理论名著选编》,北京大学出版社 1987 年版,第 415 页。

　　诗歌作品语言构成就是未偏离规范语言前提下,而其他一些语言成分的扭曲形式得以突出表现。"所谓突出,就意味着把一次构成放到前景的显赫位置上,而所谓占据前景,也是跟留在背景上的另一个或另一些构成相对而言。"①诗歌语言的功能在于最大限度地把言辞"突出"。突出则意味着对规范语言的程式破坏,如以公式化为目标的科技语就极力避免突出,即使在某些规范语言中使用了突出,如在报刊文章、政论文章中用得相当普遍,但是我们知道,它总是服从于交流:它的目的在于把读者(或听众)的注意力吸引到由突出表达手段所反映出来的主题内容上面。在诗歌语言中,突出达到了极限强度:它的使用本身就是目的,而把本来是文字表达的目标的交流挤到了背景上去,它不是用来为交流服务的,而是用来突出表达行为、语言行为本身。

　　突出表现在通过词汇选择或者上下文中结合的特殊的语义关系来实现,这表现在两个方面,即聚合和散发。聚合是由突出因素的倾向产生;散发则是由未突出的因素对突出的抵抗而产生。诗歌在聚合中使其语言达到了极限强度,即它本身就是目的,而把原本交际和对话的目的挤到了背景上去,它不是用来为交际服务的,而是用来突出语言行为本身。而在散发中,规范语言未被突出,总是服从于交际,但是,它是诗歌语言必不可少的背景,因此,诗歌中突出和未突出的成分之间的相互关系形成了诗的结构。这种包括了聚合和散发的能动的结构构成了不可肢解的艺术整体,而它的每一项结构成分都是在与艺术整体的关系中获得了自己全部价值。

　　穆卡洛夫斯基基本上接着雅各布森的六功能说阐释诗歌语言,他的论说超越雅各布森的地方在于,他不仅注意到诗歌语言与规范语言的差异,而且还在突出与未突出、前景与背景的关系之中论述了诗歌语言与规范语言永远存在的直接或者间接潜在联系。他说:"一首诗,即使在完全未突出的情况下,其材料也是跟各构成的相互关系交织在一起的。这样,无论在诗中,还是在交流语言中,都总是存在着语调与意思、语调与句法和词序的潜在关系,或者是作为有意义的单位的词与本文的语音结构、与人们在一篇本文中发现的词汇选择、与同一句子这一语境个作为意义单位的其他的之间的关系。可以说,通过这些形形色色的内在关系,每一项语言构成都以某种方式直接或间接地跟所有的构成联系着。在交流语言中,这些关系大体上是潜在的。因为人们的注意力没有被吸引到它们的存在和相互关系上

---

　　① 穆卡洛夫斯基:《标准语言与诗的语言》,载伍蠡甫主编:《西方文艺理论名著选编》,北京大学出版社 1987 年版,第 419 页。

去。"① 穆卡洛夫斯基强调"内在关系"与"以某种方式直接或间接地跟所有的构成联系着",实际上,他指的就是广义文学性。雅各布森曾经搁置外在的"二流材料",而穆卡洛夫斯基却要保留这种"二流材料"与文学之间的联系,这就使文学性在语言角度上从狭义的理解走向广义的阐释成为可能。

其次,文学的内外结合问题。迪尼亚诺夫提出了"文学演变说",他认为,文学作品的结构形式不是静态的,而是动态的,"作品的统一不是对称的、封闭的整体,而是展开的、动态的完整;它的各个要素不是由等号或加号联系起来的,而是用动态的类比和整体化符号联系起来的。文学作品的形式应当被感觉为动态的形式。"② 因此,一方面,对文学作品结构形式动态的整体的把握,这是作品的"自主功能";另一方面,对文学作品与其他作品功能和形式之间的演变的相互作用的把握,这是作品的"共主功能"。"自主功能"是"共主功能"的一个必要条件,因此,"孤立地研究一部作品,不能使我们确信能否正确地谈论它的结构,甚至谈论作品的结构本身。"③ 文学的"自主功能"与"共主功能"辩证关系就形成了文学演变,迪尼亚诺夫最后写到:"只有把文学的演变看作一个系列,看作是和其他系列或体系进行类比并受其制约的体系,我们才有可能研究文学的演变。"④ 实际上,迪尼亚诺夫在文学演变说里发现,文学存在取决于两种差别性系列的研究,即文学与其他文学系列研究和文学与非文学系列的研究,文学本身研究是狭义的文学性,而文学与非文学之间研究也就是文学内外结合,这是广义的文学性。事实上,存在一些非文学作品却是文学作品的现象,如歌德的《少年维特的烦恼》,"在某一文学体系中,回忆录和日记具有文学性质,而在另一体系中,就有非文学的性质,这就是明证。"⑤ 在迪尼亚诺夫看来,文学性首先是文学系列之间的研究,而后才是文学系列不断地与其他非文学系列之间的研究。非文学要素经过变形之后成为文学作品的主要因素才能够进入文学而取得文学功能。但是,迪尼亚诺夫坚持材料即形式的观念,这就使得他的广义的文学性理论难免不重蹈狭义文学性的老路。

文学性理论要避免曾经走过的路数就需要开辟一条新的研究途径。巴赫金的诗学结构说或许是一条不错的思路。

---

① 穆卡洛夫斯基:《标准语言与诗的语言》,载伍蠡甫主编:《西方文艺理论名著选编》,北京大学出版社 1987 年版,第 420 页。

② 托多罗夫:《俄苏形式主义文论选》,蔡鸿宾译,中国社会科学出版社 1989 年版,第 98 页。

③ 托多罗夫:《俄苏形式主义文论选》,蔡鸿宾译,中国社会科学出版社 1989 年版,第 104 页。

④ 托多罗夫:《俄苏形式主义文论选》,蔡鸿宾译,中国社会科学出版社 1989 年版,第 105 页。

⑤ 托多罗夫:《俄苏形式主义文论选》,蔡鸿宾译,中国社会科学出版社 1989 年版,第 104 页。

　　所谓"诗学结构"是指"在艺术作品中找到这样一个成分,这成分既与词语的实物的现存性有关,又与词义的意义有关,它像媒介物一样,把意义的深度和共同性与所发的音的个别性结合起来。这个媒介物将会创造一种可能性,使得能够从作品的外围不断转向它的内在意义,从外部形式转向内在的思想意义"①。这种成分存在于意识形态视野之中。因此,在它的形成过程的每一时刻,都可在意识形态视野中发现冲突和内在的矛盾。这样它吸收意识形态环境的一些成分,把它们接受下来,把另一些成分作为外在的东西而加以摒弃,因此,"外在的"和"内在的"东西在历史过程中辩证地调换了位置"今天对文学来说是外在的东西,是文学外的现实的东西,明天可能作为内在的结构因素进入文学。而今天是文学的东西,明天可能成为文学之外的现实。"②

　　这种"诗学结构"还与社会评价密切相关。作为材料的语言的每一个成分都体现着社会评价的要求,因此,社会评价决定对象、词、形式的选择,决定它们在具体语言内独特的组合。它也决定内容的选择、形式的选择以及形式和内容之间的联系。

　　无论迪尼亚诺夫的"文学演变"说或者巴赫金的"诗学结构"说都是研究文学与非文学的之间内在关系,也就是研究广义文学性理论。它与狭义文学性理论最大不同在于,它不仅关注文学自身内部规律,而且它更加关注文学内在与外在的要素之间的辩证关系。

　　综上所述,俄国形式主义在研究狭义文学性理论同时也关注广义的文学性理论。在对文学内部研究时候,俄国形式主义者反对非文学的其他人文学科对文学学科的越界。在关注文学内外结合的问题时,他们研究广义文学性,研究文学与非文学之间的关系,尤其非文学的成分为什么能够在文学学科领域得以存在。

　　因此,走出封闭的狭义文学性理论,走向开放的文学性理论是 20 世纪,乃至 21 世纪文学理论发展的必然趋势。文学研究的趋向正如 J. 希利斯·米勒所描绘的那样:"事实上,自 1979 年以来,文学研究的兴趣中心已发生大规模的转移:从对文学作修辞学式的'内部'研究,转为研究文学的'外部'联系。确定它在心理学、历史或社会学背景中的位置。换言之,文学研究的兴趣已由解读(即集中注意语言本身及其性质和能力) 转移到各种形式的阐释学解释上(注意语言同上帝、自然、社会、历史等被看作是语

①　巴赫金:《周边集》,李辉凡等译,河北教育出版社 1998 年版,第 269 页。
②　巴赫金:《周边集》,李辉凡等译,河北教育出版社 1998 年版,第 314 页。

言之外的事物的关系)。"①

第四节　主　体　移　心

在 16 世纪,哥白尼的"日心说"出现标志着在伟大的文化剧变中产生了宇宙论的非中心化。这是人类第一次重大的非中心化。哥白尼告诉人们,地球和太阳系不在宇宙的中心,人类可能不是整个创造演化过程的最终顶点,进而,甚至就连我们的太阳系也不是我们所在银河系的中心。银河系仅仅是许许多多相似星系中的一个局部的星团,星团是由数十亿星系组成的一个宇宙,而这个宇宙可能又是更多的宇宙之一。继哥白尼的"日心说"之后,1859 年,达尔文的《物种的起源》一书出版则标志着生物学的"非中心化"。《圣经》说,人类是在远古时代由伊甸园所创造的,达尔文则认为,人类是经过漫长演化而来的。显然,生物学的"人类非中心化"意味着人不是世界演化的必然顶点,他可能是现在地球上最重要的生物,但人类却未曾创造这个世界。接着是在弗洛伊德之前就已出现的心理学有关人的意识的非中心化。在 20 世纪,无意识和本能发现开创了一整套新的专门研究人的行为的人文学科,这些学科被看作是完全"科学的"和具有巨大解释力的。但是,天文学和生物学使用的是演绎法,弗洛伊德的研究主要采用的是语言学与人类学的描述式的方法,前者基本上能够证实,而后者却很难做到。如拉康说过,"无意识像语言一样是有结构的,"② 然而这一假设迄今还没有人能为之证实。在 20 世纪中期以后,人类的经验的中心地位已受到质疑,建立在阿基米德式基础上的最高设想已被抛弃,这就是所说的"主体移心",它不仅被结构主义探讨,而且被后结构主义或者解构主义关注。

笛卡尔试图为人类寻找认识的可靠基础,他在蒙田的怀疑论中注入了新的解释,在方法论上,他找到了理性在具体的"我"中拥有的价值。对于"我思故我在"的评价,黑格尔说,笛卡尔发现了人类的"新大陆",谢林说,这是"一个奇迹的发生",德国学者彼得·毕尔格说:"我思,这一现代科学的基石,果然以具体的我自我确定性作为对象。"③ 这是一种理性主体,在语言论转向之前,它一直占据人类中心地位。理性至上,一切都要在理性法庭

---

① 希利斯·米勒:《文学理论在今天的功能》,载拉尔夫·科恩主编:《文学理论的未来》,程锡麟等译,中国社会科学出版社 1993 年版,第 121—122 页。

② 拉康:《拉康选集》,褚孝泉译,上海三联书店 2001 年版,第 287 页。

③ 彼得·毕尔格:《主体的退隐》,南京大学出版社 2004 年版,第 24 页。

面前给予审判。马克思和他的追随者认为,在任何社会体制中,知识都要适应社会的、政治的和经济的结构,因而必然受到限定,这是一切哲学的常识,没有时代和历史的真实性是根本不存在的。一切思想家都是现世潮流中生命有限并受束于世俗利益的人。问题在于,经验使思想家按照预先确定的方式进行思考,它是逻辑上先于并独立于理性规范本身的东西去决定合理性准则。然而理性本身在本质上是依赖于与它不同的某种东西吗? 海德格尔说,笛卡尔讨论的问题是存在者而非存在本身,维特根斯坦对私人语言的探讨解构性的回答了笛卡尔的问题,阿多诺启蒙理性本身却陷入愚昧无知的蛮荒状态。

直到语言学转向的发生,在方法论上人类才找到可靠的基础。这一基础是由德国的洪堡打下的,他认为,在传统的语言观中,语言是按照对象名称的排列模式而设想出来的,是一种思想内涵之外的沟通工具。而新的语言观具有先验特征,其范式意义首先在于它在方法论上优于主体哲学,因为主体哲学必须依靠对意识事实作反思的理解。无论是内在经验或知性直观,还是直接的自明性,观念或体验中出现的实体的理解都摆脱不了纯粹主观的特征。主体间的有效性可以用经验的实践加以验证,亦即通过把知觉有规则地转化为数字加以验证。我们根据表达观念和思想的语法结构对它们加以分析,似乎可以达到同样的客观程度。语法所表达的是一些公众性的东西,找出其中的结构,无须考虑纯粹的主观性。但是,语言学转向最初是在语义哲学范围内完成的,它付出了抽象化的代价,但也保护新范式解决问题的潜力不被消耗殆尽。从本质上讲,语义学分析仍然是一种命题形式分析,而且首先是一种断言命题形式分析:语义学分析不考虑说话者的言语情境、措辞及其语境、要求、对话角色和所持立场,一句话,置语用学于不顾。因为语用学想让形式语义学从事另外一种研究,即从事经验研究。语义哲学的抽象化把语言格式化了,从而使语言的自我关涉特征变得模糊不清。如现实生活的例子就可以说明问题,非语言行为的意义颇费琢磨,行为者的意图无法从显而易见的举止中推断出来,最多只能间接地加以猜测。相反,语言行为能够使听者领会说话者的意图。语言表达本身能够自我识别,关键在于它们具有自我指涉的结构,而且它们的实际意义表现在它们所表达的内容当中。维特根斯坦和奥斯丁首先发现了语言所具有的这种集行事和命题于一身的双重结构。这一发现是把语用学部分引入形式分析的第一步。随着向形式语用学的过渡,语言分析才重新获得主体哲学最初被迫放弃的维度和问题。接下来便是要分析必须满足的先决条件,以便交往参与者能够就世界中的事物达成共识,而达成共识的这些语用学前提的独特之处在于它们具有强烈的理想化色彩。比如,假设所有对话参与者都使用具有相同意义的语言表达命题,这是不可避免的但同样也是理想化的,原因在于说话者省略了在一定语境中有效的东西,超越了所有受语境约束的局部有效性水平。交往行为的现实前提尽管理想化,但也在所难免,其规范内涵就在于要在有关现象界的知性理解和经验理解之间建立张力关系。

语言学转向不只是语义学一手促成的。索绪尔的符号学也作出了积极的贡献。但是,结构主义同样也陷入了抽象的错误推理。由于结构主义把普遍的语言形式提高到先验的地位,因此,它也就把主体及其言语降低为纯粹偶然的东西。主体如何言说及其所作所为应当由基本的规则系统加以解释。具有语言和行为能力的主体的个体性和创造性,乃至主体性所拥有的一切本质特征,只是一些多余现象,要么被置之不理,要么被贬斥为自恋症状。要想在结构主义的前提下恢复主体的权利,就必须把一切个体性和创造性都转移到只有直觉才能把握的前语言领域中。

语用学转向为走出结构主义抽象开辟了道路。先验能力绝对不会回到语法规则系统本身中去,相反,语言综合是建构在中断了的主体性中的交往活动的结果。语法规则固然保证了语言表达的意义同一性,但同时也必须为对这些假定具有统一意义的表达的特殊性或创造性使用留有余地。事实上,说话者的意图经常偏离其表达的标准意义。由于主体间的语言沟通从本质上讲存在着许多漏洞,由于语言共识并没有彻底消除说话者视角的差异性,而是把这种差异性作为必不可少的前提,交往行为适合于充当使社会化和个体化融为一体的教化过程的媒介。人称代词的语法作用要求说者和听者持一种以言行事的立场。凭着这样一种立场,一方与作为另一个自我的他者照面——只有意识到他们之间绝对不同,并且不可替代,一方才能从另一方身上识别出自身。尽管非同一性是脆弱的,并且还不断受到客观化的歪曲,在形而上学的基本概念网络中捉摸不定,但是,它在交往的日常实践中一般还是能够把找到的。不过,我们只有放弃理论对实践的经典优先地位,并同时克服掉逻各斯中心论的狭隘理性观,才能确定非同一性这条世俗的拯救途径的有效范围。

其实,主体性的确立与自我认同有着密切关联。当然,任何自我认同都需要一个参照系统。但如果这一参照物是自身的话,自我就会成为一切中心,自我认同以个体或类型自身为参照系统,就会成为那喀索斯式的自恋癖症。按德国学者汉斯·罗伯特·姚斯的说法,这一参照原先一直属于上帝,18世纪的启蒙时代,卢梭把面向上帝的忏悔、祈祷引入公共领域,使之成为公开的对话,个体期待获得的认可从上帝转移向了人际交往。卢梭之后，从个体、个性到主体再度经历了康德式的启蒙转换，参照转换成为认知的先验领域，如同哈贝马斯所做的分析，"自康德以来，先验同时被看作是创造世界的主体和具有自主行为能力的主体"，接着，费希特"用独立性概念把认知主体与实践主体的先验能力统一了起来，把世界构成与自我决定统一了起来，并把它们推向极端，使之成为自我设定的原始行为"①。我们知道，费希特式的原始"唯我论"根本经不起各种现代系统性思考的考察，自我认同的参照系再也不存在所谓单一的、永恒的对象，"唯我"只能在自身的历史实践中不断地接受多角度、多方面的参照，这当然使得主体的自我认同方式日渐变得复杂和困难起来。

在《存在与时间》中，海德格尔还原了"此在"的结构，这一结构包括三大环节：被抛、筹划、沉沦。"被抛"显示此在无来由地被抛入这个世界的被动性；"筹划"则意味着此在的主动性，因为人总是"先行于世"，总是能够把自己抛向将来，按照将来的期待来规划自己；但此在在世界中又不能完全按照自己的意向来筹划，会被卷入种种复杂关系，从而一心一意地注意当前；所谓"沉沦"，指的就是这样一种依附性的生存状态。在海德格尔看来，这一结构是一种时间性结构，被抛对应于"时间过去"，筹划对应于"时间将来"，沉沦则对应于"时间现在"。对海德格尔的沉思式的此在，汉娜·阿伦特有一系列深刻批评。她很早就意识到，人类伙伴关系只是存在的必要结构因素，但却阻碍每个人实现自我存在，只有在共同世界的人类共同生活中，才会有真正的存在。海德格尔"此在"的结构的看法并不正确。在《人的境况》里，阿伦特更具体地进行了她的阐述："我们以言说和行动让自己切入人类世界，这种切入就像人的第二次诞生，在其中我们亲自确认和承担起了我们最初的身体显现这一赤裸裸的事实。这个切入不像劳动那样是必然性强加于我们的，也不像工作那样是被有用性所促迫的，而是被他人的在场所激发的，因为我们想要加入他们，获得他们的陪伴。但它又不完全被他人所左右，因为它的动力来自我们诞生时带给这个世界的开端，我们以自身的主动性开创了某个新的东西，来回应这个开端。去行动，在最一般的意义上，意味着去创新、去开始，发动某件事……由于行动内在地彰显行动者的倾向，它的充分显现就有赖于我们曾经称为荣耀的光芒，而这只有在公共领域中才是可能的。"②

法国哲学家德勒兹、加塔利倒不存在阿伦特所批评的问题，甚至与海

---

①　哈贝马斯：《后形而上学思想》，曹卫东等译，译林出版社2001年版，第179页。
②　汉娜·阿伦特：《人的境况》，上海人民出版社2009年版，第133页。

德格尔完全相反,他们以"游牧"替代了此在的"筹划"。在游牧者眼里,游牧是最自由的,它任意地逃逸或进入,没有边界,也不受任何限制,哪里合适就去哪里。游牧政治之所以可能,在德勒兹看来,是因为世界、思维、文本、知识都呈全方位开放的根茎状态,"块茎"就是各种各样的枝条,互相纠缠、盘绕,无中心、无等级、无标准、无秩序,在地表平面生成、繁殖、蔓延,它没有固定的根部位置,也没有开始和终结,可以随机流变,通向四面八方。这就是著名的"游牧思想"和"块茎理论",他们严厉地批判了用"树形"来描写时间、历史和人类精神图像的模式。很显然,"根茎"具有联系性、异质性、多元性、反意指裂变、制图学、贴花等原则性特征。由此可见,"游牧"是在一个平滑空间之中,没有认识所要遵循的方法,无组织的规划平面,自由驰骋于广袤的旷野上。"块茎"是指一切去除了中心、结构、整体、统一、组织、层级的后现代意义上的实体。它去除了总体性、整体性、统一性的多样性;它解除了根—树结构的中心化和层级化限制,自由伸展,不断制造新的连接;它不断衍生差异,形成多元和撒播。因此,"块茎"有着强烈的反结构、反再现、反中心、反总体、反系谱、反层级、反意指等倾向,而又有着随意性、差异性、异质性、多样性、活动性、可逆性等特征。由于体现了欲望机器的无限生产力,对互联网时代的赛博空间、数字文化艺术有高度解释效力。巴迪欧却从中看到了一个高度信赖自身"直觉"的贵族精英知识分子,一个"简装的柏拉图主义者"。巴迪欧的意思是,德勒兹的思想不断地冲破边界,不断地打破辖域的藩篱,看起来很多元、很民主、很革命,但这一切只是追求表面上的形式流变,"去辖域化最终有一个本体上的参照系,即那个原生性的独一无二的存在。这样,德勒兹的存在物在生成过程之中经历的是一个双重过程,一方面,它不断地去打破既有的形式上的边界,这是一种断裂和拆分;另一方面,存在物在指向本体上的存在时被综合起来,德勒兹称这个过程为断裂性综合",对此,巴迪欧的看法一语中的,"德勒兹在本体上坚持独一无二的存在,与他在形式和现象层面去号召打破那些固有的藩篱,去辖域化并没有什么矛盾……因为只有打破那些藩篱和边界,做到去辖域化,才能真正地通向那个本体上的独一无二的存在。"① 由此可知,对线性时间观的解构,如果仅导向平面上的多样性形式繁衍,并不会带来世界的实质性改变,反而会加固形而上学的根基并泛化其秩序。游牧者的结局也相当不妙,巴迪欧在《世界的逻辑》开篇就指出,他们将面临着一个新的尴尬,即"除了身体和语言之外,一无所有"。

---

① 　哈贝马斯:《后形而上学思想》,曹卫东等译,译林出版社 2001 年版,第 162 页。

　　文学艺术并不满足于在"过去—现在—将来"这样一个线性的、单向度的时间框架内来理解时间,也不会持久地迷恋于"去时间"、"去深度"的形式化平面延展,文学艺术要创造各种时间,并通过创造时间来创造生活。这是一种更为积极的非德勒兹的、后海德格尔主义的时间意识,由于"当下"凸显了时间维度在聚合过程中所产生的偶性张力,必然会以改变空间形态的方式改变此在的生存论结构和语言方式,从而把孤独的、沉思的个体以及四处流荡的游牧者,投放到与他人相关的行动领域之中——此在的"在世"变成了主体间交往性的"共同在世",而不是无意识的相互缠绕。事实上,互动的主体间性十分依赖作为媒介的语言,而历史和现实已经给我们准备了大量可供选择、引用、改造和创发的语言,我们从来也不是"无话可说"。"语言既不是基础,也不是个客体;语言是媒介;语言是中介、中间,正是在它当中并且通过它,主体才为自己定位,世界才彰显自己。"① 个体本身必须首先把自己确定为一个独立的行为主体。就此而言,个性首先不是被理解为单一性,也不是被理解为一种本质特征,而是被理解为个人的成就,个体化则被理解为个体的自我实现过程。不过,有了这些特征,也仅仅完成了对个性概念的重新阐释,当形而上学的基本概念发生主体哲学转型时,这种重新阐释就已经开始了,个体化不是一个独立的行为主体在孤独和自由中完成的自我实现,而是一个以语言为中介的理解,通过与自身在生活历史中达成主体间性意义上的理解,社会化的个体也就确立了自己的认同。个性结构表现为主体之间的相互承认和主体间性意义上的自我理解。在这一点上,同样也是语用学转向促成了主体哲学的决定性变革。语用学转向认为阐释世界的语言优先于生成世界的主体性——阐释世界的语言是一切理解、社会合作以及自我调节的学习过程的媒介。只有与自身保持最大的距离,人类精神才能认识到他自身作为个体存在所具有的无可替代的独特性。社会化过程是自觉的生活历史建构过程。通过用语言达成的语用学转向促成了主体哲学的决定性变革。当我们通过非客观化的方式在他人身上,尤其是在历史上可资学习、批判的先贤们的语言上再度认识自己时,一个介入行动必然携带着的主体为自己命名的时刻就来到了。介入行动就是以言行事,就是通过切入世界来诞生自我,在公共领域中获得纯粹的人类归属感并重新"为时间塑形"。在当下时刻,他人、时间、语言与自我被介入行动情境性地联结起来,生成了诸多不同声音的持续的对话关系。当下的介入是一个非常时刻,无论是庶民、底层、受压迫者,还是各种极权主义或霸权主义(政

---

① 哈贝马斯:《后形而上学思想》,曹卫东等译,译林出版社 2001 年版,第 162 页。

治的、资本的、意识形态的）对手,正需要这样的时刻获得自己的历史主体性。如果没有这一时刻的解放和聚焦,人们根本就无法呈现出自己的或他人的焕然一新的面目。反之,如果人们无力承受当下、此刻那种具有爆炸力的甚至可能对自我构成毁灭性的挑战,那么,一切事情都不会发生,所有的可能——从真实的洞察力到参与性真理,从主体性匮乏的克服到道德政治的救赎,就会夭折在十分盲目的脆弱、怯懦和短视里。

因此,主体必须从世界之圆的圆心移开,退出它曾自以为可占据的中心位置,不再以自我意志为核心去结构世界、支配事物;主体自身不能单独地构成意义之源,它只是经历和见证着世界,它自身实践活动的意义也需要得到历史的验证,所以,各种话语主体总是处在相互见证的时间过程之中;由于共同作为主体而存在,所以任何主体都无权把其他主体当成对象化的客体来对待,这样,主体间关系本质上只能构成彼此的界面性连结,存在于一种差异性的共处状态里;主体移心意味着主体也是一种放行的通道,它不应该也不可能固定地堵在某个地方,阻挡其他事物、意义的涌入;鉴于主体自身可意识到的限度性和单薄性,主体始终期待着被拓展、被充实,不时的虚位以待显示了必要的开放性,这恰恰是主体自觉意识到其存在而非不存在的明证;主体通过叙说、评价来建构自身的过程是一个漫长的历程,知识经验的变化,异质性因素的导入,实践过程的循环往复,使主体总是处于未完成状态而成为一个不断分娩着自身的主体。朱莉娅·克里斯蒂娃说:"如果事实上从意指系列存在开始就一直存在着一个无可回避的言说'主体'的话,那么,这一主体显然为了与其异质性保持一致,必定会成为一个未定的'处于生成中的主体'。"[1]

海德格尔、法兰克福学派、德里达、罗蒂等诸家都宣布主体的"死亡"、"消失"、"消逝"等,这把人们引向后结构主义的形而上学。海德格尔很早就把研究人的意识(此在)视为自己的纲领核心,他认为,唯有人的意识才"构建"意义与价值,并将其赋予事物(存在者),唯有人的意识才与存在(存在者之存在)有关,并通过对存在的前反省的理解领悟存在与存在物的本体论区别。人的意识像众多存在物的一个"牧羊人",仅对"领悟"存在物和"使它们聚在一起"感兴趣。而在与存在的关系方面,人的意识全然不是至高无上的"牧羊人",它是存在物的另一种存在,是理智的"自然之光"之所在,是理解存在物之存在的基础。人可以是存在物的"牧羊人",但存在不是羊。人不占有存在,而是被存在所控制。这一切由人与语言(存在的

---

① 阎嘉:《文学理论精粹读本》,中国人民大学出版社 2006 年版,第 336 页。

寓所)的关系作出最清晰的说明:人不支配语言,更不创造语言,相反,语言"控制"着人。人是由于说话,使用语言才可能有理性;无论在本体论的意义上还是在逻辑的意义上语言在人出现之前就存在。因此,语言在某种意义上成了一种不具人格、来历不明的思维活动的工具。一句话,语言就是无主体。在德里达看来,"言语行为"的谈话其实是一种书写,经验则是文本;由于全部有意义的语言无非是自由游戏,因而它们没有出发点;理解本身永远是误解。德里达文本与文本连接的无止境的过程仍可归结为与罗蒂的"人类谈话"或"西方的谈话"极为类似的东西。在这种"西方的谈话"中,我们不可能仅与哲学家相关,而是必然与所有人相关。这种全球性谈话将是一个谜人的多元世界,不可能所有人同时参加;那么,在每一谈话场合特定的谈话者"共同体"有多大? 如果我们研究逻辑和逻辑哲学,就必须考虑古印度哲人的精神观念,考虑到它与后来的实在论如何相互作用,那么,我们是否要考虑到下述事实:即印度哲学从不把意识与精神相混同,而在法国笛卡尔传统中却总有一种把全部意识与思维意识(或运用语言的意识)相"混同"的倾向。我们又取得什么进展了呢?

从整个非个人化思潮的历史演变中,我们可以看到,语言和作者是自始至终都涉及的两个问题。再者,非个人化思潮对文学基本理论问题也产生了影响。因此,接下来,我们主要就非个人化思潮与作者问题、语言问题以及它给文学基本理论带来的深刻变化展开讨论。

第四章　非个人化思潮与作者问题

　　纵观 20 世纪西方文论非个人化思潮,作者问题是一个挥之不去的理论问题。这个老问题在不同的时代总是能够翻新、创造出一种新说,并且每当有一种关于作者的新说出现时,就像发生一场地震一样,都会对西方文论产生了极大的冲击,"作者退场"说,"非个人化"诗论、反意图论、"作者之死"、"作者—功能"说等无不如此。正因为如此,一种关于作者的新说的出现总会引发一场争论,乔治·桑和福楼拜之争、关于艾略特非个人化诗论的讨论、意图论与反意图论国际范围内的争论等都是西方文论史上著名的争论。再者,20 世纪非个人化思潮对作者的认识越来越明确,即从作者退隐、作者中性化、作者意图与作品无关、"作者之死"到作者是文化符号的建构物,这一认识过程部分地反映了 20 世纪西方文论研究重心转移,即从形式主义、结构主义到后结构主义的变化过程。

　　安·贝内特指出,作者是 20 世纪文学、文学批评和文学理论中最基本的问题,也是它们不可缺少的因素。[①] 这不同于艾布拉姆斯所说的"客观化走向",即"在原则上把艺术品从所有这些外界参照物中孤立出来看待,把它当作一个由各部分按其内在联系而构成的自足体来分析,并只根据作品存在方式的内在标准来评判它"[②]。因为依据艾布拉姆斯的"客观说",从他的艺术批评坐标图系可以看到,作者被视为外在标准而被孤立出来。我们前面论述形式本体论基本采用艾布拉姆斯的看法,那么,非个人化思潮与作者到底是什么关系呢?

第一节　作者问题的历史描述

一、古希腊文学的作者

　　巴特说,作者是近代的现象,就像福柯认为人是一个近代的发明一样,但是,从词源上讲,作者(author)的概念很容易与权威(authority)的观念相

---

① 　Cf. Andrew Bennett, *The Author*, London and New York:Routledge, 2006, p.72.

② 　艾布拉姆斯:《镜与灯》,郦雉牛等译,北京大学出版社 2004 年版,第 24 页。

联系，而且 author 还有发起人和创始人的意思，这与作品的出处、根据的研究密切相关。就整个西方文论史而言，"荷马问题"可能最早涉及作者的理论问题。

"荷马问题"就是两部古希腊史诗《伊利亚特》和《奥德赛》作者归属问题，荷马其人是否存在，我们姑且不论。关于这个问题有两种理论学说。阿尔伯特·B. 劳德（Lord）认为，荷马应该视为一个个体的人和一种口头文学的传统，即不否认荷马这个人的存在，因为他把《伊利亚特》和《奥德赛》两部史诗流传下来，口头史诗的传统并不存在个人的或署名作者的作品，存在的只是集体合著。在口头文学里，吟唱者既是诗人，即制作者，又是叙述者，即史诗的表演者，他既导又演了一部史诗，而这部史诗是重复、摹仿和删改了许多其他史诗而成的，因而，史诗不存在起源问题。劳德说："我相信，一旦我们知道了口头创作的事实，我们就会停止寻找任何传统诗歌的起源。从这一点讲，任何一个创作都是起源。从另一个角度来说，我们重新追寻吟唱诗人的作品产生，这是不可能的，即使一些诗人第一次吟唱了这些诗歌。"[1] 诗歌不知重复多少次，修改和解释了多少次，它们已经成为传统，因此，在口头文学传统里，没有什么起源，起源就是史诗无数次的吟唱，劳德说，起源的观念在口头文学里是不合逻辑的，作者这样的词语是没有任何意义的。劳德的结论是，荷马就是一种传统。

G. 耐吉（Nagy）则认为，诗人或作者问题来自于一种反思，也就是说，史诗的吟唱在不同的吟唱诗人那里必然存在着差别，这种差别导致他们追问史诗想象的原创者，史诗从 A 到 B 到 C，直到 M，差别显得微乎其微，基本上就没有了，史诗的吟唱的版本稳定下来，成了一个"完成的"文本，此时，L 这样一个吟唱诗人开始被奉若作者，即史诗的创造者，再后来的吟唱诗人把 L 的作品视为起源。荷马就是这样形成的，一些吟唱诗人保存了荷马的作品传给了后人，后人，即 I 或 K 或 J 建构了起源意义上的荷马形象，这可以说是一个神话的形象。耐吉说，荷马是一个反思活动后的人物，一个个人占有权的神话化，荷马是一个"被追认的英雄史诗的创造性的天才，一个原型诗人，他的诗歌产生于一系列吟唱诗人的吟唱活动中"[2]。耐吉指出，后来诗人不仅仅重唱前人的史诗，事实上也摹仿以前的诗人。因此，荷马在某种意义上是一个面具（persona）。

我们知道，口头文学不同于印刷文学，后者在文本和原作者和诗人存

---

[1]　Andrew Bennett, *The Author*, London and New York：Routledge, 2006, p.33.

[2]　Andrew Bennett, *The Author*, London and New York：Routledge, 2006, p.34.

在一种可靠的、稳定的关系,耐吉所说的口头文学里文本与作者或诗人存在的固定关系也只是一种假设,不过,建构荷马的形象对我们了解近代作者形象是有所帮助的。

劳德认为,口头文学里吟唱诗人如荷马并不是艺术家,而是先知。在古希腊早期,先知和诗人有着严格的区别,到了古希腊晚期,职业工匠的出现,诗人才保留了神性灵感的成分。诗人或作者一方面被视为先知,另一方面他又是一个工匠,具有制作技艺(poietes)。后来,锡德尼的《为诗一辩》和雪莱的《为诗辩护》都是在诗人是创造者和先知层面上为诗人辩护,而非就诗歌本身辩护。在他们看来,诗人或作者超越社会之外,具有超凡性,是神祇和神灵,不食人间烟火的人。这对浪漫主义作者和现代意义上作者产生了重要影响。柏拉图在《伊安篇》和《理想国》描述了自己对诗人的看法。在《伊安篇》里,苏格拉底和伊安对话内容重要的是诗歌的本质和诗歌灵感问题。苏格拉底说,真正的诗人通过灵感进行创作,“诗人是一种轻飘的长着羽翼的神明的东西,不得到灵感,不失去平常理智而陷入迷狂,就没有能力创造,就不能做诗或代神说话。”① 诗人并非借自己的力量在不知不觉中说出那些诗歌,而是神凭附着他们来向人们说话。在《理想国》里,柏拉图却要放逐诗人。哲学家柏拉图说,诗人应该被驱逐出理想国,因为诗人在撒谎。亚里士多德曾说,谎撒得圆就好,而柏拉图却认为,这是不能接受的,他说,诗人这样做,很容易毒害人们的心灵。例如工匠打造的床,是摹仿了理式的床,而画家和诗人的床则是对摹仿的摹仿,诗人的“产品和真实体隔着三层”②,因此,柏拉图说,诗人“对于人心也是如此,他种下恶因,逢迎人心的无理性的部分……制造出一些和真理相隔甚远的影像”③。《伊安篇》讨论的是诗人陷入迷狂而获得灵感,《理想国》主张把诗人驱逐出理想国,这两者对欧洲文学作者观念产生了极为重要的影响,它们涉及作者的责任和道德等问题。

二、中世纪文学的作者

在中世纪,书的制作者大致有四类:(1)誊写者,他对书没有增加或改变什么,仅是誊写而已。(2)汇编者,书是他把其他文本的内容汇编在一起而成的。(3)评论者,他对书进行自己的鉴赏和评断,书中留有他的评论和

---

①　伍蠡甫等编:《西方文论选》(上卷),上海译文出版社 1979 年版,第 7 页。

②　伍蠡甫等编:《西方文论选》(上卷),上海译文出版社 1979 年版,第 36 页。

③　伍蠡甫等编:《西方文论选》(上卷),上海译文出版社 1979 年版,第 38 页。

论断,如李贽评注《水浒传》等。(4) 作者,书是他写成的。中世纪的作者接近我们现在理解的写作者(writer),这种作者与誊写者密切相关,他不但复制其他人的书,而且还写一些自己的书。正是因为他能够写书,因此,他享有优越的身份,具有权威性,甚至上帝的权威。作者的头衔意味着特别的荣誉、地位和名声。在《中世纪作者理论》一书里,A. J. 米尼斯(Minnis)解释说,作者被视为从上帝那里获取权威的写作者,他的书被人们阅读,他受到人们的尊重和信任,他能够阐发权威性的评论,被人们引用和转述,并且可信度很高。米尼斯说,作者权威的概念是一个循环论证,"作者的作品是值得一读的书;值得一读的书是作者的作品。"[①] 作者的权威性是毋庸置疑的,写作者不配享有这样的称号,但是,作者限定使用希腊和拉丁语言,这一种"死"的语言,因此,在这种意义上作者是死了。而写作者使用土语理解、阐释和说明权威的意思,反倒具有更强的生命力。

现代意义上的作者能够个人化的表达意图,是一个特殊的主体,中世纪作者应该是匿名的,因为他只起着权威散布、宣扬的功能。现代意义上的作者是如何从中世纪作者演变过来,在这个问题上,米尼斯认为,乔叟的《坎特伯雷故事集》标志着具有个性和个人特质的现代作者的产生,因为乔叟在《坎特伯雷故事集》序言里说,写作者是一个权威的编撰者,一切要依赖读者对写作的传统理解。而 A. 贝内特(Bennett)则认为,乔叟的编撰者角色是一个伪装,因为他对自己在场具有清醒的自我意识。他只是谦逊地把自己看作一个编撰者,这本身就意味着作者的权威,他是一个现代意义上的作者,尽管某种程度上他诋毁作者的权威,贬低作者地位。S. 提瑞格(Trigg)认为,乔叟是一个过渡性人物,因为,从乔叟开始,用英语写作的诗人的社会作用下降,而个人化倾向的诗人作用得以提高,因此,乔叟预示着现代意义的职业化作者的出现。再者,乔叟时代是靠手稿的誊写进行作品传播,相对于印刷文化,作者的名字几乎是匿名的,因为文本可以脱离作者的控制,进入社会。印刷文化的著作权使得作者的声誉得以提高,书是自我个性的表达,独一无二的个人的表现,具有了瓦尔特·本雅明所说的个人化的"灵光",因此,印刷文化保证了作者的个人性、创造性和独立性。阅读和写作的个人性和私人性的加强自然产生了作者对作品的占有权。文学史证明,17、18 世纪伴随着社会转变,现代意义上的作者真正产生了。17 世纪中期的英国就已经成为一个消费社会,文学和其他文化产品成为皮耶尔·布尔迪厄所说的"文化资本"的一部分。作者报酬提高了,他独立于资助人和

---

① Andrew Bennett, *The Author*, London and New York:Routledge, 2006, p.40.

社会,获得了自主独立性,作者的著作权在法律上得以确立。在《作者和所有者:著作权的发明》一书里,马克·露丝(M. Rose)说,1710 年英国著作权的确立保证了作者是一个创造者,是一种特殊商品,即作品的拥有者,作者具有一种知识产权,而这与 17 世纪晚期的个人主义的提高密不可分。著作权是当时英国经济发展的结果,经济投资书籍出版领域,就必须保证著作权人的合法权益,著作权的立法是他们利益的保障。"作者在经济和法律上得以承认的同时,一种超验的和自主的艺术作品与创造性和自主性的作者的'审美意识形态'就得以形成。"①

按照法国学者纳塔斯·埃尼施理解,原始艺术没有艺术品的概念,作者不被看作是艺术家。造型和艺术之间的区别、作品的地位和作者的地位之间的区别在远古时期和中世纪已被证实几乎不存在,而如今却显示出其存在的必要性。文艺复兴之前,现代意义上的"艺术家"一直处于社会边缘的地位。即使古希腊和罗马艺术家曾受到过高度的重视,但他们也只是一些有过人技艺的名匠,那些高度的评价主要是他们的作品,很少提及艺术家本身,他们的地位一般要比其作品低。中世纪艺术家和现代意义上的"艺术家"差得更远。他们的创作被看作是一种机械艺术,"机械"的意思是吝啬和贪婪,可见他们的职业低下。他们处在社会最底层,其地位仅在农民之上。文艺复兴时期艺术家地位仍然屈居于社会底层。文艺复兴以后,作者署名和社会地位的提高也经历了一个过程。纳塔斯·埃尼施从艺术制度史的角度描述这一过程。他认为,艺术制度经历了行会制—学院制—使命制的发展过程。在行会制时代,由于艺人的作品主要是从商业角度判断,艺术水平的高低主要表现在产品是否畅销上。艺人对自己的顾客没有任何权威,他们与自己的产品也就没有任何关系。行会同时也阻碍艺人自身的发展,再加上他们开始意识到作品声誉与作者卑微身份之间的差距,引发了一场最终导致艺术地位发生真正革命的运动。学院制根本上"旨在争取自由艺术地位,而不是行会下机械艺术"②。学院制要求国家正式承认,以此证明自由艺术的合法性,并且在物质上得到保护。学院制的后果是:(1) 艺术活动的性质上升为自由艺术。(2) 艺术作品的评判标准"不再是以外部的标准,以是否卖得出去为标准,而是以内部的、同行之间的评价为标准,逐渐形成由行业内部决定的对优劣的自主评判标准"③。艺术家"的个人价值则是

---

① Andrew Bennett, *The Author*, London and New York:Routledge, 2006, p.52.

② 纳塔斯·埃尼施:《作为艺术家》,吴启雯、李晓畅译,文化艺术出版社 2005 年版,第 23 页。

③ 纳塔斯·埃尼施:《作为艺术家》,吴启雯、李晓畅译,文化艺术出版社 2005 年版,第 28 页。

由爱好者、专业人士及业内人士的评判决定"①。顾客在决定作品优劣方面不再处于主导地位。(3) 造就出了一大批有艺术教养而又有威望的艺术家。由于评价标准不仅仅按照作品的质量，而且还根据艺术家的个人素质，艺术家的名字逐渐获得优势地位，"封爵、签名、传记这几种情况，将作者名字放到了首位，无不将重点放在作者身上，而不再仅仅是作品本身。这一点也是现代艺术观的特征之一。"②

三、浪漫主义文学的作者

我们知道，作者演变历史证明，现代的作者观是法律、政治、经济和商业发展的产物。伴随着印刷技术的创新、经济利益的需要，作者的所有权和著作权在法律确立下来，作者在作品上署名，标志着自己合法权益。18 世纪晚期，现代意义上文学观念亦已形成。这一时期，具有自我意识、个人创造性的作者观念也产生了。19 世纪浪漫主义时期，作者被视为一个创造者和天才，他的意图、他的情感是文学作品的来源，作品的意义完全来自于这一权威。并且，作者在具有康德意义上的无功利性，即非个人化。浪漫主义的作者是具有个人性、独一无二性和创造性，而且是一个具有意图的自主的意识主体，这种作者突破了中世纪宗教的束缚，在一个封建等级制度里确定个人的社会和经济地位和身份。个人主义强调主体的个人存在价值，个人优先于上帝。洛克认为，知识是个人自身就拥有的，并非上帝赋予的，个人具有上帝一样的创造力。在《论独创性的写作》里，爱德华·扬格说，有两种写作，创造性写作和摹仿性写作，后者将早已存在的远比它好的作品给我们复写一下，所增加的不过是一些书籍的残渣，而前者"从不毛的荒野里召唤出一个花香鸟语的春天"③，从而"扩大了文艺之国，给它的版图添加了新的省份"④。这两者之间的差别在于天才和常人、天赋和学问的区别。学问是借取于他人的知识，而天赋是创造和灵感，完全是内在的，来自于他自身。天才是上苍所赐，而常人居于凡尘。作者具有创造力，因而他是一个天才。华兹华斯也说，创造性的作者创造出供自己鉴赏的趣味。在《镜与灯》里，M. H. 艾布拉姆斯认为，在 18 世纪，关于文学创造的主导模式从镜转变到灯，镜是反映物，对外在自然的反映，灯是发光物，从内心放射光芒。灯的比喻表示浪漫主义的表现说，诗歌是诗人思想情感的流露、倾吐或表现，一

---

① 　纳塔斯·埃尼施:《作为艺术家》,吴启雯、李晓畅译,文化艺术出版社 2005 年版,第 31 页。
② 　纳塔斯·埃尼施:《作为艺术家》,吴启雯、李晓畅译,文化艺术出版社 2005 年版,第 36 页。
③ 　伍蠡甫等编:《西方文论选》(上卷),上海译文出版社 1979 年版,第 496 页。
④ 　伍蠡甫等编:《西方文论选》(上卷),上海译文出版社 1979 年版,第 496 页。

件艺术品本质上是内心世界的外化,是激情支配下的创造,是诗人的感受、思想、情感的共同体现。因此,一首诗的本原和主题,是诗人心灵的属性和活动。"作品不再被认为主要是实际的或拔高自然的反映;对自然举起的镜子变得透明,使之得以洞察诗人的思想和心灵。"① 按照这种思维方式,艺术家本身变成了创造艺术品并制定其判断标准的主要因素。"诗人的位置得到突出,他的心理能力和感情需要也得到突出,都成为艺术的主导原因,甚至成了艺术的目标和试金石。"②

洛克认为,我们的知识来自于个人对外部世界的感觉和反映,康德则认为,我们对世界的认识源自于人类心灵的结构。因此,作者就置于文学世界的中心位置,艾布拉姆斯说,诗人的位置得到突出,艺术家成了创造艺术品主要因素。事实上,浪漫主义的作者地位或许要更高一些,像雪莱所说的,他是未被公认的立法者和先知,他是超人类、超时间的存在物,他的创造力是被外界的某种力量所激发,从而产生了具有创造性和天才的作品。天才是完成一项伟大事情的力量(扬格),是一种无意识活动(柯尔律治),是无法弄明白就进入自己作品的东西(康德)。

四、形式主义文论的作者

20 世纪西方文论关于作者的看法基本上是形式主义的作者观。形式主义质疑浪漫主义的作者观念,反对把作者视为文学作品的源泉,反对把作者视为文学阐释的中心。俄国形式主义首开先河地攻击浪漫主义的传记式的批评,因为这种批评把作者看作批评的主要标准,"文学研究的主要任务仍然只是从作者的信件、日记,以及友人记载的谈话中发现作者的思想与个性。"③ 在雅各布森看来,这样的文学批评使文学沦为"不完善的二流材料"。正如保罗·德·曼所说,形式主义要捍卫文学学科的地位,使得文学免遭退化成流言闲语、细枝末节的考证的危险。这种文学纯洁化诉求,拒绝把作者与文学作品阐释相联系,文学作品是批评的中心,即"纸页上语词",因此,形式主义者严格区别作品与生活。在《形式主义批评家》里,克林思·布鲁克斯说,要把文学作品与作者的思想状况区别开来,"形式主义批评家主要关注的是作品本身。对作者思想状况的研究会使批评家将注意力从作品本身转向对作者的个人经历和心理的研究。"④ 当然,研究作者的经历和心理

---

① 艾布拉姆斯:《镜与灯》,郦雉牛等译,北京大学出版社 2004 年版,第 21 页。
② 艾布拉姆斯:《镜与灯》,郦雉牛等译,北京大学出版社 2004 年版,第 19 页。
③ 赵毅衡编选:《"新批评"文集》,中国社会科学出版社 1988 年版,第 487 页。
④ 赵毅衡编选:《"新批评"文集》,中国社会科学出版社 1988 年版,第 488—489 页。

是很有价值的,但这类研究不应当与研究文学作品混淆起来,作者生活、观念、思想和意图不是批评的主要工作,文学研究不是描述作者创作的过程,而是研究作品本身的结构。因此,文学批评将注意力主要集中文学作品,似乎就意味着割断作品与作者之间的联系,看不到作者也要像普通人一样生活。俄国形式主义、新批评、结构主义和符号学都强调作品的自主性,否定作者与作品之间存在任何关系,也就是说,形式主义的作者被"架空"了。受其影响,新历史主义和女性主义文学批评大致持相近的作者观。

因此,形式主义实际上"架空"了作者,而非驱逐了作者,形式主义的反意图论重要目的在于切断作者与作品的联系,封闭作品进行研究。

五、杜尚的签名

在形式主义看来,被"架空"了作者即使在作品上签署了作家的名字,也并不能证明他与作品有关联。这种看法却忽视了一个重要现象,即杜尚的签名事件。我们知道,签名既是作者向他人授予作品的一种标志,也是对作品价值的一个衡量标准。19世纪签名开始普及。"作品的唯一性通过签名得到了保证,同时也成了真实性必不可少的条件。"[1]签名的条件:作品是唯一的、不可代替的;作品的创作者;一件作品是某个人独自完成的;体现作者个性和风格;在市场上流通,需要一个辨别标志使其轻易地就能被确认真假。1917年,马塞尔·杜尚在一个便池签上自己名字,然后拿去展览,这就是20世纪著名的《泉》的诞生。作品不再是经艺术家之手创作出来而是直接取自日常生活的日常用品,并且这些日常用品都是能批量生产的东西。杜尚的签名标志着所有概念性尝试的开始和创作重心的转移,重心不再是艺术家创作的物质性作品,而是非物质性的行为,也正是由于有了这种行为,该作品才称得上是艺术品,否则它只是一般的物品。于是问题的关键就在于行为的成功,也就是说,在经过这样的重心转移,一件日用品被冠上艺术品的名头并为人所接受。那么是什么造就了这样的成功? 又是什么保证了这个批量生产的物品没有被归入优质产品而是列入了艺术品的行列,保证了签名的不是造出其形体的人而是通过自己的行为宣布为艺术品的人呢? 在很大程度上,人们对作者艺术家身份的认同造就了这一切,从而使艺术家行为的产物被大众接受。这样看来,个人因素的丧失只是表面的。如果作品完全没有经过艺术家的"手",那么作品的艺术价值就发生了重大转

---

① 纳塔斯·埃尼施:《作为艺术家》,吴启雯、李晓畅译,文化艺术出版社2005年版,第151页。

移,它的价值不仅在于作品本身,还在于创作它的人是艺术家,正因为那是一个艺术家,不是普通人,作品才成其为作品,才有价值。

表面上,杜尚的签名证实了作者与作品有着关系,因为作者身份具有符号化的价值,即布尔迪厄所说的"文化资本"。但是,如果我们细致地观察就可以发现,杜尚的签名事实上从根本上否定了浪漫主义的创造主体的作用,关于这一点德国学者毕尔格有过精辟地分析。毕尔格认为,资产阶级艺术的个人艺术观在瓦莱里那里就开始动摇,并遭受打击,"当伪浪漫主义的灵感思想被视为生产者的自我欺骗时,将个人看成是艺术的创造主体的思想也受到了打击。确实,瓦莱里那种引发并推动创造过程的自信力量的理论再次更新了以资产阶级社会的艺术为中心的艺术生产的个人性质的观念。"① 先锋主义艺术对资产阶级艺术采取更为极端的方式给予回应,对个人创造范畴的进行彻底否定。杜尚挑战的正是其对立面:个人是艺术创造的主体的思想,"当杜尚在批量生产的物品(一个便池、一瓶干燥剂)上签名并将它们送去展览时,他否定个人生产的范畴。由于所有个人的创造性都受到嘲弄,签名的目的原本是标明作品中属于个性的特征,即它的存在依赖于这一特定的艺术家,这里却被签在随意选出的批量生产的物品上。杜尚的挑战不仅撕下了艺术市场的假面具,在那里,签名不过是意味着作品的质量而已;它对资产阶级社会的艺术原则本身也提出了质疑,按照这一原则,个人被看成是艺术作品的创造者。杜尚的现成物不是艺术品而是展现。"②

因此可以说,杜尚的签名是艺术史支持20世纪非个人化思潮的一个特例,这一现象值得关注。

第二节 "作 者 之 死"

一、作 者 问 题

作者的问题是一个社会的历史的过程。麦克道格尔说:"文艺复兴以后,艺术家首先作为有名有姓的个人,作为创造者重新出现;到了18世纪末,则是作为社会中一种独立的个人出现。"③ 正是在这种意义上,巴特说,

---

① 彼得·毕尔格:《先锋派理论》,高建平译,商务印书馆2002年版,第123页。
② 彼得·毕尔格:《先锋派理论》,高建平译,商务印书馆2002年版,第123页。
③ 贾植芳主编:《中国现代文学的主潮》,复旦大学出版社1990年版,第33页。

作者是一位近现代人物,他是由我们的社会所产生的,"我们的社会在与英格兰的经验主义、法国的理性主义和个人对改革的信仰一起脱离中世纪时,发现了个人的魅力,发现了'人性的人'。因此,在文学方面,作为资本主义意识形态的概括与结果的实证主义赋予作者'本人'以最大的关注,是合乎逻辑的。"① 作者的发现并不奇怪,但是,作者成为批评的中心、作品的创造者、文学意义的源泉,这就值得追问了。艾布拉姆斯对柯尔律治的批评分析就颇能说明问题。艾布拉姆斯指出,柯尔律治的批评的典型步骤是,"先由作品入手,但马上就进入到过程之中。……但是当柯尔律治谈到如何建立对'最高意义上的'诗的评估标准时,他的批评又变成对发生学原理的探究了,并使诗人的心灵和力量成为审美参照的焦点,以此表明他的批评与当时的中心倾向是和谐的。"② 柯尔律治说:"诗是什么? 这无异于问,诗人是什么? 回答了其中一个问题,另一个也就有答案了。因为诗的特点正是天才诗人的特点。"③ 一般地说来,由作品而回溯其创作过程再进而追问作者,这样一种批评方法并不重视作品应有的地位,而片面地强调作者的作用,批评不是对作品的阐释与理解,而是对作者传记材料的搜求与考证,"作者至今在文学史教材中、在作家的传记中、在各种文学杂志的采访录中以及在有意以写私人日记时把其个人与其作品连在一起的文学家们的意识本身之中,到处可见;人们在日常文化中所能找到的文学的意象,都专横地集中在作者方面,即集中在他的个人、他的历史、他的爱好和他的激情方面;好作品的解释总是从生产作品的人一侧寻找,最终总是唯一的同一个人即作者的声音在提供其'秘闻'。"④

　　作者成为批评中心,批评关注的是作者的生平、传记方面的材料,而这些材料尚在作品研究之外,它充其量只是文学研究的一种准备,是文学的背景、环境和外因研究,并非真正的文学研究。俄国形式主义和新批评对此深为反感。布里克说,普希金是否抽烟? 这一类问题并不是文学要研究的。韦勒克对拜伦洒泪诗稿的问题说:"不管稿上有没有泪痕,拜伦个人的感情毕竟成为过去,现在既不可能追溯,也没有必要去追溯。"⑤ 人们关心的是拜伦的诗歌作品的存在。故此,韦勒克把此种研究称为"起因谬说",即以文

① 罗兰·巴特:《罗兰·巴特随笔选》,怀宇译,百花文艺出版社 2005 年版,第 295 页。
② 艾布拉姆斯:《镜与灯》,郦稚牛等译,北京大学出版社 2004 年版,第 139 页。
③ 艾布拉姆斯:《镜与灯》,郦稚牛等译,北京大学出版社 2004 年版,第 138 页。
④ 罗兰·巴特:《罗兰·巴特随笔选》,怀宇译,百花文艺出版社 2005 年版,第 295 页。
⑤ 勒内·韦勒克、奥斯汀·沃伦:《文学理论》,刘象愚等译,江苏教育出版社 2005 年版,第 82 页。

学作品起因评价文学作品。他认为,文学作品不是作者生活的摹本。"传记式的文学研究方法忘记了,一部文学作品不只是经验的表现,而且总是一系列这类作品中最新的一部。无论是一出戏剧,一部小说,或者是一首诗,其决定因素不是别的,而是文学的传统和惯例。"①

20 世纪对作者的质疑首开先河者是艾略特。在 1914 年《传统与个人才能》一文中,艾略特把文学传统与作者个人及其才能相对立,他指出,文学传统是一个完美的共时存在秩序和系统,它是无时间性的存在,一部新的作品的创造要受制于作品秩序和系统,而一旦它被创造出来且进入整个秩序和系统,整个的现有秩序和系统必须做相应的变化,以使新的作品与整个秩序和系统之间的关系、比例和价值得到重新调整,所以,每一部作品都应被视为是以往所有被写下来的作品所组成的秩序和系统的一个部分。因此,作者要有一种历史意识,"这种历史意识迫使一个人写作时不仅对他自己一代了若指掌,而且感觉到从荷马开始的全部欧洲文学,以及在这个大范围中他自己国家的全部文学,构成一个同时存在的整体,组成一个同时存在的体系。"②作者在整个创作生涯中应该不断加强这种意识,这样,作者才归属于某种更有价值的东西,"一个艺术家的进步意味着继续不断的自我牺牲,继续不断的个性消灭。"③对于作者来说,他的一生都要与整个传统抗争,抗争的目的就是把个人的和私自的痛苦转化为更丰富、更不平凡的东西,转化为普遍的和非个人的东西。因此,"诗歌不是感情的放纵,而是感情的脱离;诗歌不是个性的表现,而是个性的脱离。"④那么,作者就不是创造者,而是文学传统的媒介或者说工具,文学传统所孕育的新意象和新作品,通过他或她产生出来。艾略特用氧气与二氧化硫化合反应生成硫酸过程中起催化作用的白金来说明作者这一媒介的特性,白金是中性化的,没有白金,反应无法发生,白金的加入使硫酸得以生成,但硫酸中却不含有白金,在整个反应过程中,白金并没有受到丝毫影响。作者就类似于这种白金,作品一旦放在整个文学传统中,作者就显得无足轻重。这是对浪漫主义的作者观念的迎头一击,蕴含着取消作者的倾向。

事实上,对浪漫主义作者观念的批评在福楼拜那里就表现出来。福楼拜对当时法国文坛的滥情主义创作倾向非常不满,他提出"作者退场"说进

---

① 勒内·韦勒克、奥斯汀·沃伦:《文学理论》,刘象愚等译,江苏教育出版社 2005 年版,第 79 页。

② 托·斯·艾略特:《艾略特文学论文集》,李赋宁译,百花洲文艺出版社 1994 年版,第 2 页。

③ 托·斯·艾略特:《艾略特文学论文集》,李赋宁译,百花洲文艺出版社 1994 年版,第 5 页。

④ 托·斯·艾略特:《艾略特文学论文集》,李赋宁译,百花洲文艺出版社 1994 年版,第 11 页。

行抵制。唯美主义形式至上，而形式，在王尔德看来，就是客观的、非个人化的。象征主义大师马拉美真正开始从语言学角度论述这一问题。马拉美相信，语言声音和意义之间存在着一层固定关系，这需要诗人去发现和应用，因此，语言具有一种神奇的魔法，通过语言文字能够直接道出事物的本质和真理，这是语言在说话，而不是作者。语言本身应该取代语言活动主人。马拉美的语言是否定性的，即远离现实，排斥社会、自然、艺术家本人的面目。"纯正的作品是以作为言者的诗人不露面目为先决条件的。首创精神将为文字取而代之。"① 写作《埃罗提亚德》期间，他告诉朋友说："我现在没有自家面目，不是你曾经认识的那个斯特凡了，而是灵府发现要通过我过去的本相而认识自身、展现自身时所显示的面目"。② 在他看来，诗人不露面目毫无异议是现代诗的一大发现。写作就是非个人化行为，即只有语言活动在行动，在出色地表现，而没有自我的作用。正是在这种意义上，巴特认为，马拉美是法国文坛取消作者的第一人，并概括说："马拉美的诗学理论在于取消作者而崇尚写作。"③ 瓦莱里继承了马拉美的理论，他更加重视语言的本性，重视语言自身的条件，他怀疑和嘲笑作者，在他看来，对作家内在性的任何求助都纯粹是一种迷信。因此，研究作家就在于研究他的语言特性；严格地说，个人创作是不存在的，因为文学实践仅仅是一个由语言组成的、事先存在的系统内的巨大的组合游戏。超现实主义者同样赋予语言至高无上的地位，他们在语言系统内部任意地对语言编码进行直接的破坏，以实现语言自身自由和创新。因而，写作不是作者所为，而是语言借助于作者之手，尽快地写下潜意识领域的所有东西，而作者自己对此却不明白，这就是"自动写作"。"自动写作"使作者的形象失去了预言和创造的神圣光环。

与艾略特同时，俄国形式主义认为，文学作为一种内在形式研究，它的研究对象是无作者的文学性，因为文学与作者的人格没有任何关系，它超越了个人的心理和个性，"直接研究作者的心理，在他所处的环境、他的生活、社会阶级和他的作品之间建立因果关系，这是一种极不可靠的做法。"④ 雅各布森警告我们，不要相信作者，正如艾亨鲍姆所说："在诗歌里，作者的面

① 雷纳·韦勒克：《近代批评史》（四），杨自伍译，上海译文出版社1997年版，第537页。
② 雷纳·韦勒克：《近代批评史》（四），杨自伍译，上海译文出版社1997年版，第537页。
③ 罗兰·巴特：《罗兰·巴特随笔选》，怀宇译，百花文艺出版社2005年版，第296页。
④ 茨维坦·托多洛夫编：《俄苏形式主义文论选》，蔡鸿滨译，中国社会科学出版社1989年版，第113页。

目是一个伪装。"① 俄国形式主义需要文学脱离与作者的联系,从而使文学获得自我生命。这与罗曼·英加登的看法相似。英加登指出,所谓形成艺术作品的个人心理经验已中止存在,艺术作品是由经验本身产生的。新批评继承了艾略特的非个人化的观念,维姆萨特和比尔兹利则通过指责作者意图否定作者的作用,他们的目的在于将作者与作品割裂开来,从而使作品获得独立。布拉格学派持有同样的见解。穆卡洛夫斯基说:"诗歌的我不与任何经验的人格相等同,甚至不与作者相等同。"② 因为所谓在艺术作品发现作者的生活经验和个性等都是作品意义的一个因素,它从属并整合到艺术结构之中。可以说,作者,无论如何都要服从艺术的结构,而不是支配着结构。因此,结构主义认为,作者在结构中已被结构化,处在"移心"化的地位。

二、作 者 之 死

结构主义把对作者的不信任、取消作者推向了极端,提出作者之死。不过,从非个人化思潮发展演变来看,最早涉及作者死亡话题的是艾略特。1919 年,在其《传统与个人才能》一文中,艾略特写道:一部作品最好的部分,而且最具有个性的部分,"很可能正是已故诗人们,也就是他的先辈们,最有力地表现了他们作品之所以不朽的部分。"③ 受艾略特的影响,在《影响的焦虑》一书里,布鲁姆把后来者与已死的先前伟大作家的关系概括为一种"影响的焦虑"理论。结构主义最早论述"作者之死"的是巴特。从结构主义理论发展来看,"主体移心"到"作者之死"也在情理之中,从巴特思想发展来讲,"作者之死"的提出却经历了一个转变过程。

在《零度写作》里,巴特提出了"零度写作"说。所谓"零度写作",其一,巴特对零度解释源自于语言学理论。巴特说,语言学家在设定某种对立的两极关系之间,诸如单数和复数、过去时和现在时等对立的两项之间建立了一个第三项,即"中性项和零项",语言现象中对立关系之间的中性项和零项的语式,介于虚拟式和命令式之间,是一种非语式形式的直陈式。其二,写作是一种语言的写作,因而写作就存在一种中性项和零项,这就是所谓的"零度写作"。首先,"零度写作"根本上是一种直陈式写作、非语式写作或者新闻式写作,这种写作没有发展出祈愿式或命令式的形式,更没有创

①　Victor Erlich, *Russian Formalism*, The Hague:Mouton Publisher, 1955, p.202.

②　Victor Erlich, *Russian Formalism*, The Hague:Mouton Publisher, 1955, p.203.

③　托·斯·艾略特:《艾略特文学论文集》,李赋宁译注,百花洲文艺出版社 1994 年版,第 2 页。

作主体的感伤的形式,有的只是客观的陈述,"这种中性的新写作存在于各种呼声和判决的汪洋大海之中而又毫不介入,它正好是由后者的'不在'所构成。"① 其次,"零度写作"是一种白色的写作、中性写作或者毫不动心的写作,因为,这种写作的主体是"不在的"。这种"不在"是完全的,作品中不存在作者个人的任何隐蔽处或任何隐秘,作者写作目的和意图被抹去了,"一种语言的社会性或神话性被消除了,"② 在写作中保持"一种中性的和惰性的形式状态"③。巴特把加缪的《局外人》视为这种写作的典范,"这种透明的言语首先由加缪在其《局外人》一书中运用,它完成了一种'不在'的风格,这几乎是一种理想的风格的'不在'。"④ 最后,"零度写作"是一种纯洁的写作。"零度写作"具有工具性,但是,作为语言形式的工具,驱除了古典写作中的目的性和意图性,不再被占据主流的社会意识形态所利用,达到了一种纯洁状态,即"纯方程式的状态"。它自愿失去了对典雅或华丽的风格的一切依赖,没有时间因素,没有历史观念,根除了个人情绪的介入。它的语言不再是沉重的,而是不确定的,一种纯中性的可变迁的代数方程形式状态的语言,"它在面对着人的空白存在时仅具有一种代数式的内涵,于是文学就被征服了,人的问题敞开了,并失去了色泽,作家永远是一个诚实的人。"⑤作家的诚实在于他写作时没有主观的意图,不作为意识形态宣传的工具,"重新成为他自己的形式神话的囚徒。"⑥

　　在《论拉辛》这部经典的结构主义著作中,巴特在结构层面上解读了拉辛,他不再把作者视为圣人,而将其视为一个旨在确证新方法的有效性的研究领域。这种新方法就是结构的共时性方法。巴特研究对象是拉辛笔下人物形象的悲剧性结构,这种结构呈现的是二元对立结构,例如,人物的死亡和事件外部空间的鲜明对比等。巴特的结构分析却遭到了以皮沙尔为代表的学院派的攻击,为了回应攻击,巴特在结构主义范式如日中天的时候,出版了《批评与真理》。巴特除了回应攻击之外主要试图建立文学科学,文学科学化要采取一种假设的描写模式,即语言学模式,文学科学"不可能建立一种但丁、莎士比亚或拉辛的科学,只能有一种关于话语的科学。"⑦ 文

---

① 　罗兰·巴特:《符号学原理》,李幼蒸译,生活·读书·新知三联书店 1988 年版,第 102 页。
② 　罗兰·巴特:《符号学原理》,李幼蒸译,生活·读书·新知三联书店 1988 年版,第 103 页。
③ 　罗兰·巴特:《符号学原理》,李幼蒸译,生活·读书·新知三联书店 1988 年版,第 103 页。
④ 　罗兰·巴特:《符号学原理》,李幼蒸译,生活·读书·新知三联书店 1988 年版,第 103 页。
⑤ 　罗兰·巴特:《符号学原理》,李幼蒸译,生活·读书·新知三联书店 1988 年版,第 103 页。
⑥ 　罗兰·巴特:《符号学原理》,李幼蒸译,生活·读书·新知三联书店 1988 年版,第 103 页。
⑦ 　罗兰·巴特:《批评与真实》,温晋仪译,上海人民出版社 1999 年版,第 59 页。

学科学必然牺牲作者本人,因为,其一,文学科学化不再去考究作者的生平、创作动机,以此来确定作品的意义,个人的天赋、人本思想和个人创作技巧只是作品的一个部分,而非其源泉。其二,文学科学产生一种文学能力,这种能力与天才无关,与个人的灵感没有关系,与作者毫无联系,它是由作品一系列规律积累而成的,文学科学只与作品有联系。其三,抹掉了作者署名,使作者署名虚化,文学作品就获得了独立性,文学科学也就具有了客观性。

作者是文本意义的超验所指,作者作为上帝或父亲是文本的源泉、来源和意义。在《论拉辛》、《批评与真实》中,巴特已经把这种观念用括号括起来了。"作者移心"不再是一种目的的方法和策略,而是话语自身的属性:"作者移心……不仅是历史事实或写作行动,而且完全转变了现代文本。"①不是我们控制语言,而是语言(非个人的,无尽的能指游戏)控制我们,不是作者而是语言在写作。在《S/Z》中,作者已经被读者替代,读者成为文本的生产者。在《作者之死》中,"作者之死"就是"从约定俗成的角度来看,作者死了:其公民身份,其含具激情的个人,其传记性角色,业已消失了;令人敬畏的作者身份,文学史、教学及舆论对其叙述有证实和补充的责任,这些都被抹去了,不再笼罩其作品了。"②

作者之死与19世纪晚期宣告的上帝之死起着同样的作用,即权威、存在、意图、全知全能和创造的信念已经被粉碎了、被颠覆了。作者和人的主体充满了目的论的空虚,作者成为反目的论的残留的目标。尼采在《快乐的知识》中借疯人之口预示着巴特的指谓,作者之死"使所谓的反目的论获得了自由,反目的论是真正的革命,因为它拒绝意义的凝固,拒绝上帝和他的假设——理性、科学和法律"③。作者是文本的上帝,文本意义、谱系和目标的链条应该在它的因果关系、起源和主体中寻找,这样作者就成为超验的能指,文本超级存在的权威,批评阐释作者的意图,文本按照神学目的阅读其设计的目的和符号。哪儿有设计,它就有设计者;哪儿有意义的出现,它就一定有意图。这种谬误反映在一种文学因果关系的普遍法则中。正如巴特在《论拉辛》中所说:"无产生于空无;这一组织本性的规律毫无疑问地从文学的创造中转换过来。"④作者在文本框架中获得了无处不在的更神圣的

---

① Maurice Biriotti and Nicola Miller, *What Is An Author*? Manchester and New York: Manchester University Press, 1993, p.21.

② 罗兰·巴特:《文之悦》,屠友祥译,上海人民出版社2002年版,第37页。

③ 尼采:《快乐的知识》,黄明嘉译,中央编译出版社2005年版,第59页。

④ Form Maurice Biriotti and Nicola Miller, *What Is An Author*? Manchester and New York: Manchester University Press, 1993, p.23.

特性,因为在文本意义每一层次都保证他的设计是具体的,不仅作者成为文本的普遍的和目的论的原则,而且他使自己目的理解为文本的目标。文本涉及前建构的作者,他就被发现在文本之内:

> 作者一经移心,试图"破译"一个文本也就完全无用了,赋予文本一位作者,便是强加给文本一种限制,装备上一个最终的所指,关闭了写作。这种概念很适合于文学批评,批评以在作品内发现作者(或其替代用语:社会,历史,心理,自由)为己重任:作者一被发现,文本一被"说明",批评家就成功了。①

由于作者,所有差异和冲突都被中性化了;多义性就不存在了。像基督教的上帝一样,作者在文本中含糊不清或伪饰:一旦含混、歧义,作者失去自己真实面容。"作者—上帝"是作品单一的、绝对的主体:他指导、超越写作,才能被人们记住他的名字。因此,文本从作者手中获得自由便是重复世界从上帝那里获取自由。在《快乐的知识》中,尼采写道:

> 事实上,我们哲学家和"自由的精神"在"老上帝已死了"宣告声中放射出新的曙光;我们的心在感激、惊奇、激动和渴望中跳动着。最后,尽管光芒不太明亮,霞光再次展现在眼前;在面临每一危险时我们航船最终停靠在海岸边;危机总是又一次使发现者来到;海岸,我们的海岸,再次展现在我们面前;从未有过的宽阔的海岸出现在我们面前。②

没有了作者,文本变成了"开阔的海岸",成为一个具有相对的意指过程。对于拒绝文本有一个"秘密",一个最终的意义,就好像牛顿到爱因斯坦的宇宙一样,巴特文本变成了不确定性的极乐境界,一个笔的舞蹈,酒神狄奥尼索斯的醉境。在一个新复数的世界,给文本强加一个作者就是给它一个过时的一元论;在一个无尽的差异游戏中,作者之死就意味着"一个文本不是由从神学角度上讲可以抽出单一意思(它是作者与上帝之间的'讯息')的一行字组成的,而是由一个多维空间组成的,在这个空间中,多种写作相互结合,相互争执,但没有一种是原始写作:文本是由各种引证组成的

① 罗兰·巴特:《罗兰·巴特随笔选》,怀宇译,百花文艺出版社 2005 年版,第 300 页。
② 尼采:《快乐的知识》,黄明嘉译,中央编译出版社 2005 年版,第 24 页。

编织物,它们来自文化的成千上万个源点。"①

总之,从"零度写作"到文学科学化的设想再到"作者之死",巴特也正在从结构主义转变到后结构主义,目标直指传统的统一的、具有权威性的作者中心论,从而使作品或文本独立化、科学化和本体化。

在《什么是作者》一文中,福柯像巴特一样质疑具有权威性的上帝形象的作者观念,摒弃了作者是理解一个文本的主导性权威或统一性原则的看法,因为作者不过是历史文化的建构物。这样,话语摆脱了传统强制性权威,获得了语言狂欢的自由。

美国学者安·贝内特和尼·罗伊尔认为,巴特的"作者之死"质疑了作者是文本意义的起源和目的的观念,向传统的作者形象的权威性发起了挑战,但是,"作者之死"是一个悖论性的观念,因为,它"并不是指一个特定的作者经验的或真实的死亡,而是指这样的事实,即从极端意义上看,作者在文本中是缺席的"②。由此,安·贝内特和尼·罗伊尔提出了作者是幽灵的说法,他们说,"作者之死"只是一个形象化的或隐喻化的说法,"作者不可能死亡,因为作者一直是、并且永远是一种幽灵。作者既没有完全在场,也没有完全缺席,即便是幻觉般的、难以捉摸的形象,也只会是作者的显灵。"③所谓幽灵"包含了一种鬼魂的观念,一种死者的幻影,一个从阴间归来的亡灵,死者回到某种鬼魂的存在——一种不是活着但也没有完全、最终死去的实体"④。幽灵对于我们思考人本身来说是很重要的,因为人除了肉体之外还有更为重要的,即精神和灵魂,但是,即使幽灵动摇了我们关于生者与死者相分离的观念,它也是"对人的否定或中止,一个非人的存在物"⑤。毫无疑问,幽灵有死亡的一面,又有活着的一面,即精神和灵魂的不朽性。关于幽灵的不朽性,德里达的看法是有代表性的。德里达认为,一部天才的作品从来就具有不朽性,因为一部文学作品能够比它的作者活得更长久,它具有一种生存结构的,这是作者不能控制的,"没有作者能异乎

---

① 罗兰·巴特:《罗兰·巴特随笔选》,怀宇译,百花文艺出版社 2005 年版,第 299 页。

② Andrew Bennett and Nicholas Royle, *An Introduction to Literature、Criticism and Theory*, Harlow:Pearson Education Limited, 1995, p.20.

③ Andrew Bennett and Nicholas Royle, *An Introduction to Literature、Criticism and Theory*, Harlow:Pearson Education Limited, 1995, p.22.

④ Andrew Bennett and Nicholas Royle, *An Introduction to Literature、Criticism and Theory*, Harlow:Pearson Education Limited, 1995, p.133.

⑤ Andrew Bennett and Nicholas Royle, *An Introduction to Literature、Criticism and Theory*, Harlow:Pearson Education Limited, 1995, p.133.

寻常地控制其文本的意义,控制对其文本的阅读。"① 安·贝内特和尼·罗伊尔也是在这个层面理解幽灵,他们认为,文学作品越伟大,它就越具有不朽性,"伟大的作品召唤着阅读与重读,同时又永远给人以陌生化的感觉,抵制阅读、解释和翻译。"② 这也正是布鲁姆所说的经典就是不朽性的作品。因此,安·贝内特和尼·罗伊尔所谓的作者是幽灵的看法看似新颖,实质上是陈旧的。中国历来就具有"三不朽"的观念,第一不朽,即立言的不朽,就是要自己留给后世的作品具有不朽性、永恒性。当代著名诗人臧克家在其名诗《有的人》里称赞鲁迅的作品及其精神是不朽的。

第三节　余　论

"author"一词在英文里是从中世纪的"auctor"演化而来,"auctor"意思是能够说出真理,并具有某种权威性的人。法文"auteur"一词包含了另一个意思,即个人性的创造。现在我们经常在文学中使用的作者概念,按照艾布拉姆斯的理解,是一个个体,他或她具有一定的知识和想象力,能够创造出完全来自于自我体验的作品,并且阅读不同于自己的作品。因为他或她是作品的创造者,他或她能够出版作品,因此,能够从中获取利益,并在社会上享有很高的文化地位,获得一定的声誉。③ 艾布拉姆斯的作者概念包含着几个因素:个人性、创造性和享有占有权。这些因素,在现代意义上并非天生就有的,而是社会历史文化发展的结果。在 19 世纪以前,没有作者,只有诗人。在古希腊,诗人总是与两种形象联系在一起,即先知、预言者和制作者。关于诗人的这两种形象,柏拉图和亚里士多德的看法是不同的。柏拉图赞扬具有先知形象的诗人,因为他们能够陷入"迷狂",代神灵言说,而制作者形象的诗人被他驱逐出理想国,因为这类诗人毒害理想国青年人的思想和感情。亚里士多德则认为,制作者形象的诗人在制作形式上具有"创造因",他们的制作也是一种创造活动。在这一点上,亚里士多德是形式主义的鼻祖。直到文艺复兴时期,具有自我个人性形象的作者才出现。个人性和创造性两种因素加在一起的作者在 19 世纪浪漫主义时期达到了顶峰。其他一些文学思潮,如现实主义、自然主义、唯美主义和象征主义等作

① Andrew Bennett and Nicholas Royle, *An Introduction to Literature、Criticism and Theory*, Harlow:Pearson Education Limited, 1995, p.25.

② Andrew Bennett and Nicholas Royle, *An Introduction to Literature、Criticism and Theory*, Harlow:Pearson Education Limited, 1995, p.137.

③ 参见艾布拉姆斯:《文学术语汇编》,外语教学与研究出版社 2004 年版,第 14—15 页。

者观念也难免受其影响,尽管像福楼拜之类的作家曾质疑个人化的作者,但是,浪漫主义的作者观念却一直占据主流。20 世纪作者观念加入诸多因素,大致说来,主要有四种因素:(1) 作者的化身。这是韦恩·布斯的"隐含作者"提供的一个因素。所谓"隐含作者"就是作者在具体文本中表现出来的"第二自我",即作者的化身。查特曼在《故事与话语》一书中指出,现实中的作者区别于"隐含作者",因为前者是一个具有自己生平经历的个人,处于文本之外,而后者是指读者从文本中推导出来的作者的形象。(2)撰稿人。撰稿人是中世纪的一种职业,巴特有意地以撰稿人来代替作者。在巴特看来,由于语言的程式化作用,作者根本不可能先于文本二存在,文本一旦写成,它就完全与作者脱离关系。而撰稿人却与文本同时产生,他是无感情,无个人的自我,他仅是文字的编码者。(3) 读者。较早注意到作者与读者关系的是萨特,但是,萨特所说的两者完全是一种想象性关系。巴特认为,正是作者死了,读者才得以诞生,读者处于撰稿人和文本之间。(4) 文化构成物。这是福柯的一个观点。福柯认为,作者不是文本的生产者,而是其构成物,因为作者也是文本内部运作活动形成的功能之一。作者是文化建构物,它随着经济状况、社会环境和制度体制的变化而变化。巴特和德里达持有与此相似的看法。

从上述对作者概念的因素分析中,我们可以看到,在西方文论中,19 世纪和 20 世作者观念发生了根本变化,浪漫主义的作者观念完全被颠覆了。这主要表现两者在作者与作品或文本的关系的理解上存在着根本的差异,浪漫主义认为,作者和作品是合而为一的,而事实上,这是扬作者贬作品的作者中心论的批评理路。20 世纪非个人化思潮则认为作者和作品是完全没有关系,这是贬作者而扬作品的作品中心论的观念。

我们可从浪漫主义诗人对诗人及与诗歌的关系论述来理解这一点。

在 1800 年《〈抒情歌谣集〉序言》里,华兹华斯在回答诗人是什么呢?他说:"诗人是以一个人的身份向人们讲话。"① 诗人是一个人,但他具有更敏锐的感受、更多的热忱和温情、更了解人的本性,而且有着更开阔的灵魂。缘此,诗人才能写出诗歌。而诗是什么? 华兹华斯写道:

> 我曾经说过,诗是强烈情感的自然流露。它起源于在平静中回忆起来的情感。诗人沉思这种情感直到一种反应使平静逐渐消逝,就有一种与诗人所沉思的情感相似的情感逐渐发生,确实存在于诗人的心

① 刘若端编:《十九世纪英国诗人论诗》,人民文学出版社 1984 年版,第 13 页。

中。一篇成功的诗作一般都从这种情形开始,而且在相似的情形下向前展开。①

华兹华斯说,诗是"情感的自然流露",但是,我们在这段话里可以看到,诗有自然流露的,也有非自然流露。因为,其一,情感有原初出自于诗人本身,也有诗人通过回忆和沉思得到的情感。其二,为了减少情感存在的差别,华兹华斯才说,诗的沉思活动本身也能产生情感,而且这种情感也是原初的,就存在于诗人的内心,朱光潜先生用中国诗学的"出入说"解释华兹华斯的意思,实际上,他没有看到华兹华斯理解情感存在得到矛盾。若是正视这一矛盾,我们就可以说,华兹华斯认为,诗有自然流露的,是由诗人原初的情感所形成,诗也有非自然流露,它是由替补的情感,即最终替代原初情感的情感来完成,因此,诗可能是自然流露,可能是平静中回忆和沉思。然而,无论如何,它们都是个人的情感。华兹华斯在一种矛盾的逻辑中证明了作者在现代文学体制里处于中心地位。

在《文学生涯》里,柯尔律治把华兹华斯的两个问题合二为一,他说:"诗是什么?似乎无异于问诗人是什么。对一个问题的答案,也就包括了对另一问题的解答。"②诗歌与诗人,或者说文学的作者直接相联系,这是浪漫主义作者观的基本表述。接下来,柯尔律治解释了诗人是什么,他写道:

　　因为,这是诗的天才本身所产生的特性,而诗的天才是善于表现并润色诗人自己心中的形象、思想和感情的。诗人(用理想的完美来描写时)将人的全部灵魂带动起来,使它的各种能力按照相对的价值和地位彼此从属。他散发一种一致的情调与精神,藉赖那种善于综合的神奇的力量,使它们彼此混合或(仿佛是)融化为一体,这种力量我专门用了"想象"这个名称。这种力量,首先为意志与理解力所推动,受着它们的虽则温和而难于察觉却永不放松的控制,在使相反的、不调和的性质平衡或和谐中显示出自己来:它调和同一的和殊异的、一般的和具体的、概念和形象、个别的和有代表性的、新奇与新鲜之感和陈旧与熟悉的事物、一种不寻常的情绪和一种不寻常的秩序;永远清醒的判断力与始终如一的冷静的一方面,和热忱与深刻强烈的感情的一方面,并且当它把天然的与人工的混合而使之和谐时,它仍然使艺

---

① 刘若端编:《十九世纪英国诗人论诗》,人民文学出版社 1984 年版,第 22 页。

② 刘若端编:《十九世纪英国诗人论诗》,人民文学出版社 1984 年版,第 69 页。

术从属于自然;使形式从属于内容;使我们对诗人的钦佩从属于我们
对诗的感应。①

柯尔律治把个人的才能,如意志、想象和理解与诗歌联系在一起,同时
他认为,诗人的力量是一种"神奇的力量",尽管"我们对诗人的钦佩从属
于我们对诗的感应"②,诗人在文学里地位与华兹华斯的观点一样处于中心
位置。

浪漫主义把作者奉若神明,就像雪莱说,诗人是立法者和先知。不过,
我们也看到,个人性的作者、天才却超越了自我,济慈的"消极能力"说可做
这一方面最好的解释。柯尔律治认为,天才是远离私人兴趣和环境,没有
自己现实生活的一切。诗人是离群索居的,是冷漠的。康德的无功利性
思想可做他们的理论根据,因为艺术作品的自主性需依赖艺术家的自主,
艺术家的自主在于他是无功利性的,这种矛盾的自主观正好说明作者是
他自己,又不是他自己。实际上,19 世纪晚期,作者就处在在场与不在场、
中心与边缘的矛盾之中。在朗吉努斯崇高观念里,诗人处在审美的中心,
而在柏拉图主义的神性的灵感里诗人失去了自主性和权威性,正如济慈
所说,诗人是一个变色龙,在万物中是最没有诗意的人。雪莱说,诗人灵
感过后也是一个常人,一方面,诗人是"世间未经公认的立法者"③;另一方
面,诗人是"不可领会的灵感之祭司","表现了连自己也不解是甚么之文
字;是唱着战歌而又不感到何所激发之号角,是能动而不被动之力量"。④
在这一方面,20 世纪西方文论与浪漫主义文论明显地截然不同,俨然成为
一种思潮。

俄国未来主义者反对象征主义的暗示的神秘性,他们认为,诗歌是一
种制作活动。在《怎样制作诗歌》一文里,马雅可夫斯基说:"诗是一种制
作……一种很困难、很复杂的制作,但可确信地说,它仍然是制作。"⑤ 从一
切艺术作品是艺术程序或手法介入的结果出发,俄国形式主义者认为,诗
歌本身是制作,是语言材料的艺术手法的特殊加工。这一文学观念相应带
来了对诗人地位认识的变化。诗人不是神,也不是创造者,他 / 她只能是
艺匠。"早期形式主义者从来不说,诗人,是艺匠。而一定说,诗人,只是艺

---

① 刘若端编:《十九世纪英国诗人论诗》,人民文学出版社 1984 年版,第 69 页。
② 刘若端编:《十九世纪英国诗人论诗》,人民文学出版社 1984 年版,第 69 页。
③ 刘若端编:《十九世纪英国诗人论诗》,人民文学出版社 1984 年版,第 160 页。
④ 刘若端编:《十九世纪英国诗人论诗》,人民文学出版社 1984 年版,第 160 页。
⑤ Victor Erlich, *Russian Formalism*, The Hague:Mouton Publishers, 1980, p.185.

匠。"①"艺匠"意味着,诗人或作者只是一个会写作的人,他们不再被视为像浪漫主义说的那样,充满想象的人或是天才,他们变成一个有着熟练的艺术技巧的匠人,去安排或者重新安排他们偶然掌握的语言材料。奥波亚兹干脆地说,并没有诗人或者说作者,有的只是诗歌或者说文学,"关于创作者个性的本质是什么的问题已被摒弃,而专注于语言的'处理'(handling),即语言的文学工艺学。"② 文学被看成是一种语言符号学现象,关于创造性主体及其心灵的心理学就没有地位了,文学艺术的手法的功能和法则是应当被关心的东西,"文学的变化不取决于作者的个人条件或心理状态,而取决于文学的已经存在的手法和传统等。形式主义者认为,独创性仅仅在于现有的手法的重新产生作用,而不是在于在以往的作家们的实际经验上发挥个人的想象。在这一意义上说,文学创作者的个性或生平显然全无作用可言。"③ 用现象学的观点看,俄国形式主义悬搁了创作主体,即作者的相关的个性、心理等问题,把文学还原到文学是一切艺术手法的运用,是一种语言符号现象。作者或诗人是使用艺术手法、运用语言符号的人,即艺匠。文学作品是一个自足的符号结构,它提出了诗人的不容替代的语言材料,它的价值不取决于语言学以外的知识。什克洛夫斯基说:"艺术作为一个独立的系统来理解。"④

新批评的先驱艾略特认为,诗人在诗歌创作过程中是中立的、客观的,他是一种特殊的媒介,诗歌意象通过这一媒介得以产生。诗歌作品是一个自主的世界。新批评关注文学特性,作者的意图应该被排除在外。在《意图谬误》一文里,维姆萨特和比尔兹利认为,文学作品是一件公众的物品,而不是个人私有的创造物。作者在写作时的体验和意图是短暂的,随时间会消逝,体验和意图不能决定作家的作品的意义、效果或功能,它们要通过文学作品本身来辨别。这样,对作者的生平、生活环境以及作者对创作的看法和作品的产生等的研究都被排除于批评范围之外。在《感受谬误》一文里,维姆萨特和比尔兹利又认为,文学并不关心对读者所产生的效果。文学

① 巴赫金:《文艺学中的形式方法》,邓勇、陈岩松译,中国文联出版公司1992年版,第92页。在《周边集》里,译为"诗人是大师",这里,我按照单行本《文艺学中的形式方法》的译法纯属论述的需要。

② 布洛克曼:《结构主义》,李幼蒸译,商务印书馆1980年版,第37页。

③ 茨维坦·托多洛夫编:《俄苏形式主义文论选》,蔡鸿宾译,中国社会科学出版社1989年版,第30页。

④ 茨维坦·托多洛夫编:《俄苏形式主义文论选》,蔡鸿宾译,中国社会科学出版社1989年版,第24页。

作为自主之物,研究这个客体的效果而不研究客体本身,这是本末倒置的做法,因为产生效果的原因存在于客体之中,所以,必须区分开效果和意义或者说"认识结构"。效果最好置于研究范围之外,文学批评需要关注的是意义,意义是公众能接受的作品中客观的组成部分。新批评与俄国形式主义不同在于,它并没有完全不顾作者,还要考虑作者的作用,只是在方法论上将作者的地位从作品的外部移到作品的内部,从传记的批评转到纸面上的文字批评。

结构主义强调的是作者移心,穆卡洛夫斯基说:"'我'——以某种姿态(虽然姿态可以千变万化)出现在每一件艺术品和每一部作品里的主体——既不与任何具体的心身性个人,也不与创作者本身同一。作品的整个艺术结构都凝聚于这一点上,并按此加以组织。然而任何个性——作者的个性以及受者的个性——都能投射在它上面。"[①] 自此以后,作者作为自足的和权威性的、决定一切事物的基点就被摒弃了,取而代之的是一个多功能的语言,作者及其个性的问题是作为艺术品的一个因素发挥作用。伴随着20世纪语言论转向,语言替代作者成为文学研究中心问题。巴特认为,文学的问题就是语言问题,"叙事作品中'发生的事情',从指物的(现实的)角度来看,是地地道道的无中生有。'所发生的',仅仅是语言,是语言的历险。"[②] 这样,作者、主体被取消了,"主体仅仅被视为语言、文化或无意识的产物而被摒弃或彻底非中心化,其能动的或创造性的功能也遭到了否弃。结构主义强调符号系统、无意识、社会关系的首要性,强调主体性与意义的派生性。按照这种模式,意义不再是自主主体的清晰意向的产物;主体本身也是由它在语言系统中的关系所构成的,主体性因而被视为只是社会和语言的建构物。言语,亦即单个主体对语言的特殊使用,是由语言亦即语言系统本身所决定的。"[③] 在话语文本非个人化阶段,能指放在比所指更重要的位置上,以此来表明语言的动态生产性和意义的不稳定性,表明他们同意义的表现图式的决裂。在传统意义理论中,能指依赖于有意识的心灵的所指。然而在后结构主义者看来,所指仅仅是无休止的指意过程中的一个瞬间,在这个过程中,意义并不是在主客体间的稳定的指涉关系中生成的,而仅仅是在所指的无限的、模棱两可的游戏中生成的。拉康能指理论表明,能指不仅在所指之上,而且它由于依照有限的规则而组合起来而具有了拓扑性质,即能指像

①　转引自布洛克曼:《结构主义》,李幼蒸译,商务印书馆1980年版,第56页。
②　张寅德编:《叙述学研究》,中国社会科学出版社1989年版,第40—41页。
③　凯尔纳:《后现代理论》,张志斌译,中央编译出版社2004年版,第24页。

一个项链一样一环紧扣一环构成一个连环,对意义研究也需要关注能指和能指之间的关联性,"意义坚持在能指连环中,但连环中的任何成分都不存在于它在某个时刻本身所能表示的意义中。"① 用德里达的话说:"意义的意义是能指对所指的无限的暗示和不确定的指定……它的力量在于一种纯粹的、无限的不确定性,这种不确定性一刻不息地赋予所指以意义……它总是一次又一次地进行着指定和区分。"② 德里达用"撒播"的指意生产过程来取代对结构内部意义生成。

因此,浪漫主义文论与 20 世纪形式主义文论的差别就成为世纪之巨变,这也正是非个人化思潮在 20 世纪西方文论得以盛行的原因所在。

这里,我们并不是说形式主义文论的作者观是完全正确的,为了说明这一点,我们须稍微提及一下巴赫金的作者理论。

巴赫金认为,艺术和生活的统一,"个人应该全面承担起责任来:个人的一切因素不仅要纳入到他生活的时间序列里,而且要在过失与责任的统一中相互渗透"。③ 这就是"应分",即我的参与者的功能。理解对象就意味着理解我对它的"应分"的态度,意味着理解它在唯一的存在即事件中同我的关系。这就要求不是摆脱自己,而是表现出我的负责的参与精神。只有从我的参与性出发,才能理解作为事件的存在,而离开了行为,在可见的内容含义中是找不到这个唯一的参与性的。唯有承认我从自己唯一位置出发而独一无二地参与存在,才能有产生行为的真正中心,我身上的一切都应成为这样的负责行为,具备此条件,我才能真正地在生活。在自我与他人、参与责任这样哲学理念基础中,巴赫金认为,作者在存在中的唯一位置,他的完美能动性只有一个,那就是脱离开审美观照的建构整体一切因素而处于其外位,"艺术家的神奇之处就在于他有着至高的外位性。"④ 作者第一次有可能用统一的确认价值的能动性来包容整个建构,既含空间的建构又含时间的建构。"外位是把围绕几个主人公所形成的不同层面,归结为一个审美形式的统一价值层面所必不可少的条件。"⑤ 从这个唯一的外位出发,能够积极地实现审美观照。主体的外位,空间上、时间上、价值上的外位,使得主体首次有可能发挥组建作品的审美能动性。"作者极力处于主人公一切因素的外位:空间上的、时间上的、价值上的以及含义上的外位。处于这种外

① 拉康:《拉康选集》,褚孝泉译,上海三联书店 2001 年版,第 433 页。

② 凯尔纳:《后现代理论》,张志斌译,中央编译出版社 2004 年版,第 27 页。

③ 巴赫金:《哲学美学》,晓河等译,河北教育出版社 1998 年版,第 2 页。

④ 巴赫金:《哲学美学》,晓河等译,河北教育出版社 1998 年版,第 228 页。

⑤ 巴赫金:《哲学美学》,晓河等译,河北教育出版社 1998 年版,第 80 页。

位,就能够把散见于设定的认识世界、散见于开放的伦理行为事件之中的主人公,整个地汇集起来,集中他和他的生活,并用他本人所无法看到的那些因素加以充实而形成一个整体。"① 这样,巴赫金剥夺了传统观念中作者绝对自主的特权,将其从作品世界的中心放逐,并使之投身于作品叙述活动的交流中,作者作为一种新现象凸显出来,"作品的作者只存在于作品的整体之中,他不可能存在于从这一整体分离出来的某一成分之中,更不可能存在于脱离这一整体的内容中。"② 而传统的理论恰恰是试图从"脱离这一整体的内容之中"寻找作者,这就势必会导致将作品的作者与现实作者等同起来,将作者的形象与现实的人的形象融为一体。在巴赫金看来,真正的作者不可能成为形象,因为他是作品中的任何一种形象,任何一种形象因素的创造者,而进行创造的作者不可能在他本人作为创造者的范围内被创造出来,他不是一个形象而是创造形象的一种功能,于是,作者存在于作品中,但我们却又无法看见他。作者越能远离作为现实作者的外在特性,即自然的历史的时空特性,就越能自如地丰富含义语境赋予他的意义,同样他的含义语境越丰富,就越能彻底地摆脱现实作者的外在特性。而现实作者外在特性的恢复则意味着创作的中断或终止。

　　本章在历史地考察西方文学不同历史时期作者观念的基础上,集中讨论了"作者之死"及其相关的理论观点。巴特的"作者之死"宣告了具有创造性、个人性的作者的死亡,这为开放的、具有生产性的文本打开了自由之门。福柯的"作者—功能"理论则证实了作者是历史文化的构成物,他只是话语文本的功能之一,从来就不存在具有想象性、创造性的作者。由此,本文归纳出非个人化思潮中作者理论四个要素:(1)作者的化身;(2)读者;(3)撰稿人;(4)文化构成物。

---

① 巴赫金:《哲学美学》,晓河等译,河北教育出版社 1998 年版,第 110 页。
② 巴赫金:《哲学美学》,晓河等译,河北教育出版社 1998 年版,第 120 页。

第五章　非个人化思潮与语言问题

在前面我们就已经指出，20 世纪非个人化思潮自始至终涉及两个主要问题，即作者问题和语言问题。对于这两个问题，非个人化思潮有着截然相反的态度，前者是非个人化思潮所摒弃的，因为作品的起源和意义归之于作者，在他们看来是站不住脚的，也是不可靠的。相反，非个人化思潮则极力肯定后者，因为语言形式是作品或者文本的起源和意义所在，"文学本身成了一种科学，但这种科学不再是一种关于人的心灵的科学，而是一种关于人的语言（话语）的科学。"[①] 不过，在整个非个人化思潮的演变过程中，对语言的认识在不同阶段有所差异。在客观性非个人化阶段，语言要客观、精确。例如，福楼拜的"一字"说，他在传授莫泊桑文学创作经验时说，文学语言要使用唯一的动词、唯一的形容词精确地描绘出对象。同样，艾略特要求文学语言的精确、有分量，这从他对戏剧语言和机智语言的理解可以看到。在形式本体论阶段，本体语言的追求成为基本的趋势，如，俄国形式主义的"陌生化"语言说，新批评的语言的"悖论"说、"张力"说和"含混"说等，结构主义则直接把语言学模式运用到文学，把文学看作一种语言问题。到话语文本的非个人化阶段，本体语言遭到质疑和批判，语言并非如想象的那样有着一个稳定的、牢靠的形式本体和结构本体提供给文学，因为语言本身是一种存在方式，它有自己的言说方式，有自己的运作的游戏规则，"与其说作者控制了他或她所使用的语言，还不如说语言控制了作者（我们可能考虑这种观念）。从这个方面看，语言可以被视为一个任何作家必须内化地运用的一种系统：语言的系统与规则不可避免地支配了某个人言说的各种可能性。"[②]

总而言之，语言对非个人化思潮有着重要的意义，这是毋庸置疑的。这里，我们需要就索绪尔之后的语言学问题展开论述，在论述之前，我们先讨论一下本体语言观。

---

① Richard Macksey and Eugenio Donato, ed. *The Strucuralist Controversy*, Baltimore and London: The Johns Hopkins University Press, 1982, pp.144-145.

② Andrew Bennett and Nicholas Royle, *An Introduction to Literature、Criticism and Theory*, Harlow: Pearson Education Limited, 1995, p. 21.

第一节　本 体 语 言

一、对语言工具论的批判

19世纪基本倾向是,语言是一个工具和媒介。人的思想和感情都是借助于语言而传达和表现出来。语言好像我们手边物,用则拿起,不用则弃之。按照海德格尔的理解,物有自然物和使用之物的区别,对物的解释有三种:物是其特征的载体;物是感官上被给予的多样性之统一体;物是具有形式的质料。海德格尔认为,第一种关于物的解释使我们与物保持着距离;而第二种解释则过于使我们被物所纠缠。在这两种解释中,物都消失不见了。至于第三种解释给物以持久性和坚固性的东西,即把物规定为质料,同时也就已经设定了形式。物的持久性,即物的坚固性,就在于质料与形式的结合。物是具有形式的质料,这是亚里士多德以来对物认识的传统观念,这种物的解释要求直接观察,凭这种观察,物就通过其外观关涉于我们。然而,海德格尔却指出,这种观念有扩张和空洞化之嫌,从而表现为对物的一种扰乱。这三种对物的认识也同样适合于语言。语言有自己的语言性一面,也有有用性的一面。将语言看作是工具和媒介的观点突出了有用性的方面,抛弃了其语言性方面。福柯指出,语言在古典时期以相似性为其特征,具有适合、仿效、类推和交感的作用,适合、仿效、类推和交感告诉我们,世界必须如何反省自己、复制自身、反映自身或与自身形成一个链条,以使物能彼此相似。但相似性如何被人认出这个关键问题并没有被提出来,因而,"整个相似性作用就将处于逃避自身或隐匿在黑暗中的危险。"① 相似性形成了物与词之间关系,是古典知识型时期人们发现事物的基本原则,而它并不是语言的属性。在近代知识型中,语言成为感官可感知的东西,命题结构和语言结构完全一致,它与人的心灵结构也完全一致,因而语言自然成为人类使用工具之一。语言是由命名表象对象那些词组成的,"词是一个名词。它是一个专名,因为它总是指向一个特殊的表象,除此之外,它什么都不指。"② 语言也并非质料与形式的结合,或者内容和形式的结合体。实际上,这些都是人类赋予语言的一种尺度,用于衡量人类自身,而语言之为语言却被遗忘了。然而,遗忘并不否认语言性的存在。语言令人困惑的属性在整个19世

① 米歇尔·福柯:《词与物》,莫伟民译,上海三联书店2001年版,第35页。
② 米歇尔·福柯:《词与物》,莫伟民译,上海三联书店2001年版,第130页。

纪已显露出来,"语言离存在最近,语言最能命名存在,最能传达存在的基本意义并使之闪亮,最能使存在变得完全明显。从黑格尔到马拉美,这一在存在与语言的关系面前产生的震惊,避免了把动词重新引入诸语法功能清一色秩序中去"。①

然而,19世纪语言的工具性干扰着我们对语言自身属性的认识,使之处在遮蔽状态。海德格尔称语言工具论是"世界图画的时代"对技术化支配的渴望,是一种人本主义形式,因为它是一切事物都依赖于人的方式。"把语言看作只是一个工具、只是实现人类特定目的的手段,在海德格尔看来,这不过是虚无主义这个对存在的最后遗忘的又一征兆。"② 海德格尔在物的有用性背后上发现了物的可靠性,有用性在可靠性中漂浮着。要是没有可靠性就没有有用性。具体的工具会用旧用废;有用本身也变成了无用,逐渐损耗,变得寻常无殊。于是,工具之存在进入萎缩过程中,沦为纯然的工具。而在可靠性之中,我们才能发现工具实际上是什么。海德格尔通过凡·高的油画《鞋》解释了物的可靠性是什么,他写道:

> 凡·高的油画揭开了这个器具即一双农鞋实际上是什么。这个存在者进入它的存在之无蔽之中。希腊人把存在者之无蔽状态命名为⋯⋯真理⋯⋯在作品中,要是存在者是什么和存在者是如何被开启出来,也就有了作品中的真理的发生。在艺术作品中,存在者之真理已经自行设置入作品中了。在这里,"设置"(setzen)说的是:带向持立。一个存在者,一双农鞋,在作品中走进了它的存在的光亮中。存在者之存在进入其闪耀的恒定中。③

海德格尔发现物的物性是可靠性,它使物进入其存在的光亮中,使存在者进入无蔽状态、澄明之境。这也正是福柯所说的"语言离存在最近,语言最能命名存在,最能传达存在的基本意义并使之闪亮,最能使存在变得完全明显"。④

伽达默尔同样对语言工具论表示不满,他写道:

> 语言并不是意识借以同世界打交道的一种工具,它并不是与符号

① 米歇尔·福柯:《词与物》,莫伟民译,上海三联书店2001年版,第130页。
② 理查德·罗蒂:《后哲学文化》,黄勇编译,上海译文出版社2004年版,第137页。
③ 海德格尔:《林中路》,孙周兴译,上海译文出版社2004年版,第21页。
④ 米歇尔·福柯:《词与物》,莫伟民译,上海三联书店2001年版,第130页。

和工具——这两者无疑也是人所特有的——并列的第三种器械。语言根本不是一种器械或一种工具。因为工具的本性就在于我们能掌握对它的使用,这就是说,当我们要用它时可以把它拿出来,一旦完成它的使命又可以把它放在一边。但这和我们使用语言的词汇大不一样,虽说我们也是把已到了嘴边的词讲出来,一旦用过之后又把它们放回到由我们支配的储备之中。这种类比是错误的,因为我们永远不可能发现自己是与世界相对的意识,并在一种仿佛是没有语言的状况中拿起理解的工具。①

对于人类生活而言,语言如同我们呼吸的空气一样包围着我们,它有自己存在方式,它具有自我遗忘性、无我性和普遍性的特征。"我们用学习讲话的方式长大成人,认识人类并最终认识我们自己。学着说话并不是指学着使用一种早已存在的工具去标明一个我们早已在某种程度上有所熟悉的世界;而只是指获得对世界本身的熟悉和了解,了解世界是如何同我们交往的。"② 因此,语言是人类共同存在领域和理解领域,在这个领域,人类进行对话,达成共同理解。在伽达默尔看来,语言是人类真正存在的媒介,"正如亚里士多德所说,人实际上就是具有语言的生物。一切与人有关的事情,我们都应该让它们说给我们听。"③ 学着聆听语言,语言是我们存在场所,这是海德格尔和伽达默尔对语言本体共同看法。

维也纳学派对语言批判应该是以维特根斯坦为代表。维特根斯坦说:"一切哲学都是语言的批判"。④ 在《逻辑哲学论》中,维特根斯坦坚持日常语言是不够精确、不够纯粹、不够科学的,因而必须加以净化,建立一套完全符合逻辑形式的"理想的语言"。这种"理想的语言"体现在"图像"理论中。在维特根斯坦看来,"图像"所表现的是它的意义,名字的意思在于它的所指,而名字和命题联系起来,他说:"只有命题有意义,而只有在命题的连结中,名字才有意指。"⑤ 这就是说,名字只有在命题的连接中,才有确定

---

① 汉斯－格奥尔格·伽达默尔:《哲学解释学》,夏镇平、宋建平译,上海译文出版社 2004 年版,第 63 页。

② 汉斯－格奥尔格·伽达默尔:《哲学解释学》,夏镇平、宋建平译,上海译文出版社 2004 年版,第 63 页。

③ 汉斯－格奥尔格·伽达默尔:《哲学解释学》,夏镇平、宋建平译,上海译文出版社 2004 年版,第 70 页。

④ 维特根斯坦:《逻辑哲学论》,张申府译,北京大学出版社 1988 年版,第 48 页。

⑤ 维特根斯坦:《逻辑哲学论》,张申府译,北京大学出版社 1988 年版,第 42 页。

的所指,命题的上下文规定名字的指谓。名字、命题都是由上下文结构规定其意义的,它们是一套符号系统。由这套符号系统组成的"图像",一方面有其所指,另一方面却又有自身的内部结构和内部的规则,这两个方面组成了错综复杂的关系,使语言结构规定名字、命题之所指,而有所指的语言把对象变为"事实",这样使"图像"系列和"事实"系列结合起来。由此看来,语言有两个方面:一是它的所指,二是它的逻辑结构。所指是语言与外部世界的关系,这是维特根斯坦语言批判主要对象,名字与外部世界并非存在对应关系,它是由一种逻辑结构所决定的。逻辑结构是语言自身内部的逻辑关系,这是一种语言本体说的观念。因此,在语言批判中,《逻辑哲学论》把认识论和本体论统一起来。然而,维特根斯坦把语言批判变成了对语言的限制:语言成为不可说的东西。"我们对不可言说者必须保持沉默。""凡能显示的,不能言说。"[①]"图像"理论在维特根斯坦的《哲学研究》里从根本上发生了动摇:"图像"只是语言的一种功能,并不能囊括一切。

总之,语言与人之间不存在工具性的使用关系,语言并非人们用来传达思想和感情的工具,"无论作为种族或者个体,人并不先于语言而存在。我们从来没有发现人可以脱离语言,人创造语言目的在于'表现'自身发生的一切:正是语言告诉我们人是什么,而不是相反。"[②]

二、语言本体论的创立

语言本体说在 19 世纪洪堡的语言学理论已经显雏形,一种语言就是一种世界观,这一观点体现了一种语言本体说,伽达默尔把洪堡视为现代语言学创始人也正是看到了这一点,这是有其道理的。但是,真正语言本体论的创立是结构语言学的出现,它以索绪尔为代表。索绪尔批判了 19 世纪的历时语言学,创立了自己共时语言学。共时语言学研究语言在某一具体时刻上的整体状态,而历时语言学则研究一定时间跨度内的一个具体语言成分。共时语言学研究的是语言内部结构关系问题。索绪尔对语言结构关系独特贡献表现在两个方面,一是语言符号的能指和所指的区分;一是语言的纵向聚合关系和横向组合关系。在索绪尔看来,能指是声音形象,而所指则是概念,所指却是一种形式关系,是由能指的形式系统确定的。两者之间存在任意的关系。任意性原则揭示了语言符号的内部结构的不稳定性,这对语言

---

① 维特根斯坦:《逻辑哲学论》,张申府译,北京大学出版社 1988 年版,第 74 页。

② Richard Macksey and Eugenio Donato, ed. *The Strucuralist Controversy*, Baltimore and London:The Johns Hopkins University Press, 1982, p.135.

乃至一个文本的认识产生了巨大影响。巴特把文本视为"能指的天地",德里达把文本视为能指的游戏,拉康提出了一种精神分析学的能指理论,"能指主人"、能指的欲望成为拉康精神分析的关键术语。这些都是对索绪尔结构语言学的发展和深化。而聚合关系是语言形式一种垂直的、共时关系,就是说,一个词在所有语言成分中可能占据某种位置,这一位置对比其他词类的关系,它能够替代其他词语存在。组合关系是一种线性、历时关系,这就是说,一个单词在句中的意义是由它与一些词汇种类的关系所决定,这是词类的序列之间关系,句子沿着水平轴线依照它的必要顺序伸展开来。雅各布森发展了索绪尔对聚合关系和组合关系的认识。他认为,聚合关系是一种相似性关系,而组合关系是一种邻近性关系,前者是隐喻,后者是转喻。隐喻和转喻的对立其实代表了语言的共时性模式和历时性模式的根本对立的本质。正如罗伯特·休斯对索绪尔评价所说:"由于 19 世纪语言学的巨大成就都是在历时研究方面取得的,所以索绪尔的观点是对传统观念的根本冲击"。① 这种冲击力主要表现在索绪尔结构语言观建立,语言本体说最终得以确立。相对于洪堡和维特根斯坦的语言本体说建立的不明确性,索绪尔才是真正的语言本体论创立者,因此,人们公认索绪尔是现代语言学的创始人。

总之,在结构语言学中,作者和主体的人陷入一个巨大而无情的语言网络中,在这个结构嬉戏的舞台上,没有作者和主体的人的位置,在语言面前,作者和主体的人最终变成语言的功能,实际上,作者和主体的人已经被驱逐出语言学的领域,消失在语言和结构的巨大陷阱中。在语言结构设定的空间中,作者和主体的人在其中不断地消失。

三、文学中的语言本体性

我们知道,盛行 19 世纪的语言工具说,即语言的有用性在 20 世纪衰败了,语言本体论成为 20 世纪语言观念的主流。在文学领域里,对文学语言的认识情形大致相同。在 20 世纪初期,俄国形式主义以形式本体论来抵制语言工具性。俄国形式主义取消了形式与内容的区分,赋予形式以崭新的功能。19 世纪看重内容,认为形式只是一种装饰性的附加物,形式好像是一个容器,可以往里灌注内容,从理论上说,同一容器可以容纳许多不同的内容,形式依据内容的迫切需要作出反响而改变。例如黑格尔的艺术三

---

① 罗伯特·休斯:《文学结构主义》,刘豫译,生活·读书·新知三联书店 1988 年版,第 26 页。

阶段说里,理念作为内容,一直冲击着形式的外壳,最终占据着主导地位。这种内容重于形式的看法,始终看重的是语言的有用性,语言作为一个工具被作家所使用。俄国形式主义将内容高于形式的看法倒置了,专心致力于形式,"唯有形式才是可理解的,而内容只不过是丧失任何重要价值的残质。"①对形式的关注主要也是对语言形式的关注,因此,语言本身的特性研究就提到了俄国形式主义的日程上来。什克洛夫斯基最早对语言本体有清醒的意识,他明确说:"词——是物。"②"书的词语——这是装下宇宙图书馆的语言。"③因而,文学需要研究语言规则变化。在晚年,他仍坚持这一观念,"词语来来往往,它们宛如从思想之林折下的根茎,而思想之林就是它们栖息并冲撞之所。"④"词的最主要的命运在于它是存活于句子之中。而且它的生命有赖于种种重复。"⑤俄国形式主义通过对日常普通语言和诗歌语言区分来分析语言本身的特性。在俄国形式主义者看来,语言本体属性并不存在于日常用于交际和交流的普通语言,因为日常语言总是带有一定的目的,这与维也纳学派对日常语言不精确的批判有区别。诗歌语言不同于普通语言就在于它没有任何目的和实用要求,其目的就是自身,因此语言本体属性存在于诗歌语言中。"在日常用语中,词语似乎是纵向连接的,每一个词对应它所代表的现实。但是在文学中,意义的单元是文字本身。"⑥雅各布森使用了一个烹调术的例子说明这个问题。雅各布逊说,我们不能单吃食油,但是,食油与其他食物一起使用,它就不单纯是添加物,食油大大改变了食物的味道,菜肴好像不和原来的无油的菜肴有任何联系。这里烹调术就是手法,艺术中手法对素材的"成分"起着完全相同的效用,它改变了这些"成分"在非文学的情景中被运用的方式,并使这些"成分"就范。例如,沙丁鱼这个词在诗中不再指示原物,而其语言特征可以最大限度地置于前景之中,象马拉美诗中的花不再指向花,"鱼"这个词通常所指的东西也可不再出现在眼前。因此,日常语言必须有其所指示的对象,而诗歌语言是无所指的,它并不指向本身以外的物体,也不传达说话人的感情色彩,它是完全自足的、自含价值的。但是,俄国形式主义把语言本体落实在诗歌语

---

①　克洛德·列维-斯特劳斯:《结构人类学》(二卷),俞宣孟等译,上海译文出版社1999年版,第130页。

②　什克洛夫斯基:《散文理论》,刘宗次译,百花洲文艺出版社1997年版,第3页。

③　什克洛夫斯基:《散文理论》,刘宗次译,百花洲文艺出版社1997年版,第102页。

④　什克洛夫斯基:《散文理论》,刘宗次译,百花洲文艺出版社1997年版,第2页。

⑤　什克洛夫斯基:《散文理论》,刘宗次译,百花洲文艺出版社1997年版,第3页。

⑥　蒂费纳·萨莫瓦约:《互文性研究》,邵炜译,天津人民出版社2003年版,第99页。

言上进行阐述,必然留下一些理论困惑。其一,日常语言和诗歌语言的对立区别并没有真正阐明语言本体问题,日常语言与诗歌语言一样也有其本体属性的一面,仅仅把诗歌语言放在本体地位,就会有一些论证不完整的缺憾;其二,手法并非把握语言本体的要害,因为手法既是共时又是历时的,若是从手法共时层面认识语言本体,那么必然放弃对手法历时层面的把握。说到底,手法不是语言内部结构的属性,它是认识语言内部成分组合关系变化一种手段而已。

新批评对语言本体的地位理解来自于瑞恰兹对科学语言和情感语言的区别。在《文学批评原理》中,瑞恰兹提出,科学与诗歌区分在于科学语言是"指称性的",而诗歌语言是"感情性"的。他说:"一个陈述的目的可以是它所引起的指称,不管是正确的指称还是错误的指称。这是语言的科学用途。但一个陈述的目的也可以是用它所指称的东西产生一种感情或态度。"① 在《科学与诗》中,他把诗定义为非指称性的伪陈述,诗歌语言"其真理性主要是一种态度的可接受性。发表真实的陈述不是诗人的事"②。温特斯在此基础上提出了概念—感情二元说。兰色姆在《世界躯体》中指出,科学的世界是抽象的,而诗歌世界是具体的,对此,布鲁克斯解释说:"文学给我们的知识是具体的——不是概括事物,而是对一种事实本身的特殊的关注。"③ 正是对"事实本身的特殊的关注",兰色姆在《作为纯思辨的批评》中提出了结构—肌质说,他认为,科学只有结构,而文学既有结构又有肌质。他说:结构(structure)是"诗无法逃避的对实在所发表的逻辑陈述"④。这就是说,一首诗的结构就是能用散文加以转述的东西,是使作品的意义得以连贯的逻辑线索,即诗的逻辑核心。作品中无法用散文转述的部分则为"肌质"(texture)。诗歌的肌质与结构无关,它们并非结构的附属品,而是分立的(1ocal)。科学只有结构,它即使有肌质,也是附属于结构的,不能分立。兰色姆认为,诗的本质,其精华都在于肌质而不在结构,肌质才是具体的"世界躯体"。诗的特异性就在于其肌质与结构分立,并且其重要性超过结构。"诗是一些局部细节的结合物,在这些细节上附丽着一些独特的兴趣。"⑤ 因此,诗歌被"肌质化"为一种本体存在,追求诗歌的肌质就是追求一种本体的活动。但是,肌质是语言具体的、细节化的东西,而非语言本体,

① 瑞恰兹:《文学批评原理》,钱佼汝译,百花洲文艺出版社 1995 年版,第 76 页。
② 转引自赵毅衡:《新批评》,中国社会科学出版社 1986 年版,第 8 页。
③ 转引自赵毅衡:《新批评》,中国社会科学出版社 1986 年版,第 11 页。
④ 转引自赵毅衡:《新批评》,中国社会科学出版社 1986 年版,第 33 页。
⑤ 转引自赵毅衡:《新批评》,中国社会科学出版社 1986 年版,第 32 页。

语言之为语言存在方式不是肌质能够回答的。布鲁克斯等又提出"有机整体"说,他们认为,诗歌是各种关系组成的有机系统,并且诗歌作为一个整体的观念,各种因素在这个整体中起作用。在这个有机整体中,各部分应该互相平衡。布鲁克斯说:"诗的美在于整株草木的开花,它需要茎、叶和隐伏的根。"① 诗歌没有多余的部分,其效果是从全部因素产生的。在此基础上,布鲁克斯认为,诗歌语言是悖论语言,它是各种矛盾成分统一,各种力量的平衡。这种悖论语言有着某些本体论色彩,但是,它不是真正的语言本体说,这与俄国形式主义用手法解释语言本体说犯了同样的毛病。值得注意的是,新批评的结构概念有两种意思,一是兰色姆所说的逻辑陈述,二是布鲁克斯所说的平衡与协调的模式,这种结构能够把各种不同因素安排成同类的组合体,使类似的东西成双成对,或者把相似的与不相似的因素结合在一起。其实,这种是有机整体说的翻版,与结构主义的结构观念相去甚远。

因此,我们可以说,无论俄国形式主义或英美新批评,尽管对语言本体有着一定的意识和认识,但都没有形成真正的语言本体论,不过,它们对语言工具论坚决地予以抵制,对语言本体论的形成产生了一定的影响。

布拉格学派一方面继承了俄国形式主义的文学语言观,另一方面接受了索绪尔的结构语言学,因此,文学语言本体论在那里基本形成。穆卡洛夫斯基在这一方面有着突出的贡献,其一,穆卡洛夫斯基阐明了文学语言的标准和偏离。在穆卡洛夫斯基看来,对诗歌语言来说,标准语言是一个背景,是诗歌出于美学目的借以表现其对语言构成的有意扭曲,即对标准语的规范的有意触犯的背景,"这是问题的核心所在。诗的语言的功能在于最大程度地把言辞'突出'。"② "所谓突出,就意味着把一次构成放到前景的显赫位置上,而所谓占据前景,也是跟留在背景上的另一个或另一些构成相对而言。"③ 突出是"自动化"的反面,自动化使语言程式化,突出则意味着对这种程式的破坏,标准语的纯粹形式,如以公式化为目标的科技语言,就极力避免突出。于是,一个由于其新而被突出的新词语,立即在一篇科学论文中被赋予了确切定义,从而被自动化了。当然,"突出"在标准语言有所体现,例如在报刊文章、尤其是在政论文章中还是甚为普遍,但是在这里,它总是服从于交流的:它的目的在于把读者(或听众)的注意力吸引到由突出表达手

---

① 赵毅衡编:《新批评文集》,百花文艺出版社 2001 年版,第 378 页。

② 伍蠡甫、胡经之主编:《西方文艺理论名著选编》(下卷),北京大学出版社 1987 年版,第 416 页。

③ 伍蠡甫、胡经之主编:《西方文艺理论名著选编》(下卷),北京大学出版社 1987 年版,第 417 页。

段所反映出来的主题内容上面。"在诗歌语言中,突出达到了极限强度:它的使用本身就是目的,而把本来是文字表达的目标的交流挤到了背景上去。它不是用来为交流服务的,而是用来突出表达行为、语言行为本身。"① 于是,在一部作品中意义的反自动化就是不断地通过词汇选择来进行的,而在另一部中,又可能同样不断地通过在上下文中结合在一起的词的特殊的语义关系来实现。两种过程的结果都是意义的突出,但是各自作用不同。标准语言出于交流的目的,句子中每个词的存在不是独立的。词和句子前后衔接看起来是必然的,似乎完全是由信息的性质决定的。诗歌语言个别的词义和句子的主题内容之间的关系被突出,词的前后衔接不再自然平淡;句子中出现了语义的跳跃、突破,它们挣脱了语言交流的条件限制,成为了语言的一部分。实现这种突破的主要手段是不断地将基本意义的层次跟明喻和暗喻的层次相交。有些词在上下文中的某部分应被理解为其引申意义,另一部分则为其基本意义。这种有双重意义的词便正巧是有语义突破的地方。"人们可以感到那使词与词之间相互影响的决定性力量。在语言集团的眼前,句子有了生命,结构成了力量的交响乐。"② 其二,语言是一个结构系统。"在一部特定的诗作里,若干构成的系统性的突出包含在这些构成的关系的渐变中,即在它们的相对主从关系之中。在这种层序中占位最高的构成为主导因素。其他构成及其关系,无论突出与否,都受到主导因素的标准的衡量。起主导作用的构成推动其他构成的关系不断发展并确定其方向。一首诗,即使在完全未突出的情况下,其材料也是跟各构成的相互关系交织在一起的。"③ 因此,诗歌的背景有两种:标准语言的规范和传统美学准则。这两种背景都是潜在的,虽然其中一种在某一个具体例子中将占据统治地位。在语言要素大量突出的时期,标准语言的规范占据支配地位,而在突出活动适度的时期,则是传统美学准则占据统治地位。"如果后者大大地扭曲了标准语言的规范,那么它的适度的歪曲也势必形成对标准语的规范的更新。其所以如此,也正因为适度二字。诗作中突出和未突出的成分之间的相互关系形成了诗的结构。这种能动的结构包括了聚合和散发,构成了不可肢解的艺术整体,这是因为它的每一项构成都是在与整体的关系中

① 伍蠡甫、胡经之主编:《西方文艺理论名著选编》(下卷),北京大学出版社 1987 年版,第417 页。

② 伍蠡甫、胡经之主编:《西方文艺理论名著选编》(下卷),北京大学出版社 1987 年版,第428 页。

③ 伍蠡甫、胡经之主编:《西方文艺理论名著选编》(下卷),北京大学出版社 1987 年版,第418 页。

才获得了自己的全部价值。"①

受索绪尔结构语言学影响,结构主义基本上认为,语言是一个系统,在此系统中,各成分完全由它们在系统中的相互关系界定;此系统有不同层次,同一个层次上的各种成分与其他层次上的各种成分形成对照,每一层次上的一些成分通过结合形成更高的层次。结构主义语言学的缺陷在于,它是静态的,而不是动态的,是共时,而不是共时和历时相结合的。在文学中,结构主义把索绪尔的语言学模式直接运用到文学之中,特别是叙事文学作品,巴特说:"把语言学本身作为叙事作品结构分析的基本模式似乎是适宜的。"② 这种自信使结构主义把语言本体论运用到文学中,获得两个方面成就:(1) 寻找文学作品,尤其是叙事文学作品的共同模式,"共同模式存在于一切言语的最具体、最历史的叙述形式里。"③ 托多洛夫、格雷马斯称之为"叙述语法",布雷蒙称之为"叙述逻辑"。(2) 建立文学科学。在巴特看来,语言学把生成的模式赋予文学,文学科学建立有了自身的原则,因此,文学科学"不可能是一种有关内容的科学……而是形式的科学"④。它关心的是由作品产生的生成意义,"意义是由人类象征的逻辑以可接受方式而生成的。"⑤ 这种意义并非作品的实义,而是负载一切的虚义。托多洛夫把文学科学看作以自身为对象的诗学,强调诗学的对象是自身的方法。

文学结构主义的两个方面成就在后结构主义时代破灭了,"这有点像一座荒无人烟或用气吹成的城市的构造,它被某种自然或艺术灾难减至骷髅架子。"⑥

四、语言本体论的意义

伴随着 19 世纪语言工具论的衰微,语言本体论占据着 20 世纪语言学的主流。这种转变在人文社会科学领域产生了巨大的影响,使得 20 世纪人文社会科学发生了前所未有的变革,首先,语言符号是一种形式结构,而并非一种指涉外在事物的表象工具,语言符号与外在世界没有什么联系,语言符号就是其自身达到形式以及形式系统的关系。其次,就文学而言,文学不

---

① 伍蠡甫、胡经之主编:《西方文艺理论名著选编》(下卷),北京大学出版社 1987 年版,第 419—420 页。
② 张寅德编:《叙述学研究》,中国社会科学出版社 1989 年版,第 5 页。
③ 张寅德编:《叙述学研究》,中国社会科学出版社 1989 年版,第 3 页。
④ 罗兰·巴特:《批评与真实》,温晋仪译,上海人民出版社 1999 年版,第 55 页。
⑤ 罗兰·巴特:《批评与真实》,温晋仪译,上海人民出版社 1999 年版,第 60 页。
⑥ 德里达:《书写与差异》,张宁译,生活·读书·新知三联书店 2001 年版,第 6 页。

存在什么本质东西,文学不是其所是,而是其所为,因此,"文学可能只是一个功能实体。"① 海德格尔把艺术看作真理得到自行置入,诗歌是通过语言建立存在,这是从功能角度把握诗歌、艺术的本质。"这是对艺术或诗歌应该是什么所表示的希望,并没有讲到使两者胜任这一任务的特殊技巧。虽说这是本体论功能,但它仍是一种功能。"② 其次,语言本体论促进了文学内在形式研究,俄国形式主义的文学性、新批评的文学内部研究和巴特的文学科学的设想等无不与此密切关联。最后,20 世纪语言学本体论是多元化的。分析哲学的语言学、结构语言学、转换和生成语言学等都是语言本体论的支脉,从不同侧面、不同角度深化了语言本体论的研究。语言言说、语言游戏、语言能指的漂移、语言和无意识的关系等观点都呈现在 20 世纪语言学理论的舞台上。

第二节　语　言　言　说

一、人　言　说

按照福柯的理解,有两种宽泛的书写,即语言言说方式:一是描绘词的意义,它出现在有绘画天才的人们中间,这是最初用图画精确地描绘被指示的物,从而表象词的意义。但这几乎不是书写,至多是一种绘画复制。二是分析词的声音,它出现在有歌唱天才的人们中间,这一种字母书写,它们在空间中记录下字母的声音,并且从这些声音中抽取了共同的要素,形成少量的独特符号,这些符号的结合能够产生所有可能的音节和单词。字母书写已放弃对表象的描述,只把理性本身有效的种种规则运用到对声音的分析上。福柯写道:

> 当人们设法不再去表象物本身,而是去表象物的构成要素,或者去表象把物衬托出来的习惯状况,或者去表象与该物相似的其他某个物时,真正的书写就开始了。③

---

① 托多洛夫:《巴赫金对话理论及其他》,蒋子华、张萍译,百花文艺出版社 2001 年版,第 7 页。

② 托多洛夫:《巴赫金对话理论及其他》,蒋子华、张萍译,百花文艺出版社 2001 年版,第 7 页。

③ 米歇尔·福柯:《词与物》,莫伟民译,上海三联书店 2001 年版,第 152 页。

这里,所谓的"真正的书写"是西方表音字母在图画复制的基础上的书写。它不是一种初始运动,只是分析声音所共有的逐渐变化的运动,词语符号本来是固定在一个表象上及其表象变化的环境的不在场的物上,字母书写在初始指示物的基础上派生出来后放弃了表象。我们知道,万物都有一个专有名字,这个名字附属在某物上,并运用在同样包含这个要素的其他事物上,如"树"不单是指示某种树,也指称包含着树干或者树枝的东西。另外这个名字还附在一定的环境之中,附在类推之中。这是词的修辞学空间。这里,福柯暗示,语言言说仅指语言的声音,即索绪尔所说的能指,能指是一种声音形象,它具有自己的物质性,具有自己的存在方式,但没有蕴涵着意义。它与现实事物不存在任何指涉关系。福柯还认为,语言并不表象物本身。但是,随着堂吉诃德形象出现,语言与事物存在着表象关系,尽管这种表象是一个幻觉,但自 17 世纪以来长期支配着我们的语言观念。"在 17 世纪,正是在这个方面,整个西方的语言经验,直到那时总是相信语言在言说这样的经验,被推翻了。"①

代替语言言说的就是人在言说。人的言说实际上造成了对语言的遮蔽,这表现在,其一,言说的主体是人自身,语言是人的手段,达到人类认识世界,认识自我的目的。语言丧失了自身的存在,变成了人类的工具和载体,服务于人类的一切生活和生产的需要,海德格尔认为,这是人类图像时代技术化愿望的表现。其二,语言是一种表象。表象就是语言与外界事物存在某种对应关系,一个语言符号指涉世界的某一个事物,这个事物成为语言真正的意义所在。结果,语言自身存在却被遗忘了。

在西方文论史上,从摹仿到表现,从现实主义到浪漫主义的文学传统,无不体现人在言说。在现实主义文学理论里,人摹仿现实生活,逼真性、真实性作为其衡量的最高标准,这完全是人自己制造出来的标准。在浪漫主义文学那里,外在世界是人的内在心灵世界的媒介,通过它展现人的喜怒哀乐,表达人对一切美好世界的向往。总之,人能够控制着一切,人好像在言说。

当然,也有一些流派在追求某种程度上的语言言说,如象征主义。象征主义者认为,世界也说话,人类应该在言说的同时应和大自然世界的言说。马拉美说,世界是一部大书,在书中,有人类的一切方方面面,也要有大自然世界的一切,这是由人与世界相契合后所写下来的最完美的书。兰波追求一种"文字炼金术":"我发明元音的颜色……A 黑色,E 白色,I 红色,

---

① 　米歇尔·福柯:《词与物》,莫伟民译,上海三联书店 2001 年版,第 158 页。

O 蓝色，U 绿色……我界定每个辅音的形式和移动，我引以自豪的是又以本能的节奏发明一种诗歌语言，有朝一日它会为所有感觉所融贯。我保留翻译权。这起初是一次试验。寂静、夜晚我付诸笔墨，无从言表者我记录下来。……然而我凭借文字的幻觉解说我那些魔术般的奇谈。我渐渐认为我的精神错乱是神圣的。"① 马拉美诗学理论追求一种语言言说，他曾写道：

> 一部纯粹的作品暗示诗人—言说者的消失，词语在不安宁状态中会产生与其他词语的冲突；在微光的交错中，它们将像掠过宝石的火带一样照亮其他词语，于是将取代传统抒情诗中可以听见的呼吸声——取代诗人对诗的那种个人的、热烈的控制。②

谁在言说？马拉美回答说，在孤独中，脆弱的变动中，在空无中，言说的一切是词语自身。

福柯对马拉美曾有过高度评价，他写道：

> 马拉美毕生为之献身的那个重大任务现在控制着我们；就其初步尝试而言，这个任务包含了我们现在所有的努力：即把语言之区分的存在局限在也许不可能的单元中。把所有可能的话语封闭在词之脆弱的厚度内、封闭在由墨水在纸上标出的细而有形的黑线内，马拉美的这个设想基本上是对尼采为哲学规定的问题的回答。……就其孤独、脆弱的颤抖、虚无而言，正在谈论的是词本身，而非词的意义，而是词的神秘而不确定的存在；马拉美问答了并且不停地回复尼采的问题："谁在讲话？"尼采把自己的问题"谁在讲话"一直坚持到最后，尽管最终冒险进入那个提问内部本身，以便把它建立在作为讲话和提问主体的他本人的基础上：瞧！这个人！而马拉美本人则不停地从他自己的语言那儿消失，达到了这样的程度，即除了作为书本的纯仪式的执行者以外（话语在这书本中组合自己），他不想被语言包括。……很可能，在今天，所有这些问题都存在于尼采的问题与马拉美的答复之间从未被填补的距离内。③

---

① 转引自雷纳·韦勒克：《近代文学批评史》（四），杨自伍译，上海译文出版社 1997 年版，第 234 页。

② 袁可嘉等编：《现代主义文学研究》（上），中国社会科学出版社 1989 年版，第 347 页。译文略有改动。

③ 米歇尔·福柯：《词与物》，莫伟民译，上海三联书店 2001 年版，第 398—399 页。

二、语　言　言　说

真正填补尼采的问题与马拉美的答复之间是海德格尔。海德格尔要回到人言说之前的语言自身言说。

海德格尔认为，哲学"面向事情本身"就是存在之敞开状态，即澄明，无蔽。澄明是一切在场者和不在场者的敞开之境，而无蔽是敞开之境的澄明。因此，他在"在世界之中存在"这个规定中指出，"世界"根本就并不意味着一个存在者，并不意味着任何一个存在者领域，而是意味着存在之敞开状态。人是这个"此"("Da")，人是存在之澄明，人成其本质的是绽出地生存者，人就存在，就是人。人站出到存在之敞开状态之中，而存在本身就作为这种敞开状态而存在，存在作为抛投已经为自己把人之本质抛入"烦"中了，如此这般被抛入，人就置身"在"存在之敞开状态中。"世界"乃是存在之澄明，人从其被抛的本质而来置身于这种澄明中。在"在世界之中存在"中被澄明的意味着绽出之生存的本质，而绽出之生存的"绽出"就是从此维度而来成其本质的；而绽出之生存意味着，"世界"以某种方式恰恰就是在绽出之生存范围内对绽出之生存而言的彼岸的东西。人绝不首先在世界之此岸才是作为一个"主体"的人，无论这个"主体"被看作"自我"，还是被看作"我们"。人也绝不首先只是主体，这个主体诚然始终同时也与客体相联系，在主体—客体关系之间，人首先在其本质中绽出地生存到存在之敞开状态之中，而这个敞开领域照明了那个"之间"，在此"之间"中，主体对客体的"关系"才有可能"存在"。

在《存在与时间》里，海德格尔认为，语言是上手的工具，或者是此在存在方式，抑或两者都不是？语言学对此并没有给予清晰的回答。语言要摆脱晦暗不明的状态，就必然要弄清楚语言与存在的关系。语言的根源在于此在的结构中，在此在展开状态中，其存在基础是话语，"把话语道说出来即成为语言。"[①]聆听和沉默是话语道说的两种可能。聆听把话语同领会与可领会状态的联系摆得清清楚楚。此在作为共在对他人是敞开的，向某某东西聆听就是这种敞开之在。聆听构成此在对它最本己能在的首要的和本真的敞开状态。此在聆听，因为它领会。作为领会着同他人一道在世的存在，此在"听命"于他人和它自己，且因听命而属于他人和它自己。而沉默却不叫喑哑。真正的沉默只能存在于真实的话语中。为了能沉默，

[①]　马丁·海德格尔：《存在与时间》(修订译本)，陈嘉映、王庆节合译，生活·读书·新知三联书店 2006 年版，第 188 页。

此在必须有东西可说,即此在必须具有它本身的真正而丰富的展开状态可供使用。

晚期海德格尔在走向语言的途中,语言变得越来越重要,答案也就明确了,他写道:"我们要沉思的是语言本身,而且只是语言本身。语言本身就是语言,而不是其他东西。语言本身就是语言。"①在海德格尔看来,语言之为语言的本质就是语言言说。"语言说话,因为语言道说,语言显示……语言说话,因为作为道示(说)的语言在达于在场的一切地带之际每每从这一切地带而来让在场者显现和显露出来。"②海德格尔对语言言说的论述主要有以下三个方面:

首先,反对人言说的语言观。洪堡认为,人是能言说的生命存在,唯有言说使人成为作为人的生命存在。作为言说者的人是人。这是人言说。人言说意味着,语言是由人创造,是人的感情和指导人的世界观的表达。语言是内在情感的有声表达,是人的活动,是形象和概念的描述的同一。而海德格尔反对这种语言观,他认为,语言属于人之存在最亲密的邻居。海德格尔问道:"语言以何种方式作为语言产生?"他回答说:语言言说。这种观念必然打破人言说的观念束缚,从根本而言,语言既非表达,也非人的活动。语言就是语言本身,语言言说。如果人的存在是由时间构成的,那么它也同样是由语言构成的。对于海德格尔来说,语言并非仅仅是交际工具,表达"观念"的辅助手段:语言就是人类生命的活动范围,是它首先导致世界的存在。从特定的人的意义上说,仅仅在有语言的地方才有"世界"。海德格尔主要不是从你我可能说什么的角度来思考语言的:语言有自己的存在,人类则来分享这一存在,仅仅由于分享语言人才成其为人。语言作为个人在其中展开自己的领域总是先于个别主体而存在:语言包含着真理。这意思是说,语言主要不是交流准确信息的工具,而是在现实中暴露自己,把自己交给我们去沉思的地方。

其次,语言言说是一种纯粹的言说。纯粹的言说乃是诗歌。为什么呢?如格奥尔格·特拉格尔的诗歌《冬夜》中两句诗:

　　　　雪花在窗外轻轻拂扬,
　　　　映祷的钟声长长地鸣响。

---

① 海德格尔:《在通向语言的途中》,孙周兴译,商务印书馆2005年版,第2页。
② 海德格尔:《在通向语言的途中》,孙周兴译,商务印书馆2005年版,第254页。

海德格尔论述到,这一言说是指,在黄昏的时候,雪无声地落到窗上。此时,映祷的钟声鸣响。在这一落雪之中,万物继续持续下去。因此晚祷的钟声的日常的敲打在严格固定的时间里长长地鸣响,言说出冬夜的时间。这是一种命名,这种命名呼唤进入语词。命名在呼唤,呼唤使它们所呼唤的靠紧。通过呼唤出来,被呼唤者进入亲近。落雪和晚祷的钟声的长鸣,此时此处在诗中向我们言说。它们在呼唤中现身。

落雪将人带入夜的黑暗的天空之下,晚祷钟声的长鸣,将作为短暂者的人带到神圣者面前。屋子和桌子使短暂者和大地结合。那被命名、被呼唤之物自身聚集为天空、大地、短暂者和神圣者,这四者原初统一于相互存在之中,在这四元之中。物使四者的四元在自身中居住。这种聚集、集合让居住乃是物的物化。天空、大地、短暂者和神圣者统一的四元居于物的物化之中,我们称之为世界。呼唤是呼唤世界和物的亲密到来,这是一种本真的呼唤。这种呼唤是言说的本性。言说产生于诗中那被言说的,它是语言言说。它依靠呼唤被呼唤者而言说,物—世界和世界化进入区别的两者之间。

语言言说是作为沉默的呼唤。沉默的呼唤并非人类的任何东西,相反,人类在其本性上是语言性的,即从语言言说中产生,由此而产生的人的本质由语言而被带入自身,从而转让给语言的本性,即沉默的呼唤。"这种居有之发生,乃由于语言之本质即寂静之音需要人之说话,才得以作为寂静之音为人的倾听而发声。"[1] 因此人的言说是纯粹地被呼唤,是诗歌中的言说,即语言言说。人说话,因为人应和于语言,这种应和就是倾听。人说话,只是应和于语言,仅此而已。

最后,诗歌言说是纯粹的语言言说。语言是存在之家,语言道说存在,因为语言展示了此在的存在特性。海德格尔把存在的问题集中在语言的此在的存在身上,存在于先验自我和它的对象之间的无限的对立终于被语言本体论所取代,自我和意识的概念也就被从它的中心地位驱赶出去。

就诗歌而言,诗歌的作者是谁在这里并不重要,"一首诗的伟大正在于:它能够掩盖诗人这个人和诗人的名字。"[2] 因而,诗歌就不是根据人的尺度,而是根据神的尺度进行言说,作诗与"思"一样都是一种倾听,在跟随着语言言说。

海德格尔强调语言与存在之间直接的稳定性关系,语言是存在的家

---

① 海德格尔:《在通向语言的途中》,孙周兴译,商务印书馆 2005 年版,第 24 页。

② 海德格尔:《在通向语言的途中》,孙周兴译,商务印书馆 2005 年版,第 8 页。

园,语言是存在的近邻,语言言说就是存在的直接言说。伽达默尔和德曼对此表示怀疑。

伽达默尔认为,如果我们认识到事物的本质和事物语言的问题,那么真正言说的是事物语言的言说。其一,我们理解的事物(Sache)这个概念主要是由它的对立概念人来标记的。物和人这对对立命题的含义最初是在人对物所具有的显然的优越性中发现的。人表现为一种由于自己的存在而受尊崇的东西,物则是那种被人使用、完全受人支配的东西。近代以来,我们根本不准备倾听自在的事物,事物附属于人的计算,服从于人凭借科学理性对自然的统治。"事物自身的存在由于人想操纵事物的专横意志而被忽视了,它就像一种我们不能不听的语言。"① 但是,实际上,事物并不是一种被使用被消费的物质,不是一种供使用然后就扔到一边的工具,相反,事物是有自身存在的东西,即事物有一种自身的存在。事物有一种不能更改的给定性,我们必须适应这种给定性,它要求我们放弃一切有关我们自己的思想甚至强迫我们撇开任何关于人的考虑,从而保持它自身的重要性。"'事物的本质'同样是一种维护自身权利的东西,是我们必须尊重的东西。"② 其二,同样,语言也是一种自身的存在。语言与其说是人的语言,不如说是事物的语言,因为,语言并不是作为一种形式力量或能力才提供了我们所寻求的符合,而是包容了一切能够用语词表达的存在物的基本媒介。所谓"事物的语言"就是"语言想以事物通过语言表达自己的那一方式被人倾听。"③ 近代以来,我们把语言想象成主观性对世界所作的初步投射,是个体意识的主观性,是民族精神的主观性。"这一切都是神话,正像天才概念一样。"④"近代主观主义的后果是,在所有这些领域中,自我解释都取得了一种优先地位,而这种优先并未被事实证实。"⑤ 事实上,事物的语言才指出了语言存在的真正特性,就拿荷尔德林来说,他把最初的诗意的经验从语言的前给定性质以及世界的前给定性质(即事物的规律)中区分出来,并把诗的构思描述为在成为诗的语言具体化过程中世界和灵魂达致的和谐。"变成了语言的诗的结构保证了灵魂和世界作为有限的东西相互诉说的过程。正是在这里,语言的存在显示出它的中

---

①   伽达默尔:《哲学解释学》,夏镇平、宋建平译,上海译文出版社 2004 年版,第 73—74 页。
②   伽达默尔:《哲学解释学》,夏镇平、宋建平译,上海译文出版社 2004 年版,第 73 页。
③   伽达默尔:《哲学解释学》,夏镇平、宋建平译,上海译文出版社 2004 年版,第 83 页。
④   伽达默尔:《哲学解释学》,夏镇平、宋建平译,上海译文出版社 2004 年版,第 81 页。
⑤   伽达默尔:《哲学解释学》,夏镇平、宋建平译,上海译文出版社 2004 年版,第 82 页。

心地位。"①

德曼认为,语言的本体性并不体现为哲学的本体,语言的本体性就是语言的修辞性。所谓语言的修辞性,其一,语言表现为对使用语言的人的支配,即在一定意义上,不是人支配着语言,而是语言支配着人。语言的修辞手段决定了人们的思想感情和认识体验。作家对文学题材、文学主题等的选择就是由语言的修辞性支配。其二,语言的修辞性表明语言的不稳定性、不纯粹性、不透明性,这就动摇了语言和语法的逻辑,意义也就呈现为不确定性。德曼从自己的语言修辞性得出的一个结论是,并不存在固定的主体心灵和自我,主体是一个修辞性的隐喻,是我们的知识建构。

对海德格尔的语言观,卡勒曾评价说:

> 海德格尔指出:"语言在说话。人说话只不过是他巧妙地'附和'了语言。"生成语法往前再跨出一步,也将形成这一观点。由那些具有无限的生发能力的规则所构成的一个系统使创造新语句的过程变成了由超越主体的规则所控制的过程。当然,这也并不是要否认个体的存在和个体的活动。诚如梅洛－庞蒂所说,虽然思想在思考,言语在说话,文字在表达,可是在每一种情况下,在名词和动词之间还存在着一个间隔,一个人在思考、说话、写作时必须逾越的间隔。个体的人选择什么时候说,说什么(虽然这些可能性是由其他的系统创造和决定的),但是,这些行为之所以可能,则是由一系列非主体所能控制的系统决定的。②

海德格尔的语言言说对后结构主义产生了重要影响。语言控制着人,而非人控制着语言,这已经成为后结构主义的普遍认可的事实。德里达、福柯、拉康、伽达默尔等等,我们不知道哪一位 20 世纪的大师没有受到海德格尔思想的影响? 正是 20 世纪的这些大师们把海德格尔的语言言说去神秘化,使得语言言说成为人文科学的根基。詹姆逊曾说道:"说话的主体并非控制着语言,语言是一个独立的体系,'我'只是语言体系的一部分,是语言说我,而不是我说语言。至此,我们看到了一系列幻觉的破灭,从哥白尼、达尔文,到马克思、弗洛伊德,最后连人对语言的控制都只不过是

---

① 伽达默尔:《哲学解释学》,夏镇平、宋建平译,上海译文出版社 2004 年版,第 81 页。
② 乔纳森·卡勒:《结构主义诗学》,盛宁译,中国社会科学出版社 1991 年版,第 57—58 页。

一种假象而已。"①

第三节　语 言 游 戏

一、游戏概念的不同看法

游戏(spiel 或 play)一词在中西方思想领域是一个非常重要的隐喻,意义极为丰富。孔子有"游于艺"之说,庄子有《逍遥游》的名篇。西方亚里士多德早就谈到游戏,近代以来,康德、席勒、弗·施莱格尔、斯宾塞、尼采、海德格尔、维特根斯坦、利奥塔、德里达、福柯、拉康、巴赫金、伽达默尔等人都从不同角度阐发过游戏的意义。游戏可指态度(亚里士多德),可指创造活动或鉴赏活动的情绪状态(弗·施莱格尔),可指在游戏活动中所实现的某种主体性的自由(康德、席勒),可指艺术作品本身的存在方式(海德格尔、伽达默尔)。亚里士多德把游戏看作一种休憩而产生的活动。康德和席勒不是把游戏视为工作之余的休息活动,而与工作相对立,在他们看来,游戏是人类摆脱自然律枷锁的必然自由之路。康德、席勒是从哲学意义上提出"游戏"说的。在康德哲学体系中,"游戏"处于森严的自然律和可敬畏的道德律之间,处于想象力和知性之间。在认识活动中,想象力对感性杂多进行综合,获得完整的表象,想象力在知性概念的辖制下,并非完全是自由的;在伦理活动中,想象力形成的认知成为人的具体行为,却受到理性道德判断的约束,也是不自由的。同样知性和理性在认识活动和伦理活动中都受到限制和束缚,都是不自由的。只有在审美活动中,想象力和知性才是自由的、活跃的、不受限制的,是一种自由游戏。知性为想象力服务,而不是想象力为知性服务,也就是说,审美使得知性以想象力为中心进行活动,这时,想象力和知性各自保持自己独立性,同时又能够自由的相互适应,相互融洽,彼此谐调一致,弥合无间。事实上,这是一种主体性的自由游戏。席勒把游戏看作一种冲动、一种审美活动。在席勒看来,感性冲动和理性冲动都是人类活动的不自由的表现,真正的自由是游戏冲动,它扬弃了感性冲动和理性冲动的片面性和局限性,沟通了前两种冲动,达到了一种自由的、审美的境界。正如叶秀山先生所说:"'游戏'的确也需要规则,而且往往是很严格的规则,但这些规则不是自然强迫的,而是人自由创造的,说得确切一些,是人摹仿着自然律进行自由的创造,所以艺术品看起来像自然(摹仿),却

---

① 杰姆逊:《后现代主义与文化理论》,唐小兵译,陕西师范大学出版社 1987 年版,第 26 页。

又不是自然,而是创造。这样,'游戏'在康德、席勒的哲学中就有一种从自然向道德、从理论理性向实践理性过渡的桥梁作用。"①

伽达默尔从本体论的高度论述游戏。在伽达默尔看来,游戏是一种存在方式,一种本体论意义上人类活动。这不同于康德和席勒等人反对人的异化的审美或自由活动。伽达默尔认为,游戏具有一种独特的本质,它独立于那些从事游戏活动的人的意识。游戏显然表现了一种秩序,在这种秩序里,游戏活动的往返重复像出自自身一样展现出来。游戏者的行为与游戏本身有着区别,游戏者的行为是与主体性的其他行为方式相关联的,凡是在主体性的自为存在没有限制主体视域的地方,凡是在不存在任何进行游戏行为的主体的地方,就存在游戏,而且存在真正的游戏。游戏的主体不是游戏者,而游戏只是通过游戏者才得以表现。游戏尽管需要个人的参与,但它已经超越了个人,因此,游戏根本不能理解为一种人的活动,游戏的真正主体显然不是那个除其他活动外也进行游戏的东西的主体性,而是游戏本身。只有当游戏者全神贯注于游戏时,游戏活动才会实现它所具有的目的,使得游戏完全成为游戏。游戏的活动没有目的和意图,也没有紧张性:它好像是从自身出发中进行的。游戏的轻松性在主观上作为解脱而被感受。游戏者(或者诗人)都不再存在,所存在的仅仅是被他们所游戏的东西。艺术作品就是游戏。

二、语　言　游　戏

关于语言游戏,我们这里主要讨论述维特根斯坦、伽达默尔和德里达的看法。

"语言游戏"这个概念应该是维特根斯坦提出来的。在把语言与游戏相互比较时,维特根斯坦得出"语言游戏"的概念,但是,他对这个概念界说不太严密,语言游戏指一些语言游戏事例,或者指原始语言,或指语言与语言交织在一起的活动所组成的整体等,大致说来,语言游戏是指语言的使用和活动。例如,我们指着某种颜色并说"红色"一词时,要教孩子认识这个词,但孩子可能把这个词理解为一个句子,即"这是红色"。这说明,人们在以不同的方式使用一个词时,可能对相同的词作出不同的理解,因此,语言在不同使用中产生不同的语言游戏。再如,维特根斯坦设想一个语言游戏,B 向 A 报告说,有 5 块板石,他问道:5 块板石的报告和 5 块板石的命令之间的区别是什么呢? 答案是,在语言游戏里说这话的人所扮演的角色,

---

① 　叶秀山:《叶秀山文集·哲学卷》(下),重庆出版社 2000 年版,第 438 页。

他的角色在他说话的语调和表情里表现出来。因此,维特根斯坦认为,语言游戏就是对语言的使用。这是维特根斯坦语言游戏思想的关键。维特根斯坦早期关注的是语言图像,在他的后期,语言游戏成为研究重点。关于语言游戏的构成,涂纪亮解释说:"每种语言游戏都是由语言表达式和人们借以引起的反应和完成的活动这两个部分构成的有机整体。"① 语言游戏有多样性和多种目的性的特征。实际上,维特根斯坦的语言游戏说建构了一种语言本体论,这不同于索绪尔的结构语言学的本体论,他是从语言的使用和活动方面来加以阐述的。丹麦的结构语言学家叶尔姆斯列夫曾发展了结构语言学,他认为,语言包括三个层面:图式层、结构层和用法层。在叶尔姆斯列夫看来,学会一种语言,仅知道语言音位和结构是不够的,还要知道语言的用法。语言用法属于个人规则的系统范围。维特根斯坦的语言游戏与叶尔姆斯列夫的语言用法有相似的地方,但维特根斯坦关注的是语词的用法,而非语言用法,并且他根本上否认存在什么个人规则系统。前面我们已经论述过,维特根斯坦认为,既不存在私人感觉,也没有私人语言,因此,私人规则也就不存在。语言规则是人们约定俗成的,具有任意性,人们遵守规则往往是盲目的,但是,维特根斯坦认为,遵守规则对语言游戏非常重要,要玩一种语言游戏,就必须遵守一定的规则。维特根斯坦的语言游戏论有重要的两点:其一,语言游戏是一种生活形式。与生活形式相似的概念,维特根斯坦还使用过"世界"、"世界图景"、"世界观"和"环境"等几个概念,但在他《哲学研究》里使用最多的是"生活形式"这个概念。在维特根斯坦看来,人的心智活动是人的生活的重要组成部分,是人的重要生活形式,如心理活动中的期望、意向、意谓、理解、感觉等,但最重要的是语言和语言活动。"而想象一种语言就叫作想象一种生活形式。"② "'语言游戏'这个用语在这里是要强调,用语言来说话是某种行为举止的一部分,或某种生活形式的一部分。"③ 这两段话表明,生活形式是语言和语言活动的基础。生活形式的多样性决定了语言和语言游戏的多样性。在不同的生活环境里,人们可能对同一语言表达式有着不同的理解,或者对同一生活现象使用不同的语言表达式,这就意味着我们理解一种语言,就必须正确理解那种语言的基础——生活形式。不过,不同语言存在着不同的生活形式,但是,维特根斯坦认为,不同的生活形式之间存在着许多或大或小的相似之处,他称这些相似之处

---

① 涂纪亮:《维特根斯坦后期哲学思想研究》,江苏人民出版社 2005 年版,第 19 页。
② 维特根斯坦:《哲学研究》,陈嘉映译,上海人民出版社 2005 年版,第 11 页。
③ 维特根斯坦:《哲学研究》,陈嘉映译,上海人民出版社 2005 年版,第 15 页。

为"共同的人类行为方式",他说:"共同的人类行为方式是我们借以对自己解释一种未知语言的参照系。"① 语言活动要以生活形式的一致为基础,原因在于,任何语言活动都必须遵守一定的语言规则,而语言规则是以生活形式的一致为基础。"就所用的语言来说,人们是一致的。这不是意见的一致,而是生活形式的一致。"② 其二,语言游戏是一种家族相似。家族相似是说,一个概念的成员组成家族关系是通过分享一些特征建立起来的,这些特征是交叉的、重叠的,但没有一个为所有成员共同具有的特征。各种语言游戏之间的关系就是家族相似,即各种语言游戏好像是一个家族成员,它们之间有许多相似之处,但没有任何一个完全相同的共同点。维特根斯坦说:"我想不出比'家族相似'更好的说法来表达这些相似性的特征;因为家族成员之间的各式各样的相似性就是这样盘根错节的:身体、面相、眼睛的颜色、步态、脾性,等等。——我要说:各种'游戏'构成了一个家族。"③ 语言的家族相似意味着语言没有什么本质,各种语言游戏没有什么本质。按照传统的观点,语言本质是存在的,但它不是某种显而易见的东西,而是某种潜藏在内部的东西,我们只有深入其中才能发掘出来。维特根斯坦反对这种看法,斥责为一种"偏见"、"幻觉",他说:"我们的认识是,我们称为'句子'、'语言'的东西不具有我前面想象的形式上的统一,而是或多或少具有亲缘的家族。"④ 语言没有共同之处,却有相似之处,这些相似性把各种语言游戏联系在一起,这就好比纺线时把纤维拧在一起,线的强度不在于某一根纤维贯穿了整根线,而在于很多根纤维重叠交织。因此,语言的共同点就是它的交缠、交织。"人们同样可以说:有某种东西贯穿着整根线——那就是这些纤维不间断的交缠。"⑤

总之,维特根斯坦就以"语言游戏"概念取代了语言本质主义的理想,语言游戏主要是取决于人们在社会交往中对语言的使用。内在于特定语言游戏之中的规则是一种生活形式的规则。

我们要把握伽达默尔的语言和游戏关系,就必须要从他的哲学解释学入手。在伽达默尔看来,"理解本身不能仅仅视作一种主观性的活动,而应视为进入一种转换的活动,在这种活动中过去和当前不断地交互调解。"⑥

---

① 维特根斯坦:《哲学研究》,陈嘉映译,上海人民出版社 2005 年版,第 95 页。
② 维特根斯坦:《哲学研究》,陈嘉映译,上海人民出版社 2005 年版,第 102 页。
③ 维特根斯坦:《哲学研究》,陈嘉映译,上海人民出版社 2005 年版,第 38 页。
④ 维特根斯坦:《哲学研究》,陈嘉映译,上海人民出版社 2005 年版,第 54 页。
⑤ 维特根斯坦:《哲学研究》,陈嘉映译,上海人民出版社 2005 年版,第 29 页。
⑥ 伽达默尔:《哲学解释学》,夏镇平、宋建平译,上海译文出版社 2004 年版,第 6—7 页。

理解是一个历史事件,正是历史所造成的偏见,我们才能进行一种视野融合,理解就是视野融合,在视域的融合中达到顶点的理解过程更像人与人之间的对话或者轻快的游戏,在游戏中,游戏者全副身心都沉浸于游戏之中,而不像传统模式所认为的理解过程是由一个主体对客体进行受方法论控制的研究。伽达默尔的语言游戏论主要内容有:首先,就游戏而言,"一切被带入游戏或加入游戏的东西都不再依靠自己,而是为我们称之为游戏的关系所统治。"① 游戏的关系,也就是游戏的特征,即游戏的来回运动,游戏的来回活动并非来自于人的游戏和作为一种主观态度的玩耍。恰恰相反,获得了优先地位的是,游戏要遵守自己规则。"同一个确定方向的运动相对应发生了相反方向的运动。游戏的来回运动具有一种特别的自由和浮力,它们决定了游戏者的意识。"② 伽达默尔用两个例子说明游戏的来回运动的关系。一是拉锯,两个一起拉锯的人看起来只有通过相互调适,使一个人的推动结束时另一个人的推动才生效,这样才能使锯子自由地活动。在拉锯活动中,两个人都要适应对方而放弃自己的主观性。同样,参加游戏的个人同游戏相吻合或把自己归属于游戏,也就是说,他放弃了自己意志的自主性。二是蟒和蛇的相互牵制的关系。蟒和蛇之间充满着紧张的张力,它们都要表现出绝对同时的感应行为。如果拉锯还有两个相对的人的主观态度的话,那么,蟒和蛇之间不能描述为对对方进攻意图的反应,它们之间是一种运动的构成,就是说,两个对象中的任何一个都不能单独形成真正的决定因素;相反,正是作为整体的运动的联合形式才统一了两者流动的活动性。"我们可以把这个思想作理论化的一般阐述,我们可以说,个人本身,包括他的活动性和他对自己的理解,都被纳入一种更高的决定因素之中,这种因素才是真正的决定性因素。"③ 因此,沉醉于游戏之中是狂喜状态下的自我忘却,它并不被体验为自我掌握的失落,而是作为一种超越自己的自由浮动。"其实,对于游戏意识来说,游戏吸引人的地方恰恰在于游戏的意识全神贯注地加入到一种具有自身动力的活动中。当游戏者本人全神贯注地参加到游戏中,这个游戏就在进行了,也就是说,如果游戏者不再把自己当作一个仅仅在做游戏的人,而是全身心投入到游戏中,游戏就在进行了。"④ 其次,就语言而言,语言并不是意识借以同世界打交道的一种工具,它对于人类生活而言是如同我们呼吸的空气一样不可须臾离开的领域,我们总是早已被

---

① 伽达默尔:《哲学解释学》,夏镇平、宋建平译,上海译文出版社 2004 年版,第 54 页。
② 伽达默尔:《哲学解释学》,夏镇平、宋建平译,上海译文出版社 2004 年版,第 54 页。
③ 伽达默尔:《哲学解释学》,夏镇平、宋建平译,上海译文出版社 2004 年版,第 55 页。
④ 伽达默尔:《哲学解释学》,夏镇平、宋建平译,上海译文出版社 2004 年版,第 67 页。

我们自己的语言包围，我们用学习讲话的方式长大成人，认识人类并最终认识我们自己。学着说话只是指获得对世界本身的熟悉和了解，了解世界是如何同我们交往的。我们所有的思维和认识总是由我们对世界的语言解释而产生。"进入这种语言的解释就意味着在这个世界中成长。"① "能被理解的存在就是语言。"② 语言在本质上具有语言自我遗忘性、无我性和普遍性。所谓语言自我遗忘性是指语言的实际存在就在它所说的东西里面。人们所说的话语构成了一个我们生活于其中的共同世界。"语言的真实存在就是，当我们听到话语时，我们就能接受并参加进去。"③ 所谓无我性是指加入讲话活动中，"讲话并不属于'我'的领域而属于'我们'的领域。"④ 伽达默尔认为，语言没有私人性，独白不是讲话，"只要一个人所说的是其他人不理解的语言，他就不是在讲话。"⑤ 讲话就是对某个人讲话。具有决定意义的是，如果一个人加入与另一人的谈话并将对话进行下去，那时就不再是单个人的意愿便可以阻止谈话或控制谈话进程了。讲话的主题在对话中引起争议，引出陈述和相对的陈述，并在最后使它们互相融合。所谓普遍性是指语言并不是一个封闭的可以言说的领域，与这个领域相对另有其他不可言说的领域，而是说语言是包容一切的。因此，每一场对话都有一种内部的无限性，都是无穷尽的。如果某个谈话者结束对话，或者是因为他认为所讲的已经足够，或者认为已经没有话可讲了。但每次这样的中断都与重新开始谈话具有一种内在的联系。最后，就对话而言，伽达默尔认为，语言学研究把重点集中于语言的形式和结构，忽视了作为说话行为的语言的实际生活，也就是忽视了交往的过程，语言在本质上是对话的。独白是某种单纯的自我表现和自己观点的贯彻执行，对话不是独白，它是一种相互转换、相互理解的活动，"对于语言的生命很基本的情况是，我们从来不可能离开语言的惯例太远：一个说着无人能理解的私人语言的人根本不能算说话。但从另一方面讲，一个只按惯例选择词、句法和风格的人就会失去他讲话的力量和感召力，这种感召力只有随着语言词汇及其交往方法的个体化才会出现。"⑥ 在伽达默尔看来，游戏的来回运动是一种对话结构，语言的讲话也是一种对话，对话是语言和游戏的共同点。对话的逻辑不是语言的语法逻辑，也不是

---

① 伽达默尔：《哲学解释学》，夏镇平、宋建平译，上海译文出版社 2004 年版，第 65 页。

② 伽达默尔：《哲学解释学》，夏镇平、宋建平译，上海译文出版社 2004 年版，第 32 页。

③ 伽达默尔：《哲学解释学》，夏镇平、宋建平译，上海译文出版社 2004 年版，第 66 页。

④ 伽达默尔：《哲学解释学》，夏镇平、宋建平译，上海译文出版社 2004 年版，第 66—67 页。

⑤ 伽达默尔：《哲学解释学》，夏镇平、宋建平译，上海译文出版社 2004 年版，第 66 页。

⑥ 伽达默尔：《哲学解释学》，夏镇平、宋建平译，上海译文出版社 2004 年版，第 87 页。

主体的认识逻辑,而是一种问答逻辑。所谓问答逻辑,即"理解一个问题,就是对这问题提出问题。理解一个意见,就是把它理解为对某个问题的回答。"①问与答是一个不断循环的过程,它们构成了理解的对话结构。对话总是带来了一种新的"未被表达的圆圈"(汉斯·利普斯语),因而,总有新的问题的提出,新的答案的给出,对话始终处在一种不可穷尽的内部无限性之中。但是,对话不涉及主体和主观意识,也不涉及作者和作者的目的和意图,"然而我们必须坚持这一论点,即我们所想加以重构的问题首先并不涉及作者的思想上的体验,而完全只涉及本文自身的意义。"②

维特根斯坦和伽达默尔的语言游戏论共同点就在于,"他们都承认观看方法的语言性、设定性、主体间之有效性的统一……更为重要的共同之处在于,他们两人都强调语言游戏的规则只有通过观察它在人际交往中的具体使用才能发现。因此,对于他们两人,一组语言的具体意义本质地取决于他者如何对向他们所说的话语作出反应。"③我们认为,两个人的更为基本的共同点是语言游戏里不存在主观意识活动,有的只是游戏本身。对一个文本来说,不存在作者和作者的意图问题,有的仅是文本自身的意义。

巴特说,他喜欢用言语和聆听两个词来描述语言活动,这两个词结合在一起就像一个在妈妈身边玩的孩子的来来去去,孩子跑开又跑回,给妈妈带回了一片石子、一根绒蝇,这围绕一个中心(妈妈)进行的游戏,聆听就是以言语为中心进行的活动。"当孩子这样做时,他所做的只不过是展现一种欲望的来来去去,对此他不断地加以呈现和再现。"④这与伽达默尔的语言游戏说有些相似,但是,德里达绝对不同意这一点,他要颠覆的正是在场的形而上学,因此,德里达用文字学代替语言学,他的语言游戏也可以说是文字游戏。在《人文科学话语中的结构、符号和游戏》里,德里达说,结构主义的"结构",或者说"结构之结构性"总是被坚持赋予它一个中心,要将它与某个在场点、某种固定的源点联系起来。中心是一个点,在那里内容、组成成分、术语的替换不再有可能,它"被当作某种中心置换的系列、某种中心确定的链条来思考。这个中心连续地以某种规范了的方式接纳不同的形式或不同的名称,如终极目的、能量、本质、实存、实体、主体、解蔽、先验性、意识、上帝、人等等,中心是所有这些名称一直表示某种在场,因此,中心就是基础、原则或源泉。但是,中心并非中心,"中心乃是整体的中心,可是,既

① 伽达默尔:《真理与方法》,洪汉鼎译,上海,上海译文出版社 2004 年版,第 487 页。

② 伽达默尔:《真理与方法》,洪汉鼎译,上海,上海译文出版社 2004 年版,第 483 页。

③ 伽达默尔:《哲学解释学》,夏镇平、宋建平译,上海译文出版社 2004 年版,第 28 页。

④ 罗兰·巴特:《符号学原理》,李幼蒸译,生活·读书·新知三联书店 1988 年版,第 19 页。

然中心不隶属于整体,整体就应在别处有它的中心。"① 本质上独一无二的中心在结构中构成了主宰结构同时又逃脱了结构性的那种东西,因此,中心的概念就是一个悖论:既在结构内又在结构外。中心既然从来就不是它自身,它总是已经从其自身流放到其替代物中去了的中心在场,而这种替代物却不替代任何先于它的东西,所以,中心并不存在,中心不能以在场者的形式去被思考,中心没有自然的场所,中心也并非一个固定的地点,它只是一种功能、一种非场所。其实,中心化了的结构概念是基于某物的一种游戏概念,它建构于某种起源固定不变而又牢靠的确定性基础之上,而结构本身则摆脱了游戏。既然用以引导、平衡并组织结构和限制游戏的中心并不存在,一切变成了话语的时刻,一切变成了系统,在此系统中,处于中心的所指,无论它是始源或先验的,都绝对不会在一个差异系统之外呈现。"先验所指的缺席无限地伸向意谓的场域和游戏。"② 为什么呢？其一,场域是非整体化的,是某种游戏的场域,"处于一种有限集合体的封闭圈内的无限替换场域。"③ 场域是有限的,缺乏某种东西,所以,它需要无限的替换。"这种由中心或源头缺失或不在场所构成的游戏运动就是那种替补性运动。"④ 其二,在中心缺席时占据其位的符号是作为一种剩余、一种替补物而出现的符号,符号的能指相对于所指是过剩的,"能指的那种过剩及其替补性特点乃是某种有限性之结果,也就是说它是某种必须得以替补的缺失造成的。"⑤因此,意谓运动添加了某种东西,以致使存在总是多出一些东西,不过,这种增加是浮动不定的,它是来替代、替补所指方面缺失的。其三,游戏是不在场与在场间的游戏,游戏乃是在场的断裂。某种组成部分的在场永远是在某种差异系统和某种链条运动中被记录下来的一种有意义的、替换性的参照物。游戏将存在当作在场或不在场进行思考,而不是从存在出发去思考游戏。

在《异延》里,德里达指出,"异延"既不是一个词也不是一个概念,

①　雅克·德里达:《书写与差异》(下册),张宁译,生活·读书·新知三联书店 2001 年版,第503 页。

②　雅克·德里达:《书写与差异》(下册),张宁译,生活·读书·新知三联书店 2001 年版,第505 页。

③　雅克·德里达:《书写与差异》(下册),张宁译,生活·读书·新知三联书店 2001 年版,第519 页。

④　雅克·德里达:《书写与差异》(下册),张宁译,生活·读书·新知三联书店 2001 年版,第519 页。

⑤　雅克·德里达:《书写与差异》(下册),张宁译,生活·读书·新知三联书店 2001 年版,第521 页。

它既不存在也没有本质,"延异不是,不存在,不是任何形式的在场—存在者;我们随着也会表明延异不是什么,即是说,什么都不是;结果,它既没有存在也没有本质。它不是来自于存在者的范畴,不论是在场的还是缺席的。"① "异延"也不存在起点,"起点并不存在。因为对恰当起点的寻求,对绝对的出发点,对主要责任的寻求,都是值得怀疑的。"② 那么,它能够说明什么呢?德里达写道:

> 在对"异延"的描写中,一切都是策略性的、冒险性的。策略性的是因为呈现于文字领域之外的超越性真理都无法神学式地控制这整个领域。冒险性的是因为这种策略不单单是这个意义上的策略,即通过一个最终的目标,一个目的或一个控制主题,一种主宰,以及对这个领域的进展的最后占用,从而调整方案的策略。最终,这是一个无终极性的策略,可以称之为盲目的策略,如果经验主义价值本身并未获得同哲学义务相对的全部意义的话,它还可以被称之为漫游经验,如果在异延的踪迹中有某种漫游的话,这种漫游不再遵循哲学的逻辑话语线索,也不遵循一种对称和内在的反向的经验—逻辑话语线索,嬉戏概念使自身超越了这种对立,它处在哲学的前夕且超越了哲学,它表明了无尽的运算中必然和偶然的统一。③

这就是说,"异延"是差异的差异,是差异之链,它不占有什么,不主宰什么,不控制什么,没有目的和目标,但它始终在颠覆着一切。这样,"异延"的文字是差异点游戏,处在无尽的运动之中,"作为延异的文字就是不再从在场与不在场的对立出发来思考的一种结构和运动了。延异是差异和差异之踪迹的系统游戏,也是间隔的系统游戏,正是通过间隔,各种要素才有了关系。"④ 能指在飘移的状态中狂欢着、游戏着,"差异游戏假定综合和参照,它们在任何时刻或任何意义上禁止作为自身在场并且仅仅指涉自身的单一要素。无论在口头话语还是在文字话语的范围内,每个要素作为符号起作用没有不指涉另一个并非简单在场的要素。这一符号链就导致每一'要素'(语音素或文字素)是建立在符号链或系统的其他要素的踪迹之上的。这一符号链,这一织品是只在另一个文本的变化中产生出来的文本。在要

---

① 詹姆逊:《2000年新译西方文论选》,黄必康等译,漓江出版社2000年版,第82页。
② 詹姆逊:《2000年新译西方文论选》,黄必康等译,漓江出版社2000年版,第82页。
③ 詹姆逊:《2000年新译西方文论选》,黄必康等译,漓江出版社2000年版,第83页。
④ 雅克·德里达:《多重立场》,佘碧平译,生活·读书·新知三联书店2004年版,第31页。

素之中或系统之内,没有任何纯粹在场或不在场的东西。只有差异和踪迹之踪迹遍布各处。"①"撒播'是'阉割游戏的这一方面,它不再意指,不把自己构成为所指或能指,不表现或描述自己,也不显示或隐匿自己。因此,它本身就没有真理(充分或去蔽),也没有隐匿。它就是我所说的处女膜的文字表示,我们不再能够用隐匿/去蔽的对立来衡量它。"②

文字游戏不存在作为"异延"的代理人、作者和主宰的主体,索绪尔说:"语言(仅仅由差异构成)不是说话主体的功能。"③也就是说,有意识的和说话的主体取决于语言形式的差异系统。但是,德里达认为,索绪尔仍保留着主体在场的可能,而实际上,在"异延"之前,主体就不是当下在场,尤其不是自身当下在场。"异延"(différance)的"a"唤起的间隔就是拖延、迂回和推迟,在场的存在物总是被延迟,通过差异原则来延迟,任何一个要素要发挥作用或传达意义,就只能在踪迹的结构中指涉另一个过去或将来的要素才能达到。因此,"主体惟有在与自身分离中、在生成空间中、在拖延中及在推迟中才被构成。"④主体和主体性,与客体和客体性一样是"异延"的一个结果,主体是"由文本的结构产生的"⑤。德里达否定了自笛卡尔以来的"自我"的主体,肯定了文字主体或写作主体的存在,他说:"如果人们从书写'主体'那里理解到的是作家的某种孤立自主权的话,那么这种'主体'就是不存在的。书写主体乃是各层面间关系的系统:即与神奇打印装置,心理,社会、世界各层面间的关系。"⑥

语言本体论表明,语言是与现实毫无关系的一个自我封闭的体系,在一个语言的监狱里,一个词语仅仅指称另一个词语,如此永无止境。"从索绪尔和维特根斯坦直到当代文学理论,20世纪的语言学革命的特征即在于承认,意义不仅是某种以语言'表达'或者反映的东西:意义其实是被语言创造出来的。我们并不是先有意义或经验,然后再着手为之穿上语词;我们能够拥有意义和经验仅仅是因为我们拥有一种语言以容纳经验。而且,这就意味着,我们的作为个人的经验归根结蒂是社会的;因为根本不可能有私

---

① 雅克·德里达:《多重立场》,佘碧平译,生活·读书·新知三联书店2004年版,第30—31页。

② 雅克·德里达:《多重立场》,佘碧平译,生活·读书·新知三联书店2004年版,第96页。

③ 转引自雅克·德里达:《多重立场》,佘碧平译,生活·读书·新知三联书店2004年版,第33页。

④ 雅克·德里达:《多重立场》,佘碧平译,生活·读书·新知三联书店2004年版,第33页。

⑤ 雅克·德里达:《多重立场》,佘碧平译,生活·读书·新知三联书店2004年版,第97页。

⑥ 雅克·德里达:《书写与差异》(下册),张宁译,生活·读书·新知三联书店2001年版,第408页。

人语言这种东西,想象一种语言就是想象一种完整的社会生活。"① 海德格尔的语言言说论和维特根斯坦、伽达默尔和德里达的语言游戏论更证明了,语言在道说自身,语言在游戏自身,它没有中心,没有主体,"文本之外一无所有"(德里达语),语言不无自得地宣告了作者死亡,甚至作为个体的人类的终结。

　　本章讨论了20世纪语言学对19世纪语言工具论的批判,在此基础上,语言本体论占据着主流地位,这以索绪尔的结构语言学为代表。在索绪尔的结构语言学中,作者和主体的人陷入一个巨大而无情的语言网络中,在这个结构嬉戏的舞台上他们并没有位置,最终他们变成语言的功能。实际上,作者和主体的人已经被驱逐出语言学的领域,消失在语言和结构的巨大陷阱中。在索绪尔之后,海德格尔、维特根斯坦、伽达默尔和德里达等更是发展了本体语言观,语言获得了至高无上的自主性和统治权。海德格尔认为,人并不在言说,而是语言言说,人只是聆听语言言说。维特根斯坦、伽达默尔和德里达的语言观表明,语言在游戏,游戏的主体是语言本身,而不是人。无论语言游戏是对话关系或者"异延"关系,人在语言中没有自身的位置。因此,语言言说和语言游戏都声称,语言在控制着人,而不是相反,人控制着语言。

---

① 特雷·伊格尔顿:《二十世纪西方文学理论》,伍晓明译,陕西师范大学出版社1987年版,第76—77页。

第六章 非个人化思潮与"文学性"、"文本性"

20世纪非个人化思潮是与个人主义思潮和现代人本主义思潮截然相反的对立面,它是科学主义思潮影响下的产物,它与科学一样天生的排除了人及其心灵。而在文学上,非个人化思潮同样具有反个人主义和反人本主义的倾向。

这样,文学研究也就产生了深刻的变化。其一,主体失落,本体崇尚。自俄国形式主义以来,"回到作品"成为形式本体论阶段的理论口号,作品语言形式就是本体,因为文学的意义不在于作者的头脑,也不在于批评家的主观批评,而在作品本身,这是文学的内在研究。因此,20世纪文学理论内在研究的中心问题是文学性。其二,本体消解,文本开放。20世纪六七十年代,文学研究突破语言内在研究模式,把历史和读者等纬度文学因素纳入文学研究视野,走向一种内外结合的文学研究模式。不仅如此,随着"话语转向"之后,作品已被文本所取代,而文本的中心问题,我们认为是文本性。因此,非个人化思潮无疑给20世纪文学理论产生了深远的影响,这里,我们主要关注文学性问题和文本性问题。

第一节 文 学 性

一、非个人化思潮导致文学研究的客观化和科学化

在《"形式"方法理论》一文中,艾亨鲍姆说:"对于'形式主义者'来说,在文学研究中,主要的不是方法问题,而是作为研究对象的文学问题。"①

事实上,确定文学的研究对象与其采取的方法论有着密切关系,采取什么样的方法论,就会产生什么样的研究对象。艾亨鲍姆对形式主义的文学研究的学术背景曾经作过这样的描述,他写道:

---

① 茨维坦·托多洛夫编:《俄苏形式主义文论选》,蔡鸿宾译,中国社会科学出版社1989年版,第19页。

在形式主义者出现时,学院式的科学对理论问题一无所知,仍然在有气无力地运用美学、心理学和历史学的古老原则,对研究对象感觉迟钝,甚至这种对象是否存在也成了虚幻。我们无须和这类科学较量,也不必多此一举。我们遇到的是通行无阻的大道,而不是要塞堡垒。波捷勃尼亚和维谢洛夫斯基的门徒在理论上继承了他们的衣钵,把这些理论遗产当作固定资本,不敢稍有触动使之成为失去价值的宝物。①

在这段话里,艾亨鲍姆有两个误判,一是认为学院式的文学研究是一种"虚幻","我们无须和这类科学较量,也不必多此一举。"二是把以波捷勃尼亚为代表的象征主义诗学传统和以维谢洛夫斯基为代表的形式主义传统与学院式文学研究相混淆。巴赫金曾分析到,俄国的形式主义者在美学和心理学中并没有遇到真正强有力的对手。这个强手就是普及欧洲的实证主义思潮,实证主义是指"19世纪学者醉心的那种琐细的历史考证。这种'研究'注意的是作者的生平和争论的最微末的细节,它循踪遁迹,百般搜求,累积起许多孤立的事实,它通常由一个模糊的信念所支撑,这些零砖碎瓦终究将用来筑成学问的金字塔。"② 正是由于缺乏这样的学术背景,巴赫金说:"我国的形式主义者不可能自觉而明确地提出方法论问题。他们很含糊地和笼统地理解和确定自己的对手以及自己的方法论立场。他们根本没有同实证主义进行过斗争。同折衷主义做过一般的斗争,但不是同实证主义本身进行斗争。因此,他们本身也不可避免地产生了实证主义和自然主义的偏向。"③

事实上,当时俄国的学院式文学研究就是一种实证主义的派别,它将文学研究重心放在文学以外的社会的、心理的因素上,根据作者的生平、社会环境和时代背景来研究文学。俄国形式主义反对这种实证主义的文学研究方法,雅各布森写道:

不过,直到现在我们还是可以把文学史家比作一名警察,他要逮捕某个人,可能把凡是在房间里遇到的人,甚至从旁边街上经过的人都抓了起来。文学史家就是这样无所不用,诸如个人生活、心理学、

---

① 茨维坦·托多洛夫编:《俄苏形式主义文论选》,蔡鸿宾译,中国社会科学出版社1989年版,第22—23页。

② R.韦勒克:《批评的诸种概念》,丁泓、余徵等译,四川文艺出版社1988年版,第244页。

③ 巴赫金:《周边集》,李辉凡等译,河北教育出版社1998年版,第180页。

政治、哲学,无一例外。这样便凑成一堆雕虫小技,而不是文学科学,仿佛他们已经忘记,每一种对象都分别属于一门科学,如哲学史、文化史,心理学等等,而这些自然科学也可以使用文学现象作为不完善的二流材料。①

在雅各布森看来,文学不能、也不需要把其他学科作为文学研究的"理由和权利","文学科学的对象应是研究区别于其他一切材料的文学作品的特殊性。"②因此,雅各布森提出了文学性问题,他说:"文学科学的对象不是文学,而是'文学性',也就是说使一部作品成为文学作品的东西。"③但是,正如巴赫金指出的那样,俄国形式主义反对实证主义是不彻底的、不全面的,并没有把它看作自己的真正的敌手。相反,俄国形式主义与阿克梅诗派和未来主义一起,把象征主义当作自己的敌手,俄国象征主义以波捷勃尼亚、舍斯托夫和别尔嘉耶夫等人为代表,他们认为,诗是借助形象表达一种观念,把文学研究视为阐述自己形而上学的宗教和哲学的一种途径。正如厄利奇所说,阿克梅诗派和未来主义反对象征主义集中在诗歌语言问题。在象征主义者看来,语言是有待破译的神秘的代码,诗人依靠直觉,通过可视的象征符号穿透不可见的客观世界,即自然,因为自然是一个"象征的森林"。语言的能指和所指之间关系不是任意的,而是有机统一的,语言不再指涉可感知的客体,它不是描述而是暗示语言和对象的关系,这就是波德莱尔所说的"对应","对应"是基于诗歌语言的肌理和它的对象之间隐晦的指称关系。阿克梅诗派和未来主义不满意的就在于象征主义的语言是对另外一个神秘世界的破译,在它们看来,语言本身就是自主的和自足的,它不是传达观念和感情的媒介,词就是词本身,用什克洛夫斯基的话说,词即物。"对形式主义者来说,词就是词,首先和主要的是它的音响的经验物质性和具体性,他们要从词的超负荷中,从它被象征主义者赋予词语的崇高含义全部吞没的危险中解放出来的,正是这种minimum(最低限度)的可感知性。"④对语言的这种观念的得出绝非偶然。厄利奇指出,当时俄国的语言学界就

① 茨维坦・托多洛夫编:《俄苏形式主义文论选》,蔡鸿宾译,中国社会科学出版社1989年版,第24页。

② 茨维坦・托多洛夫编:《俄苏形式主义文论选》,蔡鸿宾译,中国社会科学出版社1989年版,第24页。

③ 茨维坦・托多洛夫编:《俄苏形式主义文论选》,蔡鸿宾译,中国社会科学出版社1989年版,第24页。

④ 巴赫金:《周边集》,李辉凡等译,河北教育出版社1998年版,第185页。

已经把胡塞尔的《逻辑研究》奉为圣典进行研究,现象学的方法已经深入到语言的研究当中。俄国形式主义承继了未来主义的语言学观念,并且把现象学的方法运用到语言学的研究之中,语言本身才成为研究对象。对语言学对俄国形式主义的重要性,艾亨鲍姆曾经说:"传统的文学家们习惯于把研究重点放在文化史或社会生活方面,形式主义者则使自己的研究工作面向语言学,因为语言学在研究内容上是一门跨诗学的科学,但是语言学是依据另外的原则探讨诗学的,并且另有其他的目标。另一方面,语言学家也对形式方法感兴趣,因为诗歌语言现象作为语言现象,可以视为属于纯语言学的范畴。"① 俄国形式主义两个主要小组,无论由一些语言学家组成的"莫斯科语言学派"或者由文学研究者组成的"诗歌语言研究会",它们的成员都精通语言学,尤其是雅各布森更是一位著名的语言学家。晚期的俄国形式主义又把索绪尔的结构语言学运用到文学研究中来,把文学语言视为一个共时和历时统一的结构系统。

将语言学与文学相结合,认为文学是一种语言现象,这成为俄国形式主义文学研究的基本信念。托马舍夫斯基说:"在一系列科学学科中,文学理论更为接近研究语言的学科,即语言学。"② 走向结构语言学的雅各布森在带有总结性的演讲《语言学和诗学》里说:"诗学研究语言结构的问题,正如对画的分析要涉及画的结构一样。既然语言学是一门关于语言结构的普遍性的科学,诗学就应该被视为语言学的不可分割的组成部分。"③

实际上,语言学已成为俄国形式主义的方法论,这一方法论的重要性在于,在西方文论史上第一次明确地提出文学的科学化,"我们和象征派之间发生了冲突,目的是要从他们手中夺回诗学,使诗学摆脱他们的美学和哲学主观主义理论、使诗学重新回到科学地研究事实的道路上来。"④ 在俄国形式主义者看来,文学科学化就是"对诗歌程序进行系统的研究,对它们进行比较性的描写和分类:理论诗学应当依赖具体的史料,建立科学的概念体系,这个体系是诗歌艺术史家在解决他们面临的问题时所必需的。"⑤ 对

① 茨维坦·托多洛夫编:《俄苏形式主义文论选》,蔡鸿宾译,中国社会科学出版社1989年版,第25页。
② 什克洛夫斯基:《俄国形式主义文论选》,方珊等译,生活·读书·新知三联书店1989年版,第76页。
③ 赵毅衡编:《符号学文学论文集》,百花文艺出版社2004年版,第171页。
④ 茨维坦·托多洛夫编:《俄苏形式主义文论选》,蔡鸿宾译,中国社会科学出版社1989年版,第23页。
⑤ 什克洛夫斯基:《俄国形式主义文论选》,方珊等译,生活·读书·新知三联书店1989年版,第225页。

科学的理解,艾亨鲍姆给了一个较为合理的说法,他说:"在我们的学术工作中,我们珍视的只是作为工作假设的理论,借助于这种理论去发现和理解事实,也就是说,这些事实作为合乎规律的东西来理解,并变成研究的材料。所以,我们不去搞摹仿者如此贪求的那些定义,也不建立折衷主义者如此喜爱的那些一般理论。我们要确立一些具体的原则,并使这些原则保持在材料所能证实的程度内。如果材料要求复杂化和变化,我们就使材料复杂化和变化。从这种意义上说,我们在相当大的程度上不受本身理论的约束,就像科学应当是自由的那样,因为在理论和信念之间是有区别的。现成的科学是没有的——科学不是靠确定真理、而是靠克服错误而活着。"① 正因为这样的科学观念,俄国形式主义以自己特有的概念范畴来建立自己的文学理论科学体系,提出了独具特色的理论术语,如"文学性"、"陌生化"、"程序"(又译为"设计"、"手段"、"手法"、"技巧",引者注)"材料"、"主导"等。在俄国形式主义者看来,文学研究对象不是作者生平、社会环境或文学作品等内容问题,对文学而言根本不存在内容问题,一切都是形式的问题。从形式的角度而言,基本的区别是材料和程序。材料即语言材料,"诗的材料不是形象,也不是激情,而是词。"② 程序是对语言材料的安排、加工。程序的重要性正如什克洛夫斯基所说:"艺术由手法的总和构成"。③ 在《诗学的任务》里,维克托·日尔蒙斯基说:"艺术研究的任务就在于从历史的角度,或者以比较和系统的方式,来对某部作品、某个诗人或整个时代的各种艺术程序进行比较。"④ 晚期的俄国形式主义认为,一件艺术品或一部文学作品乃是一个系统,一个结构功能系统,文学研究就要对这一结构功能系统进行分析,"文学中使用的素材,无论是取自文学的还是非文学的来源,只有根据其当时的功能来检查,才能用于科学研究。"⑤

　　如果一切文学艺术都是艺术程序或艺术手法的作用,那么文学艺术就不是再现或表现的问题。再现说和表现说是自柏拉图和亚里士多德以来占据主导地位的文学观念,颠覆它们对文学理论来说是革命性的。有学者说,

---

① 转引自巴赫金:《周边集》,李辉凡等译,河北教育出版社 1998 年版,第 204 页。
② 什克洛夫斯基:《俄国形式主义文论选》,方珊等译,生活·读书·新知三联书店 1989 年版,第 217 页。
③ 维·什克洛夫斯基:《散文理论》,刘宗次译,百花洲文艺出版社 1997 年版,第 92 页。
④ 什克洛夫斯基:《俄国形式主义文论选》,方珊等译,生活·读书·新知三联书店 1989 年版,第 213 页。
⑤ 茨维坦·托多洛夫编:《俄苏形式主义文论选》,蔡鸿宾译,中国社会科学出版社 1989 年版,第 55 页。

后来的每一流派都从俄国形式主义那里得到启示,其根本原因正在于此。

新批评在科学的理解上与俄国形式主义存在着差异。据说,马雅可夫斯基在看到爱因斯坦的相对论的论文后,激动不已,他相信,相对论的思想对诗歌及其研究将会发生一场革命,他尝试把相对论的思想引入自己的诗歌创作。俄国形式主义的文学研究无不染有一种相对主义的色彩。"陌生化"、"文学性"、"程序"、"功能"和"结构"都是具有相对论意义的术语,这说明,俄国形式主义在现代意义上理解科学。新批评对科学的理解遵循的是一种阿诺德式的人文主义的传统。在《科学与诗》里,瑞恰兹认为,科学能够让我们知道人类在宇宙的位置和作用,但它却由此导致人类信仰的缺失。浪漫主义者,如雪莱等批判资本主义的工业革命和科学化,认为科学主义致使人类道德沦丧。阿诺德认为,科学使现代文明遭遇种种危机,而诗歌可以拯救人类的精神危机。瑞恰兹也认为,诗歌能够平衡和调节人类的心灵。因此,科学,在新批评看来,是诗歌的对立面,而并非文学的方法论基础。新批评追求的是文学的客观化,而这种客观化与俄国形式主义文学科学化实质上存在着一致性,即强调文学的独立自主性。艾略特的非个人化理论就将文学研究的中心从作者转向了作品本身,"诚实的批评和敏锐的鉴赏不是针对诗人,而是针对诗歌而做出的。"[①] 作品在文学研究中具有本体论的地位,而作者的地位仅是一个媒介,起着中性的作用。艾略特的观点应该来自于布拉德雷,在《为诗而诗》一文中,布拉德雷认为,诗的世界是独自存在,而非通常所谓真实,诗的价值是"内在"的,只能就其内部予以衡量,和道德判断毫无关系,道德和感情之类的东西在诗里都无价值可言。艾略特和布拉德雷关于诗的独立自主的思想对新批评有着直接的影响。再者,波兰的现象学美学家英加登的《论文学艺术作品》也为新批评提供了理论依据。

结构主义直接受到索绪尔的结构语言学的影响,对文学科学化有着明确的诉求。最早在《批评与真实》里,巴特就已提出要建立文学科学,他认为,作品是一个语言问题,"作品成了广泛的无休止的词语调查的信托者。"[②] 批评的对象就是语言本身,因此,"某种文学科学是可能成立的。"[③] 文学科学的模式是属于语言学类型的,文学科学不可能是有关内容的科学,而是一种"关于内容的状况的科学,也就是形式的科学。"[④]

① 托·斯·艾略特:《艾略特文学论文集》,李赋宁译,百花洲文艺出版社1994年版,第6页。
② 罗兰·巴特:《批评与真实》,温晋仪译,上海人民出版社1999年版,第53页。
③ 罗兰·巴特:《批评与真实》,温晋仪译,上海人民出版社1999年版,第55页。
④ 罗兰·巴特:《批评与真实》,温晋仪译,上海人民出版社1999年版,第55页。

二、20 世纪形式主义文论论文学性

（一）俄国形式主义论"文学性"

什克洛夫斯基在一部"书信体"小说《动物园：或不是情书》中借主人公之口说：

> 对待艺术有两种态度：
> 其一是把艺术作品看作世界的窗口。
> 这些艺术家想通过词语和形象来表达词语和形象之外的东西。这种类型的艺术家堪称翻译家。
> 其二是把艺术看作独立存在的事物的世界。
> 词语和词语之间的关系、思想和思想的反讽，它们的歧义——这些是艺术的内容。如果一定要把艺术比喻为窗口，那么，它只是一个草草地勾勒出来的窗口。①

第一种艺术态度是象征主义艺术，这是什克洛夫斯基在《艺术作为手法》里批评的对象。第二种艺术态度应该属于俄国形式主义对艺术的看法。在俄国形式主义者看来，艺术不是个人情感的表现，也不是对社会的"翻译"，它要割断与社会学、哲学、历史学、心理学、经济学等学科的联系，艺术作品一旦完成，它就获得了独立自主。艺术作品不表现词语和形象之外的东西，它只表现词语和形象之间的关系，以及歧义所造成的作品本身的意义。什克洛夫斯基说："在文学理论中我从事的是其内部规律的研究。如以工厂生产来类比的话，则我关心的不是世界棉布市场的形势，不是各托拉斯的政策，而是棉纱的标号及其纺织方法。"② 所谓"内部规律"就是指文学的内在形式，也就是雅各布森所说的文学性。文学性是语言信息变成艺术作品的特异性质，文学性并不只存在于一部文学作品中，它存在于语言内在形式之中。俄国形式主义早期认为，语言的"陌生化"才具有文学性，后期则认为，语言的"突出"（foregrounding，又译为前景化）才具有文学性。

"陌生化"是什克洛夫斯基在《作为手法的艺术》中提出的概念，国内学者钱佼汝先生把"陌生化"视为俄国形式主义两大支柱之一。特伦斯·霍

---

① 转引自特伦斯·霍克斯：《结构主义和符号学》，瞿铁鹏译，上海译文出版社 1987 年版，第148—149 页。

② 维·什克洛夫斯基：《散文理论》，刘宗次译，百花洲文艺出版社 1997 年版，第 3 页。

克斯把"陌生化"解释为,其主要目的"把我们从语言对我们的感觉所产生的麻醉效力中解脱出来"①。而杰弗逊则说,"陌生化"就是"艺术使我们对生活和经历的感受为之清新"②。无论感觉的麻醉解脱还是艺术感受清新,都认识到"陌生化"意在使语言的感知层面"暴露",对日常语言进行有组织的强暴,从而使得日常语言扭曲、变形,甚至毁坏语言表面的常用意义,从而使语言可感知的意义重新得以恢复。我们日常语言经常存在着语言的自动化的现象,正像索绪尔指出的那样,在日常生活中我们总是以为语言的能指和所指之间有着一种和谐和同一的关系,这样,日久天长,我们对经常使用的语言材料变得熟悉了,语言就失去鲜活力;而艺术手法意在突现语言材料的可感知而又不熟悉的一面,使熟悉的语言材料变得陌生。在什克洛夫斯基看来,艺术使我们感到习以为常、自然而然的事情不再是熟悉的了。例如,走路是日常活动,我们已经不再留心,但是当我们看舞蹈中表现走路的自然姿态时,我们便有新的感受。诗歌正是借助日常语言,使最自然而然的东西变得"陌生化"。什克洛夫斯基说:"哪里有形式哪里便有生疏化(即陌生化,引者注)。"③在日常语言中,词语是很自然地说出来的,诗歌语言却要使语言显得拐弯抹角、艰难、曲折,在诗歌中日常语言就显得奇特了。对语言"陌生化"的感受,在一般情况下我们是不会注意的,但这正是诗歌语言形式所产生的效果。诗歌语言不同于日常语言,不是诗歌中有日常语言中所不用的词汇或句法结构,而是诗歌形式结构(如节奏和韵律)作用于日常语言,从而使得我们获得清新的感受。诗歌语言要把日常语言熟悉化的"破坏"和"侵害",颠倒熟悉化的过程,从而它"瓦解'常备的反应',创造一种升华了的意识:重新构造我们对'现实'的普通感觉,以便我们最终看到世界而不是糊里糊涂承认它,或者至少我们最终设计出'新'的现实以代替我们已经继承的而且习惯了的(并非不是虚构的)现实。"④"陌生化"的诗歌语言是一种形式化了语言,文学性就来源于此。事实上,文学性是日常语言和诗歌语言之间的差异性关系所产生的一种功能,它并不是一种永远给定的特性,文学性只是语言的某些特殊用法。但是,确认"陌生化"语言一个前提是区别日常语言和诗歌语言之间偏离的标准问题,"发现一种偏离就

---

① 特伦斯・霍克斯:《结构主义和符号学》,瞿铁鹏译,上海译文出版社 1987 年版,第 69 页。

② 杰弗逊、罗比:《现代西方文学理论流派》,李广成译,北京大学出版社 1992 年版,第 24 页。

③ 转引自杰弗逊、罗比:《现代西方文学理论流派》,李广成译,北京大学出版社 1992 年版,第 24 页。

④ 特伦斯・霍克斯:《结构主义和符号学》,瞿铁鹏译,上海译文出版社 1987 年版,第 61—62 页。

意味着能够确认被偏离的那一标准。"① 俄国形式主义者并没有给出这一标准,他们认为,这一标准在文学中是变化的,而偏离只是用某些诗歌证明诗歌语言偏离日常语言,但是,没有人成功地证实偏离是所有诗歌的一个必然的前提,更不用说所有文学。事实上,一些好诗恰恰使用日常语言写成的,如华兹华斯和普希金的诗歌。再者,俄国形式主义者认为,手法并不存在死活问题,手法只是一个发现的问题。在研究了果戈理的《外套》后,什克洛夫斯基就提出,果戈理在《外套》里把浪漫主义时期的一些被遗忘的艺术手法挖掘出来,重新使用,就获得了一种"陌生化"的效果。

总之,正是使用"陌生化"手法,什克洛夫斯基确定了文学作品的文学性,将习以为常的行为和对象置于背景之外,或把它们描写成仿佛是第一次被看成是它似的,使这些熟悉的事物和行为"变得陌生",在韵文中使话语声音这一机理"粗俗化";叙述作品中被期待的结局的"延宕",以及在诗歌与叙述作品中结构手法的"暴露"等等。

"突出"是蒂尼亚诺夫提出的一个概念。在蒂尼亚诺夫看来,文学和文学作品都是一个系统,它是由不同要素组成的。一个要素同时与属于其他作品—体系、甚至属于其他系列的类似要素的系列发生关系,另一方面,又与同一体系的其他要素发生关系。"由于体系不是各种要素在平等基础上的合作,而只是以提出一批要素('主要因素')并使另外的要素变形为前提的,作品就靠这种主要因素进入文学并取得文学功能。"② 因此,文学性存在取决于其差别的性质,即取决于它的某一功能的"突出"。例如,我们可根据某些诗句音律、音步、意象等几个方面的特点,就把它们归于诗歌的系列,而不应归于散文的系列。什克洛夫斯基认为,自动化是艺术手法的感知能力迟钝,而蒂尼亚诺夫则认为,自动化是某一文学要素的衰退,即它的文学功能降低了,变成了辅助的东西。实际上,蒂尼亚诺夫强调的是文学系统内存在着文学成分,也存在着非文学成分,文学作品之所以成为文学作品是由于在这两种成分的差异对比之中,具有文学性的文学成分突出出来,非文学成分从属于它。例如,杰尔立文写给朋友的一封信是社会生活事实,而卡拉姆津和普希金写给朋友之间的书信就成为文学作品,"在某一文学体系中,回忆录和日记具有文学性质,而在另一种体系中,就有非文学的性质,这就

---

① 　特雷·伊格尔顿:《二十世纪西方文学理论》,伍晓明译,陕西师范大学出版社 1987 年版,第 6 页。

② 　茨维坦·托多洛夫编:《俄苏形式主义文论选》,蔡鸿宾译,中国社会科学出版社 1989 年版,第 110 页。

是明证。"①

　　蒂尼亚诺夫对文学性的理解是从文学演变的角度来认识的,这并非在语言层面把握文学性问题。这对雅各布森的后来提出的"主导"和穆卡洛夫斯基的语言的"突出"有着重要的启示。

　　(二) 结构主义论"文学性"

　　第一,布拉格学派论"文学性"。

　　在俄国形式主义时期,雅各布森提出,诗歌语言与实用语言的基本区别就是文学性的区别性特征所在。他认为,实用语言不太关注语言的声音和词汇结构,它是透明的,起着交流的目的。诗歌语言有意地进行音义结合,暴露词语的语音结构,一种产生美学效果的有组织的话语。瑞恰兹的陈述和伪陈述、科学语言和情感语言两分法,对俄国形式主义并不适合。个人情感色彩的语言在诗歌语言中也并不总是有效的,象征主义的声音和情感的融合的所谓语词的迷幻境界也是不存在的。雅各布森说,诗歌话语等同于情感话语是错误的。诗歌语言主要是可感知性,艾亨鲍姆写道:"诗歌的目标要使词语组织的各个方面都可感知。"② 词就是物,词是用来感知事物,雅各布森写道:"诗歌的显著特征在于,语词是作为语词被感知的;而不只是作为所指对象的代表或感情的发泄,词和词的排列、词的意义、词的外部和内部形式具有自身的分量和价值。"③

　　词语活动的特点是最大化的可感知性。词语的对象就是词语自身,是自含价值的语词。诗歌语言作为一个语言系统,交流功能退居为背景,词语结构获得自主价值。托马舍夫斯基说:语言的交流功能降低到最低限度,"诗歌,作为倾向于表现模式的表述,被内在法则所控制。"④ 到了布拉格以后,雅各布森说,诗的功能在于"符号与其指称并非同一。为什么我们需要这一提示呢? 是因为除了了解符号与其指称同一(A 即 A1) 以外,我们还需要意识到符号与其指称的同一性(A 不是 A1) 不充分性,这一对立是关键的,因为没有这种对立,则符号和(其指称)的对象的关系就会自动化,而对现实的感知就随之减弱"。⑤ 这就是说,语言符号不再是用来感知事物,诗的功能加深了符号与客体的对立。由此,雅各布森提出,文学性是符号的自

① 茨维坦·托多洛夫编:《俄苏形式主义文论选》,蔡鸿宾译,中国社会科学出版社 1989 年版,第 104 页。

② Victor Erlich, *Russian Formalism*, The Hague:Mouton Publishers, 1980, p.185.

③ Victor Erlich, *Russian Formalism*, The Hague:Mouton Publishers, 1980, p.183.

④ Victor Erlich, *Russian Formalism*, The Hague:Mouton Publishers, 1980, p.183.

⑤ Victor Erlich, *Russian Formalism*, The Hague:Mouton Publishers, 1980, p.181.

我指涉性,即"符号指向自身,而不指向它物的能力。"① 穆卡洛夫斯基认为,文学符号是一种自主的符号,它由能指、意义和意指事物的关系组成,它不指向外部世界,而指向艺术世界本身。

正因为文学符号是一个自我指涉的、自主的符号,它才组成了一个结构系统。穆卡洛夫斯基认为,结构具有整体性和能动性的特点。整体性是指结构的各个要素的性质由系统的整体所规定,而各个要素通过发挥自己的功能与整体相联系。能动性是指结构的各个要素都具有自己的功能,这些功能与整体的联系处在动态的变化过程之中才形成结构的整体性。在这一结构系统里,处在最高点的成分就是主导。主导成分使结构系统成为一个整体,"所有其他成分及其相互关系,不论前推与否,都依照主导成分的观点来评价。所谓主导成分,就是指作品中驱动并引导其他成分间相互关系的成分。"② 按照雅各布森的解释,主导"确定为文学作品的核心成分;它们支配、规定其他成分,并使之发生变化。主导保证结构的整体化"③。可以说,主导就是在一部作品里某一成分统领和运作其他成分,从而使之成为一个统一的、完整的结构。主导并不意味着是中心,它描述的是文本中某一成分,无论是处在中心或者边缘,由于这一成分在某一特定时期所处位置的显著和突出,使它处在前景的位置,其他成分处于背景的位置。"好花还得绿叶扶"说的就是这个意思。在雅各布森看来,主导的概念更能清楚地解释系统中各种成分之间的相互联系、相互作用的问题。一个成分过去属于次要因素,现在变成主要和首要的成分,而一个主要成分,反而成为辅助因素。文学作品的主导因素是诗歌功能。文学作品中主次结构功能随着文学演变调整着其等级关系。后来,雅各布森系统化了自己的这一理论,提出六要素和六功能说。任何一个文本都是由六要素(发信人、收信人、信文、语境、信码、接触)和六功能(表现功能、意动功能或呼应功能、交流功能或指示功能、呼叫功能、诗歌功能、元语言功能)组成。在诗歌中,诗歌功能占据主导地位,却不排斥其他语言功能的存在,只不过语言功能有着不同程度差别。"诗歌功能不是语言艺术的唯一功能,只是语言艺术的核心的、起决定作用的功能,在其他言语活动中,它是第二位的、辅助性的成分。"④ 在最高层次,

① René Wellek, *The Attack on Literature and Other Essays*, Chapel Hill:The University North of Carolina Press, 1982, p.30.

② 赵毅衡编选:《符号学文学论文集》,百花文艺出版社 2004 年版,第 20 页。

③ 扎娜·明茨,伊·切尔诺夫编:《俄国形式主义文论选》,王薇生译,郑州大学出版社 2005 年版,第 305 页。

④ 波利亚科夫编:《结构—符号文艺学》,佟景韩译,文化艺术出版社 1994 年版,第 182 页。

"诗歌功能"在文学文本中占据着主导地位。诗歌功能就是关注信息本身，"纯以话语为目的，为话语本身而集中注意力于话语"。① 诗歌功能的语言规律是：在陈述一个主题时，发信人从一些语义相近的词语中选择出来的两个词组合为一个语言链。选择是在对应、即类似和相异、同义和反义的基础上进行的；组合则以连接为基础。"诗歌功能就是把对应原则从选择轴心反射到组合轴心。对应成为顺序关系的规定因素。"② 在文学作品中诗歌功能居于主导地位，在非文学作品中其他功能占据主导位置。主导因素使作品的其中某一个语言形式凸显出来，而它并不妨碍其他功能的存在，在以诗歌功能为主的作品中，等级系列中的其他功能也起作用，同样，在以表达或指示功能等其他功能为主的作品诗歌功能也可以存在。由此看来，文学性不是依赖作品的语言形式特性，而是由作品语言形式特性所处位置形成的。维塞说："由结构体系和支配因素（dominant）这些概念装备起来的形式主义者，以在方法论上更加成熟的、更富成果的术语，从主要方面再次系统地阐明了他们的立场。诗歌和叙述性艺术的种种结构特征，不再被看成是彼此孤立的了。无论某些见解过去是如何富于启发性，并有其固有的偏见，它们却被更精细更具综合性的概念所替代。……随着从文学的原子论概念过渡到系统的概念，形式主义开始在不易察觉的过程中步入结构主义。"③

第二，法国结构主义论文学性。

法国结构主义是结构主义发展的第三站，也是其高峰，列维－斯特劳斯为法国结构主义奠定了思想基础。列维－斯特劳斯深受雅各布森的语言学影响，直接把语言学模式引入自己人类学研究领域，他提出，人类的亲属结构关系与语言结构存在着类似性，因此，可以用语言结构分析方法来研究人类的亲属关系。在后来的神话模式研究中列维－斯特劳斯继续贯彻自己这一方法论立场。结构主义文论同样把索绪尔的结构语言学引入文学研究之中，它认为，文学作品是一个由各种要素组成的封闭的结构整体，可以在各种文学形式要素中发现一种抽象的结构模式，"任何结构主义活动的目的，不论其是自省的或是诗学的，都在于重新建构一种'对象'，以便在重建之中表现这种对象发挥作用的规律（即各种'功能'）。"④ 结构主义文论通过

---

① 波利亚科夫编：《结构—符号文艺学》，佟景韩译，文化艺术出版社 1994 年版，第 182 页。

② 波利亚科夫编：《结构—符号文艺学》，佟景韩译，文化艺术出版社 1994 年版，第 182 页。

③ 罗里·赖安等：《当代西方文学理论导引》，李敏儒、伍厚恺等译，四川文艺出版社 1986 年版，第 9 页。

④ 罗兰·巴特：《罗兰·巴特随笔选》，怀宇译，百花文艺出版社 2005 年版，第 287 页。

"对语言所做的改变"来确定"文学自身的界域"①，由于语言符号是自我指涉的，因此，文学也就不指向自身以外的世界，而指向自身，巴特说："对文学来说，我主要关心的是本文，也就是构成作品的能指的织体。"②

布拉格学派认为，文学作品是一个结构系统，在这一系统内，某一要素占据着主导地位，统摄着和制约着其他要素。而巴黎学派则认为，文学作品是由表层和深层两个结构系统组成。表层结构是指文学作品的外在的语言组织形式，深层结构是指潜藏在一系列作品背后，支配和影响作品意义生成的结构模式。要寻找作品的深层的结构模式，就必须对语言组织形式进行分割和排列，巴特说，这是结构主义活动两种典型操作过程。这一过程是，在分割作品最基本的语言单位基础上，对语言单位按照二元对立的方法进行重新组合，即排列，从而找到作品的一个抽象模式。结构主义文论最典型的是对叙事文学作品的分析，格雷马斯、托多洛夫和巴特都找到自己所理解的叙事文学作品的结构模式。格雷马斯从最基本的语义素开始，得出三组对立关系，即发出者和接受者、主体和客体、辅助者和反对者，由此他构建了一个施动者的模型，"整个模型以主体所追求的愿望对象（客体）为轴；作为交际的内容（客体），愿望对象位于信息发出者和接收者之间，而主体的愿望则投射于辅助者和反对者。"③

托多洛夫通过叙事结构分析得出一个句法结构：

X 违犯戒律——→ Y 必须处罚 X——→

X 设法免受处罚——→

① Y 违犯戒律

——→ Y 没有处罚 X

② Y 相信 X 没有违犯戒律。

托多洛夫相信，每一个故事叙述就是放大了句子，分析这一句子，可以找到句子的词类（陈述）和句段（序列）的语法（叙述的组合规则）。

巴特说，叙事文学作品是一个大句子，可以将叙事作品分为三个描写层次："功能"层、"行为"层和"叙述"层，"这三个层次是按照逐渐归并的方式互相连接起来的；一种功能只有当它在一个行动元的全部行为中占有地位时才具有意义；而这一行为本身又因为交给一个自身具有代码的话语，得到叙述才获得最终意义。"④

---

① 罗兰·巴特：《符号学原理》，李幼蒸译，生活·读书·新知三联书店 1988 年版，第 6 页。

② 罗兰·巴特：《符号学原理》，李幼蒸译，生活·读书·新知三联书店 1988 年版，第 6 页。

③ 格雷马斯：《结构语义学》，蒋梓骅译，百花文艺出版社 2001 年版，第 264 页。

④ 张寅德编：《叙述学研究》，中国社会科学出版社 1989 年版，第 9—10 页。

　　结构主义文论认为,文学结构分析不同于对个别作品的阐释,它不是要揭示个别作品的含义,而是要认识制约作品产生的那些规律性,并且在文学本身内部寻找这些规律,"诗学同时体现着对文学的'抽象'研究方法和'内部'研究方法。"① 因此,结构主义文论要发现一种抽象的文学属性,它的研究对象不是文学作品本身,而是文学本身语言的特性。任何一部作品都只被看作是某一个比它抽象得多的结构的实现,而且是它的各种可能的实现方式之一。"结构诗学所研究的已经不是实际的文学作品,而是可能的文学作品;换句话说,结构诗学感兴趣的是作为文学事实的特殊标志的抽象特性——文学性这个特性。"② 结构主义文学研究的任务已经不是对文学作品的阐释,而是建立文学作品的结构和功能的理论,具体的文学作品所占的地位是其个别的例证,即获得实现的可能性的地位。不过,在具体文学批评实践中,它始终不断地来回往复在抽象的文学属性与具体的文学作品之间。

(三) 非文学的文学性

　　乔纳森·卡勒曾指出,非文学文本,哲学、历史、政论、法律文书、新闻写作中也存在文学性,他说:

　　　　如今理论研究的一系列不同门类,如人类学、精神分析、哲学和历史等,皆可以在非文学现象中发现某种文学性。西格蒙德·弗洛伊德和雅克·拉康的研究显示了诸如在精神活动中意义逻辑的结构作用,而意义逻辑通常最直接地表现在诗的领域。雅克·德里达展示了隐喻在哲学语言中不可动摇的中心地位。克罗德·莱维－斯特劳斯描述了古代神话和图腾活动中从具体到整体的思维逻辑,这种逻辑类似文学题材中的对立游戏(雄与雌,地与天,栗色与金色,太阳与月亮等)。似乎任何文学手段、任何文学结构,都可以出现在其他语言之中。③

　　在回顾 20 世纪文学性研究时,卡勒认为,形式主义的文学性研究存在许多问题,其一,文学性研究使得文学作为优先研究对象的特殊地位受到了很大的损害,比如雅各布森在说明语言的诗性功能时选用的是一个政治口号"I like Ike",而不是波德莱尔的《猫》,因此,"这种研究的结果(这很重要)

---

① 波利亚科夫编:《结构—符号文艺学》,佟景韩译,文化艺术出版社 1994 年版,第 36 页。
② 波利亚科夫编:《结构—符号文艺学》,佟景韩译,文化艺术出版社 1994 年版,第 36 页。
③ 马克·昂热诺等编:《问题与观点》,史忠义、田庆生译,百花文艺出版社 2001 年版,第40—41 页。

将'文学性'置入了各种文化对象,从而保留了文学成分的某种中心性。"①
其二,有关文学性的每一种界定都没有对文学作出令人满意的说明,却往往
在其他文化现象中发现文学性。即使不是提出文学是一种特殊语言类型,
而是对语言的特殊使用,如 S. 费什的文学研究也不能提供有关文学性的满
意答案。文学似乎不能还原为客观的特性,也不能还原为一系列语言的构
造方式的结果。文学不被看作对语言的突出,也不是语言层面的综合或文
本间的结构,因此,文学性并非区分文学与非文学的标准,非文学的文本同
样存在文学性。

大卫·辛普森宣称:后现代是文学性成分高奏凯歌的别名,"文学可能
失去了其作为特殊究对象的中心性,但文学模式已经获得胜利:在人文学术
和人文社会科学中,所有的一切都是文学性的。"②

这些看法有其学理根据。德里达认为,以往人文科学话语是一种逻各
斯中心主义,所谓中心就是把本质、存在、实体、真理、理念、上帝之类视为本
源、根据,而这种中心实际上是不存在的。人文科学话语并不是通过能指与
所指的转换达到对意义的把握,而是通过能指与能指的过渡实现意义的,这
是一个无限延续的过程,构成一根长长的链条。德里达认为,意义的获得只
是一场在能指与能指之间进行的游戏,它取决于不同能指之间的延异,亦即
从一个能指过渡到另一个能指,在空间中存在差异,在时间上有所延宕,从
而在能指与能指之间就出现了间隔和空隙,在这一过程中,意义就像种子一
样撒播在不同能指之间的间隔和空隙,因此,意义的实现一个"异延"过程,
而不是某个中心所造成的结果。文字就是一种充满"异延"、间隔和空隙的
系统游戏,正是通过"'间隔',要素们之间才相互联系起来。这一间隔是空
隙的积极的,同时又是消极的产物,没有空隙,'完满的'术语就不能产生表
征作用,也不能发挥作用。"③文学承认自己是一个充满"异延"、间隔和空隙
的语言文字游戏,想象、虚构、修辞等是自己的本质,而哲学不承认这些,它
好像传达了真理,其实,这只是一个"白色神话",哲学传达真理正在于它具
有修辞的性质。德里达颠覆了哲学/文学的传统的看法,文学应该置于哲
学之上,统领着哲学,没有什么在文学之外,没有哪一个文本可以脱离文学,
文学是一切非文学的本质属性。再者,海登·怀特证实,历史并非通常所说
的是一种真实的叙述,历史话语有自己特定的叙事模式和修辞格,因此,历

---

①　余虹等主编:《问题》(一),中央编译出版社 2002 年版,第 118 页。

②　余虹等主编:《问题》(一),中央编译出版社 2002 年版,第 128 页。

③　雅克·德里达:《一种疯狂守护着思想》,何佩群译,上海人民出版社 1997 年版,第 76—
77 页。

史话语也具有文学性。不但哲学和历史如此,其他的人文科学话语以及应用文都具有文学性的重要原因也正在于此。

三、文学与非文学

德里达曾经写道:"我相信,在半个世纪以来的一个关键进步就在于清楚地阐释了文学性问题,特别是从俄国形式主义者开始的文学性问题(不仅从他们开始:通过全部历史必然性,最直接地决定了它是文学实践自身的某个变种)。这一文学性问题的出现,让我们回避了某些总会突然出现的还原和误解(最精心伪装的主题主义、社会学主义、历史主义和心理主义)。"[1] 在这里,德里达对文学性问题持肯定的态度,他认为,文学性是文学实践自身的问题,这一问题区分了文学和非文学。实际上,雅各布森提出文学性,因为他不满意文学与非文学之间的界限的模糊,社会、历史、政治、思想、道德、宗教等在文学研究领域的恣意横行,所以他要用文学性概念廓清文学与非文学之间的界限,排除外来因素对文学的干预,使得文学"向内转",即非文学领域向文学领域收缩,将文学研究的对象集中在文学自身,限定在文学的语言和形式之上。由此看来,文学性就是对文学作品特有本性的辨认,文学是自主的,"它确保的只是在自身范围内、根据自身标准检验自身。"[2] 文学的"向内转"是俄国形式主义、英美新批评和法国结构主义的共同之处,代表着 20 世纪文学理论的基本趋向。韦勒克区分了文学的内部研究和外部研究,并提出应该"以文学为中心"的研究,"文学研究的合情合理的出发点是解释和分析作品本身"。[3] 罗兰·巴特认为,文学科学"将不是有关内容的一种科学,而是有关内容的条件亦即形式的一种科学"。[4] 这种形式是根据语言学规则"使人能说和能操作的重要的空在形式"。[5]

20 世纪文学研究在 80 年代左右存在着回归文学外部研究的趋向。J. 希利斯·米勒说:"事实上,自 1979 年以来,文学研究的兴趣中心已发生大规模的转移:从对文学作修辞学式的'内部'研究,转为研究文学的'外部'联系。确定它在心理学、历史或社会学背景中的位置。换言之,文学研究的兴

① 雅克·德里达:《多重立场》,佘碧平译,生活·读书·新知三联书店 2004 年版,第 78 页。

② 特伦斯·霍克斯:《结构主义和符号学》,瞿铁鹏译,上海译文出版社 1987 年版,第 60 页。

③ 勒内·韦勒克、奥斯汀·沃伦:《文学理论》,刘象愚等译,江苏教育出版社 2005 年版,第 155 页。

④ 罗兰·巴特:《罗兰·巴特随笔选》,怀宇译,百花文艺出版社 2005 年版,第 129 页。

⑤ 罗兰·巴特:《罗兰·巴特随笔选》,怀宇译,百花文艺出版社 2005 年版,第 130 页。

趣已由解读（即集中注意语言本身及其性质和能力）转移到各种形式的阐释学解释上（注意语言同上帝、自然、社会、历史等被看作是语言之外的事物的关系）"。①

文学"内部"研究无疑对 20 世纪的文学理论起着巨大的推动作用，但是，这种内在文学批评方法并非不存在问题。什克洛夫斯基认为，文学研究寻找文学"内在规律"，对此，巴赫金曾批评到："这一或那一现象的内部规律，如果不拿它们去同一般社会规律作对比，就无法说明，这一点未必需要证明。须知，棉纱的制作方法既受工业技术水平的制约，也受市场规律的制约。"②在巴赫金看来，形式主义者在确定文艺作品是独立于意识之外的客观存在时，他们把作品同作品赖以成为历史真实的和客观实体的所有环境隔离开来，包括思想视野的统一体、社会交际的客观现实和作品所处时代的历史现实意义等，"其结果，作品陷入主观消耗空洞感觉的毫无出路的循环之中。这样，艺术创作和艺术接受的参加者使丧失了自己的历史意义，变成某种纯心理—生理意义上的人和某种感觉机器。"③巴赫金称俄国形式主义的文学批评为"学术工作室"，这使得我们想起艾略特嘲讽新批评是"榨汁"派批评。这说明单纯的文学内部研究存在着一些问题。

加拿大学者弗莱认为，文学一方面是由词语构成的，另一方面"并不是一个自成体系的知识结构"，他说："学者们在进行文学领域的学术研究时，会察觉到有一股潜流把它们从文学领域冲卷去。他们发现，文学处在人文学科的中间地段，其一侧是史学，而另一侧是哲学。由于文学自身并不是一个自成体系的知识结构，所以批评家只好从史学家的观念框架中寻取事件，又从哲学家的观念框架中借用理念。"④

因此，文学内部研究与外部研究并不是绝对的隔离，相反，两者存在着相互作用的关系，劳特曼的研究方法代表了 20 世纪内部研究和外部研究相统一的基本趋势，他运用同一符号学的方式既分析文学文本的内部结构，又分析文本和社会—文化环境的外部关系。同一符号代码以不同一符号代码为基础，即"同一美学"以"对立美学"为基础，并且两者处在更大符号系统

---

① 拉尔夫·科恩主编：《文学理论的未来》，程锡麟等译，中国社会科学出版社 1993 年版，第 121—122 页。

② 巴赫金：《周边集》，李辉凡等译，河北教育出版社 1998 年版，第 202 页。

③ 巴赫金：《文艺学中的形式方法》，邓勇、陈岩松译，中国文联出版公司 1992 年版，第 230 页。

④ 诺思洛普·弗莱：《批评的解剖》，陈慧等译，百花文艺出版社 2006 年版，第 16—17 页。

之中,"系统的系统,关系的关系。"① "如果这一方法使我们能够填平文学的接受研究以及文学的社会学研究同新批评的自主解释以及内在解释之间的鸿沟,并且把这些高度歧义的方法的研究成果联系起来,那么劳特曼的书将在文学研究中的确带来了一场哥白尼革命。"②

从20世纪的西方文论发展来看,许多外部因素,如历史(新历史主义)、读者(读者反应批评)、作者的内在意识(意识批评)等都被纳入文学研究视野范围之中。绝对的、封闭的文本中心主义的文学研究业已衰败,结构主义在解构主义的解构中已经成为明日黄花,活跃在文学研究领域的是一些融会了形式主义精神的文学批评,如新殖民主义、女性主义等,这些研究倡导一种对话精神,即一种亦此亦彼的思维模式,把内部研究和外部研究统一起来。这些研究实际上把文学与非文学的关系并非看作一种单向活动,两者之间存在着双向交流、对话关系,日常生活、哲学观念、历史材料可以成为文学,同样,文学也可以变成日常生活、哲学观念、历史材料。"今天是超文学之外的存在和非文学的现实因素,明天可能作为文学的内在结构因素而进入文学;今天曾属于文学的因素,明天也可能变成非文学的现实因素。"③

然而,学者们所设想的劳特曼式的"哥白尼革命"并没有真正的发生,理想的文学内部研究和外部研究的统一局面并未形成,相反,文学向外部研究复归的过程中,文学越来越处于大学和社会体制的边缘位置,文学消解了,文学终结了。这是否是文学研究的事实,是否是文学当代的命运,我们姑且不论。有人逆流而动,站出来为文学作出当代的辩护。美国学者大卫·辛普森在新著《学术后现代与文学统治》别具只眼地提出"文学统治"说。大卫·辛普森认为,当代文学并没有被边缘化,"事实上文学胜利了:文学统治了学术领域,尽管这种统治伪装成了别的样子。"④ 此说一出,立刻引起了质疑,乔纳森·卡勒较为合理地把"文学统治"修改成"文学性成分的统治",所谓"文学性成分的统治"就是"吁求文学特殊性之价值,吁求具有文学话语特性的个别中一般在场的表现……吁求以现实的生气勃勃替代经验主义的统治"。⑤

---

① 特雷·伊格尔顿:《二十世纪西方文学理论》,伍晓明译,陕西师范大学出版社1987年版,第127页。

② 佛克马、贡内-易布思:《二十世纪文学理论》,林书武等译,三联书店1988年版,第50页。

③ 巴赫金:《文艺学中的形式方法》,邓勇、陈岩松译,中国文联出版公司1992年版,第224页。

④ 余虹等主编:《问题》(一),中央编译出版社2002年版,第128页。

⑤ 余虹等主编:《问题》(一),中央编译出版社2002年版,第128页。

这种"文学统治"的实质,正如辛普森自己所言:"非文学学科正逐渐被它们自己的极端分子对文学方法的再传播所殖民化了。"[1] 这就是说,通过打破文学与非文学的界限,"旨在倡导文学对于非文学的扩张"。[2]

按照姚文放先生的解释,文学向非文学的跨学科扩张,与后现代的文化氛围和精神风尚完全合拍。后现代主义的一大特点就是无边界、去分化,打破一切外在和内在的、有形与无形的界限。关于这一点,许多学者是有共识的,费德勒将后现代主义的特征概括为"跨越边界,填平鸿沟",丹尼尔·贝尔认为,后现代的特征之一在于"距离的销蚀",让·鲍德里亚则称之为"内爆",如此等等。这些说法的意思可以概括为:一是各种事物之间的差距被消泯,界限被打破。丹尼尔·贝尔认为,在后现代事物之间距离的销蚀是一种美学的、社会学的和心理的事实,这意味着:"对人类来说,对思想组织来说不存在界限,不存在经验和判断的指令原则。"[3] 心理距离的消失意味着时间的暂停,打破那种过去与现在的界限;审美距离的破裂意味着一个人失去了对经验的控制,不再具有同艺术进行"对话"的能力;社会距离的消失则意味着礼俗的消失,文明礼貌的腐蚀,"随之而来的问题是:言谈、趣味、风格的区别也被抹杀了,这样一来,任何一种习惯用法,或者语法,都跟别的一样得当。"[4] 二是各种事物之间类型的销蚀,不仅是外部的、物质的,更是内里的、精神的,让·鲍德里亚称之为从"外爆"转向了"内爆",即种种矛盾、对立、阻隔的崩解已经从社会外部转向文化、精神内部。所谓"外爆"是指以往西方工业世界经济活动和社会领域、话语和价值的各种越界现象,而"内爆"是指一种导致各种界限崩溃的社会熵增加过程,即"意义内爆在媒体之中,媒体和社会内爆在大众之中"。[5] 在鲍德里亚看来,在后现代的类象时代,符号已经主宰了社会生活,它建构出了一种由模型、符码及符号组成的新的社会秩序,一切意义和信息均发生内爆,就好像被黑洞吞噬了一样。在政治与娱乐之间、资本与劳动之间以及俗文化与雅文化之间界限的一系列内爆的同时,整个社会业已内爆。"世界似乎没有任何界限,一切事物都处在一种令人目眩的流动之中,哲学、社会理论以及政治理论之

① 余虹等主编:《问题》(一),中央编译出版社 2002 年版,第 144 页。

② 余虹等主编:《问题》(一),中央编译出版社 2002 年版,第 161 页。

③ 丹尼尔·贝尔:《资本主义文化矛盾》,赵一凡等译,生活·读书·新知三联书店 1989 年版,第 168 页。

④ 丹尼尔·贝尔:《资本主义文化矛盾》,赵一凡等译,生活·读书·新知三联书店 1989 年版,第 167 页。

⑤ 凯尔纳:《后现代理论》,张志斌译,中央编译出版社 2004 年版,第 156 页。

间的一切旧有界限或区别,甚至资本主义社会本身,都内爆为一种毫无差别的幻象流。"① 解构了所有的一切,剩下的全都是一些支离破碎的东西。人们所能做的只是玩弄这些碎片。因此,"打通文学与非文学,推动文学向非文学领域的扩张,不仅依据一种文学事实,更基于一种后现代的文化背景和精神气候。"②

第二节　文学性与文本性

一、文学性研究的双重态度

20 世纪文学性研究呈现了一种有趣现象,一方面是对文学性的质疑,另一方面是对文学性扩张的欢呼。正如前面所讲,国外学者辛普森和卡勒都认为,"在人文学术和人文社会科学中,所有的一切都是文学性的。"③ 国内学者余虹从思想学术、消费社会、媒体信息、公共表演等四个领域论述了文学性的扩张或蔓延,文学性成了无处不在的幽灵。④ "历史'铁证'不过是讲述历史故事的文学性叙事,哲学思辨也只是语言自我指涉的修辞演绎,政治、经济、法律文本里游荡着文学性的幽灵,人类学、社会学、精神分析的著作里闪烁着文学性的光芒,大众文化的狂欢身影也有文学性的魅影如影随形,消费社会中的商品化物体系的符号表征不时露出文学性的峥嵘,信息社会中的传播媒介更是每天都在上演由文学性的修辞策略导控的表象嬉戏,当文学'终结'的丧钟敲起时,文学性的幽灵却随后现代之风播撒到社会生活的各个领域。"⑤

尽管国内也有学者对文学性的扩张提出质疑,⑥ 但文学性在非文学语言形式或其他文化形式的存在却是一个事实。我们可以列举几个例子。例一,雅各布森在证实文学性的诗学功能时,使用的一个典范例子是 1954 年艾森豪威尔竞选美国总统时的一句政治口号"I like Ike"("我爱艾克"),因

---

① 凯尔纳:《后现代理论》,张志斌译,中央编译出版社 2004 年版,第 157 页。

② 姚文放:《"文学性"问题与文学本质再认识》,《中国社会科学》2006 年第 5 期。

③ 余虹等主编:《问题》(一),中央编译出版社 2002 年版,第 128 页。

④ 参见余虹:《文学的终结与文学性蔓延》,《文艺研究》2002 年第 6 期。

⑤ 蔡志诚:《漂移的边界》,《福建师范大学学报》(哲学社会科学版)2005 年第 4 期。

⑥ 可参考王岳川的《"文学性"消解的后现代症候》(《浙江学刊》2004 年第 3 期)、《质疑后现代文学性统治》(《文学自由谈》2004 年第 4 期)、吴子林的《对于"文学性"扩张的质疑》(《文艺争鸣》2005 年第 3 期)。

为这句口号有一处意义强烈的同音重复,即 like 一词包括 I 和 Ike,似乎一张嘴,就必然发出"我爱艾克"的声音。例二,巴特偶然看到一份《巴黎竞赛》杂志封面照片,在照片里,一位身着法兰西军装的黑人小伙子在行军礼,目光无疑是在盯着一面三色国旗。巴特分析到,照片的意义和形式呈现出两幅面孔:形式是在场的,却又是空的,即法兰西—黑人—士兵—向三色国旗—行军礼;意义是不在场的,却是充实的,即"法国是一个伟大的帝国,她的所有的儿子,不分肤色,都忠实地效忠于她的国旗,这个黑人服务于其所谓的压迫者的热情是对诽谤所谓殖民主义的人们的最好的回答"。① 在这幅照片里,我们同样可以领略到非文学作品所展现的文学性。例三,鲍德里亚说,符号化的商品具有文学性,因为消费社会的商品使人"眩晕","没有文字游戏,现实就产生不了眩晕。"② "眩晕"是由商品符号的类象造成的,因为类象使得真实与非真实之间的区分已变得日益模糊不清,从而产生了一种超真实。所谓超真实是一种按照模型产生出来的真实。"真实不再单纯是一些现成之物(如风景或海洋),而是人为地生产(或再生产)出来的'真实',它不是变得不真实或荒诞了,而是变得比真实更真实了,成了一种在'幻境式的(自我)相似'中被精心雕琢过的真实。"③ 再者,类象是一些支离破碎的残片,阅读商品的文学性就是玩弄类象的碎片。这种"眩晕"类似于巴特所说的文本的极乐或迷醉之境。在巴特看来,极乐的文本动摇了读者的历史、文化、心理的定势,使得他的趣味、价值和记忆处在危机之中,造成一种自我迷失之感。文本的语言结构整体上破碎了,读者无法重构,无法复原,只能在文本碎片的不停地变换、流动的过程中阅读和重写它。

事实上,肯定非文学语言形式存在着文学性,潜在地对文学语言形式的文学性提出了质疑。我们可以从德里达、朱丽叶·克里斯蒂娃和卡勒那里听到这种质疑之声。俄国形式主义认为,文学性是语言本身的陌生化或突现。卡勒指出,文学性局限在语言手段的表现范畴之内,会遇到巨大的障碍,因为所有这些因素或手段都可能出现在其他地方,出现在非文学文本之中。如,我们常用的口语也使用头韵和其他谐音手法,广告语言、文字游戏以及表达错误,都可能产生一种陌生化效果,但它们却并不是文学作品。因此,"语言的突现不能成为文学性的足够的标准,因为其他文本中也可以出

---

① 罗兰·巴特:《罗兰·巴特随笔选》,怀宇译,百花文艺出版社 2005 年版,第 98—99 页。

② 鲍德里亚:《消费社会》,刘成富等译,南京大学出版社 2000 年版,第 12 页。

③ 凯尔纳:《后现代理论》,张志斌译,中央编译出版社 2004 年版,第 154 页。

现重复和谬误的现象。"① 蒂尼亚诺夫和布拉格学派提出文学性是文学语言结构中某一主导成分造成语言指向自身。卡勒则认为,语言诸多不同成分存在着摩擦和矛盾,并且语言本身就是一种矛盾、悖论语,布鲁克斯就说,诗歌语言是悖论语言。卡勒认为,语言本身的矛盾、悖论和反讽的存在并没有形成某种成分的主导,"文学语言的内涵的极其丰富的游戏以及颇具讽刺意味的言语的表现形式(日常语言和以前的文学语言),使人们深深感到,任何把文学作品限制为某种单一品位或单一视野的做法,都建立在一再简化的基础上。"② 结构主义文论认为,文学性是从文学作品中抽象出来的一种结构模式,这种抽象模式是无理据的,只是一种可能性而已,如格雷马斯的语义的矩形方阵、托多洛夫的句法结构模式等。克里斯蒂娃指出,结构主义文论把文学的文学性等同于语言结构的任意性。③ 索绪尔认为,能指和所指之间的关系是无理据的、任意的。结构主义文论直接地把语言形式的任意性与文学的文学性画等号,其结果是,文学性就不应该视为文学的内在的属性,而是文学语言与其他语言之间的差别关系的一种功能。关于克里斯蒂娃的看法,我们可用一个著名的例子加以说明。我们把报纸上一则新闻按诗体的形式排列在一张纸上:

昨天,在七号国道上
一辆轿车
以每小时一百公里的速度冲向
一棵梧桐树
车上的四位乘客
全部丧生

文本中新的约定形式使得某些功能发生了变化:"昨天"不再指某一确定的日期,而指所有的"昨天","冲向"一词也增添了新的功能,似乎轿车具有某种愿望。整首诗显示,车祸不再是新闻报道偶然事件,它已是司空见惯的悲剧形式。

克里斯蒂娃敏锐地看到,结构主义的文学性研究可以从文学语言走

---

① 马克·昂热诺等编:《问题与观点》,史忠义、田庆生译,百花文艺出版社2001年版,第36页。

② 马克·昂热诺等编:《问题与观点》,史忠义、田庆生译,百花文艺出版社2001年版,第38页。

③ 参见 Julia Kristeva, *Desire in Language*, New York:Columbia University Press, 1941, p.59.

向非文学语言。德里达更是以一种反本质主义立场质疑文学性。他认为，"文学性"以本质先于存在的方式纠缠住我们，实际上，文学性不是一种自然本质，不是文本的内在物，"它是对于文本的一种意向关系的相关物，这种意向关系作为一种成分或意向的层面而自成一体，是对于传统的或制度的——总之是社会性法则的比较含蓄的意识。"① 因此，没有内在的标准能够担保一个文本实质的文学性，也不存在确实的文学实质或实在。即使我们分析一部文学作品的全部要素，我们也将永远不会见到文学本身，"允许一个社会群体就一种现象的文学地位问题达成一致的惯例，也仍然是靠不住的、不稳定的，动辄就要加以修订。"②

总之，对待文学性的双重态度表明，文学性研究使得文学的概念发生变化，狭义的文学概念必然要被广义的文学概念所替代。相应地，一个由语音、韵律、意义组成的作品必然要被另一个具有自我生产性的文本概念所替代。克里斯蒂娃说，文学性研究要从语言结构分析走向符号分析，其前提是从作品走向文本。

二、文学、作品和文本

福柯在考古学意义上讲到文学，他说："文学一词的现代意义直到 19世纪才真正出现。这种意义上的文学是晚近的历史现象：它是大约 18 世纪末的发明。"③ 文学脱离了与宗教的关系，走向了文学自主的存在。按照乔纳森·卡勒的解释，关于文学的现代思想可以上溯两个世纪。直到 19 世纪，"文学"一词的意思是"文章"和"书本知识"。莱辛 1759 年发表的《关于当代文学的通讯》一书，"文学"一词才包含了现代意义的萌芽，指现代的文学生产。斯塔尔夫人的《从文学与社会制度的关系论文学》则真正标志着具有现代意义的文学观念的确立。

长期以来，什么是文学的问题却一直困扰着人们。斯塔尔夫人以想象性来定义文学，但想象并非文学的真正标准，我们知道，一些历史著作如司马迁的《史记》和丘吉尔的《第二次世界大战回忆录》的著述标准是"录实"而非想象，但它们历来被作为文学作品来阅读，而像柏拉图的《理想国》和托马斯·莫尔的《乌托邦》是充满着想象的作品，却并不被看作文学作品，而是哲学著作。正如韦勒克所说，"虚构性"、"想象性"和"创造性"是文学

---

① 雅克·德里达：《文学行动》，赵兴国等译，中国社会科学出版社 1998 年版，第 11 页。

② 雅克·德里达：《文学行动》，赵兴国等译，中国社会科学出版社 1998 年版，第 39 页。

③ 米歇尔·福柯：《词与物》，莫伟民译，上海三联书店 2001 年版，第 22 页。

的重要特征,但它们并不是判断文学的标准。

在多元化时代,文学可以从不同的角度予以透视,文学可以是语言形式,也可以是艺术界授予的等,"我们可以把文学作品理解成为具有某种属性或者某种特点的语言。我们也可以把文学看作程式的创造,或者某种关注的结果。哪一种视角也无法成功地把另一种全部包含进去。所以你必须在二者之间不断地变换自己的位置。"① 由此看来,文学不是一个本体性概念,而是一个功能性概念。约翰·埃利斯有一个形象的说法,他说,文学就像杂草一样,杂草是园丁从实用性和功能的角度来决定不愿培育而予以铲除的植物。文学也是根据功能和需要予以评定的。德里达则认为,文学是一种社会行动,这种行动有着一个"奇怪的"逻辑,即解构逻辑。文学应该合法地被允许以任何方式讲述任何事情。但是,文学要讲述一切就意味着要逃脱禁令,在法能够制定法律的一切领域解脱自己。"文学的法原则上倾向于无视法或取消法,因此,它允许人们在'讲述一切'的经验中去思考法的本质。文学是一种倾向于淹没建制的建制。"②

以上种种对文学的认识说明,文学并非具有本体论性质,它是一个关系性和功能性的概念。文学概念的变化导致其实践的产物,即作品的概念也相应地发生了变化。对此,乔纳森·卡勒曾经说:"文学作品犹如沧海桑田,种类繁复,一部具体的小说,例如《追忆逝水年华》或者《简·爱》,可以像一首律诗,或者更像一部自传,而彭斯、海涅或魏尔仑的一首抒情诗,可以像索福克勒斯的戏剧,或者更像一首歌。……只要想想某些现代诗就理解了,其他时代大概不会把它们视为文学作品的。例如美国诗人戴维·安提的《口语诗》属于最平常不过的日常会话,无韵,无节奏,没有特别的形象,完全像日常谈话时那样犹豫不决和啰嗦。当年法国新小说派兴起时,许多批评家和读者宣称,这些没有人物、没有传统情节的结构不能算作文学。它们在19世纪肯定不可能获得'小说'的称号。"③ 乔纳森·卡勒的这段话表明我们判断文学作品存在的困境:当我们判定某些文本是文学作品时,它们却更像非文学作品,如普鲁斯特的《追忆逝水年华》或者 E. 夏洛特的《简·爱》;而当我们说某些文本不是文学作品时,它们反而更像是文学作品,如戴维·安提的《口语诗》和法国新小说。困境存在的原因固然很多,但根本原因在于我们局限的作品仅是由诸多成分组成的形式和结构,包

---

① 乔纳森·卡勒:《文学理论》,李平译,辽宁教育出版社1998年版,第29页。

② 雅克·德里达:《文学行动》,赵兴国等译,中国社会科学出版社1998年版,第4页。

③ 马克·昂热诺:《问题与观点》,史忠义、田庆生译,百花文艺出版社2001年版,第28页。

括语音、韵律、音步和意义等,其实,作品不仅具有结构层面,而且还有用法层面。维特根斯坦的语言游戏和奥斯汀和塞尔的言语行为理论关注的就是语言的使用。S. 费什正是在语言使用层面分析作品的意义。就此而言,戴维·安提的《口语诗》若从语言用法层面来说,即使没有韵律和节奏,没有形象,我们同样品味到某种诗意的东西。

作品的概念与文学一样存在着问题。福柯对作品概念的不满最为突出。在他看来,传统批评重建作者与其作品之间的关系,通过作者的作品重构他的思想和经验。形式主义和结构主义批评关注作品的结构,它的建构形式,通过研究和了解它们固有的内部关系。但是,他问道:"作品这个术语所表示的奇怪的单位是什么呢? 如果一部作品不是由某个称作'作者'的人写的东西,那么什么是构成它的必需的东西? 如果我们以这种方式提出问题,各个方面都会出现困难。如果个人不是作者,那么对他写的或说的那些东西,对他留在纸上或与别人交流的那些东西,我们会构成什么? 难道不正是一部作品? "① 福柯认为,作品概念存在许多疑难:(1)作品的界限不确定,"假定我们是在谈一个作者,那么他写的和说的一切,他所留下的一切,是不是都包括在他的作品当中? 这既是个理论问题又是个实际问题。"② 例如,如果我们想出版尼采的作品全集,那我们在什么地方划定界限? 当然,我们会包括所有他本人出版的东西以及他的作品的手稿、他的警句安排和他页边的注释与修改。但是如果在一本充满警句的日记里,我们发现某种参照符号,某种关于约会的提示,某个地址或一张洗衣账单,那么这其中什么应该包括进他的作品? (2) 作品与作者的个性和作者的地位紧密相连。福柯对作品概念的批评源自于对作者概念的新认识,作者不是一个个体,也不是一个社会中的某个人,他不是作品的创造者,作者仅是文本的所具有的功能之一。既然这样,作品概念就大可不必存在了。(3) 作品界限的不确定造成作品所指对象不明确,"我们是不是可以说《一千零一夜》、亚里山大的克莱蒙的《斯特罗梅茨》或狄奥尼斯·雷厄提斯的《生活》构成作品? "③

巴特指出,现代的跨学科研究使得文学作品包含了许多学科领域语言形式,人类学的、精神分析的、社会学的等,作品分析应该走出语言学模式的局限,采取符号分析和话语分析的方法来研究作品。作品的概念可以用文

---

① 王逢振等编:《最新西方文论选》,漓江出版社 1991 年版,第 447—448 页。

② 王逢振等编:《最新西方文论选》,漓江出版社 1991 年版,第 448 页。

③ 王逢振等编:《最新西方文论选》,漓江出版社 1991 年版,第 448 页。

本来代替,巴特写道:

> 正如爱因斯坦理论的客观研究中要求对参照点的相对性的包容,因此,马克思主义,弗洛伊德主义,和结构主义的联合活动要求在文学领域里,撰稿人,读者和观察者(批评家)关系的相对性。与作品的概念相反——一个长期以来乃至现在还在以一种被称为牛顿主义的方式进行思考的传统概念——现在对新客体有了一种需要,它通过放弃或颠倒原有范畴来获得。这个客体就是文本。①

在辞典里,文本含义有:(1) 写下或印下的言词;(2) 作者最初的言词,即正文、原文;(3) 经文、经句;(4) 课本。在古代,存在着文本主义,即严格遵循《圣经》文本进行解释。而在现代意义上文本是一种织物,"text"的拉丁文词源是"textus",即组织、织体的意思。与它相关的词语:textorial、textile 和 texture。它们都具有编织的意思,而 texture 还有结构表面上组织之义。兰色姆的架构—肌质说中肌质正是采取此义。②

关于文本有着不同的理解。保罗·利科认为,文本是文字固定下来的任何言语形式。这是一种泛文本的概念。巴赫金在超语言学意义上使用文本一词,他把文本解释为"任何的连贯的符号综合体"③。巴赫金的文本概念经常与话语和表述相混同,"作为话语的文本即表述。"④巴赫金文本观的最大特征是对话,他认为,文本存在着从人与人交往的互主体性(即主体间性)到话语与话语之间的话语间性的对话关系。文本的对话关系启示了法国人在现代意义使用文本的概念,即文本是一种织物体。克里斯蒂娃、巴特和德里达都是在这一意义上使用文本。从词源上来说,Text 本义是编织物的意思。巴特正是在本义上把文本、织品和编物相等同,文本"构成了一件编织物"⑤。克里斯蒂娃说:"文本被定义为一种超语言学的机器,通过把直接交流信息的言语和其他已有或现有的表述联系起来,它重新分配了语言次序。"⑥巴特在 1973 年为《世界大百科全书》撰写的《文本理论》词条中

---

① 罗兰·巴特:《从作品到文本》,杨扬译,《文艺理论研究》1988 年第 1 期。

② 特朗博、史蒂文森编:《牛津英词大词典》(简编本),上海外语教育出版社 2004 年版,第 789 页。

③ 巴赫金:《文本、对话与人文》,白春仁等译,河北教育出版社 1998 年版,第 300 页。

④ 巴赫金:《文本、对话与人文》,白春仁等译,河北教育出版社 1998 年版,第 301 页。

⑤ 罗兰·巴特:《S/Z》,屠友祥译,上海人民出版社 2000 年版,第 263 页。

⑥ Julia Kristeva, *Desire in Language*, New York:Columbia University Press, 1941, p.36.

重申了克里斯蒂娃的定义。德里达对文字的理解也包含着移植和交织的特点,他说:"一切都要经过这一交织,文字也不例外——它实践了这一点。交织和 X 的形式使我很感兴趣,这倒不是因为它是未知的符号,而是由于其中存在一种分叉点(即十字路口、二次分叉、方格、格构和键等等)。"① 因此,德里达的文字学就是一种文本理论。

在《从作品到文本》里,巴特描述了作品和文本的区别:(1) 作品是感性的,拥有部分书面空间,它可以在书店的书架、图书馆的卡片目录里看到;而文本是一种方法论策略,作为一种话语存在。(2) 作品有好坏、优劣之分,文本不存在等级系统,没有分类问题,"文本永远是似是而非。"② (3) 作品自身作为一般符号发挥作用并代表了符号文化的一般类型,它是一个确定的过程;文本是所指的无限延迟,"文本是一种延宕,其范围就是能指部分。"③ 能指的无限性表现为一种游戏活动,因而文本是不确定的。(4) 文本是复数,作品是单数。所谓复数并不意味着文本有许多意义,而是指意义的复合。文本的意义不是多种意义的共在,其意义是一个过程,一种传播。(5) 作品是通过作者来认定的,"作者总是被视为他作品的创造者和主人;因此,文学研究懂得了重视手稿和作者所表明的意图,而社会则安排作者与其作品关系的合法性。"④ 文本没有创造者签署的名字,没有起源,它是与其他文本交织而成的交织物,"构成文本的引文是匿名的,不可还原并且已经阅读过的:它们是不带引号的引文。"⑤ 作者只是文本"客人",他"造访"文本。(6)作品是消费对象,文本是生产对象。"今天,只是批评家在生产作品。"⑥ (7)作品是一种消费性愉悦(pleasure),而文本是生产性的极乐(jouissance)。在文本空间里,"没有哪一种语言控制另一种语言,所有的语言都自由自在地循环。"⑦

三、文本性（Textuality）

在辞典里,文本性解释为:文本或话语的本质或品性。美国学者乔治·格雷西亚(Jorge J. E.Graria) 曾谈到,"文本性"是一个抽象名词,指文本作为一个文本所具有的特性和规定,这个词的出处无从考证,但它在 20

---

① 雅克·德里达:《多重立场》,佘碧平译,生活·读书·新知三联书店 2004 年版,第 78 页。
② 罗兰·巴特:《从作品到文本》,杨扬译,《文艺理论研究》1988 年第 1 期。
③ 罗兰·巴特:《从作品到文本》,杨扬译,《文艺理论研究》1988 年第 1 期。
④ 罗兰·巴特:《从作品到文本》,杨扬译,《文艺理论研究》1988 年第 1 期。
⑤ 罗兰·巴特:《从作品到文本》,杨扬译,《文艺理论研究》1988 年第 1 期。
⑥ 罗兰·巴特:《从作品到文本》,杨扬译,《文艺理论研究》1988 年第 1 期。
⑦ 罗兰·巴特:《从作品到文本》,杨扬译,《文艺理论研究》1988 年第 1 期。

世纪 70 年代在文学和哲学中得到了广泛的运用。他给文本性的定义是："实体被作者所有意地选用、安排、运用于向特定场景中的读者表达某种特殊的意义时所获得的特性。"① 按照巴特和克里斯蒂娃的理解，文本性是一种生产性，即文本自身意义的生产过程、增值过程，文本的嫁接、重复和互文等是其手段。这两种不同的看法代表着两种典型的文本性观念。这里，我们理解的文本性应该属于后者，因为格雷西亚理解的文本性存在着意义与作者、主体相联系的可能性。

格雷西亚理解的文本性应该属于解释学范畴。在他看来，意义是一种客观存在，"抹了防腐香料永存在作为成品的作品里。"② 作品的"主体"遵循的是"我思型自我逻辑"③。这种意义的概念不适合生产意义上的文本，生产性文本是多种潜在意义交叉的空间，遵循的是能指逻辑和矛盾逻辑。前者是主体驾驭语言而工作，而后者是语言控制主体甚至消解主体而工作，"这是在一个特定的语言领域发生的无止境的可能的运算……意义生产过程将（作家的和读者的）主体置于文本之中，不是将主体作为一种哪怕是幻觉式的投射（不存在某种构成了的'运积'），而是作为一种洞穴意义上的'窟窿'。"④ 因此，我们需要把属于作品的语句和交际层次的意义与属于文本的生产和象征层次的意义明确地区分开来。正因为如此，巴特把文本分为"可读的"文本（lisible）和"可写的"文本（scriptible），克里斯蒂娃把文本分为"生成型文本"（geno-texte）和"现象型文本"（pheno-texte）。"可读的"文本是一个产品，而非生产，是封闭性的，"能够让人阅读，但无法引入写作。"⑤ 一切"可读的"文本都是古典文本。"可写的"文本则恰好相反，它并非一个成品，而属于生产式，能够进行重写，"分离它，打散它，就在永不终止的差异的区域内进行。"⑥ 它处在无休无止的现在状态，是"能指的银河系，而非所指的结构"⑦。"可写的"文本没有任何绝对的意义，具有语言的无限性和空间的无限开放性。"现象型文本"是"存在于具体语句结构中的语言现象"⑧，通过对作品表层结构的音位、韵律和语义分析，找到结构的最终

---

① 乔治·格雷西亚：《文本性、解释和解释学哲学》，《哲学动态》2004 年第 11 期。
② 罗兰·巴特：《文本理论》，张寅德译，《上海文论》1987 年第 5 期。
③ 罗兰·巴特：《文本理论》，张寅德译，《上海文论》1987 年第 5 期。
④ 罗兰·巴特：《文本理论》，张寅德译，《上海文论》1987 年第 5 期。
⑤ 罗兰·巴特：《S/Z》，屠友祥译，上海人民出版社 2000 年版，第 57 页。
⑥ 罗兰·巴特：《S/Z》，屠友祥译，上海人民出版社 2000 年版，第 61 页。
⑦ 罗兰·巴特：《S/Z》，屠友祥译，上海人民出版社 2000 年版，第 62 页。
⑧ 罗兰·巴特：《文本理论》，张寅德译，《上海文论》1987 年第 5 期。

意义,"生成型文本"则"规定了表述主体的构成所特有的逻辑运算,"是"现象型文本结构化的场所"①。在其意义生产过程中,它不寻求语句的结构,而发现意义的移置、转换和叠化。

纵观 20 世纪西方文论,其核心是对"文本"的重视,或者说很多理论围绕"文本"展开。不过,大致以 20 世纪六七十年代为界,理论界对"文本"的认识发生了变化。六七十年代之前,文本是封闭的,即巴特所说的"可读的"文本或者克里斯蒂娃所说的"现象型文本",以俄国形式主义、新批评、结构主义和符号学等流派为主,它们采取内在本体批评方法,分析文本的语言的形式、技巧和结构等,从而发现文本的意义。这正是前面我们所说的"文学性","文学性"是对内在本体批评的总概括,也就是说,对封闭的文本的内在分析的总概括。六七十年代之后,文本是开放的,即巴特所说的"可写的"文本或者克里斯蒂娃所说的"生成型文本",以解构主义和互文性理论为代表,这种文本没有中心,就像巴特所说,文本是一个葱头,这个葱头由许多层次构成,里边并没有中心,只有无穷层的包膜,包膜一层层包裹着。剥葱头的过程也就是巴特所说的"写"文本的过程,它同样是一种生产活动。这正是我们所说的"文本性"。因此,我们这里主要讨论生产性意义上的文本性,原因在于,其一,文本是一种意义活动,文本性是一种意义生产过程,这种意义不是"处在索绪尔所模定的一种抽象(语言)层次上,它是随着一种运算、一种工作产生的:在这一工作中,主体与他者和社会背景之间同时、并随着同一运动展开冲突"②。其二,文本的主体没有"笛卡尔的我思的完美的统一",是一个"多重性的主体",他"以各种矛盾的面貌出现在意义活动的中心"③。文本的作者是一种"名义上的作者"或"纸页上的作者"。这就是我们所说的话语文本的非个人化。

关于文本性的生产性的理解,巴特、克里斯蒂娃和德里达有着共同之处。

克里斯蒂娃认为,文本的语言的各种关系,不仅有语言结构形式关系,而且还有文本的社会和历史的因素,即克里斯蒂娃所说的"意识形态素",处于一种解构—建构的重新分布状态,这样,文本之间从一开始就处于其他话语的管辖之下,那些话语把自己逻辑范畴加在了这个文本之上。"在一个假定的文本空间里,来自于其他文本的几种话语镶嵌和中性化了另一个话

①　罗兰·巴特:《文本理论》,张寅德译,《上海文论》1987 年第 5 期。

②　罗兰·巴特:《文本理论》,张寅德译,《上海文论》1987 年第 5 期。

③　罗兰·巴特:《文本理论》,张寅德译,《上海文论》1987 年第 5 期。

语。"① 因此,"文本是一种生产力。"②

巴特赞同克里斯蒂娃"文本是一种生产力"的观点,他解释说,"文本是一种生产力"意味着,文本不是一种劳动成品,而是文本生产者和读者相遇在"生产舞台本身","每时每刻,无论从哪个角度看,文本一直在'工作';文本甚至在写完(定型)以后,仍然不停地在工作,维持着一种生产过程。"③ 文本工作什么呢? 它在工作语言。文本要消解日常的、表现的或表达的语言,重建一种"无底层也无表层的主体的语言"④,这种语言是一种能指的游戏,能指属于所有的人,因而文本一直处在生产状态,不知疲倦地工作。工作的文本就是意义生产过程,巴特写道:

> 意义生产过程是言语无限性的时隐时现、捉摸不定的微光,它依稀存在于作品的每个层次。它存在于声音之中;声音不再被视作专门用于确定意义(音素)的单位,而被视作冲动的运动,它存在于义素之中;义素不是语义单位,而是联想树,它被内涵意义和潜在的多义带入一种普遍化的换喻之中。它存在于句段之中;句段的敲击与互文的回声比其合法意义更为重要。最后,它存在于话语之中;话语的'可读性'被一种有别于纯粹的谓语逻辑的多重性逻辑所超出或者所超过。⑤

我们称德里达的文本是解构文本。德里达的解构的策略是,在形式上采取一种反概念来质疑符号的形而上学。符号的形而上学存在一个强暴的等级制,一个结构成分支配着另一个,或者有着高高在上的权威,要颠覆它,首先要颠覆符号的统一体和二元对立结构,工作仍然在被解构的符号系统内部进行。这需要双重书写或双重表示,即一种既非/又非同时是或是/或是思维模式,以此表示的概念就是一种反概念,如"药"既非补药又非毒药,既非善又非恶,既非内又非外,既非声音又非文字;"替补"既非加又非减,既非对外又非对内的补充;"书写物"既非能指又非所指,既非符号又非事物,既非空间又非时间,既非肯定又非否定等等。因为德里达的概念脱离了传统意义上的意指和分类,他的概念有其名,无其实,概念表示空无。所

---

① Julia Kristeva, *Desire in Language*, New York: Columbia University Press, 1941, p.36.

② Julia Kristeva, *Desire in Language*, New York: Columbia University Press, 1941, p.36.

③ 罗兰·巴特:《文本理论》,张寅德译,《上海文论》1987年第5期。

④ 罗兰·巴特:《文本理论》,张寅德译,《上海文论》1987年第5期。

⑤ 罗兰·巴特:《文本理论》,张寅德译,《上海文论》1987年第5期。

谓解构文本,即解构沿着文本层面标示的途径,激起和暴露沉淀在文本里被遗忘的意义,意义积累、寓居在文本的织物体中。解构就是一种去积淀—风化的手段,"风化"文本是把镶嵌在文本这一织物的意义再表面化。而文本性,德里达解释为"嫁接的织物体",文本的意义是播撒,是"异延",是踪迹,这与作品具有多义性相对应,他说:"文本不存在确定性,哪怕过去存在的文本也不具有确定性……所有文本都是一种再生产,事实上,文本潜藏着一个永远未呈现的意义,对这个所指意义的确定总是被延搁,并被新的替代物所补充和重新组构。"①

巴特和德里达的文本观念有两点相同之处:(1)文本没有作者,巴特认为,文本没有父亲—作者的,德里达说:写作是孤儿。(2)文本无所不在,无时不在。文本突破了学科的界限,无休止地交融在一起。

与巴特不同的是,德里达的文本是去神秘化的在场,是解构,

> 不存在一般意义上的当下/在场文本,甚至也不存在过去了的当下/在场文本,即作为曾经当下/在场的过去文本。以当下在场的形式出现的文本是无法想象的,无论这种形式是原初性的抑或是修改过的。潜意识文本已经是纯印迹与差异的编织物,其间意义和力量已融为一体,是由总是已经变成了转译了的档案所构成的文本,它在任何地方都不在场。是些原初性的盖印。一切都始于复制。它总是已经:一个永不在场的意义储藏库,其意指当下总是以延缓、追加、事后,替补的方式被重建的:追加指的也是替补性的。这里对那种替补部分的召唤是原初性的,它掏空了作为当下在场而以延缓的方式被重建的东西。替补部分这个看上去以一种圆满被加入另一种圆满的东西,也是去替补的东西。②

文本没有什么是在场的,它也不指涉自身,文本仅有差异和踪迹的踪迹。被编织进文本的任何因素都既非不在场又非在场,文本是由"另一个"文本永久的变形生产出来,文本展现它的不在场的结构,它的替补逻辑是建构自我的同时解构自身。在德里达看来,文本的意义(若可以这样称呼)并不是外在表现和再现的语言的效果,"作为'表达'的语言再现不是一种偶

---

① 转引自王岳川:《"文学性"消解的后现代症候》,《浙江学刊》2004年第3期。

② 雅克·德里达:《书写与差异》,张宁译,生活·读书·新知三联书店2001年版,第382—383页。

然的偏见,而是一种结构诱惑,即康德可能会说的一种先验幻象。"① 意义并不是现象学里被给予意识的意义,意义一开始就不处在能指的位置上,它处于"异延"、踪迹和间隔的过程中。赋意不是一种表达活动,而是一种"非表现性",文本没有什么表现,意义生产是文本自身"异延"的过程。

上述三位理论家对文本的生产性的理解也可用现代互文性理论予以解释。一般说来,互文性是指文本之间的"引用"、"参照"、"暗示"、"粘贴"、"拼贴"和"抄袭"等。朱丽娅·克里斯蒂娃最初使用互文性这一概念是指"一篇文中交叉出现的其他文本的表述","已有和现有表述的易位"②。后来,她通过对巴赫金的对话思想的阐释提出,互文性是"横向轴(作者—读者)和纵向轴(文本—背景)重合后揭示这样一个事实:一个词(或一篇文本)是另一些词(或文本)的再现,我们从中至少可以读到另一个词(或一篇文本)。在巴赫金看来,这两支轴代表对话(dialogue)和语义双关(ambivalence),巴赫金发现了两者间的区分并不严格,他第一个在文学理论中提到:任何一篇文本的写成都如同一幅语录彩图的拼成,任何一篇文本都吸收和转换了别的文本。"③ "交叉"、"易位"、"再现"、"吸收"、"转换"等都暗含了对话的意思,也就是说,克里斯蒂娃认为,互文性是文本之间的对换、借用关系。

巴特认为,互文性就是在文本要重新分布语言时将曾经存在的或者仍然存在的文本片断进行相互对换。在巴特看来,任何一个文本不同程度地存在着其他文本,"任何文本都是一种互文。"④ 互文不存在起源和影响的问题,"互文是一个无名格式的总场。那些无名格式的来源很少能够被人发现,它们是无意识的、自动的、引用时不加引号的引文。"⑤ 巴特在读司汤达的作品时,"在一个微末的细节中发现了普鲁斯特。"⑥ 在司汤达的作品里,莱斯卡赫的主教以顿呼方式来称赞他的代理主教的侄女:我的小侄女,我的小朋友,我可爱的褐发姑娘,哦,小馋嘴呵! 在普鲁斯特的作品里,两位少女信使玛丽·热内和塞勒斯特·阿尔巴雷称呼叙述者:哦! 满头松鸦般黑发的小淘气,哦! 机灵鬼! 朝气呵! 可爱的皮肤呵! 很明显,普鲁斯特的作品

①　雅克·德里达:《多重立场》,余碧平译,生活·读书·新知三联书店 2004 年版,第 37—38 页。

②　蒂费纳·萨莫瓦约:《互文性研究》,邵炜译,天津人民出版社 2003 年版,第 3 页。

③　蒂费纳·萨莫瓦约:《互文性研究》,邵炜译,天津人民出版社 2003 年版,第 4 页。

④　罗兰·巴特:《文本理论》,张寅德译,《上海文论》1987 年第 5 期。

⑤　罗兰·巴特:《文本理论》,张寅德译,《上海文论》1987 年第 5 期。

⑥　罗兰·巴特:《文之悦》,屠友祥译,上海人民出版社 2002 年版,第 46 页。

参照了司汤达的作品,巴特说:"常套的延伸,源起的颠倒,先前的文从后来的文中逸出来的从容不拘,这般滋味我都尝到了。"① 文本之间参照关系可以说是一种"图—底"结构关系,所谓"图—底"结构关系,就是"图形与背景的关系。那些从背景中凸显出来的'形'(form)就是'图';反之,仍然留在背景中的就是'底'"②。普鲁斯特的作品是"前景",即"图",司汤达的作品作为历史的、被幻化为记忆的源文本就是它的"远景",即"底"。因此,互文性是"一种往复而现的记忆而已"③。

　　值得一提的是法国著名学者热拉尔·热奈特关于互文和超文的区别,他认为,一篇文本在另一篇中"切实地出现"是互文,一篇文本并未切实地出现在另一篇文本中,而是从另一篇文本中"派生"出来,这是超文(hypertextualilte),"我所称的超文是:通过简单转换或间接转换把一篇文本从已有的文本中派生出来。"④ 在他看来,互文是一种共生、共存的关系,超文则是一种派生的关系。"'互文'是局部的、个别的、零星的,'超文'则是整体的、派生的、外化或异化的。在'超文'中,源文本作为'母文本'进入'子文本'的不仅仅是或者说主要不是局部的、个别的语词、句段或意象,是'母文本'的另类逻辑表现,或者说'子文本'是'母文本'的外化或异化。'互文'和'超文'尽管都存在本体文本和源文本间的对话关系,但它们的对话方式却大有区别:在'互文'中,源文本局部的语词、句段或意象进入本体文本之后必定和后者融为一体,从而化解为后者的有机组成部分;在'超文'中,源文本整体外化或异化为本体文本后,二者形成了一种独立的整体对话关系。"⑤

　　热奈特的细分对我们把握文本意义有所启示。一般说来,文本的意义有两种,即单一性和多义性。单一性是指文本的意义是绝对的、客观的确定性,相反,多义性是指文本意义的相对的、具有不确定性。前面所述的文学性总是通过对语言形式的分析追求文本客观的、确定的、单一的意义,而文本性则追求一种不确定性的、多义性的效果。不过,文本之间的对话关系始终存在着巴赫金所说的"责任"问题,即对意义的价值判断问题,因此,对任何"母文本"的使用,"子文本"都有自己的态度,也就是说对"母文本"的使用方式存在着差异,是一种严肃的态度抑或嘲弄的姿态,是积极活泼的或是

① 罗兰·巴特:《文之悦》,屠友祥译,上海人民出版社 2002 年版,第 46 页。
② 赵宪章:《超文性戏仿文体解读》,《湖南师范大学社会科学学报》2004 年第 5 期。
③ 罗兰·巴特:《文之悦》,屠友祥译,上海人民出版社 2002 年版,第 47 页。
④ 蒂费纳·萨莫瓦约:《互文性研究》,邵炜译,天津人民出版社 2003 年版,第 21 页。
⑤ 赵宪章:《超文性戏仿文体解读》,《湖南师范大学社会科学学报》2004 年第 5 期。

被动消极的,是肯定的或者否定的,是游戏式的,是反讽式的等。文本的生产或者再生产正是由于使用方式的不同有着两种不同的生产效果,若是本体文本以积极、严肃的态度进行文本的生产或者再生产,那么,它必然使源文本的言(字、词、句、段)、象(意象)、意(意义)与自己融为一体,成为自己文本的有机组成部分,如引用、参考、暗示甚至改写、改编都属于这种情况。若是本体文本以消极、嘲弄或者游戏的态度进行文本的生产或者再生产,那么,它就会使源文本的意义处于消解状态,无法进入本体文本,从而变得无意义,源文本能指处在漂移之中,从一个能指快速地移向另一个能指,始终无休止地运动着,如仿拟和戏仿就属于这种情况。

第三节　互　文　性

1966 年,互文性第一次出现在朱莉娅·克利斯蒂娃以《词语、对话和小说》中。1967 年第二次在《封闭的文本》出现,她说:"一篇文本中交叉出现其他文本的表述","已有和现有的表述易位。"① 这一概念被正式提出是在1969 年,在《符号学》一书中朱莉娅·克利斯蒂娃写道:"任何一篇文本的写成都如同一幅语录彩图的拼成,任何文本都是其他文本的吸收和转化了别的文本"。② 索莱尔斯 1971 年重新给出一个定义:"每一篇文本都联系着若干篇文本,并且这些文本起着复读、强调、浓缩、转移和深化作用。"③1974年在《诗歌语言革命》中,莉娅·克利斯蒂娃更加明确互文性的定义:"互文性一词指的是一个(多个)符号系统被移至另一系统中。但是由于此术语常常被通俗地理解为对某一篇文本的'考据',故此我们更倾向于取易位(transposition)之意,因为后者的好处在于它明确指出一个意指体系向另一意指体系的过渡,出于切题的考虑,这种过渡要求重新组合文本——也就是对行文和外延的定位"。④

实际上,在朱丽娅·克利斯蒂娃提出这一术语之前,"互文性"在俄国学者巴赫金诗学中已初见端倪。巴赫金在《陀思妥耶夫斯基诗学问题》一书中,提出了对话理论。首先,陀思妥耶夫斯基小说创作呈现"多声部性"的特征,即共时性状态下平行地展开多种意识,从而形成各个主人公的意识、视野和声音的一种共存关系和相互作用。这种类似复调音乐的小说结

① 蒂费纳·萨摩瓦约:《互文性研究》,邵炜译,天津人民出版社 2003 年版,第 3 页。
② 蒂费纳·萨摩瓦约:《互文性研究》,邵炜译,天津人民出版社 2003 年版,第 4 页。
③ 蒂费纳·萨摩瓦约:《互文性研究》,邵炜译,天津人民出版社 2003 年版,第 5 页。
④ 蒂费纳·萨摩瓦约:《互文性研究》,邵炜译,天津人民出版社 2003 年版,第 5 页。

构使得众多独立声音混合并行,造成了文本结构在更高层次上的多重性。其次,陀思妥耶夫斯基作品的"文学狂欢化"。在陀思妥耶夫斯基作品狂欢节中的情节与场面随处可见。狂欢化的时空是陀思妥耶夫斯基复调小说得以滋长的土壤,而复调结构又集中体现了"文学的狂欢化"。作为复杂文化行为之综合的狂欢节,如狂欢广场、无等级的插科打诨、粗鄙对话、庄谐结合的语言等都影射了权威的消失、等级世界观的破碎和文化中心与边缘关系的逆转。狂欢节这种反权威、反逻辑、反和谐、去除中心、销蚀界限的复杂纷乱的特征,建立在狂欢节对文化认可的种种行为和话语的综合性混合与反讽化基础之上,由此,文学话语与非文学话语、方言、职业语言、民俗语言等交汇在一起相互指涉,以一种新的关系呈现出不同的人生和内心较量。复调和狂欢都是对话的两个方面。

巴赫金的对话来自口头语言,其核心是人与人之间的交流。而克利斯蒂娃的互文性的词根是文本(text),是书面语言。表面上看,两者都关注语言的内部关系,然而一个以口头语言为基本模式,另一个以书面语言为基本模式,其差异是不可忽视的。在口头语言的对话中,交流活动是即时的,交流主体是在场的。书面语言是交流被延宕和搁置的语言,书写的交流是不确定的。参考雅各布森的交流图示,交流有六个要素:发话者、受话者、信息、接触、编码和语境。一次完整的口头对话需要这六个要素的在场,通过这六个要素,即时在场的交流才能得以顺利完成。然而,在文本的状态下,这六个要素常常是不完备的。从文本作者角度看,受话者通常不在场,也没有实际接触,他常常需要设想一个读者。然而,实际的读者常常并不是他所想象的读者,文本作者所写下的文字可能很久以后才会被看到,也可能被修改,甚至可能被毁弃,因此,文本与口头的语言是完全不同的;从阅读的角度看,阅读的时候,作者常常是缺席的,读者无法马上根据所阅读的文字对作者发出回应,他们常常只能对一个假设的作者发言,只在极个别情况下,读者能够直接与作者交流。艾柯说:"实际的读者,作为具体的进行合作的主体,在他那边也通过文本提供的各种信息,构建出一个对作者的假设。"[1] 在巴赫金眼里,说话的人是表现和创造我们的精神世界的主体。陀思妥耶夫斯基作品中的主人公,都有充分价值的言论的载体,不是默不作声的哑巴,也是作者语言讲述的对象。作者的议论是针对主人公的议论的,因此,作者对主人公采取一种对话的态度。对话才能把他人的话看成是一种思想立场、一种观点。因此,巴赫金指出,陀思妥耶夫斯基的小说实际上是社会中

---

[1]　翁贝尔托·埃科:《符号学与语言哲学》,王天清译,百花文艺出版社 2006 年版,第 63 页。

各种人的"意识"之间进行对话的空间,在对话的过程中,作家保持其他"意识"的独立性。对话性的基本条件是他者的"意识"的独立性,对话性是建立在主体性基础之上的,是主体间性或者互为主体性。对话性小说或者非对话性小说的区别只在于有没有多个独立的主体存在。

　　然而,克利斯蒂娃的互文性主要在于取消了主体。在互文性中,文本是对文本进行吸收和转换的唯一场所,而并不依赖于外部独立主体意识的参与。在克利斯蒂娃的互文性中,巴赫金对话理论所必需的主体没有立足之地。一切文本的构成都仿佛是引文的拼接,一切文本都是对其他文本的吸收和转换。在巴赫金看来,对话展开的必要条件在于我们能够追寻到各种声音的来源,所有的声音都是有主人的声音,属于独立的"意识"。然而在互文性中,这些互文本是没有主人的,在移植的过程中与源头切断了联系,从而获得在新的文本中发挥作用的能力。巴特认为:"一切文本都进入互文性,因为互文性本身就是文本与另一文本之间,而不应与文本的来源混淆:寻找一部作品的'渊源'和'影响',这不过是一种起源的神话。"① 话语的源头在何处不能决定其意义和作用:所有的文本都是在一个互文性的场域中运转,没有任何人可以作为话语的拥有者。话语与人之间的关系被拉开,被置于语言的场中。对巴赫金来说,保持精神的对话状态是一个思想主体有意识的选择,他可以选择对话或者独白;然而,对克利斯蒂娃来说,文本是其他文本的转换,主体的独立性被摧毁,话语的身份变得模糊起来。克利斯蒂娃说:"语言的意义和意欲表达的内容不过是一种效果而已,它不过是为了构成传递信息和消费的循环,在这里书写的生产性以文本的名义获得自己的位置:在对以前的文本的转换的过程中,意义和意欲表达的内容都是虚无的。"② 一切文本都是互文本,一切写作都是处于阅读,同样,一切阅读也都是写作。互文不是主体的自由选择,而是任何人和任何语言必然处于其中的场。因此,作者或者来源的问题对互文性来说其实是没有任何意义的。巴特说:"很明显,互文性作为一切文本的条件,无论如何也不能归结为来源和影响问题;互文性是普遍存在的场,在其中有各种源头不可考的匿名陈述,以及书写者没意识到的无引号的引言。从词源上说,互文性概念为文本理论提供了全体的社会性:一切之前的和同时代的言语都来到文本中,但是其来源不可探究,其原因也不是有意的摹仿,而是通过散播的方式。"③ 在巴特看

---

①　罗兰·巴特:《文本理论》,张寅德译,《上海文论》1987年第5期。

②　Julia Kristeva: *Desire in Language*, New York: Columbia University Press, 1980, p.75.

③　罗兰·巴特:《罗兰·巴特随笔选》,怀宇译,百花文艺出版社2005年版,第297页。

来,一切文本都没有终点。互文性使作者匿名,使文本走向无穷,互文本是没有作者的文本。在文本空间,所有的语言都无法被准确定位,都处于朝向无限性开放的过程之中。文本是没有身份的,在不断的置换和转移中发生的意指作用。文本不再是意义的载体,而是一个不断漂移,没有确定位置的过程。

另外,艾略特对互文性也有所贡献。T. S.艾略特曾经认为,一切先前文学蕴含在他的作品之中,过去与现在的作品同时共存。他说:"我们反而往往会发现不仅他的作品最好的部分,而且最具有个性的部分,很可能正是已故诗人们,也就是他的先辈们,最有力地表现他们作品之所以不朽的部分。"①

20世纪六七十年代结构主义和后结构主义促使了互文性的迅速发展。不过,引人注目的是结构主义和后结构主义探讨互文性的方式都缺少主体:作者、读者。

1970年,巴特在《S/Z》一书中开始使用"互文本"一词,后来在《从作品到文本》、《文本的快乐》、《文本理论》等多篇文章中谈到文本和互文性,其中《文本理论》一文是1973年为法国《通用大百科全书》撰写的词条。在这篇精心撰写的词条中,巴特介绍克利斯特娃和互文性。巴特为这个由"陌生女子"发明的新术语提供了某种学术担保。当然,巴特在介绍和阐释克利斯特娃的互文性,也借用互文性逐渐地丰富了自己阅读行为的思考。巴特注重读者参与文本的"表意实践"。他把文本分为两类:"可读的"文本和"可写的"文本。所谓"可读的"文本,就是能够引人阅读,甚至能够引人入胜,具有可读性的作品;所谓"可写的"文本,就是能够引发读者重新写作的欲望,可以将原作重写或重构的作品。巴特将前者称之为"古典之文",即传统文学作品;而后者则是"罕遇之至"的文学特例,"在某些边缘性的作品中,偶一露面,倏忽而逝,躲躲闪闪地呈现。"②巴特明显地推崇"可写的"文本。"可读的"文本是传统文学体制的产物,它在作者与读者、生产者与消费者之间构筑了不可逾越的壁垒,"读者因而陷入一种闲置的境地,他不与对象交合,总之,一副守身如玉的正经样:不把自身的功能施展出来,不能完全地体味到能指的狂喜,无法领略写作的快感",读者只是享有"要么接受要么拒绝这一可怜的自由罢了"③。"可写的"文本摆脱了只有作家才能进

---

① 托·斯·艾略特:《艾略特文学论文集》,李赋宁译注,百花洲文艺出版社1994年版,第2页。

② 罗兰·巴特:《S/Z》,屠友祥译,上海人民出版社2000年版,第61页。

③ 罗兰·巴特:《S/Z》,屠友祥译,上海人民出版社2000年版,第56页。

行写作的权利,读者也能进入写作的实践和生产。"为什么这种能引入写作者是我们的价值所在呢? 因为文学工作(将文学看作工作)的目的,在令读者做文的生产者,而非消费者。"①可以说,"可读的"文本是一类可以进行有限的多种解释的文本,按照明确的规则和模式进行阅读的,是半封闭性的;"可写的"文本则不能按照明确的规则和模式来阅读,已有的解码策略不适合于这类文本,"可写的"文本是以无限多的方式进行表意的文本,是开放性的文本。"可写的"文本解放了读者,让读者积极参与文学本身的"活动"和"生产"。读者通过发现文本意义的新组合而"重写"文本。巴特认为,在读者参与下,互文性就构成了开放性的文本,文本的阐释取决各种互文本。对巴特来讲,互文本是指文本本身和在所有文本之间的空间,而读者一直在这空间中不停地运动。

加拿大学者昂热诺在一篇论述互文性的文章中,把互文性的流变过程称之为互文性的"迁徙",用赛义德的话说是"理论旅行"。这个"旅行"过程分成两个方向:一个方向是解构批评和文化研究,另一个方向是诗学和修辞学。前一个方向趋向于对互文性概念做宽泛而模糊的解释,这一方向的代表是美国耶鲁学派的解构批评,并最终与美国的文化批评、新历史主义、女权主义相汇合;后一个方向趋向于对互文性概念做越来越精密的界定,这一方向的代表是法国的诗学理论家热奈特和新文体学家里法泰尔。前一个方向可称为广义互文性,后一个方向可称为狭义互文性。所谓广义,就是用互文性来定义文学或文学性,即把互文性当作一切文学文本的基本特征和普遍原则,因此,广义互文性一般是指文学作品和社会文本的互动作用,文学文本是对社会文本的阅读和重写;所谓狭义互文性,是指一个具体文本与其他具体文本之间的关系,尤其是一些有本可依的引用、套用、影射、抄袭、重写等关系。

对互文性理论的系统建构作出最大贡献的人是热奈特。1982年他出版的《隐迹稿本,二级文学》是有关互文性问题的诗学研究的权威著作,其立场完全不同于克利斯蒂娃。在他看来,任何文学都是跨文本的,任何文本都是产生于其他文本之上的"二度"结构。热奈特的跨文本性主要有五种类型:(1)互文性(包括引语、寓意、抄袭等);(2)副文本(作品的序、跋、插图、护封等);(3)元文本性即文本之间的评论关系;(4)承文本性即文本之间的派生关系;(5)原文本。蒂费纳·萨摩瓦约说:"热奈特的确分清了过去被混淆的两种关系,把它们各自划归互文性和超文性,他的理由是,前者

---

① 罗兰·巴特:《S/Z》,屠友祥译,上海人民出版社2000年版,第56页。

指两篇文本共存,而后者指一篇文本派生。"①

关于德里达的互文性,在德里达看来,文字处于"延异"之中。"延异"是"拖延";"延异"是踪迹的踪迹,替补的替补,是能指的游戏,"迫使我们将每一赋意过程作为一种差异的形式游戏。"② "无论在口头话语还是在文字话语的体系中,每个要素作为符号起作用,就必须具备指涉另一个自身并非简单在场的要素,这一交织的结果就导致了每一个'要素'(语音素或文字素)都建立在符号链或系统的其他要素的踪迹上。"③ "'意义'已经完全由差异组织构成的程度上,在已经存在着文本之间的相互参照的文本网络的程度上,文本变化中的每个'单个术语'都是由另一术语的踪迹来标识的,所假定的意义内在性也已经受到它的外在性的影响,"④ 无数能指的踪迹体现一种不稳定的过程。文字符号的能指"延异"使得"每一种话语变成了能指的'交织物'"。互文性成了能指的自由嬉戏,文学文本与非文学文本之间的界限也因能指的嬉戏而失去了。一切文字、话语、符码都处于互文性中。

不同性质的符号系统之间的转换和相互作用是克利斯蒂娃的互文性理论与后来的诗学范围的互文性理论的关键区别。诗学范围的互文性理论关注的是文学语言系统内部的问题,是一个文学文本与另一个文学文本的关系,而克利斯蒂娃的互文性理论则一再要求考虑文学文本对其他非文学或非语言的符号系统(即各种社会实践)的转换,也就是考察文学文本怎样把其他类型的社会实践重新写入自己的空间。克利斯蒂娃的互文性的根本意义在于质疑同一性,关注相异性。

第四节　文　学　重　复

重复和反复两者有着实质区别。反复,在词典中有两种含义:即"翻来覆去不稳定和重复:反复强调。"⑤ 而重复在词典中含义是"又一次出现的相同的东西"⑥。《史记·李将军列传》中一段关于李广射虎的叙述:广出猎,见草中石,以为虎而射之,中石没镞,视之,石也。因复更射之,终不能复入石矣。这一段话里的四个"石"字显然是重复了。金代文学家王若虚在《史

---

① 蒂费纳·萨摩瓦约:《互文性研究》,邵炜译,天津人民出版社 2003 年版,第 20 页。

② 包亚明:《一种疯狂守护着思想》,上海人民出版社 1997 年版,第 75 页。

③ 包亚明:《一种疯狂守护着思想》,上海人民出版社 1997 年版,第 76 页。

④ 包亚明:《一种疯狂守护着思想》,上海人民出版社 1997 年版,第 82 页。

⑤ 编委会:《新华汉语词典》,商务印书馆国际有限公司 2004 年版,第 264 页。

⑥ 编委会:《新华汉语词典》,商务印书馆国际有限公司 2004 年版,第 140 页。

记辨惑》里说,"凡多三石字",当改为:以为虎而射之,没镞,既知其为石,因更复射,终不能入。或改为:尝见草中有虎,射之,没镞。视之,石也。王若虚的两次改动一次比一次简洁精练,但对照一下原文,王若虚的第一次改文忽略了事件的原因和背景:"广出猎,见草中石"。第二次则抹杀了这一事件中最重要的基本情节和结果:"以为虎而射之,因复更射之,终不能复入石矣"。王若虚的改文虽然减少了三个"石"字和其他一些内容,看起来的确简洁精练,但司马迁所刻意渲染的李广因错觉而当真,因当真而奋力,继而因察觉而惊讶,因惊讶而懊丧的意趣和神态,却荡然无存了。这个例子表明王若虚并不懂得重复的奥妙。现代国内许多修辞学著述都把反复视为修辞格,而重复被视为一种语病,因为它常常表示赘余的意思,坚决地回避或者制止它,好像重复某个词语或句子都叫反复而不能称之为重复。修辞学意义上的重复和反复有一个共同点,即在一个语境中,某些词语"又一次出现"。但是,两者的区别在于:反复是一种修辞格,而重复已经不仅仅是修辞格的问题,它是一种艺术手段,更是一种艺术思维。

西方有关重复的论述最早出现在柏拉图的《曼诺篇》中,柏拉图认为,一切知识都是回忆,作为"回忆"本身就是重复。西方近现代对重复的论述更多,如维柯、黑格尔、马克思、克尔凯郭尔、尼采和弗洛伊德等人的论著都有所涉及。目前以各种面目出现的重复理论几乎呈爆炸趋势,最负盛名的有德里达、詹姆逊、赛义德、德鲁兹、克莫德、卡勒和格拉夫等,而集大成者是希米斯·米勒,他的《小说与重复》影响比较大。

弗洛伊德的有关重复学说可以被看作重复理论史上的一个重要转折点。霍尔曼和哈蒙曾经说过,自从弗洛伊德的论文《超越唯乐原则》问世,重复已经被承认为叙事作品中的一个要素。其实,弗洛伊德的重复理论的意义远远超出了叙事学的范畴,它关系到重复的哲学基础。在《超越唯乐原则》一文中弗洛伊德首次提出了"强迫重复"原则,即人的本能要求重复以前的状态,回复到过去。"被压抑的东西当作当下的体验来重复。"[1] 实际上,弗洛伊德曾经对如何通过回忆来建构真实进行过探讨,而这种回忆和建构在本质上就是一种重复,"尽可能迫使患者进行回忆,尽可能不要使其陷入重复状态"。[2] 他根据病人对"初始场景"的回忆而建构患者病因。弗洛伊德意识到人们"回忆起来的东西"很可能与历史事实毫不相干,换句话说,人们重新复制的事物很可能跟它的原型风马牛不相及。弗洛伊德对重

---

① 弗洛伊德:《弗洛伊德后期著作选》,林尘等译,上海译文出版社1986年版,第17页。
② 弗洛伊德:《弗洛伊德后期著作选》,林尘等译,上海译文出版社1986年版,第18页。

复的复杂性有了新的认识,即重复不仅在同一逻辑上而且在差异逻辑上也能够建立。

不过,在克尔凯郭尔看来,重复和回忆是方向相反的运动的两个方面,重复是向前的被回忆,回忆是以理念形式唤起过去。克尔凯郭尔借康斯坦丁之口指出,人们的全部生活是一种重复而不是回忆,因为重复在时间之中呈现。重复在面向未来的运动中将新与旧统一起来。对此,康斯坦丁用婚姻来说明自己的重复观念:"婚姻"双方的承诺是过去式,在双方立下承诺后,这段婚姻关系一直向前延续,除了双方容貌变老,生活由于婚姻变得更加丰富多彩。因此,重复在时间中与他人的关系保持不变的同时永远处于新的状态之中,将生活方向从"现在—过去"转换为"现在—将来","重复的是发生过的,正因为是发生过的,才是重复有创新品质。"① 德勒兹出版于1968 年的名著《差异与重复》,提出了"柏拉图式回归"与"尼采式回归"这两种重复方式。1982 年米勒的《小说与重复》则把重复问题与文学研究结合,分析《德伯家的苔丝》、《呼啸山庄》等 7 部人们耳熟能详的英国小说,提出了叙述重复的"异质假定"问题。

理解一个事物,并且这个事物具有意义,就不能再局限于形式直观,需要对事物多次认识,形成多次意义活动的反复积累和积淀,因此,重复成为人类认识事物的普遍意义的根本所在。所谓重复即是在同一个意识活动中反复理解和深入把握事物意义发生,重叠认识事物,加深对事物意义理解。这种经验累积功能,在直观之上积累并且丰富记忆,是意识之所以成为意识的关键所在。重复所造成的经验积累实践过程,是人生经验与事物意义关联的根本方式。就集体而言,个人经验叠加众人体验,使重复成为人类文明的基本构成方式。靠反复积累和积淀形成的重复,使人类不仅形成经验,而且这种经验能够借助重复延续下去,形成人类的记忆,在人与人之间形成传达,在代与代之间形成传承,人类文明借此才变得可能。我们靠重复才能理解事物及其意义。

在《小说与重复》中,米勒先依据德鲁兹的理论,将重复分成"柏拉图式"重复和"尼采式"重复,所谓"柏拉图式"重复就是"邀请我们考虑以预设的相似原则或相同原则为基础的差异"②,而"尼采式"重复则要求我们"把相似甚至相同的事物视为本质差异的产物"③。后又根据本雅明的记忆

---

① 赵毅衡:《论重复:意义世界的符号构成方式》,《河南师范大学学报》(哲学社会科学版)2005 年第 1 期。
② 希利斯·米勒:《小说与重复》,王宏图译,天津人民出版社 2007 年版,第 24 页。
③ 希利斯·米勒:《小说与重复》,王宏图译,天津人民出版社 2007 年版,第 23 页。

理论,米勒把"柏拉图式"的重复更换为清晰的、有明确目标的自觉记忆,而把"尼采式"重复更换为梦幻般的、想象的非自觉记忆。他对"尼采式"重复,即没有依据的重复给予了浓墨重彩的阐述,凸显与"柏拉图式"重复,即有依据的重复的差异。但是,实质上来说,这两种重复都强调一种相似性,只不过前者是确定的,强调事物之间的同一性;而后者是不透明的、模糊的,强调事物之间的独特性,亦即一种基于幻象基础上的无意识或想象记忆,是一种通过隐喻或转喻意义上的相似,它们之间的相似性也是基于差异性。因此,语言与其所指物之间不可跨越的差异之鸿沟正是其与所指之间的关系本质。米勒认为,一篇叙述文本中,重复的可以是符号形式(例如词语、修辞格),或是符号的对象(例如事件与场景),或解释项(例如主题、价值判断、情感)。也就是说,任何一个元素,都有可能成为形成重复。重复可以不是"相同",而是"差异",重复靠同中有异加深和理解事物的意义。格雷马斯认为,重复具有"同一性",因为重复是"能够让故事得到同一性阅读的一套冗余语义"[1]。艾柯干脆把重复称为"导向",重复是"文本在尊重解释凝聚性规则时展示出来的导向同一个方向的不变因素"[2]。他们一个说叙述的故事,另一个说普遍的文本,意思是相同的,就是符号靠重复才能如纤维那样"织成文本"。雅各布森在20世纪50年代提出,聚合轴称之为"选择轴",功能是比较与选择;组合轴称之为"结合轴",功能是邻接黏合。雅各布森认为,比较与连接,是人类的思考方式与行为方式的最基本的两个维度,也是任何文化得以维持并延续的二元。聚合与组合实际上是两种重复:聚合的维度是隐形的,是建构文本过程中从已有的符素中,为了各种目的,作选择性重复。组合的每个成分都有若干系列的"可替代物",不是"意义上可以取代"(即意义重复),而是"结构上可取代"(即在组合中有相同功能)。聚合在各种同相符素与异相符素之中选择,实际上就是在重复中进行选择的操作;组合段上的重复组合起来,互相之间必定有重叠。因此,组合中任何相邻的符号都是上下关系的产物:任何文本,不仅是聚合与组合双轴操作的产物,而且是双轴上的重复方案的构成物。

两种重复形式尽管在逻辑上显得相互矛盾,但又同时并存,两者间的关系遵循一种非逻辑性。在一个特定的作家笔下,往往是其中一种重复形式占主体。但是,两种重复形式你中有我、我中有你,存在相互依存的必然性。任何一种重复形式都不可避免地牵涉到另一种重复形式,彼此如影般

---

① A. J. 格雷马斯:《论意义》(上、下),蒋梓骅译,百花文艺出版社2001年版,第273页。
② 翁贝尔托·埃科:《符号学与语言哲学》,王天清译,百花文艺出版社2006年版,第91页。

随行,尽管两者彼此颠覆、削弱着对方。这种相互交织的重复形式产生了变幻莫测的文本意义,使文本意义显示出多重性、不兼容性,从而使其呈现出开放性与不确定性,阻止了人们阅读文本时企图作出总体的、明确的和统一的解释,将文本所谓的中心和明确的意义拆解为碎片,同时重复碎片又在读者的主观努力下重新建构起丰富异质的意义内涵,从而揭示出边缘的、非主流的、为中心所掩盖的真相。

　　"神秘"离不开重复,因为"'神秘'的首要形式是让人感到奇怪的重复"。① 当然,重复本身并不构成"神秘",真正构成怪异的是重复的方式。英语"the uncanny"一词有多重含义,其中包括"陌生"、"神秘"和"神秘而恐怖的感觉"。它意味着一种双重的感觉,即"在熟悉的事物变得陌生或者掺杂了另外的成分"②。也就是说,"神秘"并"没有按照我们熟悉的方式出现,它们挑战了我们的理性和逻辑"③。本尼特和罗伊尔提出了十种神秘形态:重复、奇怪的巧合、万物有灵、拟人、自动作用、性别极端不确定、活着被埋葬的恐惧、寂静、心灵感应和死亡。其中重复放在首位,"重复是神秘的一个主要形态。"④ 贝尼特和罗伊尔曾经举过两个有关神秘的典型例子。一是你走进一个从未造访过的房屋,突然你产生了过去曾经到过那儿的感觉,并且你甚至知道随后会发生些什么事情。二是在一个公共场合,你看到一个心神不定的人,你意识到透过窗户或镜子的反射而发现眼前站着的就是你自己。原来晃入你眼帘的是你在一面镜子或玻璃窗上的投影。这两个例子代表了两个极端:突如其来的似曾相识之感;突如其来的陌生感。两者都能产生强大的震撼力。一部好的文学作品也往往能产生类似的震撼力。因此,"文学本身可以被界定为神秘的话语。"⑤

　　这里,我们不妨把"神秘"用"诗性"来代替,雅各布森对"诗性"有过详细地解释,他认为,当符号侧重于信息本身时,就出现了"诗性"。这是对艺术符号根本性质问题的一个非常简洁了当的说明,诗性,即符号把解释者的注意力引向符号文本本身,文本本身的品质成为主导。雅各布森特别指

---

① 殷企平:《重复》,《外国文学》2003 年第 3 期。

② 安德鲁・本尼特、尼古拉・罗伊尔:《关键词:文学、批评与理论导论》,汪正龙、李永新译,广西师范大学出版社 2007 年版,第 40 页。

③ 安德鲁・本尼特、尼古拉・罗伊尔:《关键词:文学、批评与理论导论》,汪正龙、李永新译,广西师范大学出版社 2007 年版,第 35 页。

④ 安德鲁・本尼特、尼古拉・罗伊尔:《关键词:文学、批评与理论导论》,汪正龙、李永新译,广西师范大学出版社 2007 年版,第 39 页。

⑤ 殷企平:《重复》,《外国文学》2003 年第 3 期。

出,诗性并非只出现于诗歌中,或文学艺术中,诗性出现于许多表意场合,雅各布森举出的例子极为广泛,如他把1954年艾森豪威尔竞选美国总统时的一句口号"I like Ike"("我爱艾克")作为语言诗学功能的范例。这句口号有一处意义强烈的同音重复,把爱的主体与爱的对象同时囊括在爱的行为之中,似乎一张口,就必然发出"我爱艾克"的声音。这些文本并非没有其他功能,并非不表达意义,只不过符号自身的品质占了主导地位,符号文本的形式成为意义所在。诗性能让一个符号文本带上某种"艺术性",但不一定能使这个文本变成艺术。雅各布森认为两者之间的关键性区别是:有"诗性"的非诗,"利用了诗的功能,但没有使这种功能像它们在真正的诗中那样,起一种强制性的或决定性的作用。"① 虽然雅各布森这个说法并没有解决根本性问题,用任何"强制性或决定性作用"也不能使广告变成艺术,起关键作用的是体裁,是这种文化体制,它们决定着广告写得再有诗意也不可能变成诗,哪怕诗人来写也一样。重复产生的诗性—艺术性一样有聚合与组合。聚合在文本选择过程中出现,一首五言绝句,在形式上重复所有的五言绝句甚至汉乐府以来的所有五言诗的传统;引用,包括歌曲填词(即引用音乐),组成了写作方式的基本要求。而体裁要求是最重要的一种形式规定的重复。不管文本的组成方式是如何创新或出格,例如杜尚的小便池这样惊骇俗的"作品",其艺术性依然是来自重复。体制范畴下的作品就是重复文化史已有"艺术体裁"的种种规范,体裁就是聚合重复的产物。组合产生的诗性,是在文本中有规律又有变化地重复某些特征,形成节奏。雅各布森引诗人霍普金斯的话,诗是"全部或部分地重复声音形象的语言"。因此诗性的一个重要标记是重复某些要素,让这些重复之间出现有趣的形式对比。

固然,缺乏变化的重复,是单调的、无推进方向的重复,而思想上的贫乏,使人们的想象和议论只能重复。所谓媚俗,就是文化中处处可见的贫乏重复。按照克尔凯郭尔的经典定义,重复的主要品质,是"使创新成为可能"。思想上缺乏创新精神,让人们无止境地"挥霍浪费"重复的机会,使我们永远停留在"在场性"之中。但是我们一般的倾向,是过于重视创新与"进步",实际上,在重复与创新这一对二元对立中,重复是恒常的,作为背景出现,无特别之处;而创新是偶然的,有着特别的地方。重复在人类经验中最惨痛的故事,是"西西弗神话"。人在重复没有结果的劳作,辛苦万状而毫无进展。加缪在用这个题目写的文章中指出:如果人生存在一个没有

---

① 罗曼·雅各布森:《语言学与诗学》,见于波利亚科夫编的《结构—符号文艺学》,佟景韩译,文化艺术出版社1994年版,第181页。

上帝,没有真相,没有价值的世界中,他的生存只是无益的重复努力。只有当重复形成"演进"时,而这种演进的重复才有意义。但是,加缪在全书最后给出一个积极的乐观人生态度:"他爬上山顶所要进行的斗争本身就足以使一个人心里感到充实。应该认为,西西弗是幸福的。"①加缪没有说他如此乐观的原因,很明显,重复本身自我产生压力,终将突破重复的无效性,从而催生出人类的文明。实际上,只有重复才可能变化,没有叠加重复,变化就不可理解,也就不是变化。因此,在重复和变化的二元对立中,变化是特别的、异类的、非正常的,意义的形成是靠重复完成的。因此,重复是基础,有重复才有变化,有变化不一定有重复。

本章讨论和分析了文学性问题。在形式本体论阶段,文学研究走向一种内在的本体批评理论,即文学性理论。文学性理论追求一种内在的、自主的文学观念,俄国形式主义、新批评(详见第二章)、结构主义文论都追求这样一种文学理念。20世纪六七十年代左右的话语文本非个人化阶段,内在的文学和作品观念遭到了质疑,随着文学研究内在模式和外在模式的结合,文本的概念得以确立。由文本理论延伸出来的互文性和文学重复自然是现代文学理论发展的宿命。巴特、克里斯蒂娃和德里达都认为,文本自身就具有一种生产力,文本的生产性存在于文本与文本之间,它们是一种互文性关系。希利斯·米勒的文学重复理论就是互文性理论的翻版。

---

① 加缪:《西西弗的神话》,杜小真译,生活·读书·新知三联书店1987年版,第145页。

参 考 文 献

一、中文部分

昂热诺等编:《问题与观点》,史忠义、田庆生译,百花文艺出版社 2001 年版。

艾布拉姆斯:《镜与灯》,郦稚牛等译,北京大学出版社 2004 年版。

——《文学术语汇编》,外语教学与研究出版社 2004 年版。

阿多诺:《启蒙辩证法》,渠敬东等译,上海人民出版社 2003 年版。

阿恩海姆:《艺术与视知觉》,滕守尧等译,中国社会科学出版社 1984 年版。

——《视觉思维》,滕守尧译,四川人民出版社 1998 年版。

埃尼施:《作为艺术家》,王洪一译,文化艺术出版社 2005 年版。

艾耶尔:《二十世纪哲学》,李步楼等译,上海译文出版社 1987 年版。

艾略特:《艾略特文学论文集》,李赋宁译,百花洲文艺出版社 1994 年版。

——《艾略特诗学论文选》,王恩衷译,国际文化出版公司 1989 年版。

艾柯等:《诠释与过度诠释》,王宇根译,生活·读书·新知三联书店 2005 年版。

巴赫金:《哲学美学》,晓河等译,河北教育出版社 1998 年版。

——《周边集》,李辉凡等译,河北教育出版社 1998 年版。

——《诗学与访谈》,白春仁等译,河北教育出版社 1998 年版。

布洛克曼:《结构主义》,李幼蒸译,中国人民大学出版社 2003 年版。

贝尔:《资本主义文化矛盾》,赵一丹等译,生活·读书·新知三联书店 1989 年版。

柏拉图:《文艺对话集》,朱光潜译,人民文学出版社 1980 年版。

白璧德:《卢梭与浪漫主义》,孙宜学译,河北教育出版社 2003 年版。

毕尔格:《先锋派理论》,高建平译,商务印书馆 2002 年版。

——《主体的退隐》,陈良梅、夏清译,南京大学出版社 2004 年版。

巴特:《文之悦》,屠友祥译,上海人民出版社 2002 年版。

——《S/Z》,屠友祥译,上海人民出版社 2000 年版。

——《符号学原理》,李幼蒸译,生活·读书·新知三联书店 1988 年版。

——《批评与真实》,温晋仪译,上海人民出版社 1999 年版。

——《罗兰·巴特随笔选》,怀宇译,百花文艺出版社 2005 年版。

——《符号学历险》,李幼蒸译,中国人民大学出版社 2008 年版。

——《写作的零度》,李幼蒸译,中国人民大学出版社 2008 年版。

——《文艺批评文集》,李幼蒸译,中国人民大学出版社 2008 年版。

波利亚科夫编:《结构—符号学文艺学》,佟景韩译,文化艺术出版社 1994 年版。

鲍德里亚:《消费社会》,刘成富等译,南京大学出版社 2000 年版。

布斯:《小说修辞学》,华明等译,北京大学出版社 1987 年版。

——《小说修辞学》,付礼军译,广西人民出版社 1987 年版。

德勒兹:《德勒兹论福柯》,杨凯麟译,江苏教育出版社 2006 年版。

德里达:《多重立场》,佘碧平译,生活·读书·新知三联书店 2004 年版。

——《书写与差异》(上、下册),张宁译,生活·读书·新知三联书店 2001 年版。

——《论文字学》,汪家堂译,上海译文出版社 1999 年版。

——《文学行动》,赵兴国等译,中国社会科学出版社 1998 年版。

——《一种疯狂守护着思想》,何佩群译,上海人民出版社 1997 年版。

多尔迈:《主体性的黄昏》,万俊人等译,上海人民出版社 1992 年版。

多斯:《从结构到解构》(上、下卷),季广茂译,中央编译出版社 2004 年版。

德曼:《解构之图》,李自修等译,中国社会科学出版社 1998 年版。

福柯:《词与物》,莫伟民译,上海三联书店 2001 年版。

——《知识考古学》,谢强、马月译,生活·读书·新知三联书店 2003 年版。

佛克马、易布斯:《二十世纪文学理论》,林书武等译,生活·读书·新知三联书店
1988 年版。

福楼拜:《福楼拜小说全集》,刘益庚、刘方译,人民文学出版社 2002 年版。

弗莱:《批评的解剖》,陈慧等译,百花文艺出版社 2006 年版。

费什:《读者反应批评》,文楚安译,中国社会科学出版社 1998 年版。

高概:《话语符号学》,王东亮译,北京大学出版社 1997 年版。

格雷马斯:《结构语义学》,蒋梓骅译,百花文艺出版社 2001 年版。

——《论意义》(上、下),蒋梓骅译,百花文艺出版社 2001 年版。

赫施:《解释的有效性》,王才勇译,生活·读书·新知三联书店 1991 年版。

海德格尔:《林中路》,孙周兴译,上海译文出版社 1997 年版。

——《路标》,孙周兴译,商务印书馆 2000 年版。

——《面向思的事情》,陈小文、孙周兴译,商务印书馆 1999 年版。

——《在通向语言的途中》,孙周兴译,商务印书馆 2005 年版。

——《形而上学导论》,熊伟、王庆节译,商务印书馆 2005 年版。

——《存在与时间》,陈嘉映、王庆节合译,生活·读书·新知三联书店 2006 年版。

黑格尔:《美学》(1—2 卷),朱光潜译,商务印书馆 1979 年版。

——《美学》(3 卷、上册),朱光潜译,商务印书馆 1979 年版。

——《美学》(3 卷、下册),朱光潜译,商务印书馆 1981 年版。

胡塞尔:《现象学的方法》,倪梁康译,上海译文出版社 2005 年版。

——《纯粹现象学通论》,李幼蒸译,商务印书馆 1992 年版。

—《欧洲科学危机和超验现象学》,张庆熊译,上海译文出版社1988年版。

怀特:《元历史》,陈新译,译林出版社2004年版。

—《后现代历史叙事学》,陈永国译,中国社会科学出版社2003年版。

霍克斯:《结构主义和符号学》,瞿铁鹏译,上海译文出版社1987年版。

霍尔:《西方文学批评简史》,张月超译,南京大学出版社1987年版。

海然热:《语言人》,张祖建译,生活·读书·新知三联书店1999年版。

济慈:《济慈书信选》,王昕若译,百花文艺出版社2003年版

杰弗逊:《现代西方文学理论流派》,李广成译,北京大学出版社1992年版。

伽达默尔:《哲学解释学》,夏镇平、宋建平译,上海译文出版社2004年版。

—《真理与方法》,洪汉鼎译,上海译文出版社2004年版。

—《科学时代的理性》,薛华等译,国际文化出版公司1988年版。

—《解释学、美学、实践哲学》,金惠敏译,商务印书馆2005年版。

科恩:《文学理论的未来》,程锡麟等译,中国社会科学出版社1993年版。

凯尔纳:《后现代理论》,张志斌译,中央编译出版社2004年版。

克罗齐:《美学或艺术和语言哲学》,王文融译,中国社会科学出版社1992年版。

卡勒:《结构主义诗学》,盛宁译,中国社会科学出版社1991年版。

—《论解构》,陆扬译,中国社会科学出版社1998年版。

—《文学理论》,李平译,中国社会科学出版社1991年版。

—《索绪尔》,张景深译,中国社会科学出版社1989年版。

康德:《纯粹理性批判》,邓晓芒译,人民出版社2004年版。

—《判断力批判》,宗白华译,商务印书馆1964年版。

罗蒂:《哲学和自然之镜》,李幼蒸译,商务印书馆2003年版。

—《后哲学文化》,黄勇编译,上海译文出版社2004年版。

列维－斯特劳斯:《野性的思维》,李幼蒸译,商务印书馆1987年版。

—《结构人类学》,俞宣孟等译,上海译文出版社1999年版。

—《结构人类学》,陆晓禾、黄锡光译,文化艺术出版社1989年版。

列维－布留尔:《原始思维》,丁由译,商务印书馆1981年版。

利科主编:《哲学主要趋向》,李幼蒸、徐奕春译,商务印书馆1988年版。

洛奇编:《20世纪文学评论》,葛林等译,上海译文出版社1987年版。

兰色姆:《新批评》,王腊宝、张哲译,江苏教育出版社2006年版。

刘若端编:《十九世纪英国诗人论诗》,人民文学出版社1984年版。

拉康:《拉康选集》,褚孝泉译,上海三联书店2001年版。

里蒙－凯南:《叙事虚构作品》,姚锦清等译,生活·读书·新知三联书店1989年版。

卢伯克:《小说美学经典三种》,方土人、罗婉华译,上海文艺出版社1990年版。

朗格:《情感与形式》,刘大基等译,中国社会科学出版社1986年版。

——《艺术问题》,刘大基等译,中国社会科学出版社1983年版。

米勒:《重申解构主义》,郭英剑等译,中国社会科学出版社1998年版。

——《解读叙事》,申丹译,北京大学出版社2002年版。

——《文学死了吗》,秦立彦译,广西师范大学出版社2007年版。

——《小说与重复》,王宏图译,天津人民出版社2007年版。

尼采:《悲剧的诞生》,周国平译,生活·读书·新知三联书店1986年版。

——《快乐的科学》,黄明嘉译,华东师范大学出版社2007年版。

——《快乐的知识》,黄明嘉译,中央编译出版社2005年版。

——《权力意志》,张念东、凌素心译,商务印书馆1996年版。

倪梁康:《自识与反思》,商务印书馆2002年版。

牛宏宝:《西方现代美学》,上海人民出版社2002年版。

齐泽克:《意识形态的崇高客体》,中央编译出版社2001年版。

却尔:《解释》,吴启之、顾洁洪译,文化艺术出版社1991年版。

皮亚杰:《结构主义》,倪连生译,商务印书馆1984年版。

热奈特:《热奈特论文集》,史忠义译,百花文艺出版社2001年版。

——《叙事话语　新叙事话语》,王文融译,中国社会科学出版社1990年版。

——《热奈特论文选　批评译文选》,史忠义译,河南大学出版社1990年版。

荣格:《心理学与文学》,冯川、苏克译,生活·读书·新知三联书店1987年版。

瑞恰慈:《文学批评原理》,杨自伍译,百花洲文艺出版社1992年版。

索绪尔:《普通语言学教程》,高名凯译,商务印书馆1980年版。

什克洛夫斯基:《散文理论》,刘宗次译,百花洲文艺出版社1997年版。

——《俄国形式主义文论选》,方珊译,生活·读书·新知三联书店1989年版。

塞尔登编:《文学批评理论》,刘象愚等译,北京大学出版社2003年版。

萨莫瓦约:《互文性研究》,邵炜译,天津人民出版社2003年版。

施皮格伯格:《现象学运动》,王炳文、张金言译,商务印书馆1995年版。

史亮编:《新批评》,四川文艺出版社1989年版。

施太格缪勒:《当代哲学主流》(上、下卷),王炳文等译,商务印书馆1986年版。

泰勒:《自我的根源》,韩震等译,译林出版社2001年版。

托多洛夫编选:《俄苏形式主义文论选》,蔡鸿滨译,中国社会科学出版社1989年版。

托多洛夫:《批评的批评》,王东亮、王晨阳译,生活·读书·新知三联书店2002年版。

——《象征理论》,王国卿译,商务印书馆2004年版。

——《巴赫金对话理论及其他》,蒋子华、张萍译,百花文艺出版社2002年版。

维姆萨特、布鲁克斯:《西洋文学批评史》,颜元叔译,中国人民大学出版社1987

年版。

　　瓦莱里：《文艺杂谈》，段映虹译，百花文艺出版社 2002 年版。

　　维特根斯坦：《哲学研究》，陈嘉映译，上海人民出版社 2005 年版。

　　——《逻辑哲学论》，张申府译，北京大学出版社 1988 年版。

　　韦勒克、沃伦：《文学理论》，刘象愚等译，江苏教育出版社 2005 年版。

　　韦勒克：《批评的诸种概念》，丁泓、余徵等译，四川文艺出版社 1988 年版。

　　——《近代文学批评史》，杨自伍译，上海译文出版社 1989 年版。

　　汪正龙：《西方形式美学问题研究》，黑龙江人民出版社 2007 年版。

　　——《文学意义研究》，南京大学出版社 2002 年版。

　　休斯：《文学结构主义》，刘豫译，生活·读书·新知三联书店 1988 年版。

　　项晓敏：《零度写作与人的自由》，复旦大学出版社 2003 年版。

　　亚里士多德：《诗学》，陈中梅译注，商务印书馆 1996 年版。

　　雅各布森：《雅柯布森文集》，钱军、王力译，湖南教育出版社 2001 年版。

　　伊格尔顿：《二十世纪西方文学理论》，伍晓明译，陕西师范大学出版社 1987 年版。

　　姚斯：《接受美学与接受理论》，周宁、金元浦译，辽宁人民出版社 1987 年版。

　　——《审美经验与文学解释学》，顾建光等译，上海译文出版社 1997 年版。

　　伊瑟尔：《阅读活动》，金元浦、周宁译，中国社会科学出版社 1991 年版。

　　詹姆斯：《小说的艺术》，朱雯等译，上海译文出版社 2001 年版。

　　詹姆逊：《语言的牢笼　马克思主义与形式》，李自修译，百花洲文艺出版社 1995 年版。

　　——《后现代主义与文化理论》，唐小兵译，陕西师范大学出版社 1987 年版。

　　——《晚期资本主义文化逻辑》，陈清侨等译，生活·读书·新知三联书店 1997 年版。

　　赵毅衡编选：《符号学文学论文集》，百花文艺出版社 2004 年版。

　　——《新批评文集》，百花文艺出版社 2001 年版。

　　赵毅衡：《新批评》，中国社会科学出版社 1986 年版。

　　——《重访新批评》，百花文艺出版社 2009 年版。

　　——《文学符号学》，中国文联出版公司 1986 年版。

　　赵宪章：《文艺学方法通论》，江苏文艺出版社 1990 年版。

　　——《西方形式美学》，上海人民出版社 1996 年版。

　　——《文体与形式》，人民文学出版社 2004 年版。

　　张寅德编选：《叙述学研究》，中国社会科学出版社 1989 年版，

　　张廷编：《接受理论》，四川文艺出版社 1989 年版。

　　周宪：《20 世纪西方美学》，南京大学出版社 1999 年版。

　　朱立元：《西方美学通史·二十世纪美学》（六），上海文艺出版社 1999 年版。

安·本尼特:《关键词:文学批评与理论导论》,汪正龙译,广西师范大学出版社 2007 年版。

布鲁克斯:《小说鉴赏》,主万等译,世界图书出版公司北京公司 2008 年版。

巴特:《从作品到文本》,杨扬译,《文艺理论研究》1988 年第 1 期。

——《文本理论》,张寅德译,《上海文论》1987 年第 5 期。

蔡志诚:《漂移的边界》,《福建师范大学学报》(哲学社会科学版)2005 年第 4 期。

格雷西亚:《文本性、解释和解释学哲学》,《哲学动态》2004 年第 11 期。

裘小龙:《论艾略特的"非个人化"理论和实践》,《外国文学报道》1983 年第 3 期。

李朝东:《语言论转向与哲学解释学》,《西北师大学报》(社科版)1996 年第 2 期。

汪民安:《论福柯的"人之死"》,《天津社会科学》2003 年第 5 期。

王岳川:《"文学性"消解的后现代症候》,《浙江学刊》2004 年第 3 期。

——《质疑后现代文学性统治》,《文学自由谈》2004 年第 4 期。

吴子林:《对于"文学性"扩张的质疑》,《文艺争鸣》2005 年第 3 期。

王钦峰:《福楼拜的"非个人化"原则的哲学基础》,《外国文学研究》2005 年第 5 期。

姚文放:《"文学性"问题与文学本质再认识》,《中国社会科学》2006 年第 5 期。

余虹:《文学的终结与文学性蔓延》,《文艺研究》2002 年第 6 期。

赵宪章:《超文性戏仿文体解读》,《湖南师范大学社会科学学报》2004 年第 5 期。

赵毅衡:《论重复:意义世界的符号构成方式》,《河南师范大学学报》(哲学社会科学版)2005 年第 1 期。

殷企平:《重复》,《外国文学》2003 年第 3 期。

安·本尼特:《作者理论和文学问题》,《文艺理论研究》2010 年第 1 期。

周宪:《重心迁移:从作者到读者》,《文艺研究》2011 年第 1 期。

张一兵:《话语方式中不在场的作者》,《文学评论》2015 年第 4 期。

二、英 文 部 分

Allen, Graham. *Intertextuality*. London and New York:Routledge.2000.

Bennett, Andrew. *The Author*. London and New York:Routledge. 2006.

——*An Introduction to Literature, Criticism and Theory*. Harlow:Pearson Education Limited.2004.

Bennett, Tony. *Formalism and Marxism*. London and New York:Routledge.2003.

Biriotti, Maurice and Miller, Nicola. *What Is An Author*? Manchester and New York:Manchester University Press.1993.

Burke, Sean. *The Death and Return of the Author*. Edinburgh:Edinburgh University Press. 1998.

Brooks, Cleanth and Warren, Robert Penn. *Understanding Fiction*. Englewood Cliffs: Prentice Hall. 1979.

Butler, Judith. ed. *What' Left of Theory?* New York and London: Routledge. 2000.

Bate, Walter. *Negative Capability*. Cambridge: Harvard University Press, 1939.

Beardsley, Monroe. *Aesthetics*. Indianapolis and Cambridge: Hackett Publishing Company INC. 1981.

Culler, Jonathan. *The Pursuit of Signs*. Ithaca: Cornell University Press. 1981.

— *Structuralist Poetics*. Ithaca: Cornell University Press. 1986.

Eliot, T. S. *Selected Essays*. New York: Harcourt, Brace & World, Inc. 1972.

— *On Poetry and Poets*. New York: Octagon Books. 1975.

Ellis, John M. *Against Deconstruction*. Princeton: Princeton University Press. 1989.

Erlich, Victor. *Russian Formalism*. The Haguf: Mouton Publishers. 1980.

Foster, Richard. *The New Romantics: A Reappraisal of The New Criticism*. Port Washington and London: Kennikat Press.1973.

Graff, Gerald. *Literature Against Itself*. Chicago and London: The University of Chicago P.ress. 1979.

Harari, J.V. ed. *Textual Strategies*. Ithaca and New York: Cornell University Press. 1979.

Hartman, Geoffrey. *Beyond Formalism: Literary Essays 1959-1970*. New Haven and London: Yale University Press. 1970.

Johnson, Barbara. *The Wake of Deconstruction*. Cambridge: Basil Blackwell Ltd.1994.

— *The Critical Difference*. Baltimore: The Johns Hopkins University Press. 1985.

Kristeva, Julia. *Desire in Language*. New York: Columbia University Press. 1941.

Lentricchia, Frank. *After the New Criticism*. Chicago: The University of Chicago Press. 1980.

Matejka, Ladislav. *Semiotics of Art: Prague School Contributions*.Cambridge and London: The MIT Press.1977.

Macksey and Donato ed. *The Structuralist Controversy*. Baltimore and London: The Johns Hopkins University Press. 1982.

Mukarovsky, Jan. *The Word and Verbal Art*. New Haven and London: Yale University Press. 1977.

Orr, Mary. *Intertextuality: Debates and Contexts*. Cambridge: Polity Press.2003.

Olsen, Stein Haugom. *The Structure of Literary Understanding*. London ar d New York: Cambridge University Press.1978.

Peckham, Morse. *Romanticism and Ideology*. Hanover: Wesleyan University

Press.1995.

Spurlin, William J. and Fischer, Michael. ed. *The New Criticism and Contemporary Literary Theory:Connections and Continuities.* New York:Carland Publishing Inc.1995.

Tompkins, Jane ed. *Reader-Response Criticism.* Baltimore:Johns Hopkins University Press. 1980.

Wimsatt, William. *The Verbal Icon.* Lexington:University of Kentucky Press. 1967.

Wimsatt, William. and Brooks, Cleanth. *Literary Criticism:A Short History.* New York: Alferd A. Knopf.1959.

Wellek, René. *The Attack on Literature and Other Essays.* Chapel Hill:The University North of Carolina Press. 1982.

张剑:*T. S. Eliot and the English Romantic Tradition.* 外语教学与研究出版社 1996 年版。

索　引

主题词索引

Y

移情说 the aesthetic empathy　47, 115

异延 différance　18, 40, 100, 101, 103, 106, 107, 189, 190, 191, 192, 207, 223, 224

意图谬误 intentional fallacy　2, 32, 38, 41, 79, 107, 159

意向性 intentionality　56, 58, 59

隐含作者 implied author　21, 76, 89, 156

幽灵 ghost　21, 103, 154, 155, 212

游戏 play　1, 12, 24, 25, 40, 69, 83, 93, 101, 106, 107, 137, 149, 152, 153, 160, 163, 168, 174, 182, 183, 184, 185, 186, 187, 188, 189, 190, 191, 192, 206, 207, 213, 214, 217, 219, 222, 226, 231

语言本体论 linguistic ontology　18, 35, 167, 168, 171, 173, 174, 179, 184, 191, 192

语言工具论 linguistic instrumentalism　17, 35, 164, 165, 171, 173, 192

语言论转向 the Linguistic Turn　19, 23, 33, 35, 36, 40, 59, 60, 61, 62, 65, 103, 126, 130, 160

语言言说 language speaking　18, 24, 59, 77, 106, 121, 174, 175, 176, 178, 179, 180, 181, 192

语言游戏 language playing　24, 174, 183, 184, 185, 186, 188, 192, 217

Z

展示 showing　3, 4, 5, 6, 7, 8, 16, 68, 73, 179, 206, 234

张力 tension　18, 34, 38, 47, 48, 80, 132, 135, 163, 186

主导 dominant　44, 64, 69, 113, 122, 123, 143, 144, 154, 169, 172, 197, 202, 203, 204, 205, 214, 235, 236

主观主义 subjectivism　11, 34, 47, 69, 70, 76, 107, 180, 196

主体 subject　3, 8, 11, 12, 13, 14, 15, 19, 20, 23, 24, 26, 29, 35, 36, 37, 39, 40, 43, 46, 47, 48, 50, 54, 55, 56, 57, 58, 59, 60, 61, 62, 63, 64, 65, 66, 68, 69, 77, 81, 85, 86, 87, 89, 90, 91, 92, 94, 95, 97, 98, 100, 103, 104, 105, 106, 107, 108, 130, 131, 132, 133, 135, 136, 137, 141, 143, 146, 150, 151, 152, 153, 159, 160, 161, 168, 175, 176, 177, 178, 181, 182, 183, 186, 188, 191, 192, 193, 205, 218, 220, 221, 222, 227, 228, 229, 234, 236

主体批评 subjective criticism　15, 20

主体死亡 Death of the Subject　23, 54, 55, 56, 57, 58, 59, 60, 61, 63, 65, 108

主体性 subjectivity　12, 20, 23, 35, 55, 56, 57, 58, 61, 63, 64, 65, 69, 85, 90, 91, 92, 94, 95, 106, 132, 135, 136, 160, 182, 183, 191, 218, 228

主体移心 subject-decentred　20, 24, 39, 54, 98, 100, 108, 130, 136, 150

撰稿人 scriptor　18, 92, 156, 162, 218

作者—功能 author-function　3, 12, 94, 95, 96, 97, 98, 102, 138, 162

作者退场 author-exitted　6, 16, 17, 21, 24, 54, 70, 73, 74, 75, 77, 84, 108, 109, 114, 138, 148

作者之死 Death of the Author　2, 3, 11, 12, 16, 24, 54, 61, 66, 88, 90, 95, 99, 100, 138, 150, 152, 153, 154, 162

作者中心论 author-centred　27, 33, 34, 78,　｜　154, 156

人 名 索 引

后　记

书自有其命运。在其即将付梓之际,我想写几句怀念和感激的话。

离开南大已经八年了,那绿草茵茵的苗圃、银杏树叶铺满大路的校园,那一架架堆满古色古香的书籍,那匆匆走过的莘莘学子们,那满头银发的教授们……南大生活的场景在这八年不知在我梦里重现多少次,我梦里的南大是那么美、那么亲切,她是那么让人留恋、怀念。真的,"轻轻地我走了。"

南大给我上的第一堂课让我懂得一个人生哲理:嚼得菜根,做得大事。这是李瑞清的名言,他是南大的首任校长,这八个字后来浓缩为一个字:伟。南大校训是诚朴雄伟、励学敦行,伟字就在其中。罗家伦先生对校训曾经有过最详细、生动的解释,他对"伟"的解释是"总要集中精力,放开眼光,努力作出几件伟大的事业,或是完成几件伟大的作品……凡事总须从伟大的方向做去,民族方有成功。"我的理解是,凡是作出一定成就的人,一定要淡泊名利,吃得千般苦,方才作出一件伟大的事。现在我还是默默无闻,但始终激励自己要努力、再努力!

我要感谢我的导师赵宪章先生,他把这么好的题目给了我。在博士开题时,赵老师完全尊重学生的意见,只有我这个题目是个例外。我原来打算写关于 T. S. 艾略特诗学方面的东西。我与赵老师谈到艾略特非个人化诗学问题,赵老师马上说,你就写非个人化思潮问题,题目即是"20 世纪非个人化思潮"。这并非赵老师不尊重我的意见,在赵老师心里,任何题目都有一个可写不可写的问题。就我当初设想问题而言,它根本不登大雅之堂。而非个人化思潮则是丑小鸭变成了白天鹅,土鸡变成了凤凰,题目一出,问题实质就发生了变化,性质也就发生了变化。它涉及主体问题。我知道,刘再复曾经提过主体性问题,国内曾就文学主体性进行过热烈地讨论。我还知道,后现代主义浪潮汹汹袭来了,主体死亡成为不争事实。但我不知道的是这两者有多大差距。我在赵老师所说的题目上又加了几个字,即"20 世纪西方文论非个人化思潮研究",也就是说,我把问题限定在西方文论方面。这样,我没有过多涉及中国学术界对此问题的研究。这是目前本书的最大遗憾,有待来日我再努力一把。

当然,我还要感谢周宪、胡有清、周群、孙蓉蓉、汪正龙诸先生,谢谢他们的谆谆教诲。

　　我更要感谢那些未曾谋面的社科评审专家们和出版社的专家们，没有他们，这本书不会以目前的状况与读者见面，更不说，没有他们，我可能不会想到将来还会再努力一把。

　　最后，我也要感谢妻子李秀山，在我外出求学期间，她为这个家默默无闻劳作着、奉献着一切的一切。

　　是为记。

作　者

2016 年 1 月 19 日